아래층 소녀의 비밀 직업

아래층 소녀의 비밀 직업

스테이시 리 지음 · 부희령 옮김

우리학교

추천의 말

과거의 생생한 삶이 현재의 문제들을 거울처럼 비춘다.

_뉴욕타임즈

인종차별과 성차별을 다루는 역사 소설을 이토록 즐겁게 읽을 수 있다니!

_NPR

이 매혹적인 소설은 여성과 유색인종이 부딪힌 장벽을 허물기 위해 고군분투하는 사람들이 가진 힘과 재능을 기념한다.

_퍼블리셔스위클리

역사를 이해할 수 있는 디테일이 가득하다. 활기찬 문장 덕분에 주인공의 목소리가 페이지를 뛰쳐나와 우리에게 다가온다.

_북페이지

흥미로운 플롯과 주인공의 모험이 독자의 마음을 사로잡는다.

_워싱턴포스트

영리하고 신랄하고 재미있다. 역경에 직면하고도 더 큰 선을 위해 자신의 목소리를 내는 소녀의 담대한 초상화.

_리즈 위더스푼

차별에 대해 확고하지만 궁극적인 희망을 담아 묘사한 진심 어린 이야기. 역사 소설의 중심 무대에서 자주 소외되는 목소리를 등장시켰다.

_스쿨라이브러리저널

자신의 생각을 말하는 것을 두려워하지 않는 주인공이 정치, 인종, 젠더 문제에 태클을 건다.

_버즈피드

우리가 과거를 마주하는 방법에, 과거가 현재를 어떻게 만들었는지 이해하는 방식에 강력한 질문을 던진다.

_북리스트

역사, 미스터리, 사회적 논쟁, 모험. 이 책에 모든 것이 들어있다.

_북라이엇

작은 타임머신과 같은 책. 자신의 목소리를 내는 최고의 이야기.

_페이스트매거진

스토리텔링의 승리, 역사, 위트, 비통함, 굽히지 않는 정직함이 훌륭하게 그려져 있다. 모두가 이 책을 읽어야 한다.

_스테파니 가버

마침내 모든 것을 뛰어넘어 승리하고야 마는 히어로가 등장하는 몰입도 높은 드라마다.

_센터포칠드런스북스

빛나는 인물. 역사의 한 측면을 낙관적이고 정교하게 묘사했다.

_커커스리뷰

몰입하게 된다. 재미있다. 유머와 매력, 따뜻함과 지혜로 반짝이는 책.

_켈리 로이 길버트

보석 같은 이야기. 역사가 일반적으로 무시하는 사람들의 삶에 빛을 비춤으로써 우리에게 놀라운 선물을 준다. 역사에 대한 완전히 새롭고 매혹적인 서사.

_캔디스 플레밍

차례

제1장 · 9

제2장 · 18

제3장 · 28

제4장 · 42

제5장 · 52

제6장 · 56

제7장 · 66

제8장 · 80

제9장 · 91

제10장 · 101

제11장 · 110

제12장 · 123

제13장 · 132

제14장 · 144

제15장 · 153

제16장 · 161

제17장 · 174

제18장 · 185

제19장 · 192

제20장 · 201

제21장 · 208

제22장 · 219

제23장 · 228

제24장 · 235

제25장 · 242

제26장 · 251

제27장 · 261

제28장 · 271

제29장 · 279

제30장 · 293

제31장 · 303

제32장 · 308

제33장 · 317

제34장 · 330

제35장 · 336

제36장 · 341

제37장 · 348

제38장 · 354

제39장 · 360

제40장 · 371

제41장 · 376

제42장 · 384

제43장 · 397

제44장 · 406

제45장 · 413

에필로그 · 417

감사의 말 · 420

일러두기
본문의 각주는 모두 옮긴이 주석입니다.

제1장

사람들에게 착하게 구는 것은 자기 방문을 활짝 열어 놓는 일 같은 거다. 결국엔 누군가가 슬그머니 방에 들어와 가장 좋은 모자를 훔쳐 가는 사건이 벌어지니까. 나야 뭐, 뭉개진 까마귀보다 더 흉측한 모자 하나를 가지고 있으므로, 누가 그것을 가져간들 상관없다. 말 그대로 놀림감을 머리에 얹고 다니는 일일 테니. 그래도 경계선은 정해야 한다. 특히 자신의 가치를 지키는 경계선.

오늘 나는 월급을 올려 달라고 말할 것이다.

"너처럼 노려보면 길에 깔린 돌들이 벌떡 일어날 거 같아." 로비 위더스가 나에게 활짝 미소를 지어 보인다. 썩은 어금니를 빼 주던 떠돌이 치과 의사에게서 규칙적으로 이를 닦지 않으면 치아를 더 잃을 거라는 말을 들은 뒤부터 로비는 매일 하루 두 번씩 이를 닦고 있다. 그리고 나에게도 그렇게 하라고 권했다.

"길을 평탄하게 만드는 건 포석인데 고마워하는 마음들이 없어." 나는 로비의 웃음 가득한 눈을 보면서 말한다. 로비의 눈동자는 피부색과 마찬가지로 독수리의 깃털 같은 갈색이다. "우리는 더 고마워해야 해."

로비가 땅을 향해 과장된 몸짓을 한다. "도로에 깔린 돌아, 정말 고마워. 비록 우리가 너에게 말똥 덩어리들을 잔뜩 쏟아부었지만 말이야." 내가 아기였을 때 로비의 어머니가 나를 돌봐 주었다. 그분이 부디 천국에서 편히 쉬기를 바란다. 올드 진에게 인쇄소 밑에 숨겨진 지하실이 있다는 것을 말해 준 사람도 그녀였다.

화이트홀 거리는 애틀랜타의 척추에 해당한다. 벽돌과 돌로 지어진 위풍당당한 높은 건물들이 가로수들 위로 솟아 있는 거리다. 간혹 빅토리아식 저택이 마치 식탁에서 자리 양보를 거절하고 끼여 앉은 사람처럼 눈에 띈다. 상점들은 활기를 띠고 있다. 사반세기 전에 셔먼 장군의 군대가 왕솔나무 숲을 태워 버린 것이 오히려 도시를 더 번창하게 만든 것 같다.

"오늘 좀 달라 보이네." 나는 로비의 모자와 황갈색 바지를 품평하듯 바라본다. "뭐 잊은 건 없어?" 벅스바움 상점의 배달원으로 일하는 그가 노새와 수레 없이 다니는 건 드문 일이다.

"판매원을 해고했어. 벅스바움 사장님이 새 점원을 찾기 전까지 내게 그 일을 맡겼거든." 로비는 치수를 재도 좋을 정도로 반듯하게 펴져 있는 옷의 매무새를 다시 다듬는다.

"정말?" 벅스바움 씨는 백인이나 백인이 아닌 사람들 사이에서 고루 신망을 얻고 있긴 하지만, 백인이 아닌 사람에게 판매직을 맡긴 적은 없었다. "만약 내가 일을 잘하면 그 자리에서 계속 일할지도 몰라." 로비는 긴장된 표정으로 미소를 짓는다.

"한 걸음 내딛지 않으면 결코 앞으로 나아갈 수 없어. 넌 판매일도 잘 해낼 거야. 나도 꼭 잉글리시 부인에게 월급을 올려 달라고 해야겠어."

로비는 짧고 낮게 휘파람을 분다. "잉글리시 부인에게 상식이 있다면 올려 주겠지. 물론 이 동네에서 상식적인 사람을 쉽게 볼 수 있는 건 아니지만."

나는 고개를 끄덕인다. 정의를 실현하겠다는 마음으로 피가 끓어오른다. 나는 모자를 파는 상점에서 일하며 2년 내내 하루에 50센트를 받았다. 쥐꼬리만 한 월급이다. 지금은 1890년이다. 게다가 올드 진은 최근에 너무 야위어 가고, 나는 그가 먹어야 할 약을 사야만 한다. 훔친 약이나 침엽수 열매 가루* 말고, 합법적인 약이 필요하다. 합법적인 것들은 돈이 든다.

새로 개통한 전차가 다가온다. 전차 안에서 남쪽 지역의 승객들이 나를 보고 놀란다. 서양 옷을 입은 동양인의 얼굴을 보면 사람들의 표정은 언제나 호기심과 못마땅함 사이에서 오락가락한다. 그리고 대부분은 못마땅함으로 기운다.

* 아편과 비슷한 효과를 내며 중독성이 있다고 한다.

로비는 모자를 반듯하게 펴고 그 위에서 체스를 해도 될 만큼 평평하게 만든다. "난 이제 들어가야 해. 행운을 빈다, 조."

"고마워. 너를 위한 행운도 좀 남겨 둬."

그는 윙크를 하고 나서, 벅스바움 상점 뒷문으로 향하는 좁은 골목으로 사라진다. 올드 진은 내가 태어난 뒤로 상황이 더 나빠졌다고 말한다. 옛 대통령 헤이스가 남부에 '자치권'을 돌려준 이후, 민주당원들은 유색인에게 뒤쪽 통로만 이용하도록 했다. 이것만으로도 나빠진 상황이 설명된다.

적갈색 원피스의 바람 빠진 허파처럼 축 늘어져 있던 소매를 부풀리면서, 나는 한 블록 떨어진 잉글리시 부인의 모자 가게로 걸어간다.

나 역시 정문이 아니라 뒷문으로 향하는 길로 들어선다. 전쟁이 끝난 뒤 농장의 노예들을 대신하기 위해 중국 노동자들이 이주해 오던 시절과 달리, 요즘은 동양인들의 정문 사용을 사람들이 별로 상관하지 않는다. 아마도 백인들은 딱정벌레를 보듯이 우리에게 관심을 기울이는 것 같다. 몇 마리는 괜찮지만, 떼로 몰려다니는 것은 역겨워한다.

뒷문 근처에 상자 세 개가 배달되어 있다. 내가 디자인해서 거의 완성한 '실용적인' 모자를 리지가 써 보는 모습이 눈에 들어온다. 나는 걸음을 멈춘다. 이렇게 일찍 여기서 쟤가 뭘 하는 거지? 리지는 9시쯤에야 출근한다. 그런데 지금은 8시 15분도 채 되지 않은 시각이다.

"좋은 아침." 나는 펠트 천이 쌓여 있는 작업대 위에 상자들을 올려놓는다. 자선 경마용 모자의 넓은 챙들은 마르지 않은 상태이고, 주문이 밀려들고 있다. 잉글리시 부인은 내가 밤늦게까지 남아 있기를 바랄 것이다. 그러나 월급을 올려 주지 않는다면, 나는 그렇게 하지 않을 작정이다.

"사장님이 너에게 할 말이 있대." 리지가 나지막한 목소리로 말한다. 그러면서 내가 정성껏 만들어 둔 매듭으로 모자에 꽂은 수탉의 깃털을 쓰다듬는다.

나는 바닥까지 내려오는 길이의 망토와 검은 모자를 벗는다. 불량품이라서 잉글리시 부인이 할인된 가격으로 나에게 판 것들이다. 그리고 리지가 서툰 솜씨로 만든 것들이다. 나는 앞치마를 두른다.

작업실과 가게를 분리하는 벨벳 커튼이 갑자기 한쪽으로 열리면서 잉글리시 부인이 안으로 들어온다. "출근했구나." 그녀는 교사처럼 오만하게 말한다.

나는 가게에서 일할 때 쓰는 우중충한 모자의 먼지를 털어 낸다. "좋은 아침이에요, 사장님. 한 가지 생각이 떠올랐어요. 이 독버섯처럼 생긴 모자를 쓰느니, 우리 가게의 가장 최신 스타일 모자를 쓰면 어떨까요?"

잉글리시 부인이 얼굴을 찡그렸다. "둘 다 그냥 독버섯을 쓰고 있어."

"네, 사장님." 리지와 내가 입을 모아 대답한다. 나는 슬그머니

모자를 쓴다. 이제 잉글리시 부인이 늦게까지 남아서 일하라고 말하기 전에 내가 먼저 월급 인상 이야기를 꺼내야 한다. 그래야 발끈해서 하는 즉흥적인 요구처럼 보이지 않을 것이다. 나는 치맛자락에 손바닥을 문지른다. "저, 사장님……."

"조, 이제 너는 가게에 나오지 않아도 돼."

"네?" 나는 입을 다물고 잉글리시 부인의 말을 이해하려 애쓴다. 가게에 나오지 않아도 된다고? 그럼 해고된 건가?

"가게에는 점원이 하나만 필요해. 리지 혼자 충분해."

리지가 짧게 숨을 들이마신다.

"리지, 상자들을 좀 열어 봐. 어느 상자엔가 밀짚모자용 새 모양 틀이 들어 있을 거야."

"네, 사장님." 리지가 덜그럭거리며 서랍을 열고 칼을 찾는다.

"하, 하지만……." 나는 리지를 등지고 서서 목소리를 낮춰 소곤거린다. "사장님, 제가 리지에게 일을 가르쳤어요. 모양 틀도 리지보다 두 배는 빨리 찾을 수 있고요. 저는 지각한 적도 없고, 그리고 제가 색을 보는 눈이 있다고 말씀하셨잖아요." 나는 이 일자리를 잃을 수 없다. 지난번 직장에서 쫓겨난 뒤, 근 2년 동안 고정된 일자리를 찾아다녀야 했다. 올드 진이 마부로 일하면서 받는 돈으로는 우리 두 사람의 생계를 유지하기에 부족했다. 우리는 굶어 죽기 직전의 상태로 하루하루 버텼다. 공포와 불안이 스멀거리며 가슴속에 차올랐지만, 나는 천천히 심호흡을 한다.

적어도 우리에게는 집이 있다. 습하지 않고, 따뜻하고, 월세도 내지 않는다. 남의 집 지하에서 몰래 거주하는 특권이기도 하다. 집이 있는 한, 계획을 세우고 꿈을 꿀 수 있다.

잉글리시 부인은 냉랭한 눈빛으로 나를 내려다보며 말한다. "너 때문에 불편하다는 숙녀분들이 있어."

불-편-하-다, 각각의 음절이 내 뺨을 때리는 듯하다. 쇳물 같은 모욕을 얼굴에서부터 발끝까지 쏟아붓는 것 같다. 그러나 나는 일솜씨가 좋다. 법무사 부인은 내가 보닛 모자에 묶어 준 비단 매듭이 '특별하다'고 말했다. 무엇 때문에 내가 불편하다는 지적을 들어야 하나? 나는 규칙적으로 비누로 몸을 씻는다. 검은 머리는 단정하게 땋고 있으며, 로비의 충고대로 감초 뿌리로 이를 닦는다. 리지처럼 행동이 느리지도 않고, 잉글리시 부인처럼 거만하지도 않다. 가게 직원 가운데 가장 불편하지 않은 사람이다.

"그 이유는 제가……." 재빨리 아시아의 초원 지대처럼 평평하고 흐릿한 빛을 띤 뺨을 손으로 감싼다.

"그건 네가 어쩔 수 없는 거고. 그건 운명이지." 부인의 동그란 눈이 내 눈을 마주 바라본다. 내 눈도 동그랗지만, 끝부분은 가늘다. "하지만 그것뿐만이 아니야. 너는 건방져." 부인은 내 모자를 흘겨본다. 나는 그것을 독버섯이라고 부른 것을 후회한다. "너는 아무 때나 네 의견을 말하는 참견쟁이잖아."

잉글리시 부인은 고개를 뒤로 젖히면서 목을 뻣뻣하게 세웠다.

"여자들은 칭찬받기를 바라지. 생기 없어 보인다거나, 턱이 사각형이라든가, 파이처럼 생겼다는 말은 듣고 싶어 하지 않아."

"가장 잘 어울리는 모자를 찾도록 손님들을 돕고 싶었을 뿐이에요." 나는 분노를 억누르려 애쓰지만 목소리가 떨린다.

"어쨌든 요점만 말하자면, 너는 이 가게에 어울리지 않는다는 거야. 오늘이 네가 마지막으로 일하는 날이다. 쓸데없이 일을 어렵게 만들지 마. 부인들 일을 거드는 하녀나 그 비슷한 일을 구하는 데는 아무 문제 없을 거야."

부인들 일을 거든다고? 나는 숨이 막혔다. 그건 옛날로 돌아가야 한다는 의미다.

"물론 모자 가게 수습생은 안 될 일이지." 부인은 핀을 깊이 찔러 넣는다. "이미 열여섯 명에게 이야기했고, 모두 너를 고용하지 않을 거라고 약속했어."

경쟁자들이기는 하지만, 애틀랜타 시민에게 모자를 공급하는 열여섯 명의 모자 제조업자는 모자 띠처럼 단단한 관계다. 무언가가 바닥에 떨어지고, 리지가 밀짚모자 모양 틀을 떨어뜨린 것을 사과하는 말소리가 희미하게 들린다. 나는 블랙리스트에 오른 적이 있다. 크게 잘못을 저지른 적이 없는데도 말이다. 날마다 지쳐 쓰러질 때까지 일하고, 일찍 출근하고 늦게 퇴근하면서, 남들이 엉망으로 만들어 놓은 것을 힘들게 고쳐 놓아도 마찬가지다. 나는 간신히 숨을 쉰다. "하지만 저, 저는……."

"네가 나의 비법을 퍼뜨릴 위험을 무릅쓸 수는 없지."

딸랑거리며 문이 열리는 소리가 들리자, 잉글리시 부인은 서둘러 가게 앞쪽으로 돌아간다. 내 눈에 눈물이 괸다. 눈물이 흘러내릴까 봐 소매로 훔친다. 그리고 예전에는 일자리를 준 잉글리시 부인이 친절하다고 생각하기도 했던 나를 떠올린다.

부인이 다시 작업실로 머리를 들이민다.

"조, 어떤 부인이 너를 찾는다."

"저를요?" 나를 찾아올 사람은 아무도 없다.

나는 눈물을 닦고 부인의 뒤를 따라 가게로 들어간다. 참나무 판매대 쪽에 회색 정장을 입은 여자가 서 있다. 수수한 버슬* 장식에 깃이 높은 흰 블라우스를 입고 있다. 좁은 어깨에 가는 목, 뾰족한 턱에 광대뼈가 높다. 너무 일찍 백발이 된 머리를 평범하게 틀어 올리고 있다.

나는 숨을 들이마신다. 그녀는 내가 사는 지하실 위층에 거주하는 벨 부인이다. 인쇄소와 그 집 식구들은 우리의 존재를 모르지만, 나는 인쇄소 창문을 통해 그 사람들을 훔쳐본 적이 있다. 벨 부인의 옅은 회색 눈이 나를 아래위로 훑어보는 순간, 내 귀에는 지하의 우리 집 벽이 무너지는 소리가 들리는 것만 같다. 밖에서는 채찍 휘두르는 소리가 요란하다. 노새가 울부짖고, 내 마지막 희망도 사라지는 것 같다.

✻ 치마 뒷부분을 볼록하게 하는 치마받이 틀.

제2장

스위티 양에게

6개월 전에 옆집으로 유대인 가족이 이사를 왔습니다. 이 사람들은 뒤뜰에 오두막을 짓고 '야영'을 한다거나, 알아들을 수 없는 말을 지껄이고, 나뭇가지를 흔들어 댑니다. 이쯤 되면 가발에 묻은 먼지를 털어 내듯 이들을 쫓아내야 한다고 생각되는데요. 어떻게 하면 우리 동네의 품격을 유지할 수 있을까요?

존중받을 만한 부부

존중받을 만한 부부님께
이사 가시면 됩니다.

진심을 담아,
스위티

"이분은 벨 부인이야. 가만히 서 있지 말고, 뭐라고 말씀을 드려, 얘야." 잉글리시 부인이 허리에 손을 얹는다. 얼어붙어 있는 나를 부인의 가슴이 노려보는 것 같다. 벨 부인은 나를 체포하러 온 걸까? 남의 집 지하실에 동양인 둘이 숨어 살고 있다는 사실이 발각되면, 감옥에 보내지거나 더 나쁜 일을 당할 수도 있다.

"안녕하세요, 부인?" 나는 유쾌한 표정을 지으려 애쓴다. 자연스럽게 행동하자. 만약 저 부인이 자기 집 아래 터널 속에서 사는 동양인 여자애를 찾고 있다면, 잘못 보았다고 우기면 된다. 이 넓은 동네에서 동양인 여자애는 나 혼자가 아니니까. 나는 떨리는 손으로 바구니에서 부채를 꺼낸다. "오늘 날씨가 좋을 것 같네요."

잉글리시 부인이 부채를 낚아채며 나를 노려본다.

"어, 그렇구나." 밖이 아직 어스름한데도 벨 부인은 수긍한다. 이제 어쩔 수 없이 나는 그 여자의 얼굴을 마주 본다. 그녀는 화가 났다기보다는 생각에 잠긴 표정이다. 벨 부인은 모자를 벗어 판매대 위에 올려놓는다. 상복 같은 비둘기 빛 챙이 달린 단순한 모자다. "친구 모자의 매듭 장식을 보고 감탄했더니, 여기서 일하는 동양인 여자애가 만든 거라고 알려 주었어."

법무사의 부인? 나는 손가락을 꼼지락거리던 것을 멈춘다. 숨어서 사는 비밀은 아직 발각되지 않았나 보다. 벨 부인은 모자를 가리키며 말한다. "내 모자에도 같은 매듭을 만들어 주었으면 좋겠구나."

잉글리시 부인이 목소리를 가다듬는다. "얘는 바빠요. 오늘 우리는 재고 조사를 할 거라서요."

나는 이가 갈린다. 그 지루한 작업은 보통 금요일에 한다. 그러나 잉글리시 부인은 마지막 날까지 나를 부려 먹을 작정이다. 리지는 숫자를 제대로 맞추는 법이 없으니까.

"하지만 제가 기꺼이 도와 드릴 수 있어요." 잉글리시 부인이 말하자, 벨 부인은 고개를 뒤로 젖혀 내려다보았다. "당신도 중국식 매듭을 지을 수 있나요?"

"어, 아니요." 여사장은 지갑 끈을 오므리듯 입을 앙다문다.

"제가 해 드리고 싶은데요." 나는 조심스레 말을 꺼낸다.

"하지만 그 장식을 완성하려면 하루 이상 걸릴 거예요." 잉글리시 부인이 의미심장하게 눈썹을 찡그린다.

벨 부인은 두 손을 하나로 모으며 말한다. "오, 천천히 해도 돼요. 몇 주 동안은 쓰지 않을 모자예요."

"하루 안에 할 수 있어요." 나는 잉글리시 부인에게 미소를 지어 보인다. 여사장의 돌처럼 차가운 심장에서 조약돌 같은 동정심이라도 찾아낼 수 있기를 바라며.

"현금으로 지불하신다면, 생각해 보겠습니다."

"아. 현금보다 더 나은 게 있을 거 같은데요."

벨 부인은 손가락으로 모자 테두리를 만진다. 관절염이 있는 손가락 마디가 낡은 장갑을 늘어나게 만들어 손바닥 부분이 해진 것이 보인다. 나는 벨 부인이 제안하려는 게 무엇인지 궁금해하면서, 그리고 가게를 방문한 또 다른 이유가 있는지 걱정하면서 숨을 죽이고 서 있다. "알다시피, 제 남편은 포커스 신문사를 운영하고 있어요. 이 일에 대한 대가로 한 달 동안 신문 광고를 내 드릴 수 있어요. 3달러쯤 되지요. 매듭 가격이 1달러 50센트라고 들었어요. 그러니까 두 배로 받으시는 겁니다."

"그럼 1면에 내주세요." 잉글리시 부인이 재빨리 대답한다. "그리고 다른 상점의 광고는 싣지 않는 것도 보장해 주셔야 해요." 벨 부인이 대답하지 않자, 여사장은 자화자찬을 늘어놓는다. "우리 손을 거친 상품들은 저마다 독특한 예술 작품이 되죠. 뉴욕에는 쓰고 가지 마세요, 메트로폴리탄 박물관에 빼앗길지도 모르거든요." 여사장은 벨 부인에게 부채질을 해 준다. 허풍 떠는 걸로는 누구에게도 지지 않을 사람이다.

"일주일 동안 단독 광고를 실어 드릴 수는 있어요."

두 여자가 흥정하는 동안 벨 부인의 눈길은 계속 내 주위를 맴돈다. 나는 팔짱을 풀고 아무것도 숨기는 게 없는 것처럼 보이려고 애쓴다.

젊은 여성 둘이 상점 안으로 들어온다. 최신 유행인 레이스 깃이 달린 파스텔 색조 옷을 입고 있다. 나 혼자 몰래 솔트와 페퍼*

✳ 소금과 후추라는 의미이다.

라고 부르는 멀리사 리 솔트워스 양과 리넷 컬페퍼 양이다. 두 사람은 '부유한 상인 귀족들'의 딸이다. 오래된 도시인 서배너나 찰스턴에서와는 달리, 애틀랜타에서는 사회적 지위를 자랑하기 위해 가문의 이름이 필요하지 않다. 순전히 사업 분야에서의 영향력만으로 계층의 사다리를 오를 수 있다. 물론 동양인이 노력해서 높이 올라갈 수 있는 길은 어디에도 없다.

"어서 오세요, 솔트워스 양, 컬페퍼 양. 잘 지내셨죠?"

잉글리시 부인이 고개를 돌려 작업실을 향해 소리친다. "리지!"

리지가 나타난다. "안녕하세요, 벨 부인. 네이션 씨는 잘 있나요? 요즘에는 아버지 가게로 신문 배달 오는 것을 통 못 봤어요."

"네, 잘 있어요. 요즘에는 기사를 계속 써야 해서 바쁘거든요. 리지 양이 안부 전하더라고 전해 줄게요."

리지는 꿈꾸는 듯한 미소를 지으며 판매대 앞에 멍하니 서 있었다. 잉글리시 부인이 큰 소리로 목을 가다듬으며 리지가 솔트와 페퍼 쪽으로 시선을 돌리게 한다. 리지는 바닥에 말똥이라도 떨어져 있는 것처럼 느릿느릿 젊은 여성들을 향해 걸어간다. 건물에 불이 나서 무너지고 있다 해도 리지는 여전히 자기 속도로 움직일 것이다. 솔트가 가장 좋은 제품들을 진열해 놓은 선반 꼭대기를 가리키자, 리지가 막대기를 들고 연보라색 밀짚모자를 꺼낸다.

나는 아무 말도 하지 않으려 혀를 깨문다. 연보라색은 솔트의 분홍빛 피부에 전혀 어울리지 않을 것이다.

"그럼 2주 동안의 독점 광고로 하죠. 더 원하시는 건 없기를 바랍니다." 벨 부인이 단호하게 덧붙인다.

잉글리시 부인이 의기양양하게 나를 향해 고개를 끄덕인다.

벨 부인도 나를 훑어보고 있다. 나는 이교도처럼 보이지 않기를 바라면서 침착하려 애쓴다.

"특별한 행사를 염두에 두고 계신 건가요, 아니면 일상적으로 쓰실 건가요?" 이상하게 혀가 굳는 것을 느끼면서 나는 묻는다.

"이야깃거리가 될 만한 것을 원해. 경마 대회에 쓰고 가려고."

솔트가 리지의 손에 들려 있는 밀짚모자를 보고 감탄하면서 말한다. "저도 경마 행사를 기대하고 있어요. 그래서 이렇게 서둘러 여기에 온 거죠."

페퍼도 신이 나서 양산을 빙빙 돌린다. 마치 땅속에서 물을 찾으려는 사람 같다. "미스터 큐가 너를 초대했으면 좋겠어."

솔트의 얼굴이 저녁놀처럼 붉어진다. 페퍼는 미스터 큐가 솔트워스 양에게 '반해서' 그녀의 손길을 갈구한다고 말한다. 미스터 큐는 남부 연합의 달러를 지원하다가 파산한 쿼켄바크 씨의 아들로, 아무리 쌀쌀맞은 노처녀라 해도 마음이 설레게 되는 미남이다. 만약 내가 솔트 양처럼 부자라면, 미스터 큐처럼 잘생긴 얼굴을 이용해 여자의 재산을 노리는 골드디거*에게는 손을 내주지 않고 대신 발로 뻥 차 줄 것이다. 어쨌든 올드 진의 말에 따르면

* gold-digger. 돈을 긁어내는 사람.

정말 매력적인 것은 미스터 큐의 말로, 온몸이 하얗고 갈기와 꼬리만 검은빛인 희귀한 얼룩말이라고 했다.

벨 부인이 젊은 여성들을 향해 고개를 끄덕인다. "사실은 숙녀분들이 남성들에게 먼저 청하도록 장려하고 있어요. 우리 신문사에서 포스터를 인쇄했거든요."

"그렇죠, 하지만 존경받을 만한 여성이라면 그렇게 행동하지 않을 거예요." 잉글리시 부인이 말한다.

벨 부인의 얼굴에서 미소가 사라진다. "수익금은 여성 복지 향상 협회에 보탬이 됩니다. 그러니까 여성이 초대하는 것이 적절할 거예요."

솔트가 연보라색 모자를 리지에게 돌려주는 것을 보고 나는 안심한다.

"하지만 너무 대담한 행동이지요. 만약 신사분이 거절하면 창피하잖아요."

"그는 거절하지 않을 거야." 페퍼가 검은 곱슬머리를 멋진 벨벳 보닛 속에 집어넣는다. 내가 지난주에 만든 모자다.

"정말 멋져요." 리지가 연보라색 모자를 움켜잡으며 한숨을 쉰다. 모자 찌그러지는 소리가 들리는 것 같다. 잉글리시 부인이 리지를 질책할 것이라고 기대했지만, 부인은 금전 등록기를 응시한다. 희미한 미소가 그녀의 얼굴에 번진다. 아마도 경마 대회로 인해 밀려들 주문을 떠올리고 있을 것이다. 나 역시 가슴속에 성가신 작은 거품 같은 미련을 품는다.

나는 모자 가게 직원으로 보내는 마지막 시간 동안 벨 부인의 장식품을 만든다. 내가 기억하는 두 '삼촌' 중 하나인 러키 입 삼촌이 나에게 중국식 매듭 짓는 법을 가르쳐 주었다. 어느 해 여름 엄청난 비구름이 몰려와 지하실에만 갇혀 있던 때였다. 비단 끈과 손가락만 있으면 매듭은 언제든 만들 수 있다.

나는 장미와 팬지 모양으로 매듭을 만든다. 잎사귀처럼 보이게 하려고 초록색 리본을 덧댄다.

처음 해고되었을 때 나는 명망 높은 페인 씨 저택에서 난간을 닦고 있었다. 저택은 올드 진이 20년 전 미국 땅에 처음 발을 디딘 이후로 계속 일한 곳이었다. 나는 페인 가문의 사유지에서 자랐고, 처음에는 마구간 치우는 일을 했다. 때로는 페인 씨 부부의 응석받이 딸과 놀아 주기도 했다. 그다음엔 하녀로 승진했다. 페인 부인이 나의 걸레를 낚아채고 문을 가리키면서 "나가!"라고 말했을 때, 내 손가락에는 여전히 아마기름이 묻어 있었다.

잉글리시 부인은 적어도 해고하는 이유를 알려 주었다. 기분 좋은 일은 아니지만, 이유를 전혀 모르는 것보다는 낫다.

리지가 작업실로 슬그머니 들어온다. 그 애의 한숨 소리가 등 뒤로 쏟아진다. 만들고 있던 나비 모양 매듭이 풀려서, 나는 그 애의 눈물 젖은 얼굴을 바라본다. "무슨 일 있어?"

"내가 해고됐어야 하는 건데. 나는 너처럼 이 일을 좋아하지도 않잖아."

맥이 풀린다. 나는 그 애를 싫어하는 일이 더 쉬웠으면 좋겠다.

"한번 요령을 익히면, 더 잘하게 될 거야."

나는 사람들 모두 각자가 원하는 일을 하게 되면, 세상이 더 행복한 곳이 될 거라고 생각한다. 나는 모자 만드는 일을 좋아한다. 제멋대로인 남부 아가씨의 하녀로 일하고 싶지 않다. 리지는 모자 만드는 일을 하고 싶지 않다. 그 애는 제멋대로인 남부 아가씨가 되기를 원한다. 잉글리시 부인의 입장에서는 나를 고용하고 리지를 내보내면 삶이 더 수월할 것이다. 적어도 나는 부인에게 돈을 벌어 줄 테니까.

비단 끈을 몇 번 더 꼬아서 나비를 완성한다. 날개를 펼쳐 날아갈 것 같다. 몇 번 더 바느질해서 일을 마치자 벨 부인이 가게로 돌아온다.

"상상했던 것보다 더 예쁜데." 벨 부인이 거울 앞에서 머리를 이쪽저쪽으로 돌려 가며 살핀다. "이렇게 빨리 일을 끝내다니, 정말 놀랍구나!"

나는 일부러 내 옆에서 장부 정리를 하는 잉글리시 부인의 눈치를 살피지 않는다.

"고맙습니다, 부인. 그래도 색이 조금은 들어간 옷을 입으셔야 해요, 왜냐하면……."

잉글리시 부인이 큰 소리로 헛기침을 한다.

나는 혀를 깨문다. 이렇게 의견을 말하는 바람에 일자리를 잃게 된 것이다. "왜냐하면, 음, 다들 그렇게 하니까요."

벨 부인은 미소를 지으면서 나에게 5센트 동전을 내민다.

"저, 저는 받을 수 없어요." 나는 말을 더듬는다. 때때로 팁을 받기도 하지만 내가 너무 많은 빚을 지고 있는 벨 부인에게 돈을 받을 수는 없다. 부인의 미소가 의아하다는 표정으로 바뀌면서 나는 내가 의심스러운 행동을 하고 있음을 깨닫는다. 나는 동전을 받는다. "고맙습니다."

"하느님의 손길이 언제나 너를 보호하기를."

그 말을 듣자, 나는 다시 부인이 올드 진과 나에 대해 알고 있는 건 아닌지 걱정스럽다.

그러나 벨 부인의 얼굴에서는 아무것도 읽을 수 없다. 그녀는 다시 거울에 비친 모자를 보며 감탄하고 있다.

제3장

잉글리시 부인이 내 손바닥에 자유의 여신상이 새겨진 1달러 동전을 올려놓고 금전 등록기를 닫는다.

지친 내 손가락이 저절로 동전을 움켜쥔다.

"고맙습니다. 사장님, 다시 한번 생각해 주시겠어요?" 내 절박한 목소리에 스스로 움찔한다. 나는 미래에 모자 가게 주인이 되기를 바랐다. 모자 만드는 일은, 말을 전혀 하지 않고도 의견을 표현할 수 있다. 더욱이 모자 가게 주인이 되면 결혼하지 않아도 스스로 돈을 벌 수 있다. 바람직한 여자라면 요리를 하고, 아이를 낳으면서, 기꺼이 '쓴맛을 봐야' 한다. 나는 지금도 충분히 내 몫의 쓴맛을 보고 있다.

"일은 두 배로 하고 제 의견은 말하지 않을게요. 그리고……."

"조, 너는 지금 경제적으로 말이 안 되는 이야기를 하고 있구나." 부인은 눈앞에서 내 모습을 지우듯 얼굴을 돌린다. 나는 지난 번에 해고당할 때 들은 그 무서운 단어를 떠올렸다. 나가. 그러나 잉글리시 부인은 말한다. "잘 가, 행운을 빈다."

실망감이 벽돌 상자처럼 내 마음을 무겁게 짓누른다. 모자챙 아래 얼굴을 숨기고 나는 유니언 역을 향해 서둘러 걷는다. 집에 일찍 도착해야, 벨 부인의 말을 엿듣고 그녀의 방문이 우연인지 아닌지 빨리 확인할 수 있다.

웨스턴 애틀랜틱 철도 회사는 애틀랜타를 여섯 구역으로 나누고 있는 파이 모양의 여러 조각 중 첫 번째 조각에 속해 있다. 우리가 사는 곳은 파이의 중심 근처다. 제복을 입은 남자가 건널목을 건너는 마차, 수레 그리고 보행자들이 뒤섞인 시끄러운 무리를 통제한다. 행렬이 끊어지기 전에 나도 서둘러 길을 건넌다. 어떤 여자가 손수건으로 코를 막고 나를 피한다. 그녀가 걱정하는 것이 기차의 그을음이 아님을 나는 알고 있다.

선로를 건너고 나니 발이 얼얼하다. 나는 양키들의 나라, 북부 쪽으로 눈길을 돌린다. 메이슨·딕슨선* 북쪽에서는 개들도 학교에 가서 예절을 배운다. 뉴욕 여성들은 패션에 매우 민감해서, 하루에도 몇 번씩 모자를 바꿔 쓴다. 제대로 훈련만 받을 수 있다면, 매디슨 스퀘어에 모자 가게를 열 수 있을 텐데.

＊ 메릴랜드주와 펜실베이니아주의 경계선으로 미국 남부와 북부의 경계. 과거 노예 제도 찬성 주와 반대 주의 경계이기도 하다.

참견쟁이라니, 나는 쓴웃음을 짓는다. 나는 리지가 열 마디를 하는 동안 겨우 한 마디 하는 둥 마는 둥 하는데. 온종일 하는 말은 많아야 그게 전부다. 동양인들은 수다스러울 틈이 없다. 특히 숨어서 사는 동양인들은 더 그렇다.

"앗!" 선로를 건넌 뒤, 커다란 운반용 상자 위에 앉아 있는 노인과 충돌할 뻔한다. 노인이 갑자기 몸을 피하는 바람에 신문지로 만든 모자가 머리에서 미끄러진다.

"죄송해요." 나는 신문지 모자를 주워 들지만, 노인은 꼼짝하지 않는다.

"아빠, 괜찮아요?" 피부가 햇볕에 그을린 젊은 여자가 신문지 모자를 낚아챈다.

문득 두 사람이 노숙자일 거라는 생각이 든다.

두 사람의 모습을 보니, 그늘을 가려 줄 제대로 된 모자도 없이 구걸하게 될 나와 올드 진의 모습이 떠오른다. 그런 상황이 닥치지 않기를, 나는 기독교의 신과 우리 조상님들에게 간절히 기도한다.

소매치기들이 흔히 하는 것처럼, 나는 몸을 움츠려 눈에 띄지 않게 하면서 슬그머니 골목으로 들어선다. 러키 거리 1번지에는 벨 씨 가족의 인쇄소와 집이 나란히 인접해 있고 그곳에서 45미터쯤 떨어진 곳에 잡목 숲이 있다. 사람이 있는지 주위를 확인한 뒤, 나는 서둘러 숲 가운데로 들어간다. 버지니아 삼나무가 무거운 가지를 드리워 가려 놓은 곳에 땅속으로 들어가는 문이 있다. 우리가 언제나 기름칠을 잘해 놓기 때문에 문을 열어도 삐거덕거리지 않는다. 대충 만든 계단을 내려가면 러키 거리 1번지의 지하로 이어지는 터널 두 개가 나온다.

올드 진은 실패 모양의 스풀 테이블 앞에 새처럼 앉아 있다. 평소보다 일찍 집에 왔으므로 엿듣는 일은 기다려야 한다. 벨 씨 가족은 집의 부엌에서 저녁을 먹고 있을 것이다. 그들이 인쇄소에 있어야 내가 대화를 엿들을 수 있다.

"다녀왔어요, 올드 진." 그는 내가 따라 쓸 수 있도록 짝수 획의 한자漢字들을 쓰고 있다. 삼촌들이 떠난 뒤, 우리는 영어를 쓴다. 하지만 언젠가는 나에게 짝지어 줄 남편을 위해 그는 내가 모국어를 계속 사용하기를 바란다.

그는 성긴 눈썹을 약간 찡그린다. 우리가 기거하고 있는 지하 공간에서 거의 들릴락 말락 말을 해도 그는 내가 기분이 상해 있음을 알아차린다. 그것이 모욕감을 더해, 이 부당한 상황은 내가 감당할 수 있는 수준을 넘어서 버린다. 나는 물이 담긴 양동이로 가서 필요 이상으로 열심히 얼굴과 손을 문질러 닦다가 소매를 적신다. 그러고 나서 내가 의자로 사용하는 엎어 놓은 화분 위에 앉으면서 테이블에 무릎을 부딪힌다.

올드 진은 내 접시에 햄 두 장, 치즈 한 조각, 참깨 롤 한 개를 덜어 주고, 복숭아잼 한 접시를 놓는다. 페인 씨네 요리사인, 로비의 부인 노에미는 언제나 올드 진에게 남은 음식을 챙겨 준다. 우리는 수상한 냄새가 밖으로 퍼져 나갈 음식은 먹지 않고 간단하게 식사한다.

"내일을 위해 화를 아껴 두는 게 나을걸, 응?"

나는 한숨을 쉰다. 올드 진은 증기를 빼내는 밸브를 누르는 법을 잘 안다.

"잉글리시 부인이 저를 해고했어요."

내가 이야기를 쏟아 내는 동안, 그는 따뜻한 보리차를 홀짝거리면서, 배경 음악처럼 '응'을 넣어 주어 말이 풀려 나오게 하고 분한 마음이 사라지게 한다. 그가 너무 자주 '응'을 해 주어서 나는 아예 그 소리가 들리지 않는다. 내 생각에 그 추임새는 마구간에서 말들과 많은 시간을 보내면서 생긴 버릇 같다. "응?"은 그가 말들의 의견을 존중하는 것을 나타내는 방식이다.

"면화 공장에서 일해야 할까 봐요." 나는 중얼거린다. 그 공장은 오랜 시간 실을 잣거나 감는 일을 할 사람은 누구라도 채용한다. 물론 손가락을 잃거나, 더 나쁜 경우에는 목숨을 잃을 수도 있다. 그래서 사람들은 '과부 제조 공장'이라고 부른다.

올드 진이 충격을 받아 비명을 질렀고 그 바람에 한바탕 기침이 터져 나온다. 나는 즉시 내가 한 말을 후회한다. 누군가가 그의 여윈 어깨를 잡고 거칠게 흔들고 있는 듯하다. 기침은 습기 때문일 것이다. 비가 많이 오면 이 오래된 공간에 곰팡이가 핀다.

나는 석탄 화덕 위에 놓인 주전자를 가지러 우리의 '부엌'을 향해 두 걸음을 내디딘다. 화덕은 머리 위 인쇄소 벽난로와 굴뚝이 이어져 있다. 그래서 벽난로에 불을 피울 때만 우리는 화덕을 쓸 수 있다. 다행스럽게도, 인쇄소의 안주인은 관절염이 있어서 따뜻한 것을 좋아한다.

나는 보리차를 더 따른다. 빨갛게 상기된 도토리 모양의 얼굴을 찡그린 채, 올드 진은 고맙다는 표시로 고개를 끄덕인다. 경련 때문에 늘 단정한 회색 머리카락이 흐트러졌다.

"로비가 그러는데, 기침에 효과가 좋은 새 약이 나왔대요."

"가장 좋은 약은 시간이야."

그는 벽을 등지고 나란히 놓여 있는 낡은 작업용 장화로 눈길을 돌린다. 우리는 그 속에 돈을 숨겨 놓는다. 우리는 항상 검소하게 살았지만, 최근 들어 그는 더할 수 없이 인색해졌다. 지난달 내 호주머니에 구멍이 뚫려 25센트를 잃어버렸을 때, 그는 일주일 동안 잠을 이루지 못했다.

"네 미래를 위해 돈을 모아야 해."

"우리의 미래죠." 올드 진은 나의 친아버지가 아니다. 그러나 올드 진이 없는 세상을 나는 상상할 수 없다. 내 부모가 누구든, 그들이 나를 올드 진에게 맡기고 떠날 때는 그가 애틀랜타의 동양인 독신남 중에 가장 믿을 만한 사람임을 알고 있었을 것이다. 중국에서 교사 일을 하던 올드 진은 자신이 아는 모든 것을 나에게 가르쳤다. 올드 진이 함께 살도록 허락했던 밭 일꾼, 도랑 파는 노동자, 바위 굴착공 같은 몇몇 '삼촌들'이 갓난아기인 나를 차례로 돌봤지만, 로비의 어머니에게 돈을 주고 나를 부탁한 사람은 올드 진이었다. 다른 이들이 모두 떠난 뒤에도 곁에 남은 사람은 올드 진이었다.

그가 차를 조금씩 마시자 기침이 다시 진정된다. "그래, 우리의 미래지." 그는 천천히 숨을 들이마시면서 차를 내려놓는다.

"페인 씨 댁에서 다시 일을 하면 어떻겠니?"

내가 코웃음을 쳤으나, 올드 진의 표정은 변하지 않는다.

"정말로요?"

올드 진이 고개를 끄덕였다. "노에미도 매일 볼 수 있을 거야."

"그건 좋은 일이지만……."

"그리고 스위트 포테이토도 탈 수 있어."

마음속에 우리 말의 검은 얼굴이 떠오른다. 어미 말이 거부한 탓에 절름발이가 된 망아지였다. 올드 진은 망아지를 쏘아 죽이지 못하게 해 달라고 페인 씨에게 부탁했다. 페인 씨는 동의했고, 올드 진에게 그 망아지를 주었다. 게다가 올드 진이 사용료를 지불한다면 그 말을 자기네 사유지에서 키워도 좋다고 허락했다.

"스위트 포테이토는 훌륭한 말로 자랐어. 너처럼 영리하지." 올드 진이 덧붙인다.

해고된 적이 있다는 어색함을 생각지 않는다면, 페인 씨 저택에서 일하는 것은 결코 비웃을 일이 아니다. 고급스러운 환경, 풍부한 음식 그리고 만날 일은 별로 없지만 평소에는 공정하게 대해 주는 여주인까지 나쁘지 않다. 물론 페인 부인의 딸 캐럴라인은 여러 털 빛깔이 섞인 말처럼 변덕스럽지만, 학교를 마칠 때까지는 집에 없다.

페인 부인이 정말로 나를 받아 주려나? "한번 버린 상한 달걀은 다시 바구니 안에 들여놓지 않잖아요."

올드 진은 등유 램프를 평온한 눈길로 바라본다. 내 말에 귀 기울이지 않고 다른 생각에 잠긴 것 같다. 그러나 잠시 뒤에 그는 말한다. "너는 상한 달걀인 적이 없었어." 마치 자신의 주장을 확인하듯이 그는 코를 킁킁거린다. 그러다가 가슴이 다시 지진을 일으키지만, 그는 입을 꾹 다물고 기침을 가라앉힌다. 그러고는 앉아 있던 걸상에서 몸을 일으킨 뒤, 천천히 의자를 제자리에 돌려놓는다. 잘 자라는 인사 대신 그는 고개를 끄덕인다. 그러고 나서 조용히 삐거덕 소리를 내며 자신의 '숙소'로 걸어간다.

서둘러 자리를 정돈하고, 나는 올드 진이 말들을 수놓아 만든 커튼을 친 문을 통과해 인쇄소 아래에 있는 내 공간으로 돌아간다. 삼촌들이 떠난 뒤, 올드 진은 소음이 덜한 자기 구역인 주택 아래쪽으로 옮겨 오라고 권했지만, 나는 낡은 플란넬을 꼬아 만든 푹신한 러그가 깔린 내 자리가 더 아늑하다. 더욱이 말소리가 들리는 배관 곁을 떠나고 싶지 않다. 벨 씨 가족의 대화를 엿들을 수 있는 유일한 곳이기 때문이다.

잠옷으로 갈아입고 두꺼운 양말을 신은 뒤, 나는 침대를 잡아당겨 펼친다. 내 베개 바로 위에 있는 배관에서 우리 쪽의 소리가 위로 올라가는 것을 막아 주는 헝겊 마개를 뺀다.

위에서 아래로 불빛이 흘러들어 온다. 침대 옆 탁자에 올려놓은 등유 램프의 불빛이 흔들린다. 벨 씨가 걸어 다니는 소리가 내가 있는 아래 공간에 울려 퍼진다. 정확한 수학적 계산 방식은 모르지만, 올드 진은 '소리가 들려오는' 공간이 벨 씨 가족의 작업대 근처일 것이고, 내가 머무는 공간과 대충 겹칠 것이라고 믿는다.

벨 씨 가족은 논쟁 중이다. 지하실에 숨어 사는 쥐들과 상관없는 일이기를 나는 기도한다.

"구독자가 1600명이야. 반면에 생선 싸는 포장지로나 써야 할 『트럼페터』는 3000명이 넘었어. 터무니없는 '에드나 아주머니의 조언' 같은 칼럼은 망해 버려야 해." 신문 발행인이 고함을 지른다. "창피한 일이야." 벨 씨의 목소리는 두 가지다. 큰 목소리와 더 큰 목소리. 나는 눈두덩이 두툼하고 혈색 좋은 얼굴이 분노로 이글거리는 모습을 상상해 본다.

안도의 한숨이 나온다. 벨 씨의 화난 목소리를 듣는 건 괴롭지만, 적어도 나와 올드 진 때문은 아니니까.

네이선이 애틀랜타의 전차 좌석을 분리하자는 제안을 비판하는 위험한 논설을 쓴 뒤, 『포커스』의 발행 부수는 급감했다. 반면에 비슷한 규모이던 『트럼페터』는 고민 상담해 주는 아주머니 칼럼을 새로 시작하면서 발행 부수가 치솟았다. 포베어런스, 줄여서 베어라고 부르는 벨 씨 가족의 양치기 개가 충성스럽게 짖으며, 꼬리로 바닥을 쿵쿵 때리기 시작한다. 베어는 다른 양치기 개들처럼 꼬리를 자르지 않았다. 나는 몸집이 큰 양치기 개가 심장 박동에 맞춰 꼬리를 흔드는 모습을 상상하며, 꼬리가 온전히 남아 있기를 바랐다.

"우리도 그림을 더 실을 수 있어요." 네이선이 말한다. 그림이라는 단어를 그리임이라고 발음한다. 뉴잉글랜드 출신의 부모와 달리, 네이선은 몇몇 발음을 조금 늘이면서 뭉갠다. 올드 진은 내가 말할 때도 조지아 악센트의 영향이 있다고 한다. "『트럼페터』는 그림을 적어도 두 페이지는 실어요."

"지면 낭비일 뿐이야. 그림은 애들이나 좋아하지."

방 안이 조용해진다. 베어의 꼬리까지 움직임을 멈춘다. 나는 네이선의 울화가 끓어오르는 것을 느낄 수 있다. 내 심장이 그의 심장과 연결되어 있다. 네이선은 나의 가장 오랜 친구다. 물론 그는 그 사실을 모른다. 우리는 많은 공통점이 있다. 땅콩을 좋아하고 순무를 싫어하는 것, 그리고 말하고 싶어 하는 욕구까지.

바닥의 나무가 삐걱거리는 소리가 난다. 네이선이 사무실 의자에 털썩 앉은 것 같다. 그가 실망해서 정치적 풍자만화를 그리는 모습을 상상한다. 『퍽Puck』잡지에 언제라도 실릴 만한 작품이다.

"히코리 곰팡이에 관한 기사는 어떻게 됐지?" 벨 씨가 소리친다. "사람들은 왜 나무가 성장을 멈추는지 알고 싶어 해."

"그 곰팡이가 자라기를 기다리는 중이에요." 네이선이 투덜거린다. 언젠가 남편을 맞이해야 한다면, 네이선의 재치에서 투덜거림만 뺀 사람이었으면 좋겠다.

"아버지가 해충에 관한 이야기를 원한다면, 빌리 리그스에 대한 폭로 기사를 쓰게 해 주세요. 『콘스티튜션』은 배짱이 없어서 진짜 내막을 쓸 수가 없어요."

『콘스티튜션』은 빌리를 '해결사'라고 불렀지만, 벨 씨 가족은 빌리가 비밀리에 더러운 거래를 했다고 믿는다. 지난해 버번위스키 재벌의 상속자가 남성을 좋아한다는 사적 비밀이 폭로된 뒤 목을 맸다. 벨 씨 가족은 그 정보를 판 사람이 빌리 리그스일 거라 의심하고 있다.

벨 씨가 큰 소리로 코웃음을 친다. "종말이 가까울지도 모르지만, 나는 스캔들의 화형대 위에 올라가지 않을 거다!"

"그럼요, 그럼요." 벨 부인이 남편을 진정시킨다. 내 귀가 쫑긋한다. 부인이 방 안에 있는지 없는지 알기 어려울 때가 종종 있다. 모기처럼 사뿐사뿐 걷기 때문이다. "여보, 이른 아침에 떠나는 기차를 놓치면 스캔들이 생길 거예요. 지금 들어가 쉬는 게 좋겠어요."

벨 씨는 봄마다 『포커스』의 후원자들을 만나러 뉴욕으로 출장을 간다. 발행인이 떠나는 발걸음 소리가 들리고 네이선의 투덜거림이 뒤따른다.

엿듣기는 비열한 습관이다. 그러나 나는 벨 씨 가족의 대화를 엿들어 왔고, 이제 습관을 고칠 수 있을지 의심스럽다. 그들의 말소리는 수많은 외로운 밤에 안정감을 주었고, 그들을 가족처럼 느끼게 했다. 이 공간을 만든 노예 폐지론자들은 소리를 엿듣는 배관의 위층에 있는 끝부분을 환풍구처럼 위장했다. 벨 씨 가족은 나와 같은 누군가가 엿듣고 있다는 사실을 꿈에도 알지 못할 것이다. 노예들이 해방되고 나서, 대규모 농장뿐 아니라 남부를 재건하는 일에 동양인들이 대신 자리를 채울 것이라고 예상한 사람이 있었을까?

벨 부인이 바닥을 긴 빗자루로 쓸면서 카본 그을음과의 전쟁을 치른다. 밤마다 벌어지는 일이다. 베어가 빗자루를 따라다니며 짖는다.

"제가 할게요."

"나는 청소를 좋아해. 제발 아버지 비위 좀 맞춰 주렴. 뉴욕에서 일이 잘 안 풀리면, 우리가 무슨 기사를 쓰든 상관없을 거야."

"'일이 잘 안 풀린다면'이라니, 무슨 뜻이에요?"

나는 숨을 죽이고, 플란넬 잠옷을 손으로 잡아당겨 비튼다.

"북부에서 우리를 후원해 주는 이들이 여기에서 신문을 발행하는 것을 그만두려고 해. 4월까지 구독자를 다시 2000명까지 확보하지 못하면, 폐간해야 할 거야."

"하지만 4월까지는 겨우 4주 남았잖아요. 일주일에 구독자가 100명씩 늘어야 하는데, 불가능해요."

"어쩌면 수재나 아주머니 집으로 이사해야 할지도 몰라."

걱정으로 마음이 무거워진다. 벨 씨 가족이 이사할지도 모른다는 생각은 한 번도 해 본 적이 없었다. 그래서 벨 부인이 가게에 찾아온 거였나? 나에게 은밀히 작별 인사를 하려고?

"『트럼페터』에는 있는데 우리에겐 없는 게 뭐죠?" 네이선이 묻는다.

벨 부인은 코웃음을 친다. "에드나 아주머니의 조언." 빗자루가 바닥을 더 박박 긁는다. "어쩌면 경마 대회에서 구독자를 모을 수 있을지도 모르지."

경마 대회는 젊은 여성들이 사교계에 데뷔하는 시기에 시작되고, 상류층 사람들 모두 참석하기를 원한다. 우리 같은 하층 계급 사람들은 말을 보는 것만으로도 만족하겠지만, 표가 한 장에 2달러다.

"뭐라고 하셨어요?"

나는 오른쪽 뺨을 배관에 바짝 갖다 댄다.

"내 말은 우리가 어쩌면 구독자를……."

"아니, 그전에 말이에요. 에드나 아주머니의 조언. 우리도 고민을 들어주는 아주머니 칼럼을 싣는다면, 독자를 늘릴 수 있는 거죠. 여자들은 뭘 좋아하죠? 세탁이 잘되는 비결?" 네이선이 투덜거림에 가까운 소리를 낸다. 아마도 벨 부인이 꼬집었을 것이다.

"어떨 때 보면 너는 네 아버지처럼 고루해." 베어가 수긍한다는 듯 짖어 댄다! "살림살이에 대한 조언은 에드나 아주머니에게 충분히 들을 거야. 누군가가 더 긴요한 주제를 써야 하는데 말이야. 발가락의 티눈 같은 남편을 설득하려면 어떻게 해야 하는지, 혹은 질 나쁜 고기를 주려고 갈매기로 유인하듯 속임수를 쓰는 정육점 주인에게 어떻게 해야 하는지, 뭐 그런 거지."

갈매기?* 그런 훌륭한 단어가 속임수를 쓴다는 뜻으로 쓰이다니, 갈매기들이 과연 좋아할지 의심스럽다. 나는 G로 시작되는 단어들을 분필로 써 놓은 벽에 '갈매기로 유인하다: 속임수를 쓰다'

---

* 벨 부인이 '속임수를 쓰다tries to gull'는 의미로 gull(갈매기)이라는 단어가 들어가는 관용어를 써서 조가 놀라는 것이다.

를 덧붙인다. 페인 씨가 올드 진에게 사전을 하나 주었는데, G 부분이 빠져 있어 내가 그 부분을 벽에 채워서 적고 있다.

"어머니가 쓰시는 건 어때요?" 네이선이 묻는다.

"네 아버지에게 쓰라고 하려 했는데."

네이선이 툴툴거린다. "차라리 없던 일로 하죠."

위층이 곧 조용해지고, 나는 말소리 엿듣는 배관을 헝겊으로 막는다.

벨 씨 가족이 신문사를 닫게 되면, 이곳을 떠나야 할 것이다. 그들은 우리의 가족 같다. 올드 진은 그때가 바로 내가 '예민한 코'로 남편을 찾아낼 시기라고 판단할 것이다. 돈을 잘 버는 남편 말이다. 동양인 독신남들은 절박하게 아내를 필요로 해서, 수백 달러를 들여 고국에서 신붓감을 데려온다. 대부분 열일곱 살인 나보다 어린 신부들이다. 나는 선택을 잘할 수 있는 코가 필요하고, 온갖 쓴맛을 소화해야만 할 것이다.

제4장

스위티 양에게

저는 지참금을 하나도 마련하지 못한 젊은 여성이고, 윗입술 근처에 죽은 족제비를 떠올릴 만큼 털이 많이 났어요. 그럼에도 어떤 남성이 저를 사랑한다고 고백합니다. 제가 어떻게 그 사람을 믿을 수 있죠?

콧수염이 난 처녀

콧수염 아가씨에게

때로는 사랑이 갑작스레, 저절로 시작되기도 합니다. 얼굴에 털이 아무리 많아도 그걸 막을 수는 없지요.

진심을 담아,
스위티

✳

다음 날 아침, 나는 벽돌색 원피스를 입고 오톨도톨한 무늬가 있는 염소 가죽 부츠를 신는다. 그러고 나서 숲의 출입구로 이어지는 서쪽 통로를 걸어간다. 젖은 흙과 나무뿌리 냄새가 엄습한다. 이런 통로를 만들고 무너지지 않게 하려고 노예 폐지론자들은 고된 노동을 했을 것이다. 그러나 올드 진이 말하듯, 위대한 영혼은 의지를 갖는 반면에 나약한 영혼은 소망만 가질 뿐이다.

나는 땅 위로 향한 문을 열어젖히고, 밖으로 빠져나온다.

버지니아 삼나무의 울창하게 늘어진 가지들이 나를 둘러싼다. 비밀을 숨겨 주고 눈이 쌓이는 것도 막아 주는 나무다. 나뭇잎은 동쪽으로 45미터쯤 떨어진 벨 씨 집과 북쪽의 하숙집, 그리고 남쪽에 있는 소다 공장에서 보이는 시야를 가려 준다. 잡목 숲을 빠져나가기 전에 아무도 보고 있지 않음을 확인한다. 팔에 소름이 돋는다. 다시 주위를 살펴보지만 아무도 보이지 않는다.

갑자기 까마귀 한 마리가 덤불 속에서 나타나 울어 대는 통에 심장이 튀어나올 뻔했다. "몰래 훔쳐보는 노인네 같으니라고." 두근거리던 심장이 진정되면서 나는 중얼거린다. 까마귀는 숲속에 몸을 숨긴 반듯한 여자애들을 놀라게 하는 것 말고는 할 일이 없나 보다. 까마귀가 박쥐였으면 좋았을 텐데. 중국어로 박쥐는 '행운'이라는 말과 소리가 같다. 박쥐들은 아직 겨울잠에서 깨어나지 않은 것 같다. 복숭아들이 익기를 기다리나 보다.

잘 맞지 않는 모자의 챙을 기울여 얼굴에 그늘을 만들고 중심가를 향해 걷는다. 나에게 엄마가 있었다면, 혼자 외출하는 일이 쉽지 않았을 것이다. 다행히도, 내가 자라고 나서도 올드 진은 바지 입는 것을 허락해 주었다. 바지는 항상 직업을 가져야 하는 여자에게 훨씬 실용적이기 때문이다. 올드 진은 또한 내 기억 속 삼촌 중 하나인 해머 풋에게서 호신술을 배우는 것도 허락했다. 해머 풋은 소림사의 승려 손에서 자랐다고 했다. 소림사에서는 오랜 세월 한 치의 어긋남 없이 스승의 가르침에 따라야 한다. 그러나 나의 스승 '해머 풋'의 동작은 러키 입 삼촌의 발목을 부러뜨릴 뻔했다. 아무쪼록 오늘 나에게 행운이 있기를.

3시까지 일자리를 찾아 스무 군데 이상을 돌았다. 열일곱 개의 문과 창문 한 개가 바로 얼굴 앞에서 닫히는 수모를 겪었다. 어떤 노파가 자기 개에게 나를 공격하라고 부추기는 바람에 발목을 삐었다. 천을 염색하는 일을 하겠느냐는 제의를 받았으나, 내가 절름거리며 걷는 것을 보자마자 제안을 취소했다. 그래도 운이 좋았다. 러키 입 삼촌은 어떤 사람이 공격하라고 부추긴 개에게 물려 무릎이 찢어졌으니까. 이름*과는 달리, 삼촌은 그다지 운이 좋지 않았다.

집에서 나오면서 했던 모든 결심은 보도 위로 흩어진다.

저 앞 어디선가 들려오는 술 취한 사람의 노랫소리 때문에 나

---

* 러키는 행운이라는 의미.

는 평소에는 악취 때문에 피하던 좁은 길로 접어든다. '카커스 골목'은 도살장 같기도 하고, 시체 안치소 같기도 하다. 그럼에도 나는 진짜 악취는 길 끝에 있는 법원에서 뿜어낸다고 생각한다. 동양인들은 재판에서 단 한 번도 이겨 본 적이 없는 법원이다. 어떤 여자가 기둥에 간판을 달려고 못에 망치질을 하고 있다. 망치를 움직일 때마다 조각조각 페인트칠이 벗겨진 낡은 집이 기침하는 것처럼 흔들린다. 간판에는 '방 있음'이라고 적혀 있다. 현관의 철제 난간은 녹슬었고, 몇몇 창문에는 유리가 없다. 저렇게 쓰러져 가는 집에서 누가 돈을 내고 살까?

나는 혀를 깨문다. 마음속의 심술궂은 원숭이들이 입 밖으로 내 생각을 말할까 봐.

"방세는 얼마예요?" 간판을 달고 있는 여자에게 소리쳐 묻는다. 동양인들은 사실상 부동산을 소유하거나 임대하는 게 허용되지 않는다. 그러나 적절한 가격을 제시하면, 사람들을 설득할 수도 있을 것이다.

여자가 몸을 비틀어 나를 보더니 눈살을 찌푸린다. "네겐 너무 과분한 곳이지. 너 같은 사람들은 이를 긁게 하고, 집 안에서 검은 타르를 태울 테니." 여자는 집 안으로 들어가면서 문을 쾅 닫는다.

나는 손바닥에 손톱이 박힐 정도로 주먹을 쥐었다가 한숨을 내쉬며 서서히 편다. 어쨌든 나는 이곳에서 살고 싶지 않다. 여기보다 더 나쁜 곳은 콜린스 거리인데, 올드 진은 범죄 소굴에 살려고 하지 않을 것이다. 나는 절룩거리며 서둘러 걷는다.

철도 건널목 앞에 이르자, 알록달록한 음식 노점상 앞에 사람들이 몰려 있다. 벌집 속 벌들 같다. 인도가 너무 북적일 때 백인이 아닌 사람들은 차도를 이용해야 한다. 올드 진은 삼촌들에게 언제나 길을 양보하라고 말했다. 강물은 돌을 피해서 가장 빠른 경로를 찾아가는 법이라고. 나를 차도로 내려가서 걸어가게 한 적은 없었지만.

가로등 기둥에 기대서서, 나는 발목을 풀며 호흡을 조절한다. 해머 풋 삼촌은 호흡에 주의를 기울이면 우리 몸의 에너지가 순환한다고 말했다. 어디선가 소시지 냄새가 난다. 비상금으로 가져온 10센트를 쓰고 싶은 유혹을 느낀다. 나는 유혹에 저항하면서 가까운 건물 벽에 붙어 있는 포스터로 눈길을 돌린다. 솔트와 페퍼 같은 숙녀들에게 열광을 불러일으킨 포스터다. 여기저기 붙어 있다.

윈스턴 페인 부부는 피드몬트 파크 경마장에서 열리는 8펄롱* 경마 대회에 모든 애틀랜타 시민을 초대합니다. 우승자에게는 300달러의 상금이 주어집니다.

날짜: 3월 22일 토요일

입장권: 1인당 2달러, 여성 복지 향상 협회 기금으로 적립됩니다.

후원자: 12명의 경기 참가자 중 한 명을 후원하기 위한 입찰은 3월 15일

* furlong. 1마일의 8분의 1로 약 200미터.

까지 접수합니다. 입찰한 '경주마'를 표시하여 피치트리 거리 420번지로 보내 주십시오. 우승마 후원자에게는 『콘스티튜션』에 1년간 무료 광고가 제공됩니다.

참고 사항: 여성 복지 향상 협회의 정신으로, 숙녀들은 신사들을 초대할 수 있습니다.

추가 참고 사항: 공공장소에서 음주는 용납되지 않습니다.

페인 부인이 경마 대회를 보통의 경우와는 반대로 여성이 남성을 초대하는 행사로 결정한 것은 신기한 일이다. 나는 한 번도 페인 부인을 진보적이라고 생각한 적이 없다. 비록 동양인 여자애를 고용하여 일을 시켰지만. 페인씨 저택이 바빠질 것 같다. 그래서 올드 진이 일거리가 있을 거라고 했나 보다.

이제 발목이 욱신거리지 않아서, 나는 건널목을 향해 걸어간다. 유니언 역 근처에는 기차를 기다리는 사람들을 위해 벤치가 등을 맞대고 줄줄이 놓여 있다. 흰색과 회색이 섞인 털 뭉치를 알아보는 순간, 내 발걸음이 느려진다. 양치기 개의 꼬리가 벤치에 앉아 있는 남자의 낡은 부츠를 쿵쿵 두드리고 있다.

놀랍게도, 네이선 벨이다.

"빨리 움직여요!" 건널목 경비원이 깃발을 흔들며 소리친다.

일곱 개의 선로를 건너는 대신 나는 바퀴가 망가진 짐마차 옆에 몸을 숨기고 모자를 깊이 눌러쓴다. 물론 네이선은 나를 본 적이 없고, 계속 그러기를 바란다. 네이선의 어머니를 만난 다음 날

네이선과 마주친 우연에 나는 놀라고 있다. 사람들은 우연이란 운명이 펼쳐지는 것에 불과하다고 믿지만.

나는 서둘러야 한다. 차들이 줄지어 지나가고 있지만, 여전히 건널목은 열려 있다. 그러나 호기심 때문에 움직이지 못한다. 네이선은 바닥에 떨어진 담배꽁초가 거슬려서 바라보고 있나 보다. 하지만 바람에 꽁초가 날아가는데도, 네이선은 여전히 한 곳을 응시하고 있다. 그의 귀는 뒤에 앉은 두 여자에게 향해 있다.

네이선이…… 엿듣고 있는 건가? 수첩에 받아 적기까지 하고 있다. 와, 대담하다. 물론 나도 살짝 엿듣기는 하지만, 지금 그런 생각을 할 때가 아니다. 아마도 그는 기사를 쓰는 중인가 보다. 히코리 곰팡이에 관한 글이 아닌 건 분명하다.

나는 짐마차 앞으로 슬그머니 움직인다. 네이선이 막대기 같은 손가락으로 연필을 움직이고 있다. 짙은 사선의 눈썹이 아래쪽으로 기울어져 찡그린 얼굴이다. 나는 네이선의 얼굴이 평범한 줄 알았다. 그러나 뜯어볼수록 흥미롭다. 단호해 보이는 턱, 밖으로 내보내는 것보다 안으로 끌어들이는 게 더 많은 비둘기 빛의 눈, 그가 언젠가 인쇄업에서 성취를 이루었을 때 쓰게 될 안경을 든든히 받쳐 줄 견실한 코. 흑갈색 홈부르크 모자는 정수리 부분이 눌렸음에도 챙은 빳빳하게 살아 있다.

짖는 소리에 놀라 생각을 멈춘다. 놀랍게도, 베어가 나를 향해 머리를 흔든다. 개의 눈이 나를 바라보고 있는 건지, 머리통을 뒤덮은 덥수룩한 털 아래 눈이 달려 있기는 한 건지, 도대체 알 수 없다.

베어가 나를 향해 달려와, 마치 세상에서 가장 큰 양을 발견한 것처럼 짖어 댄다. 눈도 없는 동물이 그토록 정확하게 목표를 조준할 수 있다니 괴이한 일이다. 나는 왜 개들에게 대항할 수 없을까? 발이 얼어붙는다. 아까 그 소시지를 샀어야 했는데. 해머 풋은 언제나 적에게 말려들지 말고, 먹이를 주라고 했다.

나는 이리저리 피하다 그만 발목을 다친 발로 부츠 끈을 밟고 선로 위에 털썩 넘어진다. 겁에 질려 나는 허우적거리며 뒤로 물러난다. 개의 이빨이 닭 다리처럼 내 발을 물어뜯을 것 같다. 뭔가 찢어졌어! 내 스타킹이…… 젖는다. 맙소사, 피를 흘리는 건가?

아니다. 개가…… 발목을 핥고 있다. "제발, 그만해!" 나는 개에게 애원한다.

"포베어런스! 당장 멈춰!"

풀들도 고개를 숙일 것 같은 목소리로 네이선이 호통친다. 베어가 핥는 것을 멈춘다. 나는 혼미함 속에 네이선이 개를 끌고 가는 것을 알아차린다. 우리를 우회해서 지나가는 말발굽 울리는 소리와 바퀴의 삐걱거리는 소리가 들린다. "도대체 왜 그러는 거야? 미안해요, 아가씨." 네이선이 나를 뚫어지게 본다. 내 모습을 보면 사람들이 흔히 드러내는 혼란스러운 시선이 곧장 호기심으로 바뀐다.

나는 장갑을 벗고 다리를 만져 본다. 전능하신 하느님 덕분에, 내 다리는 여전히 붙어 있다. 그러나 아마빛 스타킹은 찢어졌다.

드러난 다리를 바라보는 네이선의 눈길을 의식하면서 나는 치마를 아래로 잡아당긴다. 네이선은 눈을 돌린다. 그 와중에 베어는 주위를 껑충껑충 뛰어다닌다. 깃발 같은 분홍빛 혀를 흔들어 대면서.

내가 적당한 순간에 자리를 피하려 하기 직전에 네이선이 숨을 몰아쉬며 말한다. "죄송해요, 아가씨. 평소에 우리 개는 아는 사람에게만 달려들거든요."

나는 멈칫한다. 베어는 나를 안다. 아래층에 거주하는 나의 냄새를 분명히 알아차렸을 것이다. 내가 네이선에게서 벨 씨 집안의 냄새인 세탁비누의 레몬 향과 인쇄 잉크의 냄새를 맡는 것처럼.

다행스럽게도, 동물들은 의견이 있는 건 분명하지만 말을 하지 못한다.

건널목 경비원이 우리를 향해 깃발을 흔든다. "비켜요! 2분 안에 다음 기차가 와요."

양치기 개가 빙글빙글 돌기 시작한다. 마치 우리를 선로 바깥으로 몰고 나가려는 것 같다. 목줄이 우리를 감아 네이선과 나를 끌어당긴다. 얼굴을 찡그리는 바람에 네이선의 입이 벌어져서, 로비가 인정할 만한 치아가 드러난다. 그렇게 가까이서 보니 감탄하지 않을 수 없다. 네이선을 둘러싸고 있는 온기 때문에 내 피부가 화끈거린다. 이제 막 웅웅거리기 시작한 선로처럼 따뜻하고 활기차다. 우리가 부딪치기 직전에 네이선이 쥐고 있던 개의 목줄을 놓는다. "못된 것. 너를 깔개로 만들어 버릴 테다."

나는 느슨해진 목줄에서 빠져나온다.

"얼른 비켜요! 기차가 들어와요!" 경비원이 종을 울린다. 마지막 차량들이 우르르 건널목을 건넌다. 차량에서 뿜어져 나오는 연기가 기둥이 되어 하늘로 올라간다.

우리는 서둘러 선로를 벗어나지만, 잠깐, 내 장갑이 어딨지? 침목 사이에 떨어져 있다. 딱 열 걸음 거리다. 장갑 한 짝을 무엇에 쓰나? 한 켤레를 사야 할 것이고, 이미 나는 맞지 않는 모자 대신 새 모자를 사기 위해 돈을 모으고 있는 중이다. 서두르면 장갑을 주울 수 있을 거다.

어떤 손이 나를 가로막는다. "머리가 어떻게 됐어요?" 네이선이 짜증을 낸다.

나는 버둥거리며 네이선의 팔에서 벗어난다. 기적 소리가 하늘에 구멍을 내서 다른 모든 소리가 빠져나간 것 같다. 베어가 짖는 소리도 들리지 않는다. 나는 최대한 빨리 그 자리를 벗어난다.

제5장

나는 평소보다 15분 정도 늦게 집으로 돌아온다. 네이선이 내 뒤를 따라올 경우를 생각해서 빙 돌아오는 길을 선택했기 때문이다. 베어가 나를 알고 있다는 것을 갑자기 깨달은 터라 사실은 어느 길로 와도 크게 다르지 않다. 베어는 그동안 지하실에 거주하는 나의 냄새를 맡았지만 한 번도 크게 짖은 적이 없었다. 개에게 나는 그저 집을 구성하는 여러 냄새 중 하나였을 것이다. 그러니 이제까지처럼 그냥 지낼 수 있다.

올드 진은 화요일 밤마다 공중목욕탕으로 씻으러 간다. 내 이 빠진 접시에 토마토 피클과 닭봉 두 개를 준비해 놓고 대접으로 덮어 놓은 채 나갔다.

나는 침대 위에 앉아 찢어진 스타킹을 벗는다. 벽에 적혀 있는 '웃음을 유발하는gelogenic'이라는 의미의 단어가 눈에 들어온다. 그

밑에는 '양의 다리^{gigot}'라는 뜻의 단어가 적혀 있다. 벽이 나를 조롱하고 있다. 그 옆에서 엿듣는 배관이 어서 마개를 뽑으라는 듯 나를 부른다. 나는 모든 것이 그대로라며 마음을 가라앉힌다. 베어는 벽에 있는 구멍으로는 나를 알아차리지 못한다.

나는 배관에서 모직 헝겊을 꺼낸다.

베어가 바로 내 머리 위에 있는 것처럼 큰 소리로 짖어 댄다. 나는 펄쩍 튀어 올라 뒤로 물러선다. 그 바람에 매트리스에서 굴러떨어진다.

"베어, 벽에서 떨어져―." 네이선이 말한다. 나는 겁에 질려 배관을 노려본다. 양치기 개가 환풍구로 뛰어들어 배관을 타고 미끄러져 나올 거 같다.

개가 나의 냄새를 맡은 걸까? 위에서 개를 키우기 시작한 5년 전부터 지금까지 한 번도 지금처럼 짖은 적이 없다. 나는 마개를 막으려고 손을 뻗지만, 그 순간 발톱으로 긁는 소리가 사라진다. 네이선의 목소리가 선명해진다. "남성을 경마 대회에 초대하는 것에 대해 그렇게 많은 의견이 있을 줄 누가 알았겠어?"

베어가 멀리서 짖는다.

"내가 선호하는 샤프롱*은 턱수염이 있는 사람이죠. 당신은 그의 치아에 박힌 양귀비씨처럼 깊은 인상을 심어 주어야 해요. 그

---

* chaperon. 젊은 여자가 사교장에 갈 때 따라가는 보호자. 주로 나이 많은 부인이다.

러면 그가 당신과 같이 가고 싶어 안달이 날 거예요.'" 네이선은 독특한 아일랜드 억양을 흉내 낸다. 그리고 원래 자기 목소리로 덧붙인다. "베어, 너는 어떻게 생각해?"

이번에는 베어가 짖지 않는다.

"너는 새장 든 여자가 더 맘에 들어?" 네이선은 치아가 빠진 사람의 목소리를 낸다. "말들은 냄새가 지독해요. 나는 차라리 진달래나무에서 진딧물을 없애고 있는 게 나아요." 그는 비아냥댄다.

나는 웃음을 참는다.

"아냐. 양귀비 씨앗 이야기를 해야겠어. 그래야 에드나 아주머니가 말하는 것 같겠지."

그러니까 네이선은 아까 조언 칼럼을 쓰기 위해 두 여자의 대화를 엿들었던 거다. 그런데 양귀비 씨앗처럼 박혀 있어야 한다고? 헛소리. 분명히 여성이 남성을 초대하는 게 규칙이라고 적혀 있었다. 왜 일을 복잡하게 만드는 거지? 물론 구애가 이루어지는 방식은 그렇다. 사람들은 결코 자기 마음을 솔직하게 털어놓지 않는다. 그냥 걸어서 방 안을 가로지르는 것보다 복잡하게 춤추며 가는 것을 선호한다.

그러나 『포커스』가 4월까지 2000명의 구독자를 확보하려면, 벨씨 가족은 에드나 아주머니와는 조금 다르게 급진적이어야 할 필요가 있다. 경주에 용을 내보낼 수 있는데 왜 2등에 불과한 말을 출전시킬까. 용은 날 수 있고 말을 아침 식사로 잡아먹을 수도 있는데? 애틀랜타는 새로운 남부의 수도로서, 20세기까지 그

역할을 이끌어 갈 것이다. 이곳 여성들은 이미, 물론 백인 여성들에 제한된 얘기지만, 유색인 남성에게 투표권을 보장한 수정 헌법 제15조와 마찬가지로, 여성에게도 투표권을 부여하는 헌법 개정을 요구하는 시위에 나서고 있다. 우리 여성들이 오늘날 마주하고 있는 더 진지한 관심을 다루는 칼럼을 준비해야 마땅하다. 누군가는 변화의 나팔을 불어야 한다. 사회의 최상층에서 바닥에 이르기까지, 안과 밖을 모두 바라보는 누군가가 해야 할 일이다.

누군가…… 나 같은 사람. 내가 정말 나서기 좋아하는 참견쟁이라면, 고민 상담하는 아주머니 역할을 잘할 수 있을 것이다. 나는 진보적인 사람이며, 다른 사람과 마찬가지로 내 의견을 갖고 있다. 벨 씨 가족이 아니면서 『포커스』를 잘 아는 사람이라면 바로 나다. 사업적인 면에서도 벨 씨 가족을 도울 수 있다. 아무도 내 정체를 모르게 할 것이다. 진실을 전달하는 가장 좋은 방법은 죽기 전까지 익명으로 남는 것이다.

올드 진은 찬성하지 않을 것이다. 발각될 위험을 줄이기 위해 올드 진은 삼촌들에게 긴 목록의 행동 규칙을 따르도록 요구했다. 큰 소리로 말하지 않기, 떼 지어 나가지 않기, 벨 씨 집 소각장에 쓰레기를 버리지 않기. 여전히 우리도 그 규칙을 지키고 있다. 칼럼에 대해 올드 진이 알아야 할 필요는 없다. 요즘 그는 신문도 거의 읽지 않는다.

심장이 두근거린다. 나는 벨 씨 가족의 에드나 아주머니가 될 것이다.

제6장

나는 올드 진의 공간으로 건너간다. 그곳에는 오래된 옷감과 필기도구들이 들어 있는 서랍이 있다. 종이를 넣어 둔 서랍이 잘 열리지 않아 씨름했지만, 마침내 조금 움직인다. 재빨리 종이 한 장을 꺼내 내가 사는 곳으로 돌아온다.

일주일에 두 번 『포커스』가 발행되는 목요일과 일요일의 전날 밤, 그러니까 수요일과 토요일 밤에 천장이 가장 심하게 흔들린다. 그러나 오늘 밤은 조용하다. 등유 램프를 켜는 대신, 양초에 불을 붙여 깨진 찻잔 속에 세워 놓는다. 촛불이 콘크리트 벽에 내 그림자를 드리운다. 나의 어두운 쌍둥이가 펜을 굴리는 것을 유심히 본다. 이 편지를 누구에게 보내야 할까?

맨 처음 떠올린 사람은 벨 부인이다. 그러나 곧 마음을 바꿨다. 벨 부인이 모자 가게에서 나를 우연히 만난 뒤 얼마 지나지 않아

익명의 편지를 받게 된다면? 오솔길에 빵 부스러기가 떨어져 있는 셈이다. 네이선이 적합하다. 길에서 우연히 부딪쳤지만, 내가 영어로 말하는 것을 듣지 못했다. 벨 씨는 네이선의 출판 능력에 여러 번 의구심을 가졌다. 아마도 그가 『포커스』를 상징하는 진보적 정신을 아버지에게 보여 줄 기회를 제공할 수 있을지도 모른다.

네이선은 좋은 언론인이 될 것이다. 아버지처럼 카리스마가 있는 건 아니지만 원칙을 지킬 것이다. 불평 많은 성향임에도, 아버지와 달리, 그는 지속적으로 흔적을 남기는 방법이 한 가지가 아니라는 것을 알기 때문에 세상을 유연하게 헤쳐 나갈 것이다.

네이선 벨

러키 거리 1번지

애틀랜타, 조지아

벨 씨에게

저는 오랜 세월 『포커스』를 구독한 애독자입니다. 특히 깊은 사유가 담긴 논설에 경의를 표합니다. 정의롭고 반짝이는 재치를 보여 주는 글입니다(가장 최근에는 「복합 하수 시스템의 악취: 당신을 노리는 위험을 물로 씻어 내라」 그리고 「화재가 발생한 신발 공장 노동자들이 대피할 공간은 없었다」). 내용 면에서 『포커스』는 더 큰 신문사들보다 질적으로 우수합니다. 그러나 한 가지 부족한 점이 있습니다. 여성에 대한 것입니다. 『콘스티튜션』은 정기적으로 집 꾸미기에 관한 기사를 싣습니다. 『트럼페터』조차 '에드나 아주머니의 조언'을 인기리에 연재하고 있습니다. 『레이디스 홈 저널』 같은 잡지는 어느 때보다 인기가 높아지고 있습니다. 여성들은 더 다양한 콘텐츠를 요구하고 있습니다. 『포커스』도 그것을 충족할 수 있습니다. 이런 목적으로 제 충심을 귀사에 제공하고 싶습니다. 저는 평생 애틀랜타에서 살아온 평범한 여성입니다. 원고료는 원하지 않습니다. 저의 글이 애틀랜타에 살고 있는 자매들에게 조금이나마 도움이 된다면 그것으로 충분합니다. 귀사의 판단을 돕기 위해 제가 쓴 글을 예시로 붙입니다.

여성이 남성을 경마 대회에 초대한다고? 예 혹은 아니요?

다가오는 경마 행사 덕분에 '남녀의 역할을 바꾸는' 기획의 적절성에 대한 논란이 다시 고개를 들었습니다. 후원자들은 분명히 '여성이 남성을 초대할 수 있다'고 명시했음에도요.

사람들의 말과 생각이 다른 경우가 많다고 생각합니다. 예를 들어 "내가 만든 오이 파이가 맛있나요?"라는 질문을 받는다면 아마도 "정말 맛있어요."라고 대답하겠지요. 그것이 악어가 뱉어 놓은 침처럼 보인다고 해도 말이지요. 당신이 만든 파이가 깃털처럼 폭신하다고 말하면, 파이를 만든 사람은 마음속으로는 기뻐하면서도 겉으로는 이렇게 대답할 것입니다. "정말 대단치 않은 솜씨예요."

하지만 경마 대회는 이런 경우가 아닙니다. 공식적인 초대

는 당신이 그것을 어떻게 생각하든 상관없어요. 있는 그대로
의 의미일 뿐이지요. 여성이 남성을 초대하는 것을 주최 측에
서 권장하는 의미 그대로 받아들이는 게 아니라 '평판에 먹칠
하는 것'으로 생각해야 하나요? 기만이 문제의 초점이 아니라
면, 말은 액면 그대로 받아들여져야 합니다. 그렇지 않으면 말
의 가치를 잃을 위험에 처합니다. 그러니 여성들이여, 질질 끌
지 마세요. 당신의 준마를 쉽게 만나기 힘들지도 모르니까요.

만약 저의 제안에 관심이 있으시면, 이 글을 기사로 실어 주시
면 됩니다. 그러면 제가 다시 새로운 글을 보내도 된다고 생각하
겠습니다. 저는 사생활을 중요하게 생각하는 사람이고, 개인적인
이유로 제 정체를 알리고 싶지 않습니다.

진심을 담아,

여기까지 쓴 뒤, 나는 이름을 무엇이라 쓸까 고민한다. 독특하
면서도 기억에 남고, 아무도 쓰지 않는 이름이어야 한다. 머릿속
에 우리 말이 떠올랐다. 그 말에게 나는 스위트 포테이토라는 이
름을 붙여 주었다. 성질이 온순하고 믿음직해서다. 내가 쓰게 될
기사의 도발적인 성향을 상쇄해 줄 뭔가 달콤한 이름이 딱 어울
릴 것이다. 나는 장식적인 글자로 '스위티 양'이라고 쓴다. 그러
고 나선 조심스럽게 말소리를 엿듣는 배관의 마개를 뺀다. 의자
가 움직이며 마룻바닥이 삐걱거린다. 네이선의 고른 발소리가 벽

을 향해 방을 가로질러 갔다가 다시 돌아온다. 그 뒤를 따라 베어의 발이 바닥을 긁는 소리가 난다. 짖기도 하지만 환풍구를 향하는 게 아니어서 나는 한결 마음을 놓는다.

지금 쓰고 있는 글을 볼 사람 역시 한 층 위에서 글을 쓰고 있다는 것을 떠올리자 내 그림자가 허리를 꼿꼿이 세운다. 만약 그림자가 미소 지을 수 있다면, 그 모습을 볼 수 있을 것이다.

촛농으로 종이를 봉한다. 지금 당장이라도 편지를 전달하고 싶어 다리가 들썩이지만, 오늘 밤까지 기다려야 한다.

저녁을 먹기에는 너무 흥분한 상태라 나는 올드 진이 방 안에 보관해 둔 상자를 뒤진다. 장갑 한 쌍을 찾아내길 바라면서. 삼촌들 대부분은 얼마 안 되는 소지품을 가지고 떠났지만, 기묘한 물건들은 남아 있다. 러키 입이 아끼던 쿠션이나 해머 풋의 두 줄뿐인 깽깽이 같은 것이다. 그는 소리가 날까 봐 그것을 켜지 못했다.

장갑을 찾지 못한 채, 나는 상자들을 다시 쌓아 둔다. 그러다가 구석에 말아서 세워 둔 양탄자에 눈길이 간다. 너무 오랫동안 그 자리에 있어 벽의 일부분처럼 보일 지경이다. 스풀 테이블 아래 깔면 올드 진의 삐걱거리는 발목이 조금 편안해질지 모른다.

나는 구석에서 양탄자를 끌어내느라 애를 쓴다. 먼지가 날려 재채기가 나온다. 양탄자를 펴자 놀랍게도 옷 한 벌이 나온다. 프랑스식으로 솔기를 섬세하게 마감한 남색 정장이다. 그리고 네 겹의 리넨으로 지은 깃 달린 셔츠와 흠집이 거의 없고 흰색과 검은색이 섞인 밸모럴 부츠 한 켤레다. 양탄자가 그토록 무거운 이유가 있었다.

그 옷의 주인이 누구였든, 해머 풋이나 러키 입보다는 키가 크고 날씬한 몸이었다. 흔히 보는 노동자들보다 옷차림이 훌륭하다. 어쩌면 도박사였을지도 모른다. 만약 그렇다면 올드 진이 우리와 함께 살도록 허락하지 않았을 것이다. 그러나 옷의 주인은 올드 진에게 중요한 사람이었음에 틀림없다. 그렇지 않다면 옷을 왜 팔지 않았겠는가?

스풀 테이블 아래에 양탄자를 깔고 있는데 올드 진의 발걸음 소리가 다가온다. 말끔하게 씻고 삼나무 냄새를 풍기며 나타난 올드 진은 코트와 모자를 벗어 벽에 건다. 그는 양탄자를 보자 얼굴을 찡그리다가 발가락으로 얼마나 푹신한지 시험해 본다.

"여기 잘 어울리는구나. 그런데 너는 집 안을 치장하느라 바빠서 저녁을 안 먹은 모양이네."

"배고프지 않았어요." 나의 나지막한 목소리가 평소보다 쾌활하게 들린다. 나는 닭봉에서 살점을 발라내느라 바쁘다. "두 개는 못 먹을 것 같은데요." 나는 두 번째 닭봉을 나이프로 가리킨다.

"너 그거 한 개만 먹으면, 절름거리며 걷게 될걸."

나는 올드 진이 웃음을 터뜨릴 것을 기다리지만, 그런 일은 일어나지 않는다. 그가 농담하는 건지 아닌지 구별하기 힘들 때가 있다.

"옷을 찾아냈어요, 밸모럴 부츠 한 켤레도. 누구 거예요?"

올드 진은 화덕 위에 놓인 차를 따르면서 뒤돌아보지 않는다.

"삼촌들 중 한 사람. 너는 기억하지 못할 거다."

"좋은 옷이던데요. 밸모럴 부츠만 해도 10달러는 되겠어요."

올드 진은 화덕 옆에 걸린 수건으로 손을 닦는다. 그리고 나서 그의 낮은 걸상에 앉는다. "내가 알아서 할게." 그는 나를 향해 손을 뻗더니 내 귀에서 무언가를 꺼낸다. 페인 씨 저택 울타리에서 자라는 짙은 보라색 블루벨이다. 올드 진의 얼굴에 미소가 번진다. "페인 부인이 내일 너를 만나서 일자리 이야기를 하겠대."

나는 블루벨 꽃을 받아 들고 손가락 사이에서 빙빙 돌린다. "어떤 일이에요?"

그가 잠시 말을 멈춘다. 말을 꺼내기 전에 마음의 준비를 하는 것 같다.

"주중에 일하는 하녀. 캐럴라인을 시중드는 일이야."

"캐럴라인?" 페인 씨의 외동딸이다. 그 이름이 나에게 찬물을 끼얹은 것 같다.

"지난달에 신부 학교에서 돌아왔어."

나는 얼굴을 찡그린다. "하녀를 구할 거라는 걸 알고 계셨군요."

"그럴지도 모른다고 생각했다."

"하지만 저는 숙녀들 시중드는 법을 모르는데요."

나의 반항적인 말투에 올드 진의 울퉁불퉁한 귀가 씰룩거린다. 그는 손가락을 꼰 채 손을 내젓는다. 심술궂은 원숭이를 멀리하는 '행운'을 빌어 준다는 의미다.

나는 한숨을 쉰다. 말이 오줌을 눠도 야생화는 불평하지 않는다. 그저 수분을 얻을 수 있어 고마워할 뿐이다. 나는 올드 진의 노고에 고마워하고, 기꺼이 내 몫을 감당해야 한다. "죄송해요, 아버지."

올드 진이 발목을 뻗자 부서질 것 같은 소리가 난다.

"캐럴라인은 이제 자랐어. 너도 자랐잖아, 응?" 온화한 목소리로 말하고 있지만, 그는 내 속을 꿰뚫어 본다.

토마토 피클이 너무 시어서 나는 물을 마시며 삼킨다. 오래전에 묻어 둔 기억이 떠오른다. 페인 씨 사유지에서 숨바꼭질을 하다가 녹슨 쓰레기통에 갇혔다. 올드 진이 나를 발견했을 때, 나는 오줌을 지렸고 울부짖다가 목이 잠긴 상태였다. 그때 캐럴라인은 일곱 살이고, 나는 다섯 살이었다. 심술궂은 아이들이 자라서 예의 바른 어른이 되는 경우도 많지만, 그녀도 그런 어른일지는 의심스럽다. 바퀴벌레는 항상 비열하고 끔찍한 벌레일 것이다.

나를 바라보는 올드 진의 눈길이 느껴져 얼굴을 펴려고 애쓴다. "일자리를 얻으면, 경마 대회를 볼 수 있을지도 모르겠네요."

올드 진의 얼굴은 태양처럼 거짓이 없지만, 아주 잠깐, 구름 한 점이 덮였다가 곧 사라진다. 그는 뭔가를 숨기고 있다. 내가 그에게 뭔가를 숨기고 있는 것처럼. 마지막으로 내가 그것을 알아차린 것은, 그가 러키 입이 '더 좋은 곳'으로 떠났다고 말했을 때다. 나중에야 나는 러키 입이 중국으로 가 버렸음을 알게 되었다. 항아리에 담긴 채로.

올드 진이 일어서서 배를 쓰다듬는다. 그는 닭봉에는 손도 대지 않았다. "오늘 밤 체스는 두지 말자. 일찍 자야지."

"네." 나는 대답하지만 나에게 일찍 자라고 말하는 것인지 그가 쉬고 싶다는 것인지 알 수가 없다. "설거지는 제가 할게요."

나는 올드 진이 자기 숙소로 들어가는 것을 지켜보며 캐럴라인에 대한 어두운 기억을 머릿속에서 몰아낸다. 양동이와 솔을 들고 접시에 묻은 나의 불안까지 뽀드득 소리가 날 때까지 닦아 낸다. 그런 다음 나의 거처로 가서 씻고 용변을 본다. 마침내 나는 네이선에게 보낼 편지를 허리춤에 넣고 설거지한 물과 나의 작은 변기를 들고 동쪽 통로로 향한다.

동쪽에 있는 '헛간' 출입구는 나무 쪽 출입구와 마찬가지로 우리의 화덕에서 시작한다. 그러나 끝나는 지점은 지붕이 주저앉고 반쯤 불에 탄 헛간의 칸막이 안이다. 헛간은 자유의 길로 향하는 노예들을 위해 안전한 시발점을 제공해 주었을 것이다. 망루가 있을 뿐 아니라 지하 깊은 곳에 우물을 파서 물을 공급했다. 나는 아직도 25년 전 셔먼 장군이 악명 높은 바다로의 행군을 결행하는 바람에 숯이 되어 버린 나무들의 냄새를 맡을 수 있다. 헛간은 손댈 수 없을 정도로 타 버렸으나, 무너지지는 않았다.

나도 무너지지 않을 것이다. 캐럴라인의 하녀로 일하는 것은, 잉글리시 부인의 말처럼 경제적으로 합리적이다. 직장을 잃자마자 다른 일자리를 얻으면 행운이겠지. 특히 애틀랜타에서 가장 영향력 있는 집안에서 일하게 된다면.

아마도 신부 학교를 졸업했으니 캐럴라인의 심하게 너덜거리는 옷의 실 몇 가닥은 잘렸을 것이고, 거친 모서리는 단정하게 단을 접어 마무리되었겠지.

　구름 없는 하늘은 낮의 빛깔을 벗고 짙은 보랏빛 가운으로 갈아입었다. 애틀랜타에서 늘 접하는 하수도의 악취가 보통 때보다 덜 강렬하다. 비가 올 때마다 빗물 때문에 거리로 하수가 흘러넘친다. 그러나 다행스럽게도 날씨가 건조해지기 시작한다. 나는 재빨리 길옆 도랑에 오물을 쏟아 버린다.

　변기와 양동이를 헛간에 놓아두고, 나는 벨 씨 집 앞으로 살금살금 걸어간다. 시끄러운 목소리로 떠드는 걸 보니, 밤에 술을 마시러 나온 남자들이다. 길 건너에서 나를 보고 있다. 늑대 울음 같은 휘파람에 이어, 무리 사이에서 비웃음 소리가 이어진다. 걷잡을 수 없는 공포에 사로잡힌다. 나는 보란 듯이 벨 씨 집 현관을 향해 걷는다. 나에게 목적지가 있음을 깨닫고 남자들이 지나쳐 가기를 바라면서.

　휘파람 소리가 멈추고 남자들이 움직인다. 심장이 쿵쾅거리는 소리 때문에 들키지 않기를 바라면서, 나는 벨 씨 집 우편함에 편지를 밀어 넣는다.

　계획대로 해냈다.

제7장

올드 진과 나는 셰이머스 설리번의 열 줄짜리 전차를 타고 피치트리 거리를 지나간다. 흑인이든 백인이든 통근자들 대부분은 설리번이 맨 앞에 설치한 난로 근처로 몰린다. 내가 오늘은 첫째 줄에 앉자고 했지만, 올드 진은 안 된다고 했다. 따뜻한 자리는 노약자 승객들을 위한 것이고, 올드 진은 자신이 그런 사람이 아니라는 뜻임을 나는 이해한다.

올드 진이 보모 일을 하는 워싱턴 부인과 인사말을 주고받는 동안, 나는 낡은 소맷부리를 끌어당겨 솔기에 난 구멍 속으로 손가락을 집어넣는다. 어젯밤에 낡은 하녀 제복을 입어 보았더라면 좋았을 텐데. 그러면 수선이라도 했을 것을.

"루시도 스펠먼 신학교에서 '첫날'을 보내고 있어요. 운이 좋은 아이죠." 워싱턴 부인이 올드 진에게 느리지만 쾌활한 목소리로 말한다.

배움의 갈망이 내 영혼을 아프게 한다. 스펠먼 신학교는 개교한 지 얼마 되지 않았지만, 이미 유색인 여성들에게 훌륭한 학교로 이름이 났다. 올드 진은 내가 다섯 살 때부터 수학과 중국어 그리고 철학을 가르쳤다. 영어와 역사는 그의 힘에 부쳤으나, 벨 씨 신문사에서 나오는 인쇄가 잘못된 신문과 그들의 대화가 도움이 되었다.

올드 진이 옆에 바짝 붙어 앉아 있는 나를 흘낏 바라본다. "행운은 일하는 기쁨이라는 이름의 말을 타고 온대요."

"행운은 일하는 기쁨이라는 이름의 말을 타고 온다." 워싱턴 부인이 되풀이해서 말하더니 고개를 뒤로 젖힌다. "아! 좋은 말이네요. 루시는 열심히 공부하고, 그것을 즐기고 있어요."

유색인 아이 하나가 앞에 매달린 종을 울린다. 땡-땡그랑, 땡-땡그랑! 아이들은 언제나 종을 울릴 특권을 얻으려고 경쟁한다. 전차가 멈춘다.

"여성에게 투표권을!" 전차 뒤에서 사람들이 소리친다.

고개를 돌린다.

금송화 빛 띠를 두른 백인 여성 무리를 두 대의 안전 자전거가 앞장서서 이끌고 있다. 다양한 연령대의 여성들이 단호한 표정으로 구호를 외친다. 우리 앞에 앉아 있는 어떤 부인이 딸들에게 중얼거린다. "저 사람들은 남자처럼 행동하는 것 말고는 할 일이 없나?"

부인의 딸 중 하나가 어머니의 땋아 내린 금발을 잡아당긴다.

"저런 자전거 하나 사 줄래요, 엄마? 재밌어 보여요."

앞바퀴가 커다란 자전거와 달리, 체인이 달린 안전 자전거는 타이어와 브레이크까지 장착되어 있기 때문에 멈추려고 안장에서 뛰어내릴 필요가 없다. 여성들도 탈 수 있다는 의미다.

부인은 코웃음을 친다. "도덕관념이 없는 여자들이나 저런 걸 타는 거지. 네가 저걸 탈 일은 없을 거야."

설리번은 우리를 싣고 식민지풍 건물 앞을 지난다. 한 블록 위에 있는 그리스 신전 형태의 건물과 비교하면 초라해 보인다. 피치트리 거리는 애틀랜타에서 가장 고급 주택가이고, 백만장자들이 모여 사는 곳이다. 돌 하나를 던지면 길에 있는 부자 세 명을 맞힐 수 있을 것이다. 몇 년 전에 애틀랜타 북부의 나머지 지역과 부유한 동네를 분리해 두 개의 파이 모양으로 특별한 구역을 만들었다. 파이의 모든 조각이 맛이 같은 것은 아니다.

땡-땡그랑! 땡-땡그랑! 전차가 우리가 내릴 정류장에 도착한다. 페인 씨 저택에서 한 블록 떨어진 곳이다.

올드 진이 텅 빈 좌석 밑에서 한쪽 발을 미끄러지듯 빼낸다. 평생 한쪽 눈은 길에 두고, 다른 쪽 눈은 떨어진 동전을 살피며 살아온 사람이다. 그가 팔을 내민다. 마치 낡은 코트 속에 있는 새처럼 느껴지는 팔이다. 우리는 키가 같지만 오늘은 내가 더 큰 것 같다. 그의 어깨가 유난히 여위어 보이고, 셔츠 밑의 갈비뼈도 평소보다 더 튀어나와 보인다. 그는 점점 말라 가고 있다.

페인 씨 저택의 잔디밭 앞에 울창한 야생 능금나무를 보니 가슴속에서 이상한 감정이 뒤섞여 뭉클한다. 과거를 돌아보면, 마구간에서 일하던 시절은 아무 걱정이 없었다. 캐럴라인이 주위에 있을 때를 제외하곤.

내가 열두 살 때 캐럴라인이 보스턴의 신부 학교에 가면서 나의 삶은 나아졌다. 페인 부인은 내가 마구간 청소를 하기에는 나이가 너무 많다면서 집안의 하녀로 일하게 했다. 1년 뒤 캐럴라인의 오빠가 엑서터 아카데미에서 집으로 돌아오자 변화의 바람이 불었고, 나는 갑자기 해고되었다.

현관으로 이어지는 포장된 진입로에는 화이트홀 거리보다 더 화려한 전기 가로등이 늘어서 있다. 우리는 짐수레들이 다니는 길을 통해 뒷마당으로 간다. 그곳에는 저택과 어울리는 붉은 지붕을 얹은 하얀 정자가 있다. 정자 안에는 안전 자전거가 기둥에 기대어 있다. 공기가 가득 들어 있는 타이어, 반짝이는 금속 몸체, 빨간 가죽 안장을 보니 새 자전거 같다. 눈에 확 띈다. 그러나 말이 아무리 예뻐도 누구나 잘 탈 수 있는 것은 아니다.

무거운 발걸음으로 올드 진을 따라 부엌 뒷문으로 간다. 올드 진이 문을 두드린다. 문을 다시 두드리기 전에, 가정부이자 하녀들의 우두머리인 에타 레이가 활짝 웃으며 나타난다. 그리고 힘 센 팔뚝으로 내 등을 툭 친다. 그녀가 나이 들었다는 표시는 검고 윤기 나는 피부에 생긴 검버섯 몇 개와 관자놀이 근처에 보이는 흰머리뿐이다. "소문대로 키가 크구나, 응?"

"반가워요, 에타 레이 아주머니."

그녀는 나를 데리고 부엌으로 들어간다. 올드 진은 모자를 벗어 든 채 따라온다. 그는 부엌에 거의 들어오지 않고, 저택의 다른 장소에는 한 번도 들어간 적이 없다.

　"피칸 껍데기를 밟지 않도록 조심해. 노에미가 피칸 까는 도구를 망가뜨려서 망치를 썼어. 그래서 바닥이 엉망이야."

　부엌은 크게 달라지지 않았다. 한쪽 구석에 있는 개수대와 화덕 사이의 벽에 구리 팬과 냄비가 가지런히 걸려 있다. 노에미는 화덕 앞에서 오트밀을 젓고 있다. "노에미, 좋은 아침이야."

　"너도 좋은 아침." '아침'을 길게 늘여 '아아침'이라고 말하는 그녀의 발음이 귀를 즐겁게 한다. 그녀가 미소를 짓자, 뾰족한 광대뼈, 황갈색 피부 그리고 포르투갈 조상으로부터 물려받은 덥수룩한 눈썹으로 이루어진 미모가 생기를 띤다. 수프 냄새를 풍기며 그녀가 내 뺨에 입을 맞춘다. "다시 만나서 반가워. 그런데……." 그녀가 목소리를 낮춘다. "정말 고슴도치와 씨름하고 싶은 거야?"

　"진, 당신은 식사를 너무 소홀히 하고 있어요!" 에타 레이가 팔꿈치로 올드 진을 쿡 찌른다.

　올드 진이 손을 들어 보인다. "늙은이는 많이 먹으면 안 돼요."

　"여기 피칸 좀 가져가요." 마디가 불거져 나온 손가락으로, 에타 레이는 탁자 위에 쌓여 있는 견과를 한 움큼 집어 든다.

　"이만큼으로는 간에 기별도 안 갈 거예요. 당신을 살찌우려면 나무 한 그루에 열린 피칸 전부가 필요할 거 같아요."

　올드 진은 피칸을 거절할 만큼 무례한 사람이 아니다. 피칸을 먹으면 입 안이 간지러워지는 알레르기가 있지만.

복숭아 향을 맡자 내 심장이 고동친다. 페인 부인이 식당으로 통하는 문설주 중앙에 나타난다. 금으로 된 결혼반지를 만지작거리고 있다. 페인 부인이 모든 청혼을 받아들였다면 손가락 개수보다 더 많은 반지를 갖고 있었을 것이다. "음, 그럼." 부인의 눈이 나를 훑고 지나간다. 나에게 악의를 품고 있다 하더라도, 표정에는 전혀 드러나지 않는다. 어쩌면 부인이 나에게서 악의를 보았을지도 모른다. 어쨌든 나는 아무 이유 없이 해고당한 사람이니까. "올드 진, 조를 데려와 줘서 감사해요." 부인은 언제나 흠잡을 데 없이 예의 바르다. 하지만 그녀의 이마에 손을 올려놓는다면, 차가운 피가 흐르고 있음을 느낄 것이다.

"천만에요." 그는 인사하고, 나에게 잠깐 미소를 지어 보인 뒤 밖으로 나간다. 나는 무릎을 굽혀 절한다. "마님, 다시 뵙게 되어 기뻐요."

페인 부인이 미끄러지듯 다가온다. 키는 나보다 조금 작지만, 나는 장미꽃 앞에 서 있는 민들레가 된 기분이다. 부인의 얼굴은 눈에 띄는 미모는 아니다. 푸른 눈에는 물기가 어려 있고 긴 코는 섬세해 보이는 입을 향해 살짝 휘어 있다. 그러나 우아한 목과 좁은 어깨가 그녀를 여왕처럼 보이게 한다.

"6월의 복숭아처럼 여전히 예쁘구나." 부인은 복숭아라는 단어를 길게 끌어 발음한다. 상류층의 다른 여성들처럼 그녀도 마치 즙을 짜내는 것처럼 말하는 습관이 있다.

부인은 나를 저택 안으로 데리고 간다. "어디에 뭐가 있는지 모두 기억하지?"

"네, 마님."

페인 씨 저택은 남부 상류층의 전형을 따르고 있다. 남부 사람들이 신이 부여한 의무라고 생각하는 손님 접대의 용도가 가족들의 편의보다 우선이다. 식당에는 이탈리아에서 가져온 호두나무로 만든 검은색 의자들이 놓여 있다. 의자들을 식탁에서 꺼내는 일은 여물통에서 암송아지를 끌어내는 것만큼 힘들다. 금으로 장식된 벽지는 자석이 철을 끌어당기듯 먼지를 끌어당긴다. 천장에 달린 샹들리에는 보기만 해도 팔이 아프다. 일주일에 한 번씩 일일이 분리해서 닦아 윤을 내야 하는 물건이다.

식당에서 중앙 홀을 거쳐 우리는 2층의 개인 공간으로 향하는 계단에 이른다. 페인 부인이 주름 잡힌 치마를 든 채 발소리를 거의 내지 않고 올라간다. 말 사육자의 딸로 태어난 그녀는 남부의 전통 예절과 넓은 저택에서 단련되었고, 아마도 엄지손가락 빠는 일을 그만둔 이후로 구부정한 자세는 취한 적이 없을 것이다.

"조, 사람과 동물을 구분하는 것이 뭘까?"

"피클 항아리 여는 법을 아는 거요?"

부인이 살짝 미소를 짓는다. "종교란다, 얘야. 예배는 여전히 일요일 아침 9시에 시작하지. 언제든 환영한다."

"감사합니다, 마님." 페인 씨의 개인 교회에서 일요일에 열리는 예배에는 모든 하인이 초대받는다. 페인 씨 가족처럼 부자라면,

신앙심이 저절로 생길 것이다. 그러나 이교도로 태어난 것은 이미 사탄의 손아귀에 들어간 것이므로 거기서 빠져나오려면 더 열심히 기도해야 한다고 담당 목사가 나에게 말한 뒤로는 페인 씨 집안의 예배에 가고 싶지 않았다. 오랜 세월에 걸쳐 찍은 캐럴라인과 그녀의 오빠 메릿의 사진이 벽에 걸려 있다. 어린 시절의 메릿은 긴 옷을 입고 있고, 부드러운 곱슬머리와 천사 같은 눈빛을 하고 있어서 두 아이는 자매처럼 보인다. 자랄수록 눈빛은 점점 악마 같아지고 있다.

"메릿은 버지니아에 새 말을 가지러 갔어." 페인 부인은 유쾌한 목소리로 말을 잇는다. "걔는 약혼했단다, 들었지?"

"마님과 주인어른께서 무척 기쁘시겠어요."

"특별한 결합이지." 여전히 밝은 목소리로 말하지만, 나에게는 가구 배치에 관한 이야기와 마찬가지로 들린다.

메릿은 그의 어머니가 나를 해고할 때, 바로 이 계단에서 나보다 몇 걸음 뒤에 서 있었다. 열일곱 살이었고, 딱 맞는 반바지 위로 기이하게 물결치듯 헐렁한 셔츠를 입고 있었다. 당시 유행이었다. 공기를 물처럼 마실 수 있을 정도로 습한 날씨였다. 나는 한껏 소매를 걷어 올리고 있었다.

다리가 후들거려 나는 난간을 붙잡는다. 내가 해고당한 건 메릿 때문이었나? 이제 그가 약혼했으니, 나를 다시 불러도 안전하다. 하지만 나는 언제나 내 위치를 잘 알고 있었다.

나는 서둘러 페인 부인을 따라잡는다. 3층에 여자들 방이 있다.

마호가니 나무판자 냄새가 위산을 자극한다. 이토록 희미한 냄새가 상처를 헤집을 수 있다니 신기하다. 캐럴라인이 내가 자신의 브로치를 잃어버렸다는 누명을 씌웠을 때가 떠오른다. 나는 한 시간 동안 기어 다니다가, 캐럴라인의 모자에 붙어 있는 브로치를 발견했다. "네가 언제쯤 알아차리는지 궁금했어." 캐럴라인은 웃으면서 말했다.

캐럴라인이 침실에서 머리를 내민다. 담비 털 같은 갈색 머리가 버터밀크 빛 뺨 위에 흩어져 있다. 엷게 비치는 드레싱 가운에 싸인 나머지 부분이 뒤따라 나온다. 그녀의 몸은 성숙했다. 부드러운 팔, 풍만한 가슴과 엉덩이는 누군가의 심장을 휘저을 만하다. 내가 아무리 많은 피칸을 먹어도 캐럴라인과 같은 몸이 되지는 않을 것이다.

캐럴라인이 서리처럼 반짝이는 푸른 눈을 내리깔고 나를 본다. 얼굴 속으로 아주 깊이 박아 놓은 듯한 눈이다. "네 머리 모양은 미개인 같구나. 꼴 보기 싫어. 하녀들은 자기가 모시는 아가씨들보다 돋보이려 해서는 안 돼."

여전하군. 오늘 아침에 많은 시간을 들여 '암벽을 흐르는 폭포'라고 부르는 형태로 머리카락을 땋았다. 아직 기회가 있을 때 난간 위로 뛰어올라 여기서 빠져나가고 싶다.

"자, 네가 쓸모 있다는 것을 보여 주려면, 먹을 것을 가져와. 뭔가 활력을 주는 것으로. 나는 오후에 자전거를 타러 나갈 거니까."

"캐럴라인." 페인 부인이 끼어들었다. "우리는 아직 그 문제에 대해 의논하지 않았어. 일단 소지품을 정리하고 버릴 것은 버리렴. 여성 복지 향상 협회에서 내일 마차를 보낸다고 했어."

캐럴라인의 코끝이 허공에서 까딱거린다.

"내 물건은 이미 다 정리했어요."

"안전 자전거는? 그건 너무 저속하잖니. 나는 네가 왜 그걸 샀는지 모르겠다."

"자전거는 대유행이에요. 물론 속도와 아름다움에서는 말들을 따라갈 수 없겠지만요. '자유의 기계'는 우리 몸의 많은 부분들을 운동시켜 줄 거예요."

캐럴라인의 뾰족한 콧구멍이 평평해진다. 그리고 낮은 소리로 욕설을 중얼거린다. 드레싱 가운을 휘감으며 그녀는 침실 안으로 사라진다.

나를 손님방으로 데려가는 페인 부인의 움직임이 불안정하다. 평소의 절제된 표정이 흐트러져 있다. 딸이 고요한 물을 휘저어 놓은 것 같다. 그녀는 손님방의 문을 닫고 참고 있던 숨을 내쉰다.

"조, 나는 네 일솜씨에 대해서는 의심하지 않아. 내가 걱정하는 건, 너와 캐럴라인이 이곳에서 함께 자랐다는 사실이야. 하지만 너희는 동등하지 않아. 너는 잘 알고 있을 거야, 그렇지?"

"당연하죠, 마님." 나는 대답하지만, 그 말은 햇볕에 뜨거워진 식초처럼 따갑다. "제가 주제넘게 행동한 적이, 음, 없었기를 바라지만, 있었나요?"

"아니, 너는 그런 적이 없어. 다만 너희 둘 다 젊은 처녀가 되었기에, 나는 여기서 우리 모두의 입장을 명확히 하고 싶구나."

"네, 마님." 나는 혼자 일어설 수 있게 된 이후로 그 사실을 잘 알고 있었다.

꼿꼿하던 부인의 어깨가 풀어진다. "좋아. 너는 월요일부터 금요일까지 일하고, 금요일에 주급 3달러를 받을 거야. 동의한다고 믿는다?"

잉글리시 부인에게 받은 급여보다 많은 데다 식사도 포함되어 있다.

페인 씨 집안은 고용인들을 후하게 대해 주는 것에 자부심을 느낀다. 하지만 나는 여전히 옛 직업이 더 좋다. 미래가 보장되니까. "네, 마님. 감사합니다."

부인은 옷장 속에서 두꺼운 목면으로 만든 검은색 제복과 크림색 스타킹을 꺼낸다.

"예전처럼 주말에는 세탁물 바구니에 제복을 넣고 가면 된다. 세탁부가 가져갈 수 있도록. 네가 할 일은 캐럴라인의 침실과 옷장 그리고 몸단장을 관리하고, 외출할 때 동행하는 거야. 너는 내가 예전에 쓰던 승마복을 입을 수 있겠구나. 캐럴라인의 승마복은 너에게 너무 클 거 같다."

부인은 다시 옷장으로 몸을 돌려 벨벳 재킷과 거기에 어울리는 스커트를 고른다. 무릎을 누빈 저지 바지가 다른 승마복들 옆에 걸려 있는 게 내 눈에 들어온다.

내가 관심을 보이는 것을 눈치채고, 부인은 옷장을 들여다본다.

"마음에 드는 게 있니?"

"어, 승마 바지가 있네요." 어린 시절에 캐럴라인과 나는 말을 탈 때 크로스 안장*을 사용했다. 캐럴라인은 무릎까지 오는 드레스를 입었고, 나는 남자애들이 입는 멜빵바지를 입었다. 그러나 이제 우리는 자랐으므로, 다리를 모으고 한쪽으로 앉아서 타는 안장을 사용할 것이다. 어쨌든 교양 있는 숙녀니까.

"오, 나는 저걸 누구에게 줬다고 생각했어." 그녀가 승마 바지를 꺼내 가느다란 손가락으로 천을 부드럽게 만져 본다. "나는 부모님 농장에서 말들을 보여 주는 일을 했었지."

올드 진은 나에게 그 '농장'이 40만 제곱미터가 넘는 광활한 곳이며 남부에서 가장 훌륭한 말들을 생산했다고 이야기해 주었다. 부인의 눈을 반짝이게 하는 것은 말들밖에 없었지만, 다치고 나서 그녀는 말타기를 포기했다.

"네가 입겠니?"

"오, 어떻게 제가요."

"물건은 사용하라고 있는 거야."

"고맙습니다, 마님. 저는 크로스 안장이 더 좋아요."

"나도 그래. 다리를 모으고 몸을 비틀고 부자연스럽게 옆으로 앉아 있는 것은 척추에 좋지 않아. 의사들이 무슨 말을 하든 내

* 다리를 벌리고 타는 일반 안장.

등이 아픈 것은 그 자세 때문일 거야. 게다가 그 바지를 입으면 캐럴라인을 따라다니기가 더 쉬울 거야." 부인은 매끈한 눈썹을 찡그린다. 딸의 이름을 입 밖으로 내는 것만으로도 마음속에서 생각의 소용돌이가 일어나는가 보다. 부인은 다시 미소를 짓는다. "물론 사람들이 너를 참정권자로 오해할 수는 있겠지."

"오, 그런 오해는 하지 않을 거예요." 나는 밝은 목소리로 대답한다. "참정권자가 되려면 먼저 시민이 되어야 하거든요." 올드 진과 나는 출생증명서가 없어서 시청에 갔을 때 내가 이 도시에서 태어났음을 증명할 수 없었다. 입양아에 대한 예외 같은 게 있지 않느냐고 올드 진이 묻자, 시청 직원은 내 얼굴을 보고 씩씩거리며 말했다. "당신 같은 사람들에게, 그런 건 없어요."

페인 부인의 미소가 사라지면서 그녀의 윗입술 가운데에 볼록 튀어나온 구슬도 사라진다. 나에게도 그런 구슬이 있다. 중국인들은 '진주' 입술이 행운을 불러온다고 믿는다. "뭐, 그렇다곤 해도, 여성에게는 투표보다 더 중요한 일이 있지. 아이들을 키우는 일 말이야. 너도 동의하지?"

"네, 마님." 하지만 나는 동의하지 않는다. 내가 만약 나서기 좋아하는 참견쟁이라면, 많은 여성들이 공장에 다니던 남편을 잃고 젊은 과부가 되었을 때는 아이들을 키울 능력도 없어진다고 말했을 것이다.

그녀는 코웃음을 친다. "참정권자들이 원하는 것은 평등이지만, 나는 그런 낭만적인 관념은 오래전에 버렸어. 사람은 자기가 이룰 수 있는 것을 바라야 해. 자신의 운명에 만족하는 게 더 낫지. 언제나 자기보다 불행한 사람이 있기 마련이거든."

그녀의 경우에는, 모든 이들이 자기보다 불행하겠지. 나는 눈을 내리깐다. "네, 마님."

"캐럴라인이 혼자 외출하지 않도록 해야 해." 페인 부인의 말투가 엄격해진다. "만약 네가 이 말을 지키지 않는다면, 너는 해고야. 내 말 알아듣겠니?"

"네, 마님."

부인은 방에서 나갔다. 나는 재빨리 폭포수 머리를 풀고 옷을 갈아입는다. 그러나 옷의 단추를 모두 채우고 흐트러진 머리를 노에미와 똑같은 실내용 모자 속으로 집어넣은 뒤에도, 나는 여전히 감시받는 느낌이다. 캐럴라인은 봄 날씨 같다. 구름이 몰려올 때를 대비해 늘 우산을 가지고 다녀야 한다. 반면에 페인 부인은 1년 내내 겨울이다. 캐럴라인이 아기였을 때 페인 부인이 우울증에 걸려 부모님이 사는 서배너에서 1년을 보냈다는 소문이 있다. 부인을 이해하기는 불가능하고, 그 앞에서 마음을 놓아서는 안 된다는 사실만 염두에 두어야 한다. 상황이 갑자기 변하기 때문이다.

제8장

스위티 양에게

저는 옷을 입으면 곡선이 드러나는 몸매가 아니에요. 팔은 막대기 같고, 몸은 통짜예요. 코르셋을 착용하면 얼굴이 빨개져요. 제가 어떻게 해야 아름다워질 수 있을까요?

허리가 고민인 브로드

허리가 고민인 브로드 양에게

소매를 부풀리면 육중한 허리에서 시선을 분산시킬 수 있고, 턱받이 형태의 장식품은 가슴의 풍만함을 강조해 주지요.

고래 뼈는 고래에게 그냥 남겨 두는 것이, 인간과 고래 모두에게 더 건강해요. 당신의 매력을 강조하는 가장 좋은 방법은 있는 그대로의 당신을 받아들이는 것입니다. 그러면 마음이 편해져서 저절로 창조성과 기쁨을 추구하게 될 거예요.

진심을 담아,
스위티

✳

노에미는 나의 빳빳한 제복을 살펴보더니 고개를 끄덕인다. "돌아온 걸 환영해. 재밌는 일을 시작해 볼까." 그리고 나에게 빗자루를 건네준다.

노에미가 부엌을 돌아다니며 캐럴라인에게 갖다줄 음식을 챙기는 동안, 나는 바닥에 흐트러진 피칸 껍데기를 쓸어 낸다.

"메릿 도련님이 약혼 파티에 피칸 파이가 나오기를 바란대."

노에미의 무쇠 냄비 같은 눈이 벽에 박힌 못을 노려본다. "피칸 파이를 좋아하는 사람은 그걸 만들 줄은 모르지. 이제 겨우 절반밖에 못 깠는데, 이것 봐." 노에미가 나에게 손바닥에 별자리처럼 박힌 물집을 보여 준다.

"내가 좀 할까?" 나는 빗자루를 내려놓고 망치를 받아 든다. 껍데기를 쪼개기 시작한다. 첫 번째 망치질을 하다가 엄지손가락을 으깰 뻔한다. 두 번째는 탁자에 흠집을 남긴다.

노에미가 나를 바라보며 눈살을 찌푸린다. "잘한다. 네가 껍데기를 다 까고 나면 우리는 피칸 파이가 아니라 장작을 많이 갖게 될 거 같다."

나는 아무 말도 안 하지만 노에미에게 감사하고 있다. 여기서 캐럴라인의 잔인함을 조금이라도 쉽게 견딜 수 있었던 건 그녀 덕이다. 그녀는 캐럴라인을 직접 겪은 사람이다. 그녀의 어머니가 캐럴라인의 유모였다.

에타 레이가 부엌으로 머리를 들이민다. 바람 한 점도 그녀 몰래 이 집 안에 들어올 수 없다. "시시덕거리고 있노라면 일이 끝나는 법이 없지. 노에미, 솔로몬이 오면 저 자전거를 버리는 물건을 쌓아 두는 헛간으로 옮기라고 말해 줘."

노에미의 눈빛이 잠깐 생각에 잠긴다. "네, 알겠어요." 그리고 나에게 김이 모락모락 나는 오트밀과 크림 한 단지, 갈색 설탕 한 그릇, 커피 한 주전자가 담긴 쟁반을 건넨다. "고슴도치가 가시를 세우기 전에 이걸 가져가는 게 좋을 거야."

계단을 오르면서, 나는 커피를 흘리지 않으려고 애쓴다. "아가씨?" 나는 방 앞에 서서 캐럴라인을 부른다. 그리고 쟁반을 단단히 쥐고 방 안으로 들어간다.

캐럴라인은 거울이 달린 화장대 앞에 앉아 있다. 예전에는 파스텔 색조의 방이었는데 지금은 공작새 깃털 무늬의 벽지로 단장되어 있다. 마치 수백 개의 눈동자가 노려보고 있는 듯하다. 화분에 심은 아프리칸 바이올렛의 꽃봉오리가 눈동자들을 배경으로 홀로 서 있다. 꽃봉오리의 기분이 어떨지 나는 모르겠다.

캐럴라인은 거울 속에서 나를 보며 유리가 깨질 정도로 엄격한 표정을 짓는다. "오트밀은 기운을 북돋는 음식이 아니야. 달걀이

기운을 주지. 베이컨도. 너는 내 시간을 낭비했어. 이미 알고 있지만, 여전히 행동이 굼뜨군." 나는 이를 악물면서, 이건 직업일 뿐이라고 스스로에게 타이른다. 일을 해야 돈을 벌기 때문이다. 포커스 신문사가 문을 닫으면 우리에게 돈은 더 중요해질 것이다. 거울 속에서 나를 조롱하는 캐럴라인의 표정을 못 본 체하면서 나는 쟁반을 들고 문 쪽으로 물러선다.

"반드시 노른자를 익히지 않은 서니사이드로 준비해 줘. 난 서니사이드만 먹거든."

"잘 알겠습니다, 아가씨." 나는 재빨리 방에서 나온다.

나는 농가용 탁자 위에 쟁반을 떨어뜨리듯 내려놓는다. 노에미가 오트밀을 데운 냄비를 씻다가 나를 흘깃 바라본다.

"캐럴라인 아가씨가 베이컨과 달걀이었으면 좋겠대, 노른자는 익히지 말고." 냄비 씻는 것을 바라보며 나는 서둘러 말한다.

노에미는 천천히 고개를 젓는다. 그리 놀라지 않은 눈치다. 그녀는 프라이팬을 화덕 위에 올려놓는다. 곧 기름 냄새가 나고 나의 위장이 꼬르륵거린다. 노에미가 창밖에 있는 무언가를 바라본다. "자전거 타본 적 있어?"

"아니." 나는 벽에 냄비를 걸고 그녀 옆으로 다가간다.

밖을 내다보니 페인 씨 집안의 집사인 솔로몬이 자전거를 타고 짐마차가 다니는 길을 따라 가고 있다. "나는 아직 다리를 부러뜨릴 준비가 되지 않았어."

"조, 너는 말을 탈 줄 알잖아. 자전거는 그보다 더 쉬울걸. 땅과 더 가깝고, 따로 길들일 필요도 없으니까. 자전거가 있으면 전차를 기다리지 않아도 돼. 게다가 아무도 모르게 어둠을 틈타 백수건달 오빠를 만나러 갈 수도 있을 거야."

로비는 노에미가 오빠 이야기를 거의 하지 않고, 다만 오빠의 병든 마음에 성경의 정신을 불어넣어 주려고 일주일에 한 번 방문할 뿐이라고 했다. 그러나 나는 여성들이 자전거 타는 모습을 본 적이 드물고, 특히 유색인 여성들은 거의 못 봤다. 나는 쟁반을 들어 올렸다. 쟁반 위에는 서니사이드로 조리된 달걀 두 개가 사각형의 베이컨과 함께 있고, 커피 한 주전자가 놓여 있다. "자전거는 꽤 비쌀 거야. 마님에게 부탁해서 아가씨가 버린 것을 달라고 하지 그래? 마님은 자전거를 없애 버릴 거래."

노에미가 쟁반 위에 소금 통을 올려놓는다. 캐럴라인은 후추에 알레르기가 있어서 후추 통은 필요 없다. 내 말에 대답하는 대신 노에미는 부엌 밖으로 나를 밀어낸다. "아가씨 마음이 또 바뀌기 전에 얼른 가."

"내 머리를 뉴포트 방식으로 묶어 줘." 여전히 드레싱 가운을 입고 있는 캐럴라인이 지시한다. "빨리 좀 움직여. 너 때문에 승마하러 가는 게 늦어지잖아."

"네, 아가씨." 나는 캐럴라인의 숱 많은 머리카락을 정수리로 감아 올리고, 앞이마 근처의 머리카락을 둥글게 말아 준다.

"노에미는 암소처럼 둔해도, 달걀은 그럭저럭 먹을 만하게 요리하네. 물론 자기 엄마만큼은 아니지만. 세상에 사랑하는 엄마를 뛰어넘을 사람이 누가 있겠어? 너는 엄마가 없어서 행운인 거야." 캐럴라인의 파란 눈이 화장대 거울 속에서 나를 조롱한다.

캐럴라인이 한 번에 세 사람의 뺨을, 즉 그녀의 어머니, 노에미 그리고 나의 뺨을 얼마나 노련하게 찰싹찰싹 올려붙이는지 그저 놀라울 따름이다. 나는 캐럴라인의 사소한 말에도 철저히 귀를 막는다. 그녀는 노에미 어머니의 무릎에서 노에미를 밀어낼 때부터 나에게 어머니가 없다는 사실을 노래로 지어 부를 정도였다. 페인 부인이 캐럴라인과 내가 동등하지 않다는 사실을 상기시킬 때 나는 웃음을 터뜨릴 뻔했다. 캐럴라인은 내가 결코 그 사실을 잊지 못하게 만들었다.

캐럴라인은 차갑게 끊임없이 지시를 내린다. "내 목에 파우더 발라. 부채 가져와. 아니, 아니 그거 말고. 이 미련퉁이야. 그거 망가진 거 안 보여? 이 부츠에 단추 채워."

내 삶이 이런 것이어야 하나? 지루하고 하찮은 일들이 지속되다가 간간이 눈을 찌르는 건가? 모자를 만드는 일과 다르다. 이 직업에는 보여 줄 게 없고, 자랑스레 여길 게 없고, 감사할 일도 없다. 일을 시작한 첫날부터 나는 끝까지 해낼 것 같지 않다.

나는 캐럴라인이 유령처럼 하얀 다리를 부츠에 집어넣기 쉽도록 잡고 있다. 검은색에 가까운 짙은 색 가죽으로 만든 부츠는 바이올린처럼 광택이 난다. 분명 이탈리아에서 구입했을 것이다.

캐럴라인은 우아한 남색 승마복을 입고, 나는 페인 부인의 낡은 승마 바지를 입고 저택의 웅장한 현관을 나선다.

올드 진이 캐럴라인의 말 프레더릭에게 피칸을 먹이고 있다. 스위트 포테이토는 올드 진의 머리에 있는 모자를 핥아서 떨어뜨린다. 내가 마지막으로 탔을 때보다 스위트 포테이토는 두 뼘은 더 자랐다. 이마의 하얀 점은 별똥별처럼 피어났고, 들쭉날쭉하던 털들도 잘생긴 뒷몸으로 잉크가 흐르듯 가지런해졌다.

나는 스위트 포테이토의 이마에 있는 별을 긁어 준다. "피치트리 거리에서 제일 예쁜 미녀네? 로비도 네 이빨을 인정해 줄 거야. 올드 진, 피칸 몇 개만 주세요."

올드 진은 고개를 젓는다. "스위트 포테이토의 몫은 없어. 우리는 다이어트 중이야. 응?"

"다이어트라고요? 얘는 날씬한데요." 나는 스위트 포테이토의 굽은 왼쪽 앞발을 쓰다듬는다. 그것 때문에 망아지일 때는 절름거리며 걸었다. 지금은 오히려 강하고 유연해 보인다. 올드 진이 마사지를 해 주고 운동을 시킨 덕분이다.

올드 진이 캐럴라인을 부축해 안장에 오르는 것을 돕는다. 프레더릭이 비틀거리며 콧김을 뿜는다. 올드 진은 자기의 말을 이해하는 것이 자기를 이해하는 것이라고 한다. 말은 마음이 혼란스러운 사람을 태우려 하지 않는다. 그래서 프레더릭이 캐럴라인을 뜨거운 석탄처럼 내던지려 하는지도 모른다.

마침내 프레더릭이 안정을 찾는다. 캐럴라인이 손으로 자기 코를 누른다. "알레르기가 도지는 것 같아." 그녀는 언제나 몸과 마음이 동시에 반응한다.

올드 진이 캐럴라인에게 고삐를 건넨다. "아가씨, 오늘은 바람이 많이 불지 않아요. 모자가 떨어지는 일은 없을 거예요."

"그렇죠. 조의 저 멋들어진 덮개 같은 물건을 잃어버리지 않길 바랄 뿐이에요."

캐럴라인은 나의 못생긴 모자를 보고 이죽거린다. 그녀의 시선이 자기 어머니의 옷에 머무른다. 승마 바지는 나에게 장갑처럼 꼭 맞는다. 캐럴라인은 재빨리 눈을 돌리지만, 나는 이미 그녀의 뺨이 심술궂게 통통 부은 것을 눈치챈다.

말 등에 올라타면서 나는 처음으로 흥분을 느낀다. 몇 달 만에 말을 타는 것인지 모른다. 1달러를 주고 산 올드 진의 카우보이 안장은 손에 쥔 물컵처럼 나에게 꼭 맞는다.

"이랴!" 내가 등자에 발을 얹기도 전에 캐럴라인이 고삐를 잡아당기며 소리친다.

캐럴라인 어머니의 경고를 마음에 새기며, 발뒤꿈치로 살짝 두드리자 스위트 포테이토가 출발한다. 말의 유연한 움직임에 나는 숨을 고른다. 세상이 오직 스위트 포테이토가 차고 튕겨 낼 유일한 공인 것처럼, 오후의 햇살 속을 달려, 우리는 피치트리 거리 북쪽을 향해 가는 캐럴라인을 따라잡는다.

내가 모시는 아가씨의 지나치게 꼿꼿한 자세와 치켜든 턱을 보면 뒤따르는 사람을 어떻게 여기는지 많은 것을 알 수 있지만, 나는 일주일 내내 아가씨의 뒤에 있고 싶다. 적어도 등에는 입이 없으니까. 캐럴라인은 고개를 까딱이거나 그럴 만한 가치가 있다고 생각하는 사람들에게 인사를 한다.

어느덧 '우리들의 예배당' 앞 공터의 말구유 앞에 멈춰 선다.

"오, 제기랄." 캐럴라인이 안장 위에서 몸을 비틀어 내려온다. 그녀의 말이 말구유 속에 코를 담근다.

"무슨 일이 있나요, 아가씨?"

"손수건을 잃어버린 것 같아. 여기서 멀지 않은 곳이야. 찾아와."

스위트 포테이토가 목이 마른 듯 물을 핥고 있어 나는 혼자 걸어서 출발한다. 캐럴라인이 어디에서 마지막으로 손수건을 사용했는지 기억을 더듬는다. 한 블록도 안 되는 곳이었다. 캐럴라인이 재채기를 해서 스위트 포테이토가 귀를 쫑긋했었다. 나뭇잎, 담배꽁초, 잡동사니 포장지, 말똥……. 아! 15미터가량 떨어진 거리에 웅크린 새처럼 보이는 게 있다. 다른 것에 밟히기 전에 서둘러 달려가 줍는다. 그리고 되돌아온다.

스위트 포테이토가 홀로 물속에서 머리를 흔들며 난장판을 만들고 있다. 나는 곧 상황을 알아차린다. 캐럴라인이 나를 속였다. 캐럴라인의 어머니는 이런 상황에 대해 나에게 이미 경고했다. 그럼에도 나는 그녀의 거짓말에 넘어가 버렸다. 심지어 나는 그녀와 원만한 사이가 되었다는 상상에 속기까지 했다. 말에 올라타면서, 다시 한번 이 직업에 욕을 퍼붓는다.

예배당을 지나치자, 피치트리 근처의 저택들이 드문드문해지고 나무들은 더 울창해진다. 나는 캐럴라인의 갈색 머리가 눈에 띄는지 주시하면서 가장 가까운 교차로에서 방향을 튼다. 식스 페이스 메도로 이어지는, 키 큰 풀들이 우거진 들판이 있다. 캐럴라인이 그곳으로 갔을 것 같지는 않다. 알레르기를 자극하는 꽃가루가 너무 많기 때문이다.

그 뒤로 15분 동안을 피치트리 거리를 오르내리며 캐럴라인과 그녀의 말이 남긴 흔적을 찾다가, 다시 말구유가 있는 곳으로 되돌아갔다. 예배당의 시계탑이 1시 반을 알린다. 예배당 위쪽에는 음침한 '우리 주님의 묘지'가 있다.

묘지.

"죽은 자들은 말이 없는 법이지." 나는 스위트 포테이토를 그쪽으로 몰고 간다.

동양인들은 '우리 주님의 묘지'에 발을 들여놓지도 않는다. 유령 때문이 아니다. 아주 오래전에 '눈빛이 사나운' 동양인 남자가 백인 여성을 이곳에서 유린했다는 소문이 돌았다. 엽총을 든 묘지 관리인 부인이 그 끔찍한 장면을 발견했을 때, 남자는 달아났다. 그리고 동양인 남자들은 폭력적으로 보이지 않으려고 애썼다.

포석이 깔린 예배당의 진입로를 지나치자, 말발굽 자국이 보였다. 나는 스위트 포테이토의 목을 두드려 주었다.

"별로 단단하지 않은 흙인가 봐."

양치식물들 사이로 비석들이 아무렇게나 흩어져 있다. 마치 죽은 사람들이 쓰러진 자리에 그대로 묻혀 있는 것처럼 보인다. 꽃이 핀 층층나무가 양탄자처럼 깔린 이끼 위에 군데군데 서 있는 모습이 눈이 쌓인 듯 기이해 보인다. 공기는 차갑고 축축하다.

캐럴라인의 예전 하녀들이 오래 붙어 있지 못한 것은 당연한 일이다.

땅은 점점 건조해져서 말발굽 자국을 찾는 게 힘들어진다. 그러나 곧 하얀 돌로 만든 지하 납골당이 오른쪽에 나타난다. 천사 둘이 양쪽에서 지키고 있고, 울창한 숲의 나무들이 주위에 그늘을 드리우고 있다. 숲속의 건장한 나무에 프레더릭이 매여 있고, 그 옆에 검은 갈기에 키가 큰 백마가 나란히 서 있다.

백마를 전에 본 적이 있다. 솔트워스 양의 연인인 미스터 큐의 말로, 이름은 '시프'다. 가여운 솔트. 미스터 큐가 그녀를 거절한 건가? 아니면 양다리 걸치기 놀이 중인가?

지하 납골당 안에서 사람 목소리가 들리더니 곧 캐럴라인의 코웃음과 높은 톤의 킥킥대는 소리가 따라 나온다.

나는 눈살을 찌푸린다. 아마도 무덤 주인들은 거주지를 옮기고 싶을 것이다. 납골당을 지키는 천사들은 백일몽을 꾸는 듯 무표정하게 앞을 응시하며 자신의 임무를 수행하고 있다.

나는 이 사실을 혼자만 알기로 하고, 죄인들을 그들의 죄에 맡긴 채, 스위트 포테이토를 몰고 그 자리를 조용히 떠난다.

제9장

캐럴라인이 묘지에서 나오는 것이 보인다. 꿈꾸는 듯한 미소가 입술에 걸려 있다. 예배당 뒤뜰 바위에 앉아 기다리고 있는 나를 보고도 기분이 나쁘지 않은 것 같다. 미스터 큐는 흔적도 없다.

"안녕, 하녀."

"오후 외출로 기분 전환이 되셨나 봐요, 아가씨." 방탕하게 놀았으니까.

그녀가 눈을 가늘게 뜨고 나를 본다. 우리는 조용히 말을 탄다. 마구의 짤랑거리는 소리만 들릴 뿐이다. 말구유 앞에 이르러서야 비로소 그녀는 입을 연다.

"나는 혼자 말 타는 걸 좋아해. 이 일을 계속하고 싶으면, 우리 엄마에게 말하지 않는 게 좋을 거야. 생각해 봐. 너는 한 시간 동안 혼자서 하고 싶은 일을 할 수 있어. 돈도 받으면서."

나에게 주어진 선택지를 고민해 본다. 스위트 포테이토를 타고 빈둥거리는 일은 유혹적이지만, 그것이 나쁜 일이라는 것을 안다. 까마귀와 함께 날면, 까마귀와 함께 총을 맞는다는 말도 있지 않은가. 물론 페인 부인이 이 사실을 알게 되면 나를 해고할 것이다. 그러나 내가 페인 부인에게 직접 사실을 알리면, 캐럴라인은 나를 비참하게 만드는 새로운 방법들을 궁리할 게 틀림없다.

내 장화 밑에 도사리고 있는 뱀에게 물려 치명상을 입기 전에 그것을 잡아야 할 때다.

"제가 보기엔, 묘지는 죽을 수밖에 없는 운명을 두고 오는 곳이지…… 도덕성을 두고 오는 곳은 아닌 걸로 알고 있어요."

그녀의 성마른 눈빛이 발끈한다. "이 비열한 것, 훔쳐봤구나."

당당하게 행동하고 있지만, 내 심장은 졸아들고 있다. "솔트워스 양은 자기가 구워 놓은 고기에 누가 양념을 쳤는지 무척 알고 싶어 할 거예요."

캐럴라인은 비명을 지른다. 얼굴이 새파랗게 질린다. "네가 멀리사를 안다고? 그럴 리가 없어."

"제가 바라는 건 공정함이에요. 저는 아가씨의 하녀로 일할 뿐이지, 속임수와 심술에 시달려야 하는 건 아니에요. 저를 공정하게 대해 주시면 아가씨가 어떤 행동을 하든 비밀을 지킬 거예요. 그리고 제 머리 모양은 제 마음대로 할 수 있게 해 주세요. 동의하시나요?"

캐럴라인은 팔짱을 낀 채, 말구유에 떠 있는 나뭇잎들을 노려

보고 있다. 그 순간 말구유 속에 있는 물이 끓어오른다 해도 나는 놀라지 않을 것이다. 프레더릭이 히힝거리며 다시 물을 마시기 위해 고개를 숙인다. 캐럴라인이 '우리 주님의 묘지' 쪽을 힐끗 바라본다. 그리고 나에게 눈길을 돌린다. 사악함으로 빛나는 눈빛이지만, 체념하며 말한다. "알았어."

마구간으로 말들을 데려가고 있는데, 올드 진이 울타리 너머로 어떤 남자와 이야기하고 있었다. 커다란 떡갈나무에 기대어 있는 남자는 허세가 가득해 보인다.

나는 놀라서 말문이 막힌다. 그 남자는 해결사이자, 더러운 비밀 거래자인 빌리 리그스다. 『콘스티튜션』에 실린 사진과 똑같은 모자를 쓰고 있다. 운두가 낮고 챙이 좁은 어두운 붉은빛 모자다. 짙은 적갈색 곱슬머리가 목 근처에서 족제비 털처럼 뭉쳐 있다. 그의 밤색 말이 보도 위를 오락가락하는 동안, 그는 주머니칼을 꺼내 두툼한 나무줄기 위에 재빨리 칼자국을 낸다.

스위트 포테이토가 올드 진을 향해 히힝거리자, 30미터쯤 떨어져 있던 두 사람이 우리를 바라본다. 빌리는 나무줄기를 긋던 동작을 멈추고, 여우처럼 생긴 얼굴이 날카로워지더니 흡족한 표정을 짓는다. 그의 눈길이 내 얼굴을 살핀다. "이것 좀 보게, 누가 여기 온 거야?" 나를 겨냥하고 하는 말이다.

올드 진의 표정에서 경고의 의미를 읽고 나는 마구간으로 향한다. 무관심한 척하면서 나는 나중에 올드 진이 풀 수 있도록 말들을 기둥에 묶어 둔다.

나는 조용히 헛간으로 들어가 뒤뜰로 향하는 문을 통과한다. 그곳에는 캐럴라인의 안전 자전거가 온갖 물건들과 함께 있다. 판자 틈새로 나는 올드 진과 빌리가 이야기하고 있는 모습을 훔쳐본다. 빌리가 올드 진에게 주머니칼을 겨누는 것을 보고 나는 숨이 막힌다. 올드 진은 아무 반응도 보이지 않는다.

빌리가 손목을 튕겨 주머니칼을 접어 소매 속으로 집어넣는다. 그러고는 밤색 말 위에 올라타더니 말을 재촉해서 떠난다.

해결사가 올드 진에게 원한 것은 무엇일까? 나의 양아버지는 분명 그에게 내가 드러나는 것을 꺼려 했다. 그의 의도가 성공했는지는 의심스럽지만. 애틀랜타를 잘 아는 사람이라면, 두 명의 동양인을 같은 시간 같은 장소에서 보는 것이 우연일 수 없음을 알 것이다. 나는 뻣뻣해진 팔다리를 떨면서 호흡을 가다듬으려고 애쓴다. 해머 풋이 가르쳐 준 대로 에너지가 잘 흐를 수 있도록.

캐럴라인의 자전거 주위를 돌다가 물건들 속에 있는 모자에 눈길이 간다. 장밋빛 비단 매듭이 달린 담황색 보닛이 선반 꼭대기에 있다. 뼈대가 좋은 것이라 새것이었을 때는 적어도 8달러쯤 했을 것이고, 잉글리시 부인이라면 8달러 50센트를 불렀을 것이다. 페인 부인은 나에게 더 싼 가격으로 줄 것이다.

퇴근할 때 나는 담황색 보닛을 페인 부인의 서재로 가져간다. 그곳에서 부인은 종종 숙녀용 일기장을 작성하곤 한다. 그 방은 예전에 내가 좋아하는 곳이었다. 책장에 동화책이 꽂혀 있었기 때문이다. 캐럴라인이 그 안에 새끼 고양이들을 가둬 놓는 바람에 고양이들이 톱밥 자루에 들어간 흰개미들처럼 방을 헤집어 놓은 적이 있었다. 캐럴라인은 그 난장판이 내 탓이라고 주장했다. 책들은 다 망가졌다. 페인 부인이 내 말을 믿었기 때문에 캐럴라인은 내 귀에 대고 씩씩거렸다. "난 네가 정말 지긋지긋해."

페인 부인이 일기장에서 눈을 들어 나를 바라본다. 그리고 내 손에 들려 있는 모자를 보고 눈을 깜빡인다.

"이 모자를 사고 싶어서요, 마님."

약간의 호기심이 그녀의 표정에 비친다. "그러렴. 한번 써 봐라."

나는 레이스 캡을 벗고 보닛을 머리에 쓴다.

부인은 책상을 돌아 나오더니, 장밋빛 리본을 요즘 유행하는 방식으로 내 턱의 한쪽으로 묶는다. 그리고 나서 단순하게 땋은 내 머리채를 앞으로 가져온다. "그냥 선물로 받아 주렴."

"네? 뭐라고요? 오, 안 돼요, 그럴 순 없어요. 제가 돈을 낼 수 있을 때까지 마님이 따로 치워 두시면 된다고 생각했는데요."

"지금 막 노에미에게 캐럴라인의 자전거를 빌려줬어. 모자를 받아. 어차피 보풀이 일어난 거야."

"감사합니다, 마님. 정말 너그러우세요."

나를 바라보던 부인의 눈길이 양탄자 위로 떨어진다. 이상한 순간이 흐르고, 부인은 우아하게 양손을 포갠다. 부인의 미소가 흔들린다. "그럼, 내일 보자."

나는 올드 진과 페인 씨 저택의 계단을 다 내려온 다음에 불쑥 묻는다. "빌리 리그스와 무슨 이야기를 하고 계셨어요?"

올드 진은 이마를 찡그린다. "거북이 알 같은 녀석." 그는 중국식 욕을 하며 으르렁거린다. "중국인 하나가 자기 아버지에게 빚을 졌다는 거야."

"누가요?"

"네가 태어나기 전에 이곳을 떠난 사람이야." 올드 진의 갈색 눈 속에서 빛나는 회색이 마치 광석에 박힌 철선처럼 단단해 보인다. "거북이 알 녀석을 다시 만나면 피해. 그놈의 썩은 내를 굳이 맡을 필요는 없어, 응?"

전차가 도착한다. 우리는 다른 노동자들과 함께 마차에 올라탄다. 거리에는 시민들이 돌아다니고 있다. 그들은 윤기 나는 좌석이 있는 마차에 올라타, 자유롭게 풍경을 구경한다.

올드 진이 미끄러지듯 내 옆자리에 앉는다. "목욕하고 집으로 오는 길에 셰틀랜드 쌍둥이를 보았어."

셰틀랜드 쌍둥이는 벨 씨 가족이 세 들어 사는 집주인 밑에서 일한다. 그들은 집세가 늦을 때만 나타난다. "올해 벌써 세 번째네요."

올드 진은 고개를 끄덕인다. "벨 씨 가족이 쫓겨나면, 집주인은 그 자리에 공장을 지을 거야."

공장은 개인 주택보다 수익성이 좋다. 그 집이 헐리면 우리는 떠나야 할 것이다. 카커스 골목의 기억이 마음을 옥죈다. 우리는 어디로 가야 하나? 남쪽 동네 사람들은 동양인들과 섞여 살고 싶어 하지 않는다. 러키 입이 바로 그 증거다. 그가 철도 건설 노동자로 살던 미시시피강 근처의 판자촌에 폭도들이 불을 지르는 바람에 그는 몸의 절반이 매끄러운 분홍빛 흉터로 뒤덮였다. 이곳을 떠돌아다니는 동양인들은 그늘에 숨어 살았지만, 그늘은 쉽게 찾을 수 있는 곳이 아니었다.

내 표정이 일그러진 것을 보고 올드 진은 혀를 찬다. "걱정하지 마라. 우리의 미래를 위해 필요한 조치를 취할 생각이야. 그 미래가 애틀랜타가 아닌 곳일지라도."

올드 진의 말이 다른 생각을 멈추게 한다. 수많은 결점에도 불구하고 풍요로운 햇빛, 구불구불한 언덕들, 부드러운 산들바람을 생각하면, 애틀랜타는 떠나기 힘든 도시다. 17년 동안 살면서 내 핏줄 속에는 이 도시의 거리와 골목들이 지도처럼 그려져 있다. "무슨 조치를요?"

"오거스타에 중국인들이 많이 살아. 네 남편감을 구할 수 있을 거다."

조지아주의 오거스타는 동쪽으로 240킬로미터쯤 떨어진 곳이다. 중국인 총각들은 운하를 파러 온 사람들일 것이다. 불쾌한 느낌이 목구멍으로 울컥 올라온다. "저는 누군가의 아내가 되고 싶은 생각이 없어요." 올드 진의 얼굴에 실망한 표정이 떠오른다.

"모성애는 가장 고귀한 소명이야. 내 어머니는 결혼할 때 겨우 열여섯이었어. 하지만 두 아들을 키웠지."

삼촌들과 달리 올드 진은 미시시피강 '재건'을 위해 데려온 노동자가 아니다. 청 왕조의 학사 관료 집안 출신이다. 올드 진의 어머니는 교양 있는 여성으로 두 아들을 헌신적으로 키웠고, 아버지의 여러 아내 사이에서 존중을 받았다.

"가정을 꾸리지 않을 거면 뭘 할 생각이니? 모자 가게?"

어깨가 축 처진다. 모자는 내가 세상에 흔적을 남길 방법을 열어 줄 것 같았으나, 잉글리시 부인은 내가 이 도시의 다른 가게에서는 수습생으로 일할 수 없게 만들었다. "아직은 할 수 있는 일을 찾지 못했지만, 귀뚜라미는 노래할 때 가장 행복하다는 해머풋 삼촌의 말을 기억하세요?"

올드 진은 고개를 끄덕였다. "해머풋은 도랑 파는 일을 싫어했어. 공연을 하고 싶어 했지."

해머풋은 눈을 가린 채 줄 위를 걸을 수 있었다. 내 눈으로 직접 본 적이 있다. 그는 북쪽으로 가서 P. T. 바넘의 순회공연단, 동물 서커스, 이동식 주택, 곡마단에 합류하고 싶어 했다. "물론 자기가 좋아하는 일을 발견하는 게 쉬운 일은 아니지."

"알아요. 하지만 찾으셨잖아요."

"나는 운이 좋았다고 말했잖아, 응? 어쨌든 좋은 배우자라면 네가 좋아하는 일을 찾을 때까지 너를 도와줄 거야. 눈을 크게 뜨고 그런 사람을 찾아보자."

벽에 한쪽 귀를 갖다 대고 있지만, 스위티 양의 글이 신문에 실릴 거라는 실마리를 주는 말은 없다. 인쇄기 돌아가는 소리 때문에 대화가 잘 들리지 않는다. 하지만 네이선이 기계를 멈춘다.

"멋져요, 동양풍으로…… 보이는걸요?" 네이선이 말한다.

"맞아." 그의 어머니 목소리다. "동양인 소녀가 만들어 줬어."

벨 부인의 모자 장식 이야기다. 꼼짝하지 않고 귀를 대고 있으려니 목이 아프다.

"얼마 전에 저는 동양인 소녀와 부딪칠 뻔했어요."

"어떻게 생겼니?"

"깜짝 놀라게 하는 외모였죠."

"내가 만난 소녀도 그랬어. 특이한 점은 없었니?"

"잘 모르겠어요." 네이선이 재빨리 덧붙인다. "눈이 둘이고, 다리가 둘…….'

다리가 드러났던 것을 기억하면서 나는 이를 악문다.

"오, 그래. 나는 잠시 그 소녀의 다리가 세 개인가 했구나. 만약 우리가 강도를 만났다면, 경찰에게 범인에 대해 뭐라고 설명할 거니? 내가 본 여성은 예뻤고, 네 나이 또래였고, 키가 150센티미터를 좀 넘는 것처럼 보였어. 밤처럼 연한 갈색 눈동자에 크림처럼 뽀얀 피부를 지녔지. 내 생각에 모자 만드는 이들은 햇빛을 피하는 방법을 아는 것 같아. 그리고 움직임이 조심스러웠지. 요즘 젊은이들처럼 경거망동하는 것 같지 않더구나. 얼굴 좀 그만 씰룩거려라. 무슨 생각을 하는 거니?"

"그 소녀가 우리를 공격한 강도였다면, 어머니가 묘사를 더 잘했을 거라고 생각했어요.'

"이 근처에서는 동양인을 많이 볼 수 없잖아. 특히 사나운 눈초리의 강간범 사건 이후로는 말이야. 너는 너무 어려서 기억할 수 없겠지만."

"아버지가 쓰신 기사를 읽었어요."

나는 비로소 숨을 쉰다. 사나운 눈초리의 강간범은 잡지 못했으나, 신장의 차이가 30센티미터나 되는 것을 무시한 채, 비슷하게 생긴 다른 사람을 체포했다. 불운한 영혼은 나중에 누명을 벗었지만, 이미 튼튼한 떡갈나무에 매달려 교수형을 당한 뒤였다. 그리고 애틀랜타에 거주하던 동양인들이 떠나기 시작했다.

"제가 본 소녀와 같은 사람 같은데요." 마침내 네이선이 말한다.

"내일 잉글리시 부인에게 그 애 이름을 물어봐야겠다. 그 소녀에 대해 궁금해졌어."

숨이 턱 막힌다. 해머 풋은 사람들이 더 자주 서로를 찾을 때 더 많이 연결된다고 말했다. 그래서 올드 진이 삼촌들에게 엄격하게 규칙을 지키도록 한 것이다. 발자국은 땅바닥에만 남는 게 아니다.

스위티 양의 칼럼으로 내가 발자국을 하나 더 남긴 것인가? 그렇다. 벨 씨 가족에게 편지를 보낸 것은 매우 안 좋은 발상이었을지도 모른다.

제10장

  나는 전차의 좌석 주위를 돌아 들어가면서 『포커스』를 읽고 있는 승객들을 보면 근육이 경직된다. 그들이 스위티라는 단어를 언급하는지 귀를 기울인다. 내 마음의 90퍼센트쯤은 벨 씨 가족이 나의 제안을 받아들이는 것을 두려워하고, 나머지 10퍼센트는 그것을 바라는 더 작은 (그러나 유감스럽게도 자만심이 강한) 목소리다. 내 앞자리에 앉은 남자가 『서배너 트리뷴』을 읽고 있다. 이 도시에서 구할 수 있는, 얼마 안 되는 유색인을 위한 신문이다. 내 옆자리에는 집사 한 명이 『콘스티튜션』을 읽고 있다. 내가 들여다보려 할 때마다 신문을 자기 앞으로 끌어당긴다. 페인 씨 집에 적어도 그 신문 한 부는 있을 것이다. 그 집에서는 유색인과 유대인이 읽는 신문을 제외하고 모든 신문을 구독한다.

  전차가 덜컹거리면서 내 팔다리를 망가뜨릴 작정인 것 같다.

그러나 올드 진은 침착하게 생강 한 조각을 씹으며 마차가 달릴 때의 충격을 견디고 있다. 덜덜 떨면서 나는 그에게 가까이 붙는다. '건방진 구름'처럼 둘둘 말아 올린 새로운 머리 스타일이 '빌려 온' 보닛 속에서 망가지지 않도록 조심한다.

"오늘은 페인 씨 댁에서 자고 올 것 같구나." 올드 진이 말한다. 나는 놀라서 곁눈으로 바라본다. 올드 진은 요즘 늦게까지 일했지만, 밤을 보낸 적은 없었다. "메릿 도련님이 아라비아산 새 종마를 데려올 거야. 크라익스 씨는 만일의 경우를 대비해 내가 직접 말을 받기를 바라고 있어."

여동생 캐럴라인과 마찬가지로 메릿은 빠른 말을 선호했다. 아라비아산 종마는 분명 암말들을 동요하게 할 것이다. "어디서 주무시려고요?"

"크라익스 씨 작업장에 남아도는 방이 있어. 추우면 마구간에 가서 잘 거야."

"먼지는 기침에 좋지 않아요."

"나는 목이 좀 쉰 것뿐이야, 응?" 올드 진은 자기 농담에 웃기 시작한다. 그러나 곧 숨이 가빠져 나는 그를 흘겨본다.

"시간 외 근무에 대한 보상은 받으세요? 나쁜 선례를 남기면 안 돼요." 물론 보상을 받을 리 없다. 우리 같은 사람들은 직업이 있는 것만으로도 행운이니까.

"보상이 있지."

추가 근무에 대해 그가 받을 보상이 건강을 잃을 만한 가치가 있는 것이길 바란다.

페인 씨 집에 도착하자, 올드 진은 나를 위해 부엌문을 열어 준다. 그러나 누군가가 먹을 것을 건네주기 전에 그는 가 버린다.

나는 얇은 냅킨을 깐 접시에 꿀과 버터를 바른 주먹 크기의 시나몬 롤을 담는다. 아무리 변덕스러운 여주인이라 해도 이런 아침 식사를 거절하지는 않을 것이다.

3층까지 올라가기도 전에, 나는 캐럴라인과 페인 부인의 목소리를 듣는다. 두 사람의 빠른 말투를 듣고 나는 상황을 알아차린다. 아침마다 소의 젖을 짜듯이, 일상적으로 벌이는 말다툼이다. 돈은 많은 사람들의 고통을 덜어 주기도 하지만, 다른 괴로움으로 향하는 길을 열어 주나 보다.

나는 캐럴라인의 침실 문 밖 작은 탁자에 쟁반을 내려놓고 말다툼의 불꽃이 사그라들기를 기다린다. 벽에는 꼬리를 높이 들고 귀를 빳빳이 세운 말이 둑 위에 서 있는 그림이 걸려 있다. 그 아래 계곡에는 검은색의 양 떼가 풀을 뜯고, 사나워 보이는 개가 양들을 지키고 있다. 그림을 그릴 때 화가는 섬세한 붓질을 하느라 손에 경련이 일어날 지경이었겠지만, 저 풍경의 어떤 부분이 내 피부 아래를 근질거리게 한다.

올드 진의 목소리가 머릿속에서 들려온다. 저렇게 멋진 말이라면 새처럼 자유롭게 돌아다니고 싶지 않겠어, 응? 노에미는 왜 양들이 검은색인지 그리고 언덕 아래에서 꼼짝 못 하는지 궁금해할 것이다. 미국의 주들이 4년 동안 피를 흘리며 전투를 벌이고 25

년에 걸쳐 '재건'을 진행하고 있지만, 여전히 그런 질문에 대답하지 못한다. 나에게 저런 작품은 진부할 뿐이다. '진부하다'는 단어는 네이선이 자주 쓰는 말이다. 저 그림을 그린 화가도 언젠가 한 번쯤 사람들이 주목하지 않는 사물을 보여 줄 수 있지 않았을까? 바람 같은 것 말이다. 사람들이 주의를 기울이면 바람이 아예 눈에 보이지 않는 것은 아니다.

나는 대화가 잠시 중단된 틈을 타 어깨로 문을 밀고 방으로 들어선다. "좋은 아침이에요, 마님. 아가씨."

"좋은 아침이구나, 조."

어머니와 달리 캐럴라인은 불쾌감을 온통 드러내고 있다. 뺨은 붉게 달아오르고, 입은 부어올랐으며, 눈은 가늘게 찢어져 있다. 나는 캐럴라인의 탁자 위에 쟁반을 내려놓고 커피를 따른다.

페인 부인이 어색하게 미소를 지어 보인다. "조, 우리는 지금 평범한 말들이 혈통 좋은 말들과 경쟁할 수 있을지 토론했어. 올드 진의 딸이니까, 네가 혈통 좋은 말들에 대해 아는 게 있겠구나."

나의 직감은 입을 다물라고 말한다. 그때 캐럴라인이 떠들어 댄다.

"쟤는 평범한 것에 대해서는 확실히 알고 있을걸요."

나는 커피가 담긴 머그잔을 캐럴라인에게 건네면서, 우리의 합의를 상기시키기 위해 눈을 맞춘다. 그녀의 눈 속에서 증오를 읽을 수 있다. 그러나 우리가 좀 더 온화한 분위기로 옮겨 가야 할지, 영원히 겨울처럼 냉랭하게 굴어야 할지 나는 망설일 수밖에 없다. 캐럴라인은 눈을 내리깔고 커피를 마신다.

"제대로 훈련을 받고 재능이 있으면, 어떤 말이라도 잘할 수 있다고 생각해요. 가문의 이름은 인간에게만 부여되는 독특한 것이죠." 나는 바닥에 떨어진 베개를 집어 들고 열려 있는 창가로 가져가 턴다.

캐럴라인이 커피를 한 모금 마신다. "들으셨죠, 엄마, 하녀가 저와 같은 말을 하네요. 이제 시프를 경주에 내보내셔야 해요."

미스터 큐의 말, 시프를? 경주마로? 나는 베개를 한 번 더 탁탁 턴다. 나도 모르게 캐럴라인의 편을 들었다는 것을 알자 가슴이 철렁 내려앉는다.

캐럴라인의 흡족한 눈초리가 머그잔 테두리에 머무는 것을 보면서, 나는 내 말을 거두어들이고 싶다. 어떤 의견을 말할 때 까다로운 점은, 종종 예상과는 달리 더 많은 대가를 치르게 된다는 것이다.

페인 부인이 한숨을 쉰다. "후원자들은 자기 가문의 이름을 말에게 붙이려고 많은 돈을 지불하는 거야. 시프를 받아 주면 좋아하지 않을 거야."

캐럴라인이 느릿느릿 침대에서 빠져나와 탁자 앞에 앉는다. "만약 애틀랜타의 여성 참정권자들이 입찰에서 승리하면, 엄마는 그들에게 시프를 주셔도 될걸요." 캐럴라인은 주먹을 들어 올리며 재잘댄다. "모든 이에게 평등한 한 표를."

페인 부인은 숙녀답게 발끈하며 말한다. "하늘이 돕지 않는 한 그들은 자격을 얻을 만큼 표를 모으지 못할 걸." 부인은 뻣뻣한 자세로 문으로 걸어간다. "친구들이 곧 도착할 거야. 조, 멋진 머리 스타일이구나. 캐럴라인도 같은 스타일로 해 줄 수 있겠네."

캐럴라인은 입술에 설탕을 묻히며 시나몬 롤을 한 입 베어 문다. 빵이 그렇게 달콤해 보이지 않는다.

페인 씨 가족이 손님을 맞이하는 응접실에는 황금색 커튼이 우윳빛 양탄자 위로 흘러내리고 있다. 금박을 입힌 피아노가 창문으로 흘러드는 늦은 오전의 햇살을 부드럽게 연주하고 있다.

노에미가 둥근 탁자 앞에 앉은 두 여성에게 레모네이드를 유리컵에 따라 준다. 노에미가 자리를 옮길 때, 나는 찌그러진 두 개의 벨벳 모자를 알아본다. 내 손으로 만든 것이다.

솔트워스 양과 컬페퍼 양을 발견하는 순간, 눈이 휘둥그레진다. 분홍색과 보라색 드레스를 입은 두 여성은 피튜니아 꽃처럼 환하다. 솔트 양의 달콤한 라일락 향수 냄새와 가구에 바른 기름에서 나는 레몬 향 그리고 시가 연기가 공기 속에서 뒤섞인다.

설마 해가 서쪽에서 뜬 것은 아니겠지. 옛날 부자들은 자기 돈이 새로운 부자들의 돈보다 가치 있다고 생각한다. 캐럴라인은, 적어도 내가 알기로는, 대대로 부유한 집안의 여성들하고만 친교를 맺었다. 그러나 이제 새로운 친구가 필요할지도 모른다. 재밌는 일이지만, 내 기억으로 캐럴라인에게는 친구가 많지 않았다.

솔트의 둥근 얼굴에 놀란 표정이 떠오른다. "아니, 조! 여기서 뭐 하는 거야?"

페퍼의 갈색 눈동자가 나의 제복을 훑어본다. 통통한 솔트와 달리 바이올린 활처럼 날씬한 페퍼가 낮은 목소리로 말한다. "오, 이 집 하녀로군."

뒤집힌 나의 운명이 양탄자 위에 죽은 비둘기처럼 던져진다. "만나서 반갑습니다. 솔트워스 양, 컬페퍼 양."

"네가 캐럴라인의 새 하녀야?" 솔트는 언제나 페퍼보다 반 발짝 느리다.

"유감스럽게도 그래." 캐럴라인이 끼어들면서 내가 대답하는 것을 막는다.

"캐럴라인!" 페퍼가 다시 의자에 앉으며 말한다. "만약 조를 고용할 수 있다는 걸 알았더라면, 내가 당장 데려왔을 거야." 희망이 샘솟았으나, 다음 순간 페퍼는 덧붙인다. "나를 돌봐 주는 마사가 없었다면 말이야."

솔트는 갓 구운 빵 같은 손가락으로 금발의 곱슬머리를 잡아당 겼다가 다시 제자리로 돌려놓는다. "루시가 없었다면 나도 당장 조를 데려왔을 거야. 조가 만드는 모자를 생각해 봐. 게다가 조는 가장 잘 어울리는 머리 모양이 어떤 것인지도 알아."

페퍼가 여윈 손을 마주 비빈다. "좋은 생각이 떠올랐어. 어쩌면 조가 멀리사의 머리를 손질해 줄 수 있을 거야. 어떻게 생각해, 캐럴라인?"

뉴포트식 외에 모든 스타일을 거부하던 캐럴라인은 입을 삐죽 거리며 불편한 미소를 짓는다. "물론이지. 얘, 가서 머리빗과 핀을 가져와.”

필요한 것들을 챙겨 돌아가니, 페인 부인이 세 사람과 함께 카드를 하고 있었다. 캐럴라인과 달리, 부인의 척추는 의자 등받이에 닿지 않는다. 그리고 솔트처럼 분홍색 깅엄 스커트 아래 두 무릎이 피크닉 담요를 덮고 있는 개구리처럼 보이지도 않는다. 저택의 안주인인 부인은 정숙하게 앉는 법을 터득했다.

나는 솔트의 금발을 조심스레 빗질한 뒤 땋기 시작한다.

어렸을 때, 러키 입과 해머 풋은 내가 그들의 변발을 땋게 놔두었다. 내가 장기판에 손을 대지 못하게 하려는 것이었다. 러키 입은 자기 머리가 ‘천국으로 올라가는 계단’이 된 것을 보고 얼굴을 붉혔지만, 해머 풋은 언제나 감사의 절을 했다.

이따금 나는 두 사람 중 하나가 나의 친아버지가 아닐까 의심해 보았으나, 곧 그런 생각을 버렸다. 해머 풋은 승려처럼 도덕적이고 조화로운 삶을 살려고 노력했고, 러키 입은 자신이 벌어들인 돈 전부를 중국에 보내면서 가정에 헌신했다.

솔트가 어깨를 흔드는 바람에 잡고 있던 머리카락을 놓친다.

나는 입술을 깨물면서 다시 머리를 땋는다. “만약 이 머리 모양이 내 마음에 들면, 오늘 미스터 큐를 경마 대회에 초대할지도 몰라.” 솔트가 말한다. 캐럴라인이 비어 있는 황금 새장으로 차가운 눈길을 돌린다.

페인 부인이 승리의 패를 던진다. “많은 숙녀들이 당신들처럼 용기 있으면 좋겠네요. 워즈워스 부인이 딸들에게 신사들을 초대하는 것을 금지한 이후로, 아무도 그러려고 하지 않거든요. 애틀랜타 벨레스는 너무 고루해요."

페퍼와 솔트가 불편한 눈빛을 주고받는다. 돈이 있다고 애틀랜타의 모든 회합에 가입할 수 있는 것은 아니다. 최고의 여성 협회인 애틀랜타 벨레스는 오직 상속에 의해서만 회원이 될 수 있다. 페퍼가 팔꿈치와 엄지를 모두 사용해 카드를 섞는다. "스위티 양도 찬성했어요. 캐럴라인, 『포커스』의 새로운 칼럼 읽어 봤어?"

머리가 다시 고르게 땋아지지 않는다. 이번에는 솔트 탓이 아니다. 벨 씨 가족이 칼럼을 실었나? 나는 떨리는 손가락으로 머리채를 더 꽉 잡아 감고 비튼다.

"스위티 양은 여성들이 '질질 끌지 말아야' 한대. 왜냐하면 좋은 신사를 '만나기 힘들지도' 모르니까. 이 여자 멋지지 않아?" 페퍼는 웃다가 카드를 거의 다 흩뜨린다.

레모네이드가 시큼한 듯, 캐럴라인이 입술을 일그러뜨린다.

페인 부인이 무릎 위로 날아온 카드 한 장을 조심스럽게 페퍼의 카드 뭉치 속에 넣는다. "조, 『포커스』를 가져오렴."

"네, 마님." 나는 솔트의 땋은 머리를 핀으로 고정시킨다.

그러고는 계단을 날아가듯 뛰어 내려간다.

제11장

페인 씨의 서재가 있는 2층 전체가 조용하다. 페인 씨는 에타레이보다 일찍 일어난다. 그리고 거의 일주일 내내 해가 질 때까지 제지소에 머문다. 이따금 요란하게 울려서 나를 놀라게 하는 가족용 전화기를 지나면 서재가 있다. 문이 닫혀 있다. 혹시나 싶어 노크를 하지만 대답이 없다.

페인 씨의 거처는 내가 지난번 이 집에 왔을 때 이후로 조금도 변하지 않았다. 품질 좋은 떡갈나무를 깎아 만든 책상이 방 한구석에 놓여 있고, 거무칙칙한 벽은 담배 연기 냄새와 페인 씨가 고수머리를 단정하게 유지하기 위해 사용하는 일랑일랑*ylang-ylang* 기름 냄새를 뿜어내고 있다. 그 냄새를 맡으니 페인 씨를 처음 만났을 때의 기억이 떠오른다. 올드 진이 어떤 문제를 의논하려고 여기 왔는데, 그 당시에 네 살 혹은 다섯 살이던 내가 따라왔다.

페인 씨는 담배를 태우고 있었고 연기가 그의 코와 귀 부근에서 소용돌이치고 있었다. "너는 남자애니, 여자애니?"

나는 바지를 입었고, 머리카락을 귀 근처에서 짧게 자른 상태였다. "여자요." 그리고 나는 물었다. "아저씨는 사람이에요, 용이에요?"

나는 불룩한 눈의 그가 나를 잡아먹을 것이라고 생각했다. 그는 숨 막힐 듯 웃음을 터뜨리더니 담배로 나를 쿡 찔렀다. "이 애는 얼굴 전체에 말썽꾸러기라고 쓰여 있어, 내 말을 기억해 두게, 올드 진."

나는 기억에서 빠져나와 방을 가로질러 책상을 향해 간다.

신문이 쌓여 있는 더미 속에 『포커스』는 밑에서 두 번째에 있다. 나는 신문을 펼쳐 든다. 내 손가락이 신문 위에 축축한 자국을 남긴다. 맨 앞 장에 커다란 활자로 이렇게 인쇄되어 있다.

조언 칼럼 첫 회
스위티 양에게 ― 그녀가 모든 이들에게 조언한다

제목 아래에 네이선은 장미로 장식한 구식 모자를 쓰고 타조 깃털이 달린 펜을 휘두르는 숙녀의 실루엣을 그려 놓았다. 빗금으로 음영을 넣어 강조한 여성스러운 허리와 섬세한 팔의 자세를 보자 코웃음이 새어 나온다. 근육이 붙은 내 팔과는 한참 거리가 멀다. 네이선, 나는 네가 상상하는 그런 숙녀가 아니야. 하지만 너는 결코 알아차리지 못할 거야. 어젯밤의 불안은 이제 끝이다. 나는 폴짝폴짝 뛰며 환호한다. 사람들이 내 글을 읽을 거야, 내 글을. 나는 신문을 끌어안고 책상 주위를 돈다.

잉글리시 부인의 모자 가게 광고는 내 이름 옆에 가장 좋은 자리를 차지하고 있다. 그녀가 총애하는 일꾼 리지가 빙하처럼 천천히 일하는 속도와 바느질해야 할 부분에 풀을 사용하는 서툰 솜씨를 그녀가 즐기고 있기를 바란다.

모자 가게 광고 아래 다른 광고가 내 눈에 들어온다. 펜더그래스의 만병통치약은 "당신을 괴롭히는 모든 것, 소화 불량, 기침, 검버섯, 치통, 무기력증, 설사, 살로 파고드는 발톱, 물사마귀 그리고 특히 발기 부전"을 고칠 수 있다고 장담한다. "만약 사흘 안에 당신의 문제가 해결되지 않는다면, 묻지도 따지지도 않고 50센트를 돌려줍니다. 벅스바움 잡화점에서 살 수 있습니다."

나는 신문을 손에 쥐고 사뿐사뿐 다시 계단을 올라간다. 펜더그래스의 만병통치약이 올드 진의 기침에도 효과가 있을까?

페인 부인에게 신문을 갖다줄 때, 나는 이미 아무 특징 없는 치즈 커드 비슷한 표정을 짓고 있다. 캐럴라인이 기사를 읽으려고 몸을 기울인다. 읽어 내려가면서 눈이 가늘어진다.

캐럴라인이 신문을 읽는 동안 나는 솔트의 머리를 다시 땋기 시작한다. 솔트와 페퍼가 샌드위치를 먹어 치우자, 노에미가 더 많은 샌드위치가 담긴 쟁반을 들고 온다. "달걀 샐러드 더 드릴까요, 아가씨들?"

페퍼가 두 개를 집으면서 말한다. "후추를 더 쳐야 할 거 같아."

"네, 아가씨." 노에미가 공손히 대답한다.

"난 후추 알레르기가 있어." 캐럴라인이 신문을 읽으면서 재빨리 말을 끊는다.

"모든 것에 후추가 꼭 필요한 건 아니야,* 리넷." 솔트가 샌드위치를 집어 드는 바람에 내가 귀 뒤로 잡아당기려 하던 가닥을 놓친다. "노에미는 나무토막으로도 해시**를 만들 수 있어. 아마도 나는 그걸 꿀꺽 삼킬 수 있을걸."

노에미가 머리를 숙이며 속삭인다. "고맙습니다, 아가씨."

페인 부인이 집게손가락으로 『포커스』를 두드린다. "바로 이 칼럼이구나." 부인은 자리에서 일어난다. "나는 이제 게임을 그만해야겠어요, 숙녀님들."

"엄마, 뭘 하시려고요?" 캐럴라인이 붙잡는다.

"『포커스』를 많이 사야겠어. 오늘 밤 애틀랜타 벨레스의 모임에 가져가려면 말이야. 솔트워스 양, 오늘 꼭 당신의 미스터 큐를 초대해야 해요." 부인은 미끄러지듯 응접실 밖으로 나간다.

나는 솔트의 땋은 머리에 고리가 많은 리본 하나를 더 묶는다. 내 기분은 살짝 들떠 있다. 『포커스』의 이번 판은 매진될 것이다. 정기 구독이 관건이 되겠지만, 스위티 양으로서는 멋진 출발이다.

---

* 페퍼의 이름이 후추라는 뜻이라는 것으로 말장난을 하고 있다.
** hash. 고기와 감자를 잘게 다져 섞어 만든 요리.

나는 솔트 앞에서 거울을 들고 있고, 그녀는 이리저리 몸을 비틀며 새로운 머리 모양을 살펴본다. 곱슬머리인 그녀의 머리 모양은 폭포가 아니라 거품이 이는 샘물에 더 가깝다. "오, 오!" 솔트는 샌드위치를 가슴에 대고 탄성을 지른다.

"미스터 큐를 찾아 나서야겠어." 페퍼가 한숨을 쉰다.

캐럴라인의 눈초리는 지금 마시고 있는 레모네이드를 몇 시간이나 차갑게 만들 정도로 냉랭하다. "만약 한 번 더 미스터 큐라는 단어를 듣는다면, 두통약이 필요할 거야."

페퍼의 갈색 눈이 솔트를 향하더니, 머리를 가로젓는다.

솔트가 캐럴라인의 손등을 두드린다. "오, 나한테 화내지 마, 캐럴라인."

이것 참, 적반하장이네. 만약 캐럴라인이 미스터 큐를 마음에 두고 있다는 사실을 솔트가 안다면, 지금처럼 그녀를 달래는 말은 하지 않았을 것이다.

『포커스』에 칼럼을 쓰는 나의 분신을 상상하는 동안 허드렛일을 빠르게 해낼 수 있을 것 같다. 말을 타러 나가는 시간이 되자, 캐럴라인은 빠른 속도로 '우리 주님의 묘지'를 향한다. 나는 그녀가 시야에서 사라진 것도 알아차리지 못한다.

뛰어나지만 아직 수수께끼 같은 존재인 칼럼니스트는 스위트 포테이토를 타고 자신만의 시간을 보내러 간다.

'식스 페이스 메도'는 잘못된 결투에서 비롯된 이름이다. 어떤 결투 참가자 하나가 열 걸음이 아니라 여섯 걸음만 걷고 돌아서서 상대방의 머리를 쏘아 날려 버렸다. 불운한 희생자의 유령이 여전히 이 지역을 맴돌고 있다는 소문이 있다. 그래서 올드 진은 마구간의 '명예로운 혈통들'을 이곳으로 데려오는 것을 좋아했다. 우리 말고는 아무도 없었으니까. 올드 진은 나에게 머리 없는 유령은 보지도, 듣지도, 냄새를 맡지도 못하기 때문에 서로 부딪칠 가능성이 희박하다고 설명하면서 나를 안심시켰다.

"그럼 머리밖에 없는 유령은요?" 내가 물었지만, 올드 진은 대답하지 않았다.

우리는 나무 덤불과 버려진 2인용 마차를 지나쳐 간다. 마차는 올드 진이 나를 말에 태우려 할 때 사용한 뒤로 몇 년 동안 움직이지 않았다. "무서워하지 마." 올드 진은 내가 말 위에 앉았을 때 장담했다. "내가 바로 네 옆에 있어. 네 눈에 보이지 않아도 말이야." 목초지에서의 기억은 여름의 황금빛처럼 환하고 다정했다.

밝은 사사프라스 덤불과 노인의 수염은 목초지 속으로, 그리고 무리 지어 자라는 젊은 나무들 속으로 뻗어 나갔다. 내가 생리를 시작했을 때, 올드 진이 해 준 말은 모든 목초지가 덤불처럼 어설프게 뻗어 나가서 마침내 아름다운 숲을 이룬다는 것이었다. 그 말은 나를 더 혼란에 빠뜨렸다. 어머니 역할처럼 몇 가지 일들은 올드 진이 대신할 수 없었다.

스위트 포테이토가 히힝거린다. 전에도 이곳에서 뛰어논 적이 있었겠지만, 나와는 처음이다. 내가 해고될 무렵에는 올드 진이 스위트 포테이토를 목초지에 풀어놓기 전이었다.

"나의 다음 칼럼은, 당신이 다른 사람의 남자와 사랑에 빠졌을 때 어떻게 할지를 쓸 거 같아. 제목은 이렇게 할 거야. '소시지가 공짜인데 왜 돼지를 사지요?'" 내가 심술궂게 웃자 스위트 포테이토가 코웃음으로 답했다. "아니면 모자 가게 조수들의 블랙리스트에 대해 쓸 수도 있겠지. '당신의 모자를 조심하라.'" 스위트 포테이토가 발로 땅을 긁는다. 지루한가 보다. "좋아, 나는 충분히 쉬었어. 이제 마음껏 달려라." 발뒤꿈치로 툭툭 치면서, 나는 소리친다. "가자!"

스위트 포테이토가 트럼펫처럼 히힝 답하고는 빠른 속도로 내달린다. 나는 숨을 헐떡인다. 내 몸에서 수많은 근육과 뼈들이 늘어났다 움츠러들었다 하는 것이 느껴진다.

"와우우우!" 나는 실크해트에 꽂힌 깃털처럼 흔들리면서 말 등에 매달린다.

조금 뒤 내가 리듬을 되찾으면서, 우리 둘 모두에게 달리는 것이 편해진다. 목초지가 노란색과 초록색이 섞인 리본처럼 보이면서 눈앞을 지나간다. 부딪히는 공기는 얼굴에 저절로 미소를 짓게 한다.

난데없이 말 울음소리가 들려온다. 어디에선가 다른 말 한 마리가 우리 옆으로 전력 질주한다. 머리가 쐐기 모양인 암갈색 말이다. 그 말을 타고 있는 사람이 캐럴라인의 오빠인 메릿이라는 것을 알아차리는 순간, 나는 안장에서 고꾸라질 뻔한다. 그는 채찍을 휘두르며 외친다. "이랴! 조, 저기 마차까지 달리자!"

메릿의 미소에는 고양이 수염처럼 장난기가 매달려 있다. 어머니인 페인 부인 쪽을 닮아 잘생긴 외모를 보면 나는 긴장하여 가슴이 옥죄곤 했다. 수많은 사람 중에 하필이면 메릿이 빈둥거리는 나를 발견할 게 뭐람?

내가 기억과 씨름하는 동안, 메릿의 새로운 아라비아 종마일게 틀림없는 암갈색 말은 폭풍처럼 질주한다. 스위트 포테이토가 뒤쫓는다. 말 등에서 떨어지지 않으려고 매달리느라 내 허벅지가 불에 덴 듯 뜨겁다.

나는 다리가 허용하는 한도에서 몸을 앞으로 기울이고 엉덩이를 안장 위로 약간 들어 튕기면서 메릿의 말을 따라잡으려 애쓴다. 방향을 돌려야 했을지도 모른다. 그러나 메릿이 이미 나를 보았다. 그가 자기 어머니에게 말하지 않을 거라는 보장을 받아야 할 것이다. 아라비아 말의 귀가 쫑긋하면서 우리가 따라오는 소리를 확인한다. 우리가 다가갈수록, 그만큼 앞으로 나아간다. 우리를 조롱하는 것처럼 꼬리털이 까불거린다.

전투의 열기가 나를 달아오르게 한다. "저 건방진 쐐기 머리에게 질 수는 없지, 안 그래?" 발뒤꿈치로 찌르자, 스위트 포테이토는 돌진하여 다시 한번 거리를 좁힌다. "잘했어, 아가씨!"

하지만 20미터쯤 앞에 진흙 웅덩이가 있고, 우리는 그것을 피하려고 방향을 틀다가 중심을 잃는다. 우리가 뒤처지자, 암갈색 말도 속도를 줄인다. 말들도 사람과 같다. 어떤 이들은 쫓기면 일을 더 잘한다. 모자 가게에 주문이 밀릴 때, 나는 더 빨리 일했다.

비가 오나 해가 비치나 상관없이 늘 달팽이 속도로 꾸물거리는 리지와는 달랐다.

우리는 웅덩이를 건너고 나서 더 속력을 낸다. 200미터 거리에 있는 마차가 선명하게 보인다. 우리가 따라잡을수록, 겨우 두 걸음 정도 앞선 아라비아 종마는 다시 속도를 낸다.

나는 스위트 포테이토의 목에 매달려 몸을 낮춘다. 내 모자는 전투의 열기 속에 날아갔고, 머리카락은 검은 깃발처럼 흩날리고 있다. "가자, 스위트 포테이토, 달려!" 나는 소리치면서 얼마 안 남은 마지막 구간을 달려간다.

우리는 등 뒤에서 누군가가 칼을 들고 쫓아오는 것처럼 온 힘을 다한다. 그러나 메릿이 채찍을 휘두르고, 아라비아 말은 결승선을 넘는다.

"잘했어!" 메릿이 모자를 위로 던지며 환호한다.

나는 숨을 헐떡이면서 속도를 늦춘 채 혀를 내밀고 있는 스위트 포테이토의 목에 몸을 기댄다. 메릿이 천천히 다가온다. 그의 둥근 얼굴에는 흡족한 미소가 어려 있고, 아라비아 말은 춤추듯 경쾌하게 걷는다. 내가 메릿을 보지 못한 4년 사이에, 노에미의 표현을 빌리자면, 페인 가문의 상속자는 파이 껍질을 부풀렸다. 이제 그의 코트는 마른 체격일 때 그랬듯이 헐렁하게 늘어져 있지 않다. 꼭 맞는 회색 모직이 근육질 어깨를 드러내고 있다. 열일곱 살 때는 흔적만 있던 콧수염이 이제는 뾰족하게 잘 다듬어져서, 3시 45분을 가리키는 멋진 괘종시계의 시곗바늘처럼 그의 윗입술을 돋보이게 한다.

메릿이 다리 하나를 안장에 걸친다. "공정한 싸움이 아니었어." 그가 활기찬 어조로 말한다. 무슨 말을 하든 마찬가지다. 심지어 "비가 올 거 같군" 같은 평범한 말을 할 때도 그렇다. "암말은 상자 속에 석탄이 충분하지 않거든. 그래도 이 늘씬한 다리라면 꽤 큰 돈을 받을 수 있을 거야. 올드 진이 팔려고만 하면."

"네, 도련님." 나는 대답한다. 올드 진이라면 스위트 포테이토를 파느니 차라리 자신의 멋진 다리를 팔 거라고 생각하지만.

"얘는 아미르야." 아라비아 말은 스위트 포테이토보다 한 뼘쯤 키가 크다. 갈기가 달린 목은 산마루 같고 뒷다리는 자작나무 줄기 같다. 아미르는 머리를 흔들더니, 암말이 쳐다보고 있을 때 수컷들이 그러듯 콧김을 내뿜으며 거드름을 피운다. "아미르라는 이름은 '최고'라는 뜻이지. 아미르는 허리케인 속을 날아가는 모자보다 빨라."

"이 말도 대회에서 뛰나요?"

"물론입죠. 조니 포천이 탈 거야."

"조니 포천?"

"미국 최고의 기수지." 그의 청회색 눈동자가 전쟁 메달처럼 반짝인다. "울타리 위에 앉은 새 같은 사람이야. 아무도 그를 이기지 못해. 아버지는 달가워하지 않으시지. 일이나 하지 왜 경마를 하느냐고. 하지만 이건 어머니가 주최하는 일이니까."

페인 씨는 메릿에게 제지소를 넘겨주려 하지만, 메릿은 서류를 다루는 일보다 즐거움에 관심이 더 많았다. "네, 그럼 행운을 빌어요. 저는 이제 가야 해서."

"요즘 네가 내 여동생을 돌봐 주느라 애쓴다는 말은 들었어."

나는 긴장한다.

"캐럴라인은 어딨어?" 메릿은 걱정스러운 척하면서 주위를 돌아본다. "여기에는 그 애의 응석받이 엉덩이를 쉬게 할 비단 의자 같은 건 없잖아."

"인사하러 갔어요."

"누구에게?"

"친구들에게요." 세상을 떠난 이들에게. 그물에 걸려든 것처럼 나는 움찔한다.

"놀랍군. 그 애가 적들을 방문하는 중이라면, 한 달이 걸려도 모자랄 거 같은데."

나는 기침을 한다. 캐럴라인 같은 여성을 좋아하는 사람은 많지만 사랑하는 사람은 거의 없다는 건 비밀도 아니다. 메릿은 활짝 웃고, 나는 그럴듯한 거짓말을 생각해 내려 애쓴다. 그가 손가락을 좌우로 흔든다. "조, 나는 너를 성가시게 하려는 게 아니야. 여자들의 핑계는 적어도 지금은 내 관심사가 아니야."

"무슨 말씀이세요?"

그는 한숨을 쉰다. "아버지는 내가 정착하기를 바라셔. 사회적 지위를 얻고, 직업을 갖고, 그런 것들 말이야. 나는 아마 제지소를 맡게 될 거야. 그리고 나의 신부인 보스턴 출신의 제인 벤틀리는 경마 대회에 처음부터 끝까지 참석해야 한다고 주장하는 따분한 사람이야. 그건 곧 그녀가 가는 곳마다 내가 따라다녀야 한다는 의미지. 그건 공정하지 않아. 나는 아직 스물한 살이야." 그의 눈이 살짝 커진다. "엉뚱한 방향으로 갈 가능성이 여전히 많지." 소년이었을 때도 메릿은 이웃 소녀들의 양 갈래 머리를 잡고 뺨에 입을 맞추면서 난봉꾼처럼 굴었다. "제인이 너처럼 용감하면 좋을 텐데. 채터후치강*에서의 일을 잊지 않았지?"

내 뺨이 달아오른다. 내가 열한 살이고 메릿이 열다섯 살일 때, 그는 저녁에 먹을 것을 잡아 오겠다고 했다. 그는 일주일 전에 아버지를 따라 채터후치강으로 낚시를 갔었다. 그가 오후 늦게까지 돌아오지 않자, 페인 부인이 그를 찾아오라고 나를 보냈다.

나는 그가 폭포 아래에 있는 웅덩이를 향해 돌을 던지고 있는 것을 발견했다. 그는 흠뻑 젖어 있었다. "낚싯바늘 가져오는 것을 잊었어."

송어 한 마리가 폭포 꼭대기에서 뛰어내렸다. 은빛 덩어리들이 물 위에서 꿈틀거렸다.

"물고기를 잡는 다른 방법이 있을 거예요."

"나도 해 봤어." 그가 침울하게 말했다. "물고기가 너무 미끌미끌해."

---

* Chattahoochee River. 미국 조지아주와 앨라배마주의 경계를 흐르는 강.

스위트 포테이토가 히힝 하고 우는 바람에 나는 깜짝 놀라 기억 속에서 깨어난다.

"나는 엉터리 같은 짓을 하고 있었지. 손으로 물고기를 잡으려는 것은 기름칠한 수퇘지와 씨름하는 격이었지. 그때 네가 금세 물고기를 잡아서 강둑 위로 던지는 법을 가르쳐 주었지. 우리는 다섯 마리나 잡았어." 그가 싱긋 웃는다.

"그건 올드 진이 가르쳐 준 거예요, 도련님. 물고기는 반대 방향으로 몰면 된다고요."

"도련님이라니. 친구들 사이에서는 그냥 메릿이야." 바다처럼 푸른 눈동자가 내 얼굴을 바라본다.

메릿 때문에 나는 해고되었다. 페인 가문의 상속자가 부유한 사람들처럼 사악하게 굴 거라고 생각진 않지만, 하녀는 주인 앞에서 언제나 조심해야 한다.

"네, 좋은 하루 보내세요, 도련님." 스위트 포테이토와 나는 그 자리를 떠난다. 가면서 뒤돌아보니, 여전히 나를 바라보고 있던 메릿이 허리를 굽혀 절을 한다.

제12장

스위티 양에게

제 남편은 입을 벌린 채 음식물을 씹어요. 제가 입을 다물고 씹으라며 16년 넘게 부탁했지만 소용없어요. 남편은 제가 수프를 후루룩거리면서 먹지 않으면 자기도 입을 다물 거래요. 하지만 뜨거운 국물에 입술을 데지 않으려면 그 방법밖에 없어요. 우리가 서로를 죽이기 전에 조언을 해 주세요.

고민에 빠진,
여전히 후루룩거리는 아내

여전히 후루룩거리는 아내에게

수프를 먹기 전에 2분 동안 휘저으세요. 그러면 입술을 데는 걸 피할 수 있고, 남편이 음식물을 얼마나 씹었는지 일정한 간격으로 알게 되지 않습니다. 사람들이 1년 내내 수프를 먹는 건 아니니까, 남편의 제안을 받아들이는 게 더 유리할 거예요.

진심을 담아,
스위티

✳

말구유 앞에서 15분 동안 기다린다. 캐럴라인은 나타나지 않는다. 아마도 '우리 주님의 묘지'에 있는 캐럴라인에게는 예배당의 종소리가 들리지 않았을 것이다. 혹은 들었지만, 시간을 지키는 것에 개의치 않을 수도 있다. 혹은 나쁜 놈들에게 납치당했을 것이다. 곧 몸값을 요구하는 쪽지가 날아들겠지.

나는 스위트 포테이토를 몰고 묘지 쪽으로 간다.

지하 납골당을 지키는 천사들이 구해 달라는 듯 나를 보고 애원한다. 프레더릭과 시프는 납골당 뒤 숲에 묶인 채, 주위에는 아무 관심도 없다. 연인이 옆집 잉크에 펜을 담그고 있다는 사실을 까맣게 모르는 가여운 솔트.

캐럴라인이 나쁜 놈들에게 납치당하지 않은 것이 분명하므로 나는 스위트 포테이토가 다시 말구유 쪽으로 방향을 틀도록 한다. 그때 어떤 목소리가 납골당 안에서 들려온다. "엄마는 시프를 경마에 참가하게 하는 쪽으로 마음이 기울어지고 있어요. 하지만 당신은 경마에는 별 관심이 없잖아요. 솔트워스 양에게 마음이 쏠려서요."

"그 여자는 나에게 아무 의미도 없어요." 나는 미스터 큐가 부드러운 바리톤 음색일 것이라고 기대했으나, 그의 목소리는 뱀을 부리는 사람 같은 부드러운 테너였다. 구름을 살살 달래서 회색빛까지 끄집어낼 수 있을 것 같은 목소리 말이다. "그 여자의 아버지는 곧 뉴욕으로 이사할 생각이래요. 물론 내가 갈 수 없다는 것을 그 여자도 납득할 거예요. 우리 관계는 그때 당신 부모님에게 말씀드리면 되고요."

곧이어 성적인 유혹의 중얼거림이 이어지고, 나는 귀가 뜨거워지기 전에 황급히 그 자리를 빠져나온다.

금요일 저녁 5시가 지나자, 페인 부인이 나에게 주급 3달러를 지급한다. 나는 그것을 나의 벽돌색 원피스 주머니 속에 잘 넣어둔다. 올드 진은 주말 동안 페인 씨 저택에 머물러야 한다. 노에미가 손수건에 싼 치즈 한 조각과 크래커를 건네며 올드 진에게 갖다주라고 한다. "치즈가 아저씨를 살찌게 할 거야."

나는 망토를 입고 마구간으로 올라간다.

울타리 근처에서 귀가 단풍나무 열매 꼬투리처럼 튀어나온 남자가 채찍을 들고 아라비아 종마를 길들이고 있다. 미국 최고의 기수라는 조니 포천일 것이다. 사시인 그의 검은 눈이 나를 훑어보며 못마땅한 표정을 짓는다. 메릿과 크라익스 씨가 그를 지켜보고 있다. 크라익스 씨는 키가 멀뚱하게 크고, 문고리처럼 이어진 수염에 모자를 쓴 늙은 카우보이다.

나는 빌리 리그스가 올드 진과 이야기하던 떡갈나무를 발견하고, 울타리 아래로 비집고 나가 나무줄기를 살펴본다. 눈높이 아래로 정사각형 두 개가 새겨져 있다. 하나에는 점이 네 개 찍혀 있고, 다른 하나에는 점이 다섯 개 찍혀 있다. 주사위를 새긴 것임에 틀림없고, 아마도 행운의 숫자일 것이다.

서둘러 마구간으로 들어갔지만, 올드 진은 없다. 나는 옆에 있는 헛간으로 향한다. 그곳에서 나는 기마 자세를 취하고 있는 올드 진의 뒷모습을 보고 놀란다. 해머 풋이 세상을 떠난 뒤 그가 이 힘든 운동을 포기했다고 생각했다. 그는 1분 동안 꼿꼿한 자세를 유지하다가 몸을 일으킨다. "노인에게 몰래 다가올 때는, 그렇게 진한 냄새를 풍기는 치즈를 가져오면 안 되지, 응?"

"뭘 드시는지 확인하고 싶었어요." 나는 올드 진에게 꾸러미를 건네준다.

그는 한숨을 쉰다. "고맙다, 조." 그는 꾸러미를 풀고 나에게도 조금 나눠 준다.

나는 고개를 젓는다. "혼자 다 드셔야 해요. 다 드실 때까지 여기 있을 거예요."

올드 진은 건초 더미에 앉아 음식을 조금씩 베어 문다. 그는 내가 유심히 보고 있다는 것을 알아차리고 옆자리를 손으로 두드리며 와서 앉으라고 한다. "내가 이야기 하나 해줄게, 응?"

나는 망설이다가 가서 앉는다.

"농작물에 꽃이 피지 않아 고민하던 농부가 아들에게 행운의 박쥐를 부르는 복숭아를 사 오라고 했어. 그리고 아들은 저녁놀 빛의 과일을 발견했지. 두 손으로 쥐어도 양쪽 손가락이 마주 닿지 않을 만큼 큰 거였어." 올드 진은 손을 들어 상상 속의 과일을 쥐는 흉내를 낸다.

"집으로 돌아가는 길에, 아들은 호수를 지나치게 되었지. 호수에서는 황금빛 머리카락에 호수를 뚝 떼어 낸 듯한 눈동자를 가진 물의 정령이 연꽃 사이에서 멱을 감고 있었어. 아들을 보더니, 정령은 호수 가장자리로 헤엄쳐 갔지. 정령의 눈동자를 보고 아들은 가슴이 설렜어. 하지만 정령이 원한 것은 젊은이가 아니었어." 올드 진은 팔을 쭉 뻗으며 목소리를 높인다. "'나는 복숭아를 원해. 오래전부터 그 과일 맛을 보고 싶었어.'"

나는 숨을 죽이고 킬킬거린다.

"'그럼 내게 뭘 줄 거예요?' 아들이 물었지. '키스해 줄게.' 정령이 대답했어. 아들은 손을 부들부들 떨면서 정령에게 복숭아를 건넸지."

"바보." 나는 중얼거렸다. "제가 알아맞힐게요. 정령은 복숭아를 가져갔지만, 아들은 키스를 받지 못하죠. 박쥐는 날아오지 않고, 아버지의 농작물은 죽어요. 그게 끝이죠?"

올드 진이 구시렁댄다. "아직까지는 그래." 그는 내가 숨겨진 의미를 찾아내길 기다리는 듯 귀를 쫑긋 세운다.

"제가 그 바보예요, 아니면 정령이에요?"

127

"너는 너무 감상적이야. 그러니까 네가 그 바보지. 정령은 나야. 왜냐하면 복숭아가 필요 없기 때문이지. 응?"

안짱다리인 올드 진이 물의 정령이 되어 성긴 수염에서 물방울이 떨어지는 모습을 상상하니 웃음이 터진다.

멀리서 아미르의 울음소리가 들려온다. 마치 우리 대화의 일부분처럼 느껴진다.

올드 진이 물병을 기울여 물을 마시고 나서 코르크 마개로 막는다. "우리 은신처를 잘 지킬 수 있지?"

"잘 지킬게요." 비록 머릿속은 걱정으로 복잡하지만 나는 밝게 웃는다.

아미르의 울음소리가 다시 들려온다. 반쯤은 엄살인 거 같지만 말은 지치기 시작한 듯싶다. "새 기수는 어때요?"

"속도는 잘 내는데, 말을 길들이는 솜씨는 별로야."

그는 몸을 낮춰 기마 자세를 취한다.

"치즈를 안 드셨어요."

"나중에 먹을게. 어차피 시간이 많이 지났잖아."

내가 포장된 길로 되돌아 올라가고 있을 때, 노에미가 안전 자전거를 반쯤 타면서 헛간 옆을 지나고 있었다. "조, 일단 요령을 터득하면 개구리 경주보다 재밌을 거야. 말 타는 것보다 빠를지도 몰라." 노에미는 짙은 눈썹을 찡그린다.

"과연 그럴까?"

"그걸 알 수 있는 유일한 방법이 있는데. 아, 잊어버렸어." 그녀는 뺨에 손을 갖다 댄다. "너는 아직 다리를 부러뜨릴 준비가 안 됐어."

안전 자전거는 재밌어 보인다. 페인트칠 때문에 사탕에 졸인 사과처럼 윤이 흐른다.

"고슴도치와 일주일을 지냈으니, 나도 다리를 부러뜨릴 준비가 됐어."

나, 조 콴은 그런 위험을 무릅쓰지 않겠지만, 스위티 양이라면 기꺼이 미래를 받아들이겠지. 낯설고 복잡한 기계까지도. 나는 망토를 벗어 나무 그루터기에 걸쳐 놓는다. 그러고 나서 자전거 손잡이 하나를 잡고 다른 손은 삼각형의 좌석에 올려놓는다.

자전거는 묵직하다. 스위티 양은 조 콴에게 그것은 안정성을 의미한다고 장담한다. 소형 구축함이 노 젓는 배보다 흔들림이 적은 것과 마찬가지다. 조 콴은 스위티 양에게 묵직하다는 것은 더 치명적임을 지적한다. 발이 다가오는 순간에 비로소 개미가 그 사실을 알아차릴 때처럼. 스위티 양은 조의 지적을 무시하고 핸들을 단단히 잡는다. 오른쪽에 레버가 달려 있다.

"그건 브레이크야." 노에미가 설명한다. "자전거를 멈추려면 그걸 꽉 잡아."

나는 시험 삼아 브레이크를 잡아 본다. 가벼운 저항이 느껴진다. "이건 뭐야?" 나는 왼쪽 핸들에 달린 문손잡이 크기의 금속 장치를 손가락으로 만져 본다.

"그건 벨이야. 봐." 노에미가 금속 장치의 스위치를 당기자, 작은 망치가 장치를 두드린다. 땡! 하고 소리가 난다.

나는 천천히 한쪽 발을 들어 올리고 이어 다른 쪽 발도 올린다. 그러자 비틀거리며 쓰러지려고 해서, 멈춰 선다.

노에미가 자전거를 다시 세우려는 나를 돕는다. "진정해, 어거 스트."

"……자전거에 이름을 붙였어?"

"이름을 붙이는 건 존중한다는 의미야. 만약 네 인생을 누군가 의 손에 맡기려 한다면, 오른발부터 시작하는 게 최선이지."

내가 다시 한쪽으로 넘어지려 하자, 노에미가 재빨리 나를 잡 아 준다.

"혹은 왼쪽 발."

"아, 어거스트가 '존중'을 의미해서 그 이름을 붙인 거네."

"아니. 달력에 있는 이름 중에서 가장 강력한 달의 이름이라서 붙인 거야. 8월(어거스트)이 오면, 들판에서 풀을 뜯던 젖소들이 화 가 나서 펄쩍 뛰어오를 만큼 뜨거워지잖아."

나는 발을 다시 올리고 중력이 나를 비탈길로 이끌도록 내버려 둔다. 발뒤꿈치가 땅에 몇 번 닿았지만, 곧 달리기 시작한다!

"달리고 있어, 노에미! 균형을 잡았어!"

"그건 내가 붙잡고 있기 때문이야, 멍청이야."

"그럼 손을 놓아!"

그녀가 손을 놓자 자전거가 속도를 낸다.

어거스트가 이리저리 비틀거리지만, 나는 핸들을 꽉 잡고 놓지 않는다. 닭들이 겁에 질려 꽥꽥거리며 내 앞에서 흩어진다. 나는 뱉은 씨앗처럼 빠르게 길 위를 덜컹거리며 달려간다. 도로 포석이나 그런 것과 충돌할까 봐 나는 브레이크를 잡는다. 자전거가 요동을 치며 멈춘다.

나는 발로 땅을 딛고, 노에미가 뒤에서 다가온다.

"봤어?" 나는 숨을 헐떡이며 묻는다. "날아가는 것 같았어."

"겨우 10미터쯤 갔어." 노에미가 손을 휘휘 내젓는다. 내리라는 뜻이다.

"어거스트, 너는 젖소들을 뛰어오르게 할 만큼 대단해." 나는 자전거를 작업실 쪽으로 돌려놓는다. 그러자 노에미가 올라탄다. 발을 몇 번 구르더니 얼마 안 가서 균형을 잡는다. 그녀가 페달을 밟자 자전거는 저택 쪽으로 달려간다. 타고난 솜씨다.

노에미가 모퉁이를 돌아 사라진다. 그녀가 돌아오지 않아서 나도 저택을 향해 뒤쫓아 간다.

뒤뜰에 이르렀을 때 내 발걸음이 느려진다. 노에미가 자전거를 울타리처럼 사이에 두고 페인 가문 여자들과 함께 서 있다. 캐럴라인의 새하얗게 질린 입술이 일그러진 것을 보면서 나는 어거스트가 결국 분노를 불러왔음을 눈치챈다.

제13장

해가 서쪽으로 기운다. 비탈길을 올라왔음에도 갑자기 살갗이 선뜩하다. 페인 부인은 코트를 서둘러 걸쳐 입은 듯, 옷깃이 흩어진 머리카락을 덮고 있다.

"내 모자를 하녀에게 준 것도 불쾌했는데, 건방지게 말대꾸하는 버릇이 있는 검둥이에게 어떻게 내 자전거를 줄 수 있죠?" 코트를 입지 않았는데도, 캐럴라인의 얼굴이 벌겋게 달아오르기 시작한다.

"준 게 아니라 빌려준 거야. 이성적으로 생각해, 캐럴라인. 네가 자전거를 버리라고 했잖아."

"자전거가 저 여자에게 갈 걸 알았더라면, 절대로 버리지 않았을 거예요."

노에미는 핸들을 꽉 움켜잡는다. 검은 장갑을 낀 듯한 그녀의 손에서 마디가 불거진다. "죄송합니다, 마님." 그녀는 고개를 숙인 채 말한다. 세 사람 가운데 노에미 키가 가장 크다는 것을 알아보기 힘들 정도다.

"내가 자전거를 가져가도 된다고 말했어. 그리고 숙녀라면 약속을 지켜야 해." 페인 부인의 파란 눈동자가 권총의 방아쇠처럼 곤두선다.

순간, 분노가 잠시 멈칫한다. 캐럴라인의 경멸하는 듯한 표정이 차가운 젤리 위에 붙은 파리처럼 미동도 하지 않는다. 더 이상 따지고 드는 것은 상황을 악화시킬 뿐이다.

노에미가 흙바닥을 응시하며 말을 잇는다. "제가 자전거값을 지불하겠습니다."

모두 놀라 그녀를 바라본다.

"아가씨, 자전거가 얼마인가요?" 노에미는 내가 캐럴라인의 허리에 묶어 준 리본에 시선을 둔 채 묻는다.

"우리 아버지가 100달러에 사셨어."

캐럴라인의 대답에 나는 깜짝 놀라 기침을 한다. 노에미를 제외한 모두가 나를 바라본다.

"조, 하고 싶은 말이 있니?" 페인 부인이 묻는다.

"죄송해요, 마님. 그 돈이면 말 한 마리를 살 수 있을 거 같아서요, 물론 좋은 말은 아니겠지만요."

캐럴라인이 망가진 백열전구처럼 분노를 터뜨린다.

"언제부터 집에서 일하는 사람의 의견이 중요해진 거죠? 조의 영혼은 여기 이 검둥이보다 더 검다고요. 나는 엄마가 조를 다시 고용하지 않기를 바랐어요."

"그만해, 캐럴라인. 네가 버린 물건들의 가치를 다시 생각해 보고 싶은 모양이구나. 자전거는 80달러 이상의 가치가 있겠지. 하지만 그건 새것인 경우야."

"마님, 제가 돈을 내겠어요." 노에미가 전혀 감정을 드러내지 않은 채 말한다.

나는 노에미를 향해 몰래 고개를 젓는다. 그러나 노에미는 나와 눈을 마주치려 하지 않는다.

캐럴라인의 얼굴에 스멀스멀 미소가 피어오른다. "반은 지금, 나머지는 다음 주에 내." 그러고는 소매에서 실밥을 뜯어내 바람에 날려 보낸다. 화가 난다. 노에미에게 80달러 같은 건 없다. 가진 자들이 없는 자들을 착취하는 방법은 상상을 초월한다. 스위티 양이라 해도 대답할 말이 없다.

노에미가 목을 가다듬고 말한다. "마님, 자전거값을 제 임금에서 제하면 어떨까요?"

페인 부인의 눈길이 캐럴라인과 노에미를 번갈아 향하다가 나에게 고정된다. 부인이 코트 자락을 여미자, 갑자기 몸집이 작아 보인다. 캐럴라인과의 말씨름으로 기운이 소진된 것 같다. 부인은 결혼반지를 만지작거린다. 오래된 버릇이다. 그리고 노에미에게 과장된 미소를 지어 보인다. "그게 좋겠어. 그럼 좋은 저녁 보내." 고개를 가로저으며, 부인은 저택으로 돌아간다. "지금 당장 창고에 그 물건을 갖다 놔. 알아들었어?" 캐럴라인이 손가락으로 창고를 가리킨다. 마치 노에미가 평생 일해 온 장소를 모른다는 듯이. "하여간 나대는 것들만 자전거를 탄다니까." 캐럴라인이 어거스트를 밀고 가는 노에미를 보며 야유한다.

노에미는 피치트리 거리를 행진하듯 걷는다. 전차 정류장에 이르렀지만, 그녀는 개의치 않고 지나친다. 그녀를 따라잡기 위해 반은 걷고 반은 뛰고 있는 나를 돌아보며 그녀가 말한다. "오늘은 로비가 시내 반대쪽으로 배달을 가기 때문에, 나는 좀 걷고 싶어. 너는 따라올 필요 없어."

로비가 배달을 한다면, 결국 사무직을 얻지 못한 게 틀림없다. 나는 그 문제에 대해 언급하지 않는다. 의논할 더 중요한 문제들이 있으니까. 그러나 로비의 일은 스위티 양이 발언해야 할 불공정한 사안임에 틀림없다. 나는 숨을 헐떡거리면서 노에미 옆에 따라붙는다. "노에미, 네가 내 의견을 묻지는 않았지만, 받아들이든 말든 마음대로 해."

"말해 봐."

나는 그녀가 무슨 짓을 해도 눈썹 하나 까딱하지 않는 사람들 앞에서 자존심을 지키려고 돈을 낭비하는 건 잘못이라는 말을 하려고 한다. 그러나 그녀의 표정 앞에서 말문이 막혀 이 말만 한다. "신경 쓰지 마."

노에미는 한숨을 쉰다. "우리 엄마가 돌아가신 지 10년이 되어가. 하지만 캐럴라인은 여전히 밤마다 은그릇 숫자를 세고 있어."

노에미의 어머니가 세상을 떠났을 때 나는 일곱 살이었다. 장
례식은 점점 추워지는 쓸쓸하고 음울한 10월의 어느 날이었다.
묘지에는 유색인들밖에 없었음에도 캐럴라인은 장례식에 참석하
겠다며 고집을 부렸다. 그러나 목사가 고인을 칭송하기 시작했을
때, 너무 큰 소리로 울부짖는 바람에 그녀의 아버지가 데리고 그
자리를 떠나야 했다.

20미터쯤 앞에 북실북실한 몸집과 달리 표정이 사나운 테리어
한 마리가 목줄을 잡아당기며 오고 있다. 나는 본능적으로 몸을
움츠린다. 개 주인은 다른 백인 여성과 한가하게 잡담을 나누며
뒤따르고 있다. 차도로 내려서는 노에미를 무시하면서 그들은 나
를 아래위로 훑어본다. 놀라움과 불신이 묻어 있는 눈길이다. 나
도 노에미를 따라 차도로 내려서는데, 테리어가 달려든다. 나는
겁에 질려 재빨리 움직인다.

"플러퍼!"개 주인이 주름 장식이 달린 손목으로 개줄을 잡아당
긴다.

내 심장은 단거리 경주에서 아미르를 이길 수 있을 정도로 뛰
고 있지만. 마차가 우리를 향해 달려온다. 노에미가 나를 인도로
끌어 올린다.

노에미의 튼튼한 장화가 행진을 멈췄을 때 나는 다시 자전거
이야기를 꺼내려 한다. 벽돌로 지어진 법원 잔디밭에서 사람들이
동상을 세우고 있다. 기울어 가는 햇살이 가슴이 돛처럼 부푼 남
군 장교의 청동상을 비춘다.

"노에미, 왜 사람들은 패배한 전쟁을 기억하는 기념물을 세우고 싶어 할까?"

"지는 것에 익숙하지 않기 때문이겠지. 그리고 내가 자전거를 사고 싶어 하는 또 다른 이유이기도 해. 개들이 거리에서 우리에게 짖으며 달려들도록 내버려 두는 걸로도 충분치 않아서 이제 동상을 세워 새삼 상기시키려는 거지. 날마다 조금씩 싸우지 않으면 결국 지고 말 거야."

"조금씩 뭘로?"

"유색인이 자전거를 타고 다니는 걸 마지막으로 언제 보았지?"

"30분 전에."

노에미가 나를 철썩 때린다. "유색인들은 자전거를 타지 않아. 하지만 그게 자전거를 탈 수 없다는 의미는 아니야. 사람들이 우리를 대해 주길 바라는 방식으로 우리가 먼저 행동해야 해."

동상을 세우고 있는 사람들이 우리가 지켜보고 있다는 걸 눈치챈다. 우리는 재빨리 자리를 뜬다.

"하지만 왜 자전거로만 네 의견을 주장하는 거야? 돈이 덜 드는 거, 예를 들면 인도에서 내려오는 걸 거부하는 일은 왜 하지 않는 거지?"

노에미의 눈꼬리가 치켜 올라간다. "흰 두건을 쓴 무리가 날뛰길 바라는 거야?"

"물론 아니지." 나는 손가락을 엇갈려 올드 진이 행운을 빌 때 취하는 제스처를 한다.

"올드 진은 늙은 숫염소가 지나갈 때마다 이렇게 해. 중국인은 저 염소처럼 하얀 것은 믿지 않아. 장례식에 하얀색을 사용하거든."

노에미가 활짝 웃는다. "하! 아저씨와 나는 공통점이 많네. 자전거값은 걱정하지 마. 필요하면 백수건달 오빠에게 돈을 빌릴 수 있어."

말문이 막힌다. 나는 그녀의 백수건달 오빠가 정말로 백수건달인 줄 알았다.

"한 가지 덧붙이자면, 인도에서 내려서야 하는 것과는 달리, 자전거에 관해서는 아무 규칙도 없어. 그건 우리가 자전거에 올라타서 규칙을 만들 수 있다는 의미야." 그녀가 눈살을 찌푸리며 나를 바라본다. "아니면 다른 누군가가 우리에게 적용할 규칙을 만들겠지."

지하실 집에 혼자 있게 되자, 나는 남은 찻물로 몸을 씻는다. 씻지 않으면 사람도 악취를 풍긴다. 잉글리시 부인의 가게에서 일할 때, 나는 모자 밑을 긁어서 스타일을 망치는 여성들을 보았다. 단지 가끔 머리를 감기만 하면 피할 수 있는 문제다.

나는 화덕에서 달군 프라이팬 위에 머리카락을 걸쳐 놓고 말리면서, 내일의 파고다 머리 모양을 위해 다섯 가닥으로 땋는다. 그러고 나서 종이를 찾으러 올드 진의 방으로 간다. 올드 진이 정기적으로 왁스 칠을 하는데도 종이를 넣어 둔 서랍이 열리지 않는다. 나는 옷감을 보관한 그 아래 서랍을 잡아당겨 연다. 맨 위에 진홍색 비단이 놓여 있다.

나는 그것을 꺼낸다. "이게 왜 여기 있지?" 올드 진은 사별한 아내의 물건 두 가지를 미국으로 가져왔다. 그중 하나가 진홍색 비단이다. 나는 비단을 펼쳐 본다. 놀랍게도 그것은 크기가 다른 몇 조각으로 잘려 있다. 올드 진이 이렇게 했나? 하지만 왜?

나는 소매를 만들기 위한 원본이 분명한 천 조각을 집어 든다. 그리고 나의 팔에 대어 본다. 길이가 딱 맞는다.

뱃속이 차가워지면서 뒤틀리기 시작한다. 올드 진은 나를 위해 무언가를 만들고 있다. 결혼식 예복일까? 중국 여성들은 결혼식 날 붉은 옷을 입는다. 붉은색은 행복과 행운을 상징하는 색이다. 그는 나를 곧 멀리 보낼 계획인가? 누구에게? 그는 안심할 수 있는 미래를 위한 계획을 실행 중이라고 말했다. 그럼에도 충격이 아닐 수 없다.

이제까지 나를 돌봐 준 올드 진에게 감사해야 한다. 내가 없었다면, 그는 중국으로 돌아가 재혼했을 것이고, 아들을 얻었을 것이다. 이제 예순인 그는 결혼하기에는 너무 늦었다. 일단 나를 돌보지 않아도 되면, 그는 언제나 바라던 것처럼 발바닥에 흙을 조금 묻힐 수 있을 것이다. 말을 돌보는 일을 하는 내내, 그는 여행한 적이 한 번도 없다.

내가 짐이라는 사실을 깨닫자, 마음속 깊은 곳에서 눈물이 솟는다. 소매로 눈물을 훔치면서 서랍을 닫는다.

나의 부모가 그가 해 온 역할에 감사하기를 바랄 뿐이다. 그들이 어디에 있든.

내 부모에 대해 궁금해하는 것은 이상한 괴로움인데, 계속해서 긁어 댈 수밖에 없는 가려움증 같은 것이다. 대부분 나는 어머니를 생각한다. 아버지는 비열한 인간이었을 가능성이 높다. 아마도 여자를 떠난 것이 처음은 아니었을 것이다. 여자가 자식을 포기하기는 더 어렵다. 어머니에게는 그럴 만한 이유가 있었을 것이다. 나처럼 가난했을 것이고, 올드 진이나 벨 씨 가족 같은 이들을 만나지 못했다면 교육을 받지 못했을 가능성이 높다. 그럼에도 나는 어머니의 눈에 미소가 어려 있고 입으로는 노래를 부를 것이라 생각한다. 여름의 복숭아 같은 체취를 풍길 것이라 믿고 싶어 한다.

내 방으로 돌아와 침대 위에 길게 눕는다. 나에게 남편이 필요 없음을 올드 진에게 보여 줄 시간은 아직 남아 있다. 비록 해고당한 경력밖에 없지만, 스스로 내 길을 헤쳐 나갈 것이다.

조심조심 말소리를 엿듣는 배관의 마개를 뺀다. 포베어런스가 짖는 소리에 내 심장 박동이 빨라진다. 허둥지둥 환풍구의 마개를 막으려 하는데, 그때 네이선이 말한다. "내가 말했잖아, 쥐가 그러는 거라고. 고양이를 키워야 하나……."

짖는 소리가 멈춘다.

벨 부인이 무슨 말을 했는데 알아들을 수가 없다. 지하실을 확인해 봐야겠다는 말이 아니길.

"만약 그 법안이 통과된다면, 전차 회사들이 바로 실행에 옮길 거예요." 네이선이 대답한다. "그들은 오랫동안 분리를 원했거든요."

"기도해야 해."

기도가 이루어지거나 안 이루어지는 건 우연이다. 응답을 받아도 기대했던 방식대로는 아니다. 오랜 시간 나는 부모님이 돌아오게 해 달라고 기도했지만, 이루어지지 않았다. 그리고 자라면서 부모님의 존재가 필요하지 않게 되었다. 그것이 나의 기도에 하느님이 응답한 방식이라고 여긴다. 물론 나는 개똥지빠귀와 어치가 서로 다른 나무에 앉아 같은 하늘을 공유하지 않기를 기대하는 것만큼 터무니없는 법안의 발의에 대해 하느님이 빠르고 만족스럽게 응답해 주기를 바란다.

네이선이 일요일판을 편집하는 동안, 3미터 아래에 있는 나도 맡은 일을 하고 있다. 내 사전을 꺼내 Y 부분을 펼친다. 그 자리에 '네 혹은 아니요?' 난을 오려서 붙여 놓았다.

빨간 가죽 안장이 달린 반짝이는 자전거가 스위티 양의 마음속에서 굴러다닌다. 캐럴라인과 얽힌 사건이 일어나고 이렇게 금세 자전거 이야기를 써도 되는 걸까? 만약 캐럴라인이 읽게 되면 썩은 물고기 냄새를 맡을지도 모른다. 그러나 '게으른' 하녀가 칼럼을 쓰고 있다는 의심은 결코 하지 않을 것이다.

나는 벌떡 일어난다. 벽에 적힌 '거드름goober'이라는 단어 바로 옆에서 '경솔한giddy'을 발견한다.

자전거: 우리는 미래를 향해 페달을 밟는다

여성들이 자전거를 타는 것에 대해 경계심을 갖는 이들에게, 냄새가 나지 않는 말들을 키워 보라고 말하고자 합니다! 그 말들은 머리 쪽에서는 먹이를 주고 엉덩이 쪽에서는 배설물을 치워 줄 필요가 없습니다. 훈련도, 마구간도, 담요도 필요 없어요. 묶어 두는 것을 잊어도 헤매고 돌아다니지 않습니다. 여성들이여, 왜 남성들만 그런 즐거움을 누려야 할까요? 심부름을 두 배나 빠른 속도로 다녀올 수 있고, 팔다리 운동도 할 수 있는데요.

자전거 타는 여성을 천박하다고 말하는 이들에게 전합니다. 우리가 20세기를 향해 자유의 기계를 타고 나아가는 동안 당신들은 코르셋과 정조대에 짓눌리지 않기를 바랄 뿐입니다.

정중히 제안합니다,
스위티

지난번에 편지를 우편함에 남기고 올 때 만난 휘파람 부는 남자들을 떠올리고, 나는 상자 속에 넣어 둔, 누군지 모르는 삼촌의 남색 정장과 리넨 셔츠를 꺼내 온다. 여성은 혼자 밤에 돌아다녀서는 안 된다. 그러나 남성은 언제 어디든 혼자 갈 수 있다. 여성들이 변장하고 다니지 않는 게 더 이상한 일이다. 몇 군데를 접고, 집어넣고, 묶는 것으로 옷을 나에게 맞춘다. 밸모럴 부츠는 없어졌다. 아마 올드 진이 팔았을 것이다. 나는 오래된 스카프로 얼굴을 감싸고, 잘 맞지 않는 나의 모자를 쓴다. 그 모자는 너무 이상한 형태라서 남자도 여자도 쓸 수 있다.

순모 코트를 입을 때 부스럭거리는 소리가 났다. 나는 안주머니에서 접혀 있는 종이를 발견했다. 쉽게 펼쳐지지 않았다.

尚,
저를 용서하세요.
e로부터

손으로 쓴 한자는 내 글씨체보다 더 엉망이었다. '尚'은 '존경받는'이라는 의미이고, 남성의 이름이기도 하다. 샹이라고 읽는다. 편지를 쓴 사람의 서명은 내가 알아볼 수 있는 한자가 아니다. 내가 모르는 삼촌의 이름이 샹인 게 틀림없다. 생각해 보면 내가 올드 진에게 그 사람에 대해 물었을 때 한 번도 이름을 언급한 적이 없다. 의도적이었나?

빌리 리그스에게 빚진 사람일까? 하지만 올드 진은 함께 거주할 사람들을 주의 깊게 선택했고, 위생적이고 신뢰할 만한 사람이 아니라면 모두 거절했다. 빌리 같은 이들과 교류하던 사람이라면 우리와 함께 거주하는 삼촌이 될 수 없었을 것이다. 좋은 벽돌을 골라야 집이 무너질 염려가 없다고 올드 진은 말하곤 했다.

어쨌거나 샹이 누구든, 그는 오늘 밤 나의 범죄 파트너다.

제14장

스위티 양에게

차분히 생각해 봐요. 다음은 뭐죠? 남자와 여자가 옷장을 바꿔야 합니까? 여자는 바지를 입고 남자는 페티코트를 입고? 당신의 막무가내인 생각을 자제할 필요가 있다고 생각해요.

진실한 벗,
메리 스티플

스위티 양에게

여성이 남성을 초대한다고요? 우렁차게 진심으로 네! 라고 외칠 미혼남이 여기 있습니다. 여성들이 중요한 결정을 할 시기예요.

정중하게 제안합니다,
RMS

✳

남색 정장을 입은 나는 다른 사람이 된다. 왠지 남자 옷을 입는 어긋난 행동이 이상하게도 옳은 일처럼 느껴진다. 나는 인도를 활기차게 걸어가면서, 휘두를 지팡이가 있었으면 하고 바란다. 안대를 해도 좋겠다.

정말 머리가 어떻게 된 건가 의아해하면서 나는 킥킥거린다. 스위티 양은 파란을 일으키지만, 해적은 아니다.

거리는 한적하다. 내가 변장한 것을 알아보는지 시험해 볼 사람이 없어 실망할 지경이다. 확실히 머리가 이상해진 것 같다.

인쇄소와 사택 모두 불이 꺼져 있고, 현관 앞 통로를 노란색 가로등 불빛이 희미하게 비추고 있다. 최대한 사뿐사뿐 움직이려는 노력도 헛되이, 계단 세 개가 모두 디딜 때마다 삐걱거린다. 그러고 나서 다섯 발자국 뒤에 있는 현관으로 다가간다. 우편함의 길쭉한 투입구는 손잡이와 같은 높이에 있다. 투입구를 덮고 있는 놋쇠 덮개를 들어 올리자, 날카로운 쇳소리가 난다. 지난번에는 그렇지 않았다. 나는 재빨리 종이를 밀어 넣는다.

바보 같으니라고. 나는 힘껏 소매를 잡아당기지만, 덮개는 나를 꽉 물고 놓아주지 않는다. 곧바로 짖는 소리가 들린다. 베어다. 침착하려 애쓰면서 나는 걸려 있는 소매를 풀기 시작한다. 그러나 갑자기 문이 열리더니 내 팔을 잡아당긴다. 나는 끌려가지 않으려고 버틴다. 천이 찢어지는 소리가 들린다.

베어가 나를 향해 달려왔으나 덤벼들지는 않고, 주위를 빙빙 돈다. 마치 나를 앞으로 몰고 가려는 것 같다.

"베어!" 네이선이 허벅지를 두 번 두드리자, 베어가 짖기를 멈추고 네이선에게 달려간다. 그러나 꼬리는 육지로 올라온 물고기처럼 바닥을 쿵쿵 두드리고 있다. "죄송합니다. 하지만 편지를 전하기엔 좀 늦은 시각이군요." 네이선의 거친 목소리에서 피로의 무게가 드러난다. 내가 달아나기 전에, 그는 램프의 불꽃을 키워서 환하게 만든다.

나는 현관과 계단의 중간 지점까지 물러나 몸을 돌린다. "죄송해요." 나는 어깨 너머로 소리친다. 목소리가 여자처럼 높게 흘러나와, 나는 목을 가다듬으며 낮은 소리를 내려고 노력한다.

"스위티 양이군요, 그렇죠?" 네이선의 목소리가 활기차게 변한다. 그는 내가 쓴 글을 읽고 있다. 네이선 벨 씨에게, 스위티 양으로부터.

나는 어둠 속에서 더 움츠러든다. 그리고 잉글리시 부인처럼 자신을 중요하게 여기는 여성의 의심 가득한 목소리를 흉내 낸다. "네, 제가 스위티 양이에요."

"이렇게 얼굴을, 아니 뒷모습을 뵙게 되어 기쁘네요."

"기억하시겠지만, 저는 익명을 요구했어요."

"아직 가지 마세요." 그는 명령처럼 말하고는 부탁의 말을 덧붙인다.

"당신과 의논하고 싶은 문제가 있었어요."

"문제라뇨?"

"당신 편지에 대한 찬사요."

"제 편지가 어떻다고요?"

"편지들이 있어요." 네이선이 베어를 제지하려 애쓰며 말한다. "사람들이 온종일 우편함에 편지를 집어넣었어요. 그래서 투입구 덮개가 말썽을 부리는 거예요. 스프링이 휜 거 같아요. 소맷자락이 찢어진 것 죄송합니다."

"편지들에는 뭐라고 적혀 있죠?"

"잠깐만요, 제가 갖고 올게요."

내가 대답도 하기 전에 네이선이 베어와 함께 사라진다.

이 자리에 서 있는 일 자체가 발각될 위험을 무릅쓰는 것임에도, 편지들을 읽고 싶은 마음이 그만큼 간절했다. 하층 계급의 중국 소녀가 수백 명의 애틀랜타 여성에게 구애하는 방식을 충고했다는 사실이 알려지면, 나는 감옥에 갈지 모른다. 그것도 운이 좋은 경우다. 더 나쁜 경우는, 내가 다시는 그런 실수를 저지르지 않도록 성난 군중이 나를 덮치는 것이다. 나는 너무 깊은 연못에 발을 담갔고, 이제 악어가 올라오고 있는 게 분명하다. 동양인은 독자에게 조언하는 칼럼을 쓸 수 없다. 나는 동양인이 모자 제조상은 될 수 있다고 생각했는데, 그것조차 불가능했다.

내가 소매를 움켜쥐고 있을 때, 네이선이 노끈으로 묶은 편지들을 가지고 나타난다. 베어가 다시 짖으며 아는 체를 한다. "제가 편지 몇 통을 읽었어요. 당신이 나타날 거라고 확신하지 못했거든요. 어쨌든 모든 편지가 찬사는 아니지만, 당신이 토론에 불을 지핀 게 중요해요. 그게 우리의 좌우명이니까요."

"열광적인 반응이 기쁘네요. 구독 신청이 늘었나요?"

"오늘만 마흔두 건이에요. 구독 취소는 없었고요. 놀랍죠. 모두 당신 글 덕분이에요."

4월까지 『포커스』 구독자를 매주 100명씩 늘리려면, 혹은 신문을 찍을 때마다 50명의 새로운 구독자가 필요하다면, 내가 더 잘 써야 할 것이다.

네이선이 팔을 문지른다. "바람을 피하시려면 들어오시죠. 얼굴을 보지 않겠다고 약속할게요."

"아니에요. 늦은 시각이라서요."

"여기까지 어떻게 오셨죠? 함께 오신 분이 있나요? 보이지 않아서요." 내가 네이선의 시야를 가리려고 몸을 돌렸으나, 그는 내 어깨 너머를 보려고 애쓴다.

"네, 멀지 않은 곳에 있어요. 저기 있네요." 텅 빈 거리를 훑어보면서 사람이 있는 것처럼 나는 거짓말을 한다.

"편지들을 가져가세요. 앞으로 쓰실 칼럼의 아이디어를 얻으실 수 있을 거예요."

네이선이 꾸러미를 내민다. 인쇄 잉크, 레몬 오일, 벽난로의 히코리 나무가 그슬린 듯한 익숙한 신문사 냄새가 나를 반긴다. 그리고 나에게는 낯선, 사택의 냄새도 난다.

"이쪽으로 던지세요."

네이선이 마주 보고 선 나를 응시한다. "음, 받을 수 있어요?"

"아니, 꾸러미를 놓쳐서 결국 눈에 멍이 들겠죠." 그러면 해적처럼 안대를 할 수 있을 것이다. "빨리 던져요."

네이선이 꾸러미를 던지고, 나는 쉽게 받는다.

"정기적으로 원고를 보내 주실 거죠? 음, 강요하는 건 아니에요. 우리는 감사하고 있지만, 만약 원고가 오지 않으면……."

"최선을 다할 거예요." 나는 말을 자른다. 네이선은 분명히 모자챙 아래 내 얼굴의 점과 주름을 볼 수 있을 것이다. "신문이 발행되기 하루나 이틀 전에 원고를 보낼 거예요. 괜찮은가요?"

"네."

베어가 반갑다는 듯 짖어 대며 나를 향해 돌진한다. "안 돼, 베어!" 나는 소리치며 뒤로 물러선다.

네이선이 베어를 잡고 몸싸움을 벌이면서 집 안으로 끌고 들어간다. "죄송해요. 개가 최근에 버릇이 없어졌어요."

나는 숨을 돌린다. "그럼 편한 밤 보내세요." 나는 계단을 내려간다.

"스위티 양?"

나는 마지막 계단에서 멈춘다.

"베어의 이름을 어떻게 아시죠?"

"나는, 어, 당신이 개를 그렇게 부른 것 같아서요." 아니었나? 내가 상상한 것인가?

"오, 그렇군요."

어둠 속으로 들어서자 귀가 뜨겁게 달아오른다.

주말은 세탁물을 헹군 물처럼 회색빛으로 시작된다. 나는 목도리로 목을 싸맨 채, 차가운 아침 공기 속에서 어젯밤의 아픈 실수를 떠올린다. 그 일은 나에게 네이선과의 교류를 최대한 줄여야 한다고 경고한다. 스위티 양은 미지의 여성으로 남아야 한다.

잉글리시 부인의 가게처럼 상점들은 주말에 거의 대부분 문을 닫는다. 그러나 벅스바움 상점은 간판에 '당신이 원하는 모든 것이 있습니다'라고 적혀 있듯이 문을 연다. 아브라함 벅스바움 자신은 유대인의 명절에 일을 쉬지만, 그를 대신해 상점을 운영할 청년들을 점원으로 고용한다.

나는 화려하게 조각된 문을 연다. 종이 울린다.

상점 중앙에 놓인 난로의 온기가 얼어붙은 뺨에 입을 맞춘다. 나는 온몸으로 온기를 느끼면서 천장에 진열된 조명 기구들을 올려다본다. 언젠가 저런 등을 하나 살 수 있는 돈을 갖게 될지도 모른다. 하지만 그전에 먼저 내 소유의 천장이 필요하다.

상점 한쪽에서 수석 점원이 손님들에게 우산에 대해 설명하는 목소리가 들려온다. 나는 그를 향해 다가가다가, 매대 뒤에서 병들을 쌓고 있는 낯익은 사람을 발견한다. "로비?"

"조, 좋은 아침이야." 로비가 환하게 미소 짓는다. 줄무늬 겉옷 위로 점원들이 입는 갈색 앞치마가 길쭉하게 드리워져 있다. "목도리가 아침 식사로 너를 잡아먹은 것처럼 보이는데?"

나는 목도리를 푼다. "이 목도리는 훈련을 잘 받아서 눈을 가리지는 않아."

"그렇게 할 수 있는 목도리가 많지는 않을 거 같은데."

"네가 다시 배달 일을 할 거라고 생각했어."

"벅스바움 사장님이 새 점원을 고용했는데, 그 사람이 상점 안에서 졸고 있는 걸 봤어. 다른 사람을 고용하기 전까지 일을 해 달라고 부탁했어."

"내가 서 있는 자리에서 보니까 그 점원용 앞치마는 너한테 딱 맞네."

"점원이라면 갈색 옷을 입어야지." 로비는 억지 미소를 지으며 주먹으로 탁자를 두드린다. "우리가 최근에 산 물건이 뭔지 너는 알지?"

"그건 좋은 자전거잖아." 나는 건성으로 대답한다. 조언이 아닌 위로가 필요한 상황에서 나는 유독 서툴다. 올드 진이라면 무슨 말을 해야 할지 알 것이다. 나 같은 사람들은 단어를 찾아 헤매지만, 그는 허공에서 적절한 말을 뽑아낸다. 단어들이 민들레 꽃씨처럼 떠다니나 보다.

로비는 매대 위의 담배 상자를 정리한다. 그러고 나서 금전 등록기의 놋쇠 부분을 닦아 윤을 낸다. 여윈 팔이 능률적으로 움직인다. "나는 노에미가 아기를 원한다는 걸 알고 있었지만, 공기 넣은 타이어를 달고 올 줄은 몰랐어. 어쨌든 조, 우리는 노에미의 주급이 필요해. 배달원의 수입으로 둘이 살기에는 부족하거든."

151

문이 열리고 손님들이 들어온다. 로비가 그들을 흘낏 보더니 나에게 말한다. "사야 할 물건 목록을 알려 주고, 네 가방을 나한테 주는 게 낫겠어."

나는 시장 가방을 로비에게 건네준다. 다마스크 직물 커튼으로 내가 직접 만든 것이다. "로비, 등유 2리터, 비누, 성냥, 양초 열두 개 그리고 가장 저렴한 여성용 장갑, 작은 사이즈가 필요해. 혹시 펜더그래스의 만병통치약에 대해 알아?"

"사장님이 그 약은 진열대에 올려놓을 새도 없이 팔려 나간다고 했어. 창고에 있는지 확인해 볼게."

로비가 통로로 사라진다. 나는 구슬 달린 헝겊 조각과 완성품인 리본들을 구경한다. 미리 만들어진 장식용품이 대유행이다. 현대 여성은 빠르고 저렴하게 몸치장을 하길 원한다. 닭 털로 만든 데이지 꽃이 3센트에 팔린다. 도둑질이네! 농장에 바람이 많이 부는 날, 약간의 접착제만 있으면 만들 수 있는 것이다.

상점 문이 다시 열리면서 종이 울린다. 내 코트의 해진 부분으로 한기가 스며든다. 굽 높은 장화가 천둥소리를 내면서 상점 바닥을 가로지른다. 심술궂은 원숭이들이 내 걱정을 엿들었나 보다.

빌리 리그스가 나를 향해 걸어온다.

제15장

　나는 기다란 비단 끈을 살펴보는 척하면서, 유리에 비쳐 보이는 빌리를 관찰한다. 그는 청록색 코트와 조끼를 자랑스럽게 입고 있다. 세상에서 더 이상 배울 게 없다고 판단한 누군가의 확신을 20년 이상 담고 있는 옷처럼 보인다. 올드 진은 나에게 그를 멀리하라고 말했다. 하지만 내가 지금 이곳에서 나가면 그가 나를 뒤쫓아 올 수도 있다.

　빌리는 멈춰 서서 '광학 기구'라고 적힌 탁자에 있는 무언가를 손가락으로 가리킨다.

　"유대인은 코뿔소만큼 부자인 게 틀림없어요." 나를 향해 말을 거는 게 틀림없다. 근처에 다른 손님은 없으니까. "이 돋보기 하나에 6달러라니. 물론 비용과 가치를 혼동하면 안 되지만."

　그는 돋보기를 눈에 대고 가게 안을 둘러본다. "이런, 이런." 돋보기가 멈춘다. 그의 1센트짜리 동전 같은 구릿빛 눈동자가 거울을 통해 자신을 지켜보고 있는 나를 발견한 것이다. "이 가게에는 온갖 희귀한 것들이 모여 있군. 다시 만나서 반가워, 아가씨." 그는 인사한다. 신사들의 예법에 따른 인사가 아니라 한쪽 발뒤꿈치를 들고, 손에 든 돋보기를 흔들며 우스꽝스럽게 무릎을 굽힌다.

등줄기를 타고 소름이 지네처럼 기어 내려온다. 나는 시선을 거둔다. 해머 풋은 관여하지 않는 것 자체가 승리라고 말했다.

"여기서 동양인 놈들을 보기는 힘들지. 하지만 그놈들은 언제나 내 집 문을 긁어 대거든."

결국 나는 돌아선다. 뱃속에서 불길이 치밀어 오르고, 분이 풀리지 않는다. 스위티 양이 턱을 치켜든다. "당신 집 문에 3센티미터 두께로 금박이 입혀져 있다면, 긁어 대지 않을 겁니다." 그의 머리가 한쪽으로 기울어지면서, 교만한 미소가 위협적으로 굳어진다. "나는 그렇게 믿지 않아. 너라면 그 늙은 기수를 도울 수 있을 텐데." 그는 나의 상처받은 표정을 비웃지만, 마음속으로 밀려오는 온갖 의문으로 나는 마음을 수습하기 힘들다. '기수'라니, 올드 진을 말하는 것은 아니겠지? 그런가? 하지만 올드 진에게 왜 내 도움이 필요할까?

"그게 무슨 뜻이죠?"

"정보는 공짜가 아니야."

로비가 나의 가방을 들고 돌아온다. 그가 매대 뒤에 선다. "빌리 씨, 무얼 도와 드릴까요?" 그는 빌리를 똑바로 바라본다. 로비의 대담함에 내 심장이 옥죈다. 남부에서는 흑인이 백인과 대화를 나눌 때 통용되는 불문율이 있는데, 흑인은 백인의 눈을 마주 바라보면 안 된다는 규칙도 거기에 포함된다. 규칙을 깨면, 결과가 따른다. 결과는 때로는 말로 할 수 없을 정도로 끔찍하다.

빌리의 눈이 가늘어진다. "그러니까 이제 유대인이 유색인을 믿고 자기 재산을 맡긴다는 거네. 까마귀에게 밤도둑을 지키라는 셈이 아닌가?" 그는 웃는다.

저런 사람이야말로 참견쟁이라는 생각이 떠오른다. 하지만 아무도 그 사람을 참견쟁이라고 뭐라 하지 않는다. 그들은 백인이므로 하고 싶은 말을 해도 되기 때문이다. 빌리가 로비의 뒤에 가지런히 정돈된 강장제 병들을 돋보기로 가리키면서 말한다. "펜더그래스의 만병통치약 한 병이 필요해."

나는 매대로 다가가 가방을 뒤진다. 내용물을 확인하는 것보다 더 급한 일이 있다. 상표가 붙어 있는 유리병이 손에 만져진다.

"죄송합니다. 펜더그래스 제품이 없네요." 로비가 선반 위의 빈자리를 보여 준다. "지금 막 마지막 병이 팔렸어요." 나는 유리병을 놓고 가방에서 손을 뺀다.

"그럼 더 갖다 놔." 빌리가 강조하듯 과장된 동작으로 팔을 벌린다. 사기를 쳐서 돈을 벌지 못했다면 그는 연극배우가 되었을 것이다.

"죄송합니다. 화요일까지는 물건이 들어오지 않는다네요. 마버리 강장제는 어떠십니까? 가격도 좋고 환불도 보장됩니다."

"자네 귀에 문제가 있는 거 같군. 나는 펜-더-그래스 제품을 원한다고 했어."

순간 서리 내린 유리창처럼 분위기가 냉랭해진다. 가게를 둘러보던 여성 둘이 걱정스러운 눈빛을 주고받더니 밖으로 나간다.

로비의 입술이 미소를 짓고, 짙은 눈썹이 치켜 올라간다.

"물건은 화요일까지는 들어오지 않습니다. 그리고 오직 하느님만이 기차를 더 빨리 오게 할 수 있습니다."

반론을 제기하기 힘든 말이다. 하지만 빌리는 다리를 떨기 시작한다. 해머 풋은 정신을 집중하려면 초조한 기분을 안정시켜야 한다고 말했다. 화살을 똑바로 날리려면 깃을 달아 줘야 하는 것처럼. 빌리보다 더 심한 사기꾼이었다는 그의 아버지는 똑바로 날기 위한 깃을 아들에게 달아 주지 못했던 것 같다.

"로비, 나는 잘 모르지만, 토머스 에디슨 박사가 기차를 날아가게 만들 수도 있대." 내가 끼어든다.

로비가 헛기침을 하면서 경고의 눈짓으로 내 말을 가로막는다.

빌리가 다리 떠는 것을 멈추고 다시 나를 응시한다. 그가 성냥 긋는 소리를 내며 혀를 찬다.

"약병을 포장해 줄까?" 로비가 일상적인 말투로 날 선 분위기를 부드럽게 한다.

빌리가 카운터 위에 놓여 있는 나의 가방을 훑어본다. 그리고 '펜더그래스'라는 말을 하기도 전에, 나의 코앞에서 가방을 가로챈다. "그럼 오늘 뭘 샀는지 좀 볼까?"

"그건 내 물건이에요!" 분노에 찬 스위티 양의 목소리가 튀어나온다.

빌리의 눈이 휘둥그레지고, 사기꾼의 얼굴에 심술궂은 미소가 번진다. "물건값을 지불한 영수증이 안 보이는군."

로비는 얼굴을 찡그린다. 빌리는 돋보기를 벗고 내 물건을 차례로 꺼낸다. 등유, 성냥, 비누, 양초, 장갑. "아하!" 그가 주먹으로 약병을 움켜쥐고 불빛에 비춰 본다. "구강 세정제?"

팔짱을 끼고 있는 로비의 얼굴은 인내심의 페달을 밟는 듯한 표정이다. "손님, 원하신다면 구강 세정제는 얼마든지 있습니다. 우리 모두 치아 관리를 잘해야겠지요."

빌리가 유리병을 거칠게 내려놓는다. 깨지지 않은 것이 놀랍다. 그는 다시 돋보기를 집어 든다. 능숙한 몸짓으로 그는 5달러 지폐를 꺼내 카운터 위로 던진다. "다음에 물건 들어올 때 펜더그래스 한 병을 내 것으로 챙겨 둬. 그리고 콴 양, 언제 한번 나를 찾아와. 내 제의가 영원히 유효하지는 않지만."

속이 뒤틀리는 것 같다. 빌리는 내 이름을 알고 있다. 그건 올드 진과 내가 연관되어 있음을 안다는 의미다. 지레짐작이 아니라면.

우리는 빌리가 으스대며 나가는 모습을 지켜본다. 그가 가게를 나가자, 나는 비로소 숨을 쉰다.

로비가 신문지로 조심스럽게 내 물건들을 포장한다.

"그가 무슨 제안을 하든 제일 좋은 건 그냥 손대지 않는 거야."

"걱정 마. 내가 생쥐이고, 세상에 마지막으로 남은 치즈가 테이블 위에 놓여 있다고 해도, 나는 쳐다도 안 볼 거야." 샹의 편지를 본 기억이 내 마음속에 떠오른다. 샹이 빌리의 집 문을 긁어 댄 동양인 중 하나였을까?

"조, 네가 빌리를 보고도 흥분하지 않아서 기뻤어."

"결코 아니거든요." 마지막 물건을 가방에 넣는 나의 손은 여전히 떨고 있다. "너야말로 흥분하지 않던데?"

"아냐, 조. 여전히 부글부글해." 로비가 씩 웃는다. "구강 세정제는 네가 새 직장을 얻은 것을 축하하는 의미로 내가 살게."

"고마워. 내 치아가 고마워할 거야."

로비는 내 가방 속에 마지막 물건을 집어넣는다. "엊그제 빌리가 와서 사장님의 순종 말 선데이 서프라이즈를 우승할 수 있게 '압력'을 넣어 보겠다고 했어. 물론 사장님은 거절했지."

"그런데 왜 다시 온 거지?"

로비가 초록색 병을 웃옷 주머니에서 꺼내면서 미소를 지었다. "우리 가게에서만 펜더그래스 제품을 팔기 때문일 거야."

지하실 집으로 돌아가는데, 빌리 리그스의 기억이 더러운 손가락이 남긴 자국처럼 머릿속을 어지럽힌다. 혹시 그가 내 뒤를 밟아 벅스바움 상점에 온 것일까? 펜더그래스 약에 관심 있는 것처럼 보였으나, 연기한 것인지도 모른다.

만약 빌리가 내 뒤를 밟았다면, 올드 진이 빚진 것과 관계있다는 사실을 내가 믿도록 해서 놀라게 하려는 시도였을 것이다. 책에 자주 나오는 낡은 속임수다. 필요를 창출해서 해결책을 파는 것. 하지만 나는 속아 넘어가지 않을 것이다. 올드 진은 결코 빌리나 그의 아버지 같은 이들과 거래하지 않았을 테니까. 우리가 일해서 모은 돈 모두를 걸어도 좋다.

일요일에는 나의 성스러운 영혼과 온통 구멍 난 스타킹을 수선하며 집 안에서 안전하게 보낸다.

캐럴라인에게 사흘 동안 시달린 뒤에도 팔을 흔드는 것 이상의 일을 할 수 있다는 게 놀랍다. 그러나 두 팔은 마치 정육점 진열장 안의 팔리지 않는 살라미 소시지처럼 투지가 넘친 채 매달려 있다. 나는 한쪽 살라미를 움직여 근육이 불거져 나오는 것을 느끼며 즐거워하고 있다. 내가 신체 단련을 지속하고 있다는 것을 알면 해머 풋은 기뻐할 것이다. 중국 속담에도 있듯이, 강인한 몸은 강인한 정신을 의미한다. 나는 말고삐를 잡거나 부채를 부치는 정도만 기대할 수 있는 캐럴라인의 팔보다 나의 힘센 팔이 더 좋다.

스위티 양이 지켜본 바에 의하면, 사회의 사다리로 높이 올라간 사람일수록 생활의 기본적 기술을 익힐 필요는 더 줄어든다. 아마도 학문이나 예술 같은 더 높은 목적을 자유롭게 추구하기 위해서겠지만, 캐럴라인이 그런 것을 추구하고 있다는 징후는 아직 내 눈에 띈 적이 없다.

우리의 철도 시계가 저녁 7시를 향해 똑딱거릴 무렵, 나는 머그 잔에 보리차를 채우고 나서 말소리를 엿듣는 배관의 마개를 조심스럽게 빼낸다. 베어가 짖어 댈 것에 대비해 마음의 준비를 한다.

그러나 베어는 이미 인쇄소 문 근처 어딘가에서 짖는 중이다. 귀를 기울이자 알아듣기 힘든 여성들의 대화 소리가 들린다.

"빌어먹을 쥐새끼들." 네이선이 중얼거린다. 그가 의자를 뒤로 밀어 바닥을 긁는 소리가 난다.

"들어와요. 이제 막 다 감은 털실 한 뭉치를 보여 줄게요." 멀리서 들려오는 벨 부인의 목소리가 또렷해진다.

"예쁠 거 같아요." 누군지 알 수 없는 여자 목소리가 말한다.

두 사람의 발소리가 집 안을 가로지르고, 인쇄소는 조용해진다. 나는 침대 밑을 뒤져 필기도구를 꺼낸다.

"어, 거기 앉으시지요?" 네이선이 말한다. 다른 사람이 있나?

"일요일마다 당신이 보이지 않아서 궁금했어요." 숨소리가 섞인 목소리가 배관을 타고 내려온다. 내가 아는 목소리다.

네이선이 기침을 한다. "오, 우리가 일요일마다 만났던가요?"

"어머, 제가 언제나 창가에서 당신에게 손을 흔들었잖아요."

더듬더듬 잉크를 찾다가 나의 플란넬 잠옷에 엎을 뻔했다. 리지 크럼프가 저 위에서 뭘 하는 거지?

제16장

"아, 그렇군요. 이제 우리는 배달부를 따로 고용했거든요." 네이
선이 리지에게 묻는다. "아버지는 잘 지내시지요?"

"잘 지내세요." 리지가 대답한다. "아버지는 경마 대회 전에 특
별 행사로 사람들에게 집 단장을 권하고 계세요. 크럼프 페인트
20리터를 사면 페인트 붓을 무료로 주는 거예요."

"오, 시민 정신이 투철하신 분이군요."

"음, 제가 할 말이 있는데요……."

뒤따르는 정적이 길어지는 것으로 보아, 용건은 전차 정류장
몇 군데만큼 멀리 떨어져 있나 보다. 베어가 꼬리로 벽을 두드리
기 시작한다. 그래, 베어. 양을 몰던 기술로 리지를 울타리 밖으로
몰아내.

"경마 대회에 관해 스위티 양이 쓴 글을 읽었어요……."

리지가 말을 잇는다. "그리고 그게 신호임을 알았어요."

"어떤 신호지요?"

"제가 당신을 경마 대회에 초대해야 한다는 거요."

내 머리가 벽에 부딪힐 뻔한다. 물론 네이선은 시내에서 모르는 사람이 없고 매우 적합한 사람이지만, 그다지 매력적인 외모는 아니다. 나는 리지의 나른한 푸른 눈과 수줍어하는 듯한 미소, 딸기 빛 금발의 곱슬머리가 붉은 피부 위로 늘어진 것을 상상한다. 그녀는 솔직하고, 잉글리시 부인의 진열장 속에 있는 케이크 형태의 모자처럼 거절하기 어렵다. 반면에 나는 리지가 반평생 동안 벽 쪽으로 밀어 놓은 채 방치해서 찌그러져 버린 하찮은 신발짝에 불과하다.

네이선이 대답하지 않자, 리지가 볼멘소리로 묻는다. "누군가가 이미 당신을 초대했군요."

"아니요." 네이선이 황급히 대답한다. 자기가 얼마나 성의 없이 말하고 있는지 깨달은 것 같다. "아니에요."

"그러니까 그게 신호였어요. 그래서 제가 온 거예요, 당신이 있는 곳으로."

"하지만…… 그게 신호가 아니라면, 당신은 여전히 그곳에 있고, 저는 여전히 이곳에 있어야 하네요."

나는 리지의 얼굴에 혼란스러운 표정이 어리는 것을 상상한다. "그러면…… 승낙하시는 건가요?"

"당신과 동행하면 기쁠 거예요."

나는 얼굴이 굳어지는 걸 느낀다. 보리차 잔을 움켜쥐다가, 정신이 산만해져 뜨거운 액체를 손가락 위로 흘린다. "악!" 나는 비명을 지르며 머그잔을 떨어뜨린다. 젖은 머그잔 조각들이 내 심장과 함께 콘크리트 바닥에 흩어진다.

나는 숨소리도 내지 않고 동작을 멈춘다. 꼼짝하지 않은 채 소음이 지워지길 기대한다.

"오, 제가 바라던 바예요." 리지가 말한다. 그녀는 흥분한 나머지 내가 낸 소리를 듣지 못한 것 같다. "다음 주말까지 제가 입을 옷 색깔을 알려 드릴게요."

네이선은 대답하지 않는다. 내 머릿속에서는 그가 취했을지도 모를 행동이 열두어 개쯤 지나간다. 아마도 그는 입술에 손가락을 갖다 댔을 것이고, 두 사람은 새로 눈에 띈 환풍구 덮개 옆에 무릎을 꿇었을 것이다. 얼굴을 맞대고 귀를 기울이고 있겠지.

네이선에게 들키는 것만으로도 충분히 수치스러운데, 리지가 옆에 있다면 더욱 견딜 수 없을 것 같다.

"당신의…… 옷 색깔이라고요?" 네이선의 목소리는 마지막으로 들었을 때보다 더 가깝게 들리지 않는다.

"그래야 옷에 어울리는 꽃을 고르실 수 있으니까요."

"어, 그렇군요."

"오, 네이선 씨. 당신은 구애하는 여성의 부모에게 꽃을 가져가야 하고, 그 여성의 드레스에 꽂을 꽃도 예약해야 해요."

"어, 맞아요."

구애라니. 리지는 솔직한 만큼 매우 교활하다. 신사라면 무례를 범하지 않고는 거절하지 못할 방식으로 말한다. 대화가 거의 들리지 않는다. 리지가 떠난 게 틀림없다.

머그잔 조각을 줍고 나서 쏟아진 보리차를 걸레로 닦는다. 네이선과 리지가 함께 가는 게 왜 문제가 될까? 나와는 상관없는 일인데. 나는 바닥에 주저앉는다. 스위티 양은 질투라는 감정에 눈살이 찌푸려진다. 그것은 마치 그 안에 담겨 양동이를 부식시키는 잿물 같다. 네이선은 누군가와 데이트를 해야 한다. 그리고 조지아주의 위대한 법률에 의하면, 그 누군가는 내가 될 수 없다.

우리는 모두 규칙에 따라 살아야 한다. 그러나 몇몇 사람은 다른 이들보다 더 많은 규칙을 따라야 한다. 로비는 배달부는 될 수 있지만 점원은 될 수 없다. 잉글리시 부인이 나를 모자 제작공으로 승진시켜 주지 않는 것처럼, 페인 부인은 올드 진에게 말 사육 담당자의 자리를 주지 않을 것이다. 스위트 포테이토가 뒤틀린 다리를 갖고 태어난 것처럼 우리는 장애를 갖고 태어났다. 백인이 아니라는 장애. 그것은 스위트 포테이토의 경우와는 달리 교정할 수 없는 장애다.

스위티 양은 의욕을 잃는다.

나는 이제 아무것도 느껴지지 않는 다리를 뻗는다. 앉아서 너무 오래 생각하는 것은 뇌의 활동을 부진하게 만들고, 부진한 활동은 좌절에 이르게 한다. 나는 까치발로 서서 심호흡을 한다.

그러고 나서 펜을 잡는다.

커스터-머리[*]

노란 깃털의 카나리아와 사촌 간[**]인 커스터-머리는 서로 헷갈리지 않을 정도로 각각의 새마다 특징이 다양합니다. 이유도 목적도 없이 새장을 두드리는(불운을 쫓기 위해 나무를 두드리는 관습처럼) 새가 있는 반면에, 더 분별력 있게 행동하는(도로의 오른쪽으로만 운전하는 관습처럼) 새도 있지요. 많은 관습이 오래전에 이미 새장을 벗어나야 했음에도, 시든 나뭇가지에 헛되이 고집스럽게 매달려 있을 뿐이지요(크리놀린 속치마를 포기하지 못하는 것과 마찬가지로요). 예를 들어 옆으로 앉는 여성용 안장은, 해부학적 관점에서는, 영광스럽게도 남성에게 더 어울려요. 피부색이 다른 이들에게 집안 살림을 맡기고 아이들을 돌보게 하면서도, 점원이나 조수로 채용하지 않는 관습도 이상해요. 이런 관습은 뻐꾸기들이 그러듯, 둥지 안에 들어와 다른 것들까지 밀어내기 전에 푸른 하늘로 날려 보내야 할 때입니다.

독자들이여, 어떤 관습에서 벗어나야 할까요?

존경을 담아서,

스위티

---

[*] '관습적인'이라는 의미의 customary를 the custom-ary라는 새의 이름처럼 바꿔 은유로 풀어내고 있다.
[**] 카나리아는 영어로 '카나리'라서 커스터머리와 각운이 맞다.

그래, 어떤 의견은 다른 각도에서 접근하는 게 가장 좋을 때가 있다. 메릿과 내가 강에서 물고기가 뛰어오를 때 정면에서 잡지 않고 물결을 거슬러 몰아서 내던졌던 것처럼. 하지만 『포커스』가 이렇게…… 선동적인 내용을 실어 줄까? 벨 씨는 절대 하지 않을 것이다. 그러나 네이선은 그의 아버지와 다르다. 벨 씨를 밀어붙여 전차 승객을 분리하는 정책에 대해 비판하는 사설을 쓰게 했다. 그는 한 공간에 있을 때 눈에 띄는 사람은 아니지만, 신념을 지키려는 사람이다.

벨 부인의 말소리가 들리자 내 귀가 쫑긋 선다.

"자전거에 관한 칼럼은 완벽했어. 내가 젊은 여성이 되고 싶더구나. 칼럼 필자를 만나고 싶어."

나는 숨을 들이마시면서 네이선이 어머니의 생각을 만류하기를 간절히 바란다.

"현명하지 않은 생각 같아요." 잠시 숙고한 뒤에 그가 말한다.

"익명으로 남고 싶다고 분명히 밝혔잖아요. 우리가 그녀에게 무리한 요구를 하면, 칼럼을 중단할지도 몰라요. 어차피 원고료를 주는 것도 아니니까요."

"네 생각이 옳은 거 같구나. 몇 살쯤 되어 보였니?"

"잘 모르겠어요. 얼굴을 온통 가리고 있어서요."

"목소리는 어땠어?"

"그냥 평범한 목소리였어요."

내 목소리를 조금 높여야 할 것 같다. 어쩌면 고기 파이와 맥주를 즐기는 잉글리시 부인처럼 담배를 피워야 할지도 모른다.

"제발 그러지 마라, 네이선. 너는 기자야. 좀 더 나은 묘사를 할 순 없니?"

나는 귀를 바짝 갖다 대고 심장 박동을 진정시키려 한다.

"솔직히 말해서, 감기에 걸린 목소리 같았어요. 가래가 있는."

"가래?"

"감기에 걸리지 않았다면, 목소리가 진저에일처럼 맑고 담백하게 들렸을 거 같아요. 사람들에게 유익한 조언을 해 주는 그런 목소리 있잖아요."

"잘난 체하는 목소리인가 보구나."

"그런 건 아니고요. 그녀가 왜 익명을 원한다고 생각하세요? 어쩌면 남편의 통제가 심할 수도 있어요. 아니면 턱수염이 있고 코에 사마귀가 났을 수도 있고요. 빗자루를 타고 시내를 돌아다닐 수도 있겠죠."

나는 터지려는 웃음을 막기 위해 손으로 입을 가린다.

"오, 네이선. 그렇게 빈정거릴 일이 아니야. 어쨌든 우리는 그녀에게 빚을 졌어. 오늘 하루만 구독자가 49명 늘었어. 물론 광고가 뒤따를 거야. 나는 그녀가 계속 써 주었으면 해."

"오늘도 그녀 앞으로 편지가 많이 왔어요. 그녀에게 큰 빗자루가 필요할 거예요."

나는 몸을 떨면서 벨 씨 집 현관을 향해 몰래 다가간다. 추위가 안개를 얼어붙게 만든 것 같다.

아치형 창문을 통해 인쇄기를 돌리는 네이선의 모습이 보인다. 손과 눈이 협업하면서 종이 뭉치를 집어넣는 것을 넋 잃은 채 지켜본다. 빈 액자처럼 보이는 인쇄용 쇠판들이 벽에 매달려 있고, 벽난로에는 불꽃이 타오른다. 네이선은 두툼한 스웨터의 소매를 걷어 올리고 있다. 스웨터의 목 부분으로 셔츠 깃이 흐릿하게 보인다. 인쇄용 앞치마는 검은 잉크로 얼룩져 있다.

우편함 투입구는 수리되어 있었다. 하지만 나는 장갑을 벗고 노크를 한다. 문이 삐걱거리며 열리고, 온기가 밀려온다. 베어가 신나서 짖어 대는 소리가 다정하다. 제지하는 네이선의 손을 피해 베어는 이리저리 움직인다.

"안녕하세요? 다시 오셨나요? 어, 스위티 양이죠?"

"네." 나는 거리를 향해 몸을 돌리고 말한다. 스카프가 내 목소리를 가로막는다.

나는 외투 주머니를 더듬어 칼럼 원고를 찾는다.

"다시 만나서 반가워요, 당신의 등을 보는 것도요. 들어오세요. 바깥이 북극 같아요. 게다가 당신에게 찬사를 보내는 편지도 더 많이 왔어요."

"더 많이요? 저는 곧 가야 해요." 나는 잉글리시 부인처럼 까다로운 목소리가 나오기를 바라며 짜증스럽게 내지른다.

이가 시릴 정도로 매서운 바람이 내 몸을 저미는 것 같다. 네이선도 쓰읍 숨을 들이마신다. "우리의 조언 칼럼니스트가 어리석게도 상식적인 권유를 따르지 않아 목숨을 잃기라도 하면 되겠어요? 아무도 우리 신문을 안 볼 겁니다."

"낯선 이의 집에 들어가지 않는 것도 상식이지요."

"아, 오해하셨어요. 우리는 낯선 사람들이 아니고, 이곳은 내 집이 아닙니다. 저쪽이 집이지요." 그는 턱짓으로 건물 반대편을 가리킨다. "이제 안심하셨으면, 제가 눈가리개를 하겠습니다. 그러면 차를 대접하는 게 좀 어렵겠지만요."

"차는 필요 없어요. 저는 단지……."

"아, 차를 안 드신다니 잘됐네요. 제가 눈가리개를 가져오겠습니다."

네이선이 베어를 데리고 사라진다. 나는 입가에 묻은 스카프의 보풀을 떼어 내면서 그가 진심으로 하는 말인지 생각한다.

발소리와 개 발톱이 바닥을 긁는 소리가 다가온다. 다행히도, 네이선은 눈가리개가 아니라 내용물이 잔뜩 든 자루를 들고 있다. 그리고 현관에 그것을 내려놓는다. 베어가 네이선 옆에 얌전히 앉는다. 여전히 몸을 들썩거린다. "자, 우리가 어디까지 이야기했죠?"

내가 목을 가다듬는 바람에 재치 있는 대화의 균형이 깨진다. 네이선은 존중해야 한다고 생각되는 여성에게 건방지게 굴지 않을 사람임이 분명하다. 나는 경쟁자인 모자 제조업자가 방문했을 때의 잉글리시 부인처럼 가능한 한 거만한 자세를 취한다. "목요일 칼럼이에요. 지난번 두 원고와는 조금 다른 내용이에요. 여기서 기다릴 테니 읽어 보세요."

나는 편지를 내밀었다가 네이선이 그것을 받으려고 가까이 오자 움츠러든다. 그가 움직임을 멈춘다. "베어, 편지를 가져와."

베어는 한 번 짖더니, 다시 살아난 듯 튀어 올라 내 편지를 능숙하게 주인에게 전달한다. 침이 묻어 조금 젖었을 뿐이다. 네이선은 내 칼럼을 펼치고 불빛에 더 잘 보이게 돌린다. 칼럼을 읽는 동안 나는 그의 옆모습을 뜯어본다. 수염이 꺼칠한 턱선은 고집 있어 보이고, 내보이는 것보다 더 많은 것을 받아들이는 눈은 깊숙이 자리 잡았다. 평범한 코는 가운데를 누군가가 손가락으로 살짝 누른 것처럼 보인다. 칼럼을 읽는 동안, 보통은 아래로 처진 상태인 입꼬리가 미소를 띤다. 나도 덩달아 미소를 지어야 할 것 같은 이상한 충동을 느낀다.

잘 토라지는 성격이지만, 네이선에게는 강인함이 있다. 그가 의식했든 아니든, 사랑을 주는 부모 밑에서 겸손하면서 원칙을 지키는 양육이라는 축복을 누렸다. 그들이 네이선에게 올바른 깃을 달아 주었으므로, 그는 멀리 날아가는 삶을 살 것이다.

그가 다시 편지를 접는다. 미소가 사라진다. 그는 눈썹을 찡그린다. 마치 자기 생각의 전체적 윤곽을 판단하기 전에 모서리를 꼼꼼히 들여다보는 것 같다. "기발해요. 아니, 기발한 것 이상으로 명석합니다. 만약 제게 선택권이 있다면, 저는 신문에 실을 겁니다. 하지만 어머니와 의논해야 합니다."

"이해해요." 나는 활기차고 적극적인 태도로 실망을 숨긴다. "만약의 경우를 생각해서, 하루나 이틀 뒤에 대안을 가져올게요."

"감사합니다. 어, 그리고 한 가지 더 드릴 말씀이 있어요." 그가 옷깃을 바로잡는다.

베어와 나는 네이선의 말을 기다린다. 둘 중 하나만 숨을 쉬고 있다. 내가 선동가이자 목소리를 높이는 사람임이 증명된 이상, 그에게 더는 내 글이 필요 없을지도 모른다.

"당신에게 원고료를 드리려고요. 얼마 안 됩니다. 한 편당 1센트예요. 어머니가 말씀하시길, 우리가 원고료를 지불하지 않는다면 당신을 이용하는 거래요."

"제가 분명히 말씀드렸는데요." 나는 이의를 제기한다. "원고료를 받지 않는 걸로요. 그렇지 않으면 칼럼을 쓰지 않을 거예요. 원고료를 지불해야 마음이 편하시다면, 고아원에 기부해 주세요."

"그러겠습니다. 「자전거: 우리는 미래를 향해 페달을 밟는다」 칼럼이 실린 신문은 매진이었어요. 관련된 주제를 선택해서 쓰시면 좋겠어요."

"저는 관념에 대해서는 잘 모르는데요."

네이선이 눈을 깜빡였고, 그 순간 내가 헛소리를 했음을 깨닫는다.

빌어먹을, '관'으로 시작되는 단어들이라니.

"관념이 아니라요." 그는 반쯤 미소를 지으며 고개를 갸웃한다.

"관련이요. 관계가 있다는 의미예요."

"관련이라는 단어의 의미를 알아요." 나는 화가 났다는 사실을 강조하려고 거친 목소리를 낸다. "연장자의 말을 고쳐 주는 건 무례한 일이에요."

"저는 단지……."

"이의를 제기하는 것도 무례예요. 저에게 온 편지를 가지고 갈게요."

"아, 물론이죠." 네이선은 무거운 자루를 들어 올린다.

"기운 나게 하는 땅콩들이네요."

"기운 나게 하는 땅콩들이라고요?" 네이선이 미소를 짓는다. "편지가 많다고 말씀드렸잖아요. 옮기는 걸 도와 드릴까요?"

"아뇨. 그럼 저와 함께 온 사람까지 보게 되잖아요. 지난번에 충분히 보셨을 텐데요. 저는 제 가방을 들고 다니는 것에 익숙해요. 자루를 내려놓고 문을 닫으세요."

"저는 당신에게 자루를 건네주려는 거예요. 들어 올리기엔 너무 무거워요."

그러고는 내가 거절하기도 전에 다가와 자루를 내민다. 나는 화가 나서 숨을 몰아쉬며 자루를 향해 손을 뻗지만, 네이선은 놓으려 하지 않는다. 우리는 자루 양쪽을 잡고 마치 두 농부가 벌이 윙윙 날기 시작한 벌집을 옮기는 듯한 곤란한 순간을 맞이한다. 그가 자루를 놓는 순간 나도 놓고, 다시 잡으려는 순간 둘 다 잡는다.

"내가 가져갈게요." 자루를 끌어당기며 나는 말한다. 하지만 무게가 한쪽으로 쏠리면서 손이 풀려, 자루를 떨어뜨린다. "오! 당신 때문에 이렇게 됐어요."

나는 몸을 굽혀 우리 두 사람 사이에 흩어진 편지 뭉치들을 줍는다.

"죄송해요."

그의 따뜻한 체온이 나를 끌어당긴다. 나는 황급히 그에게서 멀어진다. 베어가 짖으면서 춤추듯 우리 주위를 맴돈다. "한 뭉치만 가져갈게요. 답장을 모두 쓸 수는 없어요." 힘들게 자루를 지하실로 끌고 간다 해도, 편지들을 올드 진의 눈에 띄지 않게 할 수는 없다.

"그러세요. 저는 그저 당신의 글이 얼마나……." 갑자기 네이선이 움직임을 멈춘다. "찬사를 받는지 보여 드리고 싶었어요."

차가운 밤공기가 입술에 와닿는다. 스카프가 흘러내려 네이선은 나의 코 아래쪽을 볼 수 있다. 나는 서둘러 입을 가리고 일어선다. 심장이 말발굽 소리를 내며 요동친다. 여전히 무릎을 꿇은 채, 네이선이 편지 뭉치 하나를 내민다. 내 심장이 그의 진심 어린 표정을 알아차린다. 믿어지지 않는다는 듯 반쯤 입술이 벌어져 있다. 내 입술을 그의 입술에 갖다 대고 싶은 또 다른 충동에 사로잡힌다. 하지만 나는 편지 뭉치를 낚아챈다. 그리고 스위티 양은 민첩하다고 할 순 없지만 그래도 빠른 속도로 그곳을 빠져나온다.

제17장

스위티 양에게

저는 가장 친한 친구인 메리를 멀리했어요. 인기 있는 사교계의 명사이면서 메리를 싫어하는 케이트의 초대를 받아들이려고요. 저는 케이트와 친구가 되면 저에게 문이 열릴 것이고, 결국 메리에게도 기회가 주어질 것으로 기대했지요. 하지만 이제 메리는 저와 관계를 끊었고, 케이트도 더는 저를 파티에 초대하지 않아요. 어떻게 하면 친구가 저에게 돌아올까요?

진심을 담아,
슬픔에 잠긴 친구

친구님에게

당신이 배운 것처럼, 흠 있는 다이아몬드가 흠 없는 조약돌

보다 낫지요. 잃어버린 신뢰를 다시 쌓는 일은 시간이 걸려요. 그러나 일관성을 가지고 겸손하게 노력하면, 다이아몬드를 다시 얻을 수 있습니다.

진심을 담아,
스위티

✳

월요일의 시작은 처음으로 링에 오른 수탉처럼 발톱을 내민 채 피를 뽑힐 준비를 하는 것이다. 주말에는 일하는 하녀가 없어서, 내가 할 일은 두 배로 늘어나 있고, 반면에 캐럴라인의 인내심은 반으로 줄어들어 있다.

서재에서 캐럴라인은 찌푸린 얼굴로 편지를 쓰고 있다. 나는 자수용 실을 한 바구니 풀면서, 스위티 양이 다음 전투에는 어떤 사자를 내보낼지 궁리한다. 많은 사자가 이 서재에서 배회하고 있다. 처음 사교계에 나가는 시기를 맞이하여, 이번 주에는 캐럴라인에게 사교적 약속이 끊임없이 이어진다. 휘파람 연주회뿐 아니라 스크랩북에 양치류를 압화하는 모임과 잔디 위에서 하는 볼링 경기가 있다. 모두 재미있어 보이는데, 캐럴라인은 사람들과 함께 있는 것을 즐기지 않는 듯하다. 그래도 하인들과 있을 때와는 다른 상황이니 좋은 낯을 보여야 한다. 또 그녀는 대화를 나누는 데 관심이 없다. 남편을 확보하려면 꼭 필요한 일인데도.

캐럴라인을 탓할 수는 없다. 스위티 양의 눈에는 남편을 확보하는 일이 이상하게도 부활절 달걀을 찾으려고 벌어지는 쟁탈전과 비슷해 보인다. 그 상황에서 달걀의 유일한 희망은 최대한 예쁘게 앉아 있다가 상하기 전에 발견되는 것이다. 캐럴라인과 마찬가지로, 나 또한 서둘러 발견되고 싶지 않다. 어떤 계획이 진행 중이라 해도.

결혼은 여성들 대부분과 관련된 주제다. 지금 같은 시기에는 더더욱 그렇다. 50명 이상의 구독자를 끌어올 것이다. 캐럴라인이 안절부절못할 때마다 의자가 삐걱거린다. 만약 종이가 말을 할 수 있다면, 그녀의 펜 무게에 짓눌려 훌쩍거릴 것이다. 캐럴라인은 세상을 꽉 움켜쥔 채 삶을 헤쳐 가고 있다. 조금이라도 흔들릴까 봐 두려워하는 것 같다. 아니면 세상에 흔적을 남길 결심을 했는지도 모른다. 그래서 구두로 땅을 갈아 버리거나 신랄한 말로 공기를 그을리는 것이다.

"이 편지지는 불량품이야! 어떻게 품질 검사를 통과했지?"

"아가씨, 무슨 문제라도 있나요?"

"종이에 불순물이 섞여 있어. 모래나 벌레 같은 거겠지." 캐럴라인이 얼굴을 찡그린다. "펜촉이 워터마크에 걸려서 안 움직여."

"워터마크가 뭔데요?"

나는 캐럴라인이 내 말을 무시할 것이라고 예상한다. 하지만 그녀는 편지지를 바닥과 평행하게 눈높이로 들어 올린다. "이거 보여?"

나는 눈을 가늘게 뜨고 캐럴라인의 지나치게 화려한 필체를 본다. 그녀의 펜이 멈춘 지점에 페인 제지소^Payne Mills의 휘장인 PM이 찍혀 있다. 오직 그 각도에서만 보인다.

"전에는 보이지 않았어요."

"아빠가 최고급 문구류에는 모두 이 휘장을 찍도록 했어. 전지 250매에 금 100그램을 지불했는데도 이런 식이니, 돈을 돌려받았으면 좋겠어. 포그스 씨의 짓이야. 그 사람은 여직원들이 제대로 검수를 못 할 정도로 너무 긴 시간 일을 시켜."

"아가씨 아버님이 어떤 조치를 취하실 수 있나요?"

"아빠는 포그스 씨를 너무 높이 평가해." 캐럴라인이 편지지를 구겨 벽난로에 던져 넣는다. "우체부가 오면 내 소포가 어디 있는지 물어봐. 벌써 일주일 전에 도착했어야 하는 거야. 그리고 벽난로 불을 꺼 줘. 연기 때문에 머리가 아파. 아니, 아니. 창문은 열지 마! 너 바보니? 편지지가 날아가잖아!"

나는 곧바로 창문을 닫지 않고 서늘한 바람이 나의 짜증을 가라앉히도록 놔둔다. 지난번 자전거가 말 한 마리 값이라고 내 의견을 말한 뒤, 캐럴라인은 우리의 합의와 나의 인내심의 경계를 긁기 시작했다.

숙녀다운 구두 굽 소리를 내면서 페인 부인이 서재로 들어온다. 크림색 모직 숄을 우아하게 늘어뜨리고 손에는 편지를 쥐고 있다. 노에미가 부인의 뒤를 따라 간단히 차를 마실 수 있게 준비한 쟁반과 작은 갈색 소포를 들고 온다. 페인 부인은 편지를 읽으면서 안락의자에 앉는다. "어떻게 생각하니? 애틀랜타 여성 참정권 운동가들이 말을 후원하려고 입찰을 한단다."

"글쎄요, 제가 언제 그런 일을 예상이나 했나요." 캐럴라인은 노래하듯 대답한다.

노에미가 캐럴라인에게 소포를 건넨다. 소포를 뜯는 캐럴라인의 검은 비단옷 소맷자락이 맹금류의 날개처럼 펄럭인다. "드디어 도착했어!" 그녀는 비섬의 글리세린과 오이 크림이 담긴 통을 꺼낸다.

그녀를 무시한 채 페인 부인은 계속 읽는다. "'비록 미미한 제안이지만, 우리의 후원은 모든 여성에게 상징적 중요성이 있음을 아실 테니, 모쪼록 받아들여 주시기 바랍니다. 우리는 남성 못지않게 경주를 운영할 수 있습니다. 다만 기회가 필요할 뿐입니다.'" 부인은 차를 따르는 노에미를 바라본다. "100달러만 내면 말을 뛰게 할 수 있어. 만약 그들의 이름을 붙인 말을 내보내지 않는다면, 여성 참정권자들이 항의할 것이라고 생각해?"

"입찰하려면 더 많은 돈이 있어야 한다고 그들에게 말하세요." 캐럴라인이 뺨과 손에 열심히 크림을 바르면서 말한다.

"그들이 사실을 알아낼 거야. 사람들이 말할 테니까."

노에미가 페인 부인에게 생강 과자 한 접시를 건넨다. "제 생각에는, 정직해서 일을 망치는 경우는 없습니다, 마님."

캐럴라인의 번들거리는 얼굴이 험상궂어진다. "도대체 무엇 때문에 우리가 네 의견에 관심 있을 거라고 생각하는 거야?"

노에미가 고개를 숙인다. 페인 부인의 얼굴이 생각에 잠긴다.

"우리는 언제나 집안일을 돕는 이들의 의견을 존중했어."

내가 문제의 근원이라는 듯 캐럴라인의 눈길이 나를 향한다.

"정직은 최선의 전략이야. 모든 이들의 눈길이 쏠리는 이번 경마 대회에서는 특히 그렇지." 페인 부인이 말을 이었다. "내가 만약 여성 참정권자들에게 말을 내준다면, 애틀랜타 벨레스가 부글부글 끓겠지. 난리가 날 거야." 숙녀들이 타인의 험담을 할 때 그러듯, 부인은 들고 있던 편지를 부채처럼 펼쳐 얼굴을 가린다.

경마 대회의 수익금은 고아와 미망인을 지원하는 여성 복지 향상 협회에 기부한다. 그러나 애틀랜타 벨레스 회원들은, 비록 그들이 같은 동기를 가지고 일한다 해도, 목소리가 큰 여성 참정권자와 연합하느니 차라리 페티코트를 입고 행진할 것이다. 자선 사업으로 여성들을 돕는 것은 아무 저항 없이 받아들여지지만, 여성이 자립해야 한다는 생각은 버려야 한다니. 또 다른 사자가 스위티 양의 얼굴에서 으르렁거린다.

나는 큰 소리로 코웃음을 치다가 감고 있던 실패를 놓친다.

캐럴라인이 귓바퀴에 손을 대며 과장되게 문 쪽으로 몸을 기울인다. "뭐야? 부르지도 않은 손님 같은 의견이 또 문을 두드리네."

페인 부인이 입술을 깨물면서 재빨리 미소 짓는다. "조?"

"죄송해요, 마님. 잉글리시 부인이 카드 두 장으로 장식한 블랙 잭 모자를 만들었을 때가 떠올랐어요. 도박 반대 협회에서 부인의 가게에서 모자를 사지 않겠다고 위협했어요. 그 시즌에 가장 잘 팔린 모자였어요. 논란은 판매를 부추기죠. 가난한 여성들에게 수익이 돌아가는 걸 생각해 보세요."

페인 부인의 의자 옆에 조용히 서 있던 노에미가 사려 깊게 고개를 끄덕인다. "사람들이 비싼 값을 치르고 바넘의 여행 박물관에 들어가 새끼를 잡아먹는 거미 탠트럼을 구경하는 이유와 같네요. 거미를 보고 싶을 땐 그냥 자기네 집 천장을 보면 되는데요."

나는 웃는다. 맹세컨대, 페인 부인도 웃었다. 부인은 편지로 부채질을 한다. "나는 피지 인어가 궁금했어. 반은 원숭이고, 반은 물고기라는데, 물론 모두 헛소리지만. 동물은 그렇게 섞일 수가 없어."

캐럴라인이 마치 탠트럼에게 물린 것처럼 소란스럽게 일어난다. "사람은 그럴 수 있죠." 그러고는 비웃으며 사라진다.

꽤 오랜 시간을 기다린 뒤에 저녁 전차가 도착한다. 한 무리의 숙녀들이 자전거를 타고 지나간다. 아마도 나의 상상이겠지만, 안전 자전거를 타는 사람들이 늘어난 것 같다. 스위티 양의 칼럼에 여성들이 자전거를 타고 전차 옆을 지나가는 장면을 그려 넣은 네이선의 삽화를 떠올리며 미소를 짓는다. 나는 그것을 오려 내 사전의 B* 부분에 붙여 놓았다.

"네가 웃는 걸 보니 기쁘다." 올드 진이 호기심 어린 표정으로 말한다. 내가 장기에서 예상치 못한 수를 두었을 때의 얼굴이다.

* 자전거^{bycicle}.

"뭔가 달라 보여."

"그래요? 말을 타서 그럴 거예요. 스위트 포테이토는 발에 날개를 단 것 같아요." 오후에 우리는 식스 페이스 메도가 건재한 게 놀라울 정도로 치열하게 질주했다. 다행히 메릿은 제지소에서 일하느라 우리를 방해하지 않았다.

"그런 거 같아."

오늘 나는 스위트 포테이토가 북쪽으로 달리게 내버려 두었다. 우리는 전차 선로가 구부러지는 곳에서 경마가 열릴 피드몬트 파크까지 갔다. 스위트 포테이토는 코를 세우고 귀를 앞으로 향한 채, 몸 안에 있는 순종의 혈통에 이끌려 친족들의 땀이 뿜어져 나오는 타원형 성전을 향해 달렸다. 내가 고삐를 당기지 않았다면, 돌기둥을 지나 관중석 앞을 내달렸을 것이다.

"캐럴라인 아가씨의 말은 어땠어?" 올드 진은 어치가 박새를 괴롭혀 멀리 쫓아내는 것을 바라보며 무심코 말을 건넨다.

올드 진은 왜 캐럴라인에 대해 따로 묻는 걸까? 마치 내 첫 대답에 그녀 얘기가 없다는 것을 눈치챈 것처럼. 그가 우리 뒤를 쫓아다니지 않는 한 우리가 서로 떨어져서 시간을 보낸다는 것을 알 수 없는 게 분명하다. 나도 모르게 그가 우리 뒤를 밟을 수는 없을 것이다. 대답하지 않는 시간이 길어질수록 빠져나갈 구멍이 없다. "좋았을 거예요, 아마도." 그가 다른 미끼를 던지기 전에, 나는 다마스크 가방에서 펜더그래스의 만병통치약을 꺼낸다. "아버지를 위해 샀어요. 로비가 그러는데, 진열장에 올려놓을 새가 없을 정도로 팔린대요. 설명서에는 사흘에 걸쳐 한 병을 마시라고 적혀 있어요. 밑줄 친 걸 읽어 보세요. 이걸 다 마시면 '말처럼 힘이 솟는 것'을 느낄 수 있대요." 나는 빌리 리그스 이야기는 하지 않기로 마음먹었다. 올드 진은 걱정할 것이고, 그러면 쇼핑은 자기가 하려 할 것이다.

그는 약병에 적힌 성분을 대충 읽는다.

"가격은 50센트인데, 효과가 없으면 환불을 보장한다니, 우리는 잃을 게 없고 모두 얻는 셈이네."

올드 진이 무슨 말인가 하려다, 내가 팔짱을 끼고 있는 것을 보더니, 저항을 포기한다. 한숨을 쉬면서, 그는 병뚜껑을 열고 한 모금 마신다. "말처럼 강해진다고, 응?" 그는 입맛을 다신다. "혹시 꼬리가 자라는 게 보이면 알려 줘."

전차가 다가오자, 모드 그레이 부인이 비틀거리며 일어선다. 푸른색과 흰색 줄무늬의 착유용 앞치마를 여전히 두르고 있다. 모자는 삐뚜름하고, 엉킨 머리는 짙은 피부색 얼굴 위로 민들레 꽃씨처럼 부풀어 올라 있다.

올드 진이 그녀에게 고개를 숙여 인사한다. "좋은 저녁 보내세요, 그레이 부인."

"오늘 하루를 망치는 줄 알았어요. 뭣 때문인지 소들이 놀라서 정오가 될 때까지 젖을 짜지 못했어요."

설리번이 우리 앞에 전차를 세우면서 종을 한 번 울린다. 불길한 소리다. 아이들이 손으로 잡아당겨 울리는 딸랑딸랑 소리와 다르다. 마지막 순환 때마다 울리는 쥐어짜는 듯한 종소리다. 오늘 밤은 모든 이들이 긴장한 채 좌석에 앉아 있다. 아무도 입을 열지 않는다. 수다쟁이 워싱턴 부인조차도.

올드 진은 두 사람이 충분히 앉을 자리가 있는 중간 줄로 슬그머니 들어간다. 그러나 그레이 부인은 늘 그렇듯이 나이 든 뼈들을 덥히기 위해 맨 앞좌석으로 향한다.

"여긴 자리 없어." 도저히 좋아할 수 없는 괴팍한 정원사가 말한다. 그는 여윈 몸을 비틀어 자기 옆의 공간으로 들어갈 틈을 막아 버린다.

가슴속에서 화가 부글거리기 시작한다. 옆에 있는 올드 진이 몸에 힘을 준다.

"그 부인은 언제나 거기 앉아요." 누군가가 말하지만, 누군지 알 수 없다.

"흠." 올드 진이 못마땅할 때 내는 퉁명스러운 어조다. 맨 앞줄에 앉은 이들이 그레이 부인을 노려보기 시작한다. 그녀는 가느다란 손가락으로 숄을 잡아당긴다.

차가운 기운이 내 혈관 속으로 쏟아져 들어와 축축한 발가락 끝까지 흘러간다. 맨 앞줄에 앉은 이들은 모두 백인임을 나는 깨닫는다. 뒷자리에 앉은 아이가 칭얼대자, 엄마가 아이를 꼭 끌어안는다.

그레이 부인은 고개를 숙이고 신발을 내려다본다. "제 손이 너무 뻣뻣해서요. 손을 녹이고 싶었을 뿐이에요." 그녀의 쉰 목소리는 풀이 죽어 있다.

　정원사가 코트 깃을 세운다. "그럼 이제부터 뒷자리에서 따뜻하게 해."

　"어서 자리에 앉아요." 설리번이 뼈만 앙상한 어깨 너머로 내뱉는다. "배차 시간을 지켜야 해요."

　"제 옆에 앉으세요, 부인." 우리 뒷자리에 있던 젊은 하녀가 말한다.

　그레이 부인은 애절한 눈빛으로 석탄 난로를 바라보다 앞치마의 줄무늬가 구겨지도록 한숨을 쉬면서, 젊은 하녀의 옆자리로 향한다.

　우리가 타고 있는 전차 안에 어색한 침묵이 흐른다. 소리를 낮춘 수군거림과 긴장된 눈빛에 몸을 맡긴 채 나는 병처럼 꼿꼿이 앉아 있다. 올드 진에게 말을 걸고 싶은데, 그는 눈 쌓인 체로키 장미 덩굴 울타리를 바라보며 깊은 생각에 잠겨 있다.

　우리가 내리기 두 정거장 전에, 올드 진은 나를 손가락으로 찌르면서 앞을 보라고 턱짓을 한다. 어떤 남자가 『콘스티튜션』을 폈다. 헤드라인은 다음과 같다. '확정: 전차 분리 정책 문제없다.'

제18장

"옳지 않아요." 지하실의 따스한 온기 속에 들어선 뒤에야 나는 속삭인다. "전차는 모든 사람을 위한 것이잖아요." 올드 진이 물을 끓이는 동안 나는 램프를 켠다.

"언제나 경계선은 그어져 있었지. 선은 점점 더 진해질 거야."

"도대체 언제 그만둘까요?"

올드 진이 내 팔꿈치를 잡으면서 눈짓한다. 내가 불을 붙인 등유 램프가 흔들린다. "중국에도 사회적 규칙은 많아."

"중국은 민주주의 국가가 아니니까요."

올드 진은 자신의 걸상에 앉아 신발 끈을 푼다. "때로는 상황이 급변하기 직전에 더 경직되는 경우가 있어."

"하지만 왜요?"

"고통은 진보를 불러 오지, 응?" 신발을 벗은 뒤, 올드 진은 빗자루를 들고 우리가 들어오면서 남긴 흙먼지를 쓸어 낸다. "내가 소년이었을 때, 마을에 가뭄이 3년이나 계속되었어. 먹을 것이 거의 없었지. 굶주린 채 거리를 헤매던 개를 본 기억이 나. 자기 다리를 물어뜯었어. 피가 흐르자 멈추더구나." 그는 흙먼지를 단정하게 쌓는다. "사람들은 자신의 욕구에 휘말려 스스로에게 해를 입히기도 해. 하지만 결국 그런 행동을 멈출 수밖에 없어."

좌석이 충분하지 않으면, 유색인들은 걷는 수밖에 없다. 올드 진과 나는 어디에 앉아야 하나? 중간 어디쯤일 것이다. 올드 진은 항상 우리가 곤경을 벗어나도록 이끌었다.

나는 멍하니 서 있다가 정신을 차리고 녹슨 쓰레받기를 가져온다. 올드 진이 흙먼지를 쓸어 담을 수 있게 돕는다. 슬그머니 내 영혼에서도 가려움증이 일어난다. 빗자루로도 쓸어 버릴 수 없을 것 같은 요동치는 흙먼지들이 마음속에 가득 차 있는 듯하다. 나는 물이 더 빨리 끓어오르기를 바란다. 펜더그래스가 더 빨리 효과를 나타내기를 바란다. 차를 따르는데 상의 편지가 눈에 띈다. 나는 그것을 잡동사니를 담아 벽에 걸어 두는 바구니 속에 넣었다. "샹은 누구예요?" 나는 올드 진 앞에 편지를 놓는다.

편지를 흘끔 보더니, 그의 눈길이 고리 모양의 사인에 오래 머문다. "이거 어디서 났어?"

"양탄자 속에 있던 코트 주머니에 들어 있었어요."

말을 꺼내기 전에, 올드 진은 손바닥의 지압점을 엄지손가락으로 오래 누르고 있다. 그러더니 천천히 이야기를 시작한다. "샹은 나처럼 갓 결혼한 사람이었어. 그 비극이 일어난 뒤에 몬태나로 은을 찾으러 떠났지." 올드 진은 사나운 눈초리의 강간범이라는 누명을 쓰고 교수형을 당한 현장 노동자 사건을 언급한다. 그리고 오랜 비행 끝에 목과 날개를 접고 주저앉는 왜가리처럼 한숨을 쉬면서 말을 끝맺는다.

"샹이 빌리 리그스의 아버지에게 빚진 사람이에요?" 나는 묻지 않을 수 없다.

그는 고개를 끄덕인다.

"얼마나요?"

"감당할 수 있는 것보다 훨씬 많이." 어두운 그림자가 올드 진의 얼굴을 스친다. 땅 위로 지나가는 까마귀 그림자 같다.

"편지는 누가 보냈어요?"

"질문이 많구나. 때로는 관여하지 않는 게 더 좋아. 강물은 최대한 빠르게 흘러간다……."

"바위를 피하려면요. 네, 알았어요. 하지만 강물은 늘 바위를 느끼면서 흘러요, 느리든 빠르든." 상처가 벌어지면서 내 목소리가 격앙된다. "그리고 바위는 날카로울 때도 있어요. 항상 고개를 숙이고 상처를 받지 않는 척하지만요. 토끼들처럼 숨거나 피하기만 하면, 어떻게 상황이 달라질까요?"

"조!" 올드 진이 밝은 표정으로 나를 꾸짖는다. "우리는 토끼가 아니야." 그는 편지를 다시 접어 나에게 밀어 준다. "다시는 이 편지에 대해 말하지 마." 가슴에서 웅웅 소리가 나자, 그는 방황하던 아이가 보육원에 들어가듯 구석으로 몸을 피해 기침을 참는다.

나는 소맷자락으로 터져 나오려는 흐느낌을 막는다.

나를 돌봐 주는 유일한 사람이 오늘 밤에는 전혀 관심이 없는 것 같다.

다음 날 아침 전차 안의 혼란은 더 커진다. 항의하는 목소리와 침묵이 늘어나고, 사람들이 우왕좌왕한다. 가운데 줄에 나와 나란히 앉은 올드 진의 어깨가 경련을 일으킨다. 그가 피곤할 때 생기는 현상이다. 나는 지난밤의 상처를 흘려보내려 애쓰지만 샹의 수수께끼는 머릿속에서 사라지지 않는다. 올드 진이 그 일을 확실히 밝히기를 거절하면서 수수께끼는 두 배로 커진 듯하다.

우리가 페인 씨 저택에 도착했을 때, 노에미의 부엌에서는 베이컨과…… 사워 매시* 냄새가 난다. 메릿이 테이블 앞에 앉아 노란 액체가 든 유리잔으로 몸을 기울이고 있다. 맞은편에는 노에미가 앉아 옥수숫가루가 든 자루에서 돌멩이를 골라내고 있다.

"안녕." 그녀는 나를 보고 억지로 웃는다. 나는 그녀가 새로운 전차 분리 정책에 대해 생각하고 있는지 궁금하다.

"안녕하세요, 도련님, 노에미." 나는 부산하게 쟁반을 준비한다.

메릿이 손으로 귀를 막는다. "그만 좀 시끄럽게 굴어."

* sour mash. 위스키 등의 증류주에 쓰는 산성 맥아즙.

사워 매시 냄새의 근원은 메릿이다. 눈 밑에는 보라색 초승달이 매달려 있고, 머리카락은 바람에 날리는 밀 이삭처럼 한쪽으로 기울어져 있다.

"코를 쥐고 꿀꺽 마셔요." 노에미가 말한다. "지난밤에 아버님의 고급 스카치를 마시던 것처럼요. 도련님이 맨 처음 반했던 소녀에 대해 사람들에게 말했다는 이야기를 들었어요."

메릿이 신음한다. "뭐라고?"

노에미는 특별히 큰 돌을 하나 골라내고 나서, 오트밀 냄비를 저으러 간다. "걱정하지 마세요, 이름은 말하지 않았다니. 까마귀처럼 검은 머리에 진주 같은 치아를 가진 소녀라고만 했대요."

메릿이 붉어진 눈으로 나를 노려보더니, 나를 향해 잔을 들어 올린다. "그럼 첫사랑에게 건배." 그는 꿀꺽꿀꺽 음료를 마신다.

메릿이 유리잔에 코를 대고 냄새를 맡는다. "하수도 냄새가 나. 뭘 넣은 거야?"

"달걀노른자, 우스터소스 그리고 백후추 조금요. 후추는 힘이 세지요. 예상치 못한 많은 문제를, 부기, 멍, 숙취 같은 것을 해결해 줘요."

메릿은 빈 컵을 탁자에 내려놓는다. 가슴이 들썩이는가 싶더니 한 손으로 입을 틀어막고 마당으로 달려 나간다.

노에미가 어깨를 으쓱한다. "언제나 효과가 있단 말이야." 그녀는 오트밀을 대접에 담는다. "오늘은 오트밀과 복숭아잼이야. 고슴도치가 이걸 먹거나 돌려보내거나 하겠지. 어거스트가 마지막

지푸라기야. 특히 전차 안에서 소동이 벌어지면. 나는 오늘 자전 거가 필요했어."

"아가씨는 이거 돌려보낼 거 같아."

그녀는 한숨을 쉰다.

"좋아. 내가 햄을 만들었거든. 몇 조각 잘라서 가져가."

나는 우리 두 사람을 위해 햄을 자르러 뛰어간다.

노에미가 앞치마로 손가락을 닦는다. "나는 내내 여성 참정권자들에 대해 생각했어."

"무엇을?"

"수정 헌법 제15조*는 우리의 운명을 나아지게 하고, 우리의 남자들에게 투표권을 주기로 되어 있었어. 하지만 이제 남자들에게서 그걸 빼앗기 시작했어. 저들은 우리 앞에 뜨거운 비스킷 접시를 놓고 먹을 기회조차 주지 않는 거지. 저들은 5달러를 내라고 해. 그리고 우리가 겨우 5달러를 마련하면, 저들은 아니, 아니, 아니야, 라고 하지. 대답해 봐. 이건 속임수야. 저들이 상황을 어렵게 만든다는 게 요점이야. 여성이 투표권을 얻으면, 우리에게도 두 번째 바람이 불어올지 몰라. 우리의 주먹을 그 싸움에 보태야 해. 여성 참정권자들은 수정 헌법 제15조가 남성들뿐만 아니

---

* 미국 수정 헌법 제15조는 남북 전쟁 후 성립된 세 개의 헌법 수정 조항 중 하나로 인종, 피부색 또는 이전의 예속 상태에 근거하여 시민권 부여를 거부해서는 안 된다고 선언했다.

라 모든 시민에게 투표권을 준다고 말하지. 우린 그걸 밀어붙여야 해." 노에미는 차우더*가 든 냄비를 젓는다. "상상해 봐, 조, 만약 여성들이 발언권을 갖게 되면 모든 스튜가 변할 거야." 뚜껑을 쨍그랑하고 닫으면서 그녀는 숟가락으로 쾅! 방점을 찍는다. "여성 참정권자들이 월요일에 그레이스 침례교회에서 모인대. 나하고 같이 가자."

나는 여성 참정권자들을 상상한다. 풀 먹인 치마를 끌고 인도 위를 걷는 개혁적 사상을 가진 중산층 여성들이겠지. 나와는 공통점이 거의 없는 여성들이다. 그림자 속에 사는 이들은 하늘을 향해 주먹을 쳐들지 않는다. 눈에 띄지 않게 살아야 하기 때문이다. 여성들에게 투표권이 주어진다 해도, 동양인들은 여전히 뒤에 남을 것이다.

노에미가 희망에 찬 얼굴을 나에게 들이민다.

안전한 스위티 양의 이름으로 발언하는 것과 조 콴의 이름으로 사람들 앞에 나서는 것은 별개의 일이다. "생각해 볼게."

＊ chowder. 생선이나 조개를 넣고 끓인 걸쭉한 수프.

제19장

올드 진은 일이 많다는 이유로 며칠 밤을 페인 씨 저택에서 지내야 한다. 경마 대회에 관한 일 때문이라고 하지만, 나는 핑계로 받아들일 수밖에 없다. 편지를 두고 실랑이를 벌인 뒤 우리 사이는 예전 같지 않다. 아마도 나의 양아버지는 나를 결혼시킬 생각인 듯한데, 그렇다면 우리 관계를 부드럽게 다독이는 노력을 왜 하지 않을까? 너무 피곤해서 걷지도 못하고, 덜컹거리는 전차의 가운데 줄에 앉아 있는 나는 약자로서 위축된 기분을 느낀다. 하수도 냄새와 과로에 찌든 몸들이 오늘따라 유난히 악취를 뿜어낸다. 뼈다귀를 끓일 때 떠다니는 거품 같은 갈색 구름으로 겹겹이 둘러싸여 있다.

집에 와서 나는 보리차로 몸을 씻는다. 이미 수요일이니, 네이선은 자신이 스위티 양에게 겁을 주어 나타나지 않을지도 모른다고 의심하고 있을 것이다.

올드 진이 면도할 때 쓰는 거울 조각을 들고, 나는 진주 입술과 둥근 턱으로 이루어진 얼굴 아랫부분을 들여다본다. 얼굴 일부만 보고 나라는 걸 알아차리는 게 가능할까? 어둠 속이었다. 어쨌든 스위티 양은 겁을 먹는 사람은 아니다. 그녀는 건드리면 더 심해지고 부어오르는 종기 같다.

나는 턱을 쳐들고 허리에 주먹을 얹는다. 거울 속의 얼굴에는 상처가 사라졌지만, 올드 진에 대한 원망은 여전하다.

전차 좌석의 분리에 대해 쓰고 싶지만, 그것은 「커스터-머리」 칼럼보다 더 심한 논쟁을 불러일으킬 주제다.

올드 진의 선반에는 종이가 딱 두 장 남아 있다. 벅스바움 상점에 갔을 때 많이 사 와야 했다. 나는 옷감을 넣어 두는 서랍 안을 들여다본다. 실망스럽게도, 비단 조각들은 모두 합쳐져 가슴에 주머니가 달린 겉옷이 되어 있었다. 소매는 완성되지 않았으나, 올드 진은 깃을 사각으로 단정하게 달아 놓았다. 올드 진은 모든 일을 완벽하게 한다. 딸을 보내는 것도 당연히 그렇게 할 것이다.

나는 그것을 치운다. 그리고 손가락으로 작은 상자를 쓰다듬는다. 올드 진의 아내가 지니고 있던 또 다른 물건이다. 뚜껑을 열자, 달콤한 삼나무 향기가 코를 가득 채운다. 비단 솜에는 그 자리를 차지했던 코담배 병의 형태가 남아 있다. 병은 사라졌지만, 비취 구슬로 만든 뚜껑과 코담배를 퍼 담는 작은 숟가락은 그대로 남아 있다. 언젠가 내가 그 상자에 리본을 담아 두어도 되느냐고 물었을 때, 올드 진은 고개를 저었다. "거북이 등딱지에 수프를 담게 될지도 모르지만, 그건 거북이가 사라진 다음이겠지."

내 방에서 거미 한 마리가 두 벽과 천장이 만나는 곳에 거미줄을 치고 있다. 조각 이불로 무릎을 덮으면서 거미가 두 줄을 잇는 것을 지켜본다. 저 거미에게는 짝이 필요하지 않다. 혼자서 잘 해낼 것이다.

캐럴라인의 못마땅한 표정이 떠오른다. 그 정도 재산이 있으면 모든 문이 열릴 것이다. 하지만 그녀는 문이 열리기를 원하지도 않고, 벽이 무너지기를 바라지도 않는 것 같다. 둘러싸인 벽과 함께 자란 이들은 벽 너머의 세상을 꿈꾸기 어렵다. 결혼이라는 끊임없는 압박감이 없다면, 캐럴라인이 혹은 우리 중 누군가가 이룰 수 있는 게 무엇일지 누가 알겠는가? 벽이 없다면, 우리는 저 거미처럼 원하는 모든 곳에 갈 수 있다.

오직 한 가지 질문:
결혼하지 않는 게 그렇게 잘못된 일인가요?

결혼의 제단으로 서둘러 달려가면서 어떻게 거기까지 가게 되었는지 생각하는 사람은 거의 없는 것 같습니다. 생각을 너무 늦게 시작해서, 그 무렵이면 이미 기하급수적으로 늘어나는 빨랫감과 실망감에 사로잡히고 난 다음입니다. 사람들 모두 여성이 결혼해야 하는 이유를 배웁니다. 남편이 아내를 보살피면서, 존중받고 위신을 잃지 않도록 보장해 줄 거라고요.

아이들을 양육하는 것은 여성의 신성한 특권이며 책임이라고요. 결혼 제도가 없다면, 사회는 야만으로 돌아갈 것이라고요. 하지만 독신으로 살거나 혹은 결혼을 늦게 할 때의 장점에 대한 생각은 거의 하지 않습니다. 어떤 여성들은 단순히 결혼이라는 카드를 집어 들지 못해서 노처녀가 되지만, 겉으로 드러나지 않을 뿐이지, 자신이 선택해서 독신으로 남는 여성들도 많다는 점을 이야기하고 싶습니다. 독신이라서 비참한 경우가 있고, 독신이라서 만족스럽게 사는 경우가 있습니다. 사람들은 전자의 경우에 혀를 차고, 후자의 경우엔 제정신이 아니라고 말하지요.

모자 가게에 오는 손님들은 가끔 잉글리시 부인에게 "당신처럼 참한 미망인은 재혼해야 해요"라고 말하곤 했다. 그러면 그녀는 난색을 표했다. "운이 좋으면요." 그러고는 나에게 몸을 돌려 속삭였다. "내가 거절당하는 게 마땅한 꼬락서니처럼 보이나?" 그리고 세상에는 컬페퍼 양처럼 남성에게 전혀 관심이 없어 보이는 여성도 있다.

그렇다면 독신으로 남는 것에는 어떤 장점들이 있을까요?
(1) 독신자들은 속박된 인생 속에서 지루함을 느끼거나, 더 나쁜 경우에 지루한지 아닌지조차 모르고 살아가는 위험을 피할 수 있습니다.
(2) 독신자들은 관심이 가는 모든 활동을 자유롭게 할 수 있

고, 재산을 나누지 않아도 됩니다.

(3) 독신자들은 오직 자신만을 돌보기 때문에, 결혼한 여성보다 더 강건한 체질이 됩니다.

게다가 '보호해 줄' 남자가 없는 상황에서, 여성은 강철 같은 척추로 걷는 법을 배우게 되지요. 자신감이 어두운 길을 밝히는 것입니다.

보이지 않는 손가락들이 내 방을 밝히는 촛불의 황금빛을 천장까지 길게 늘여서 거미가 완성한 집을 비추고 있어요. 우리는 모두 촛불과도 같습니다. 독신자이든 다른 사람과 함께하든 우리가 태우는 불꽃이 내뿜는 빛에는 영향을 주지 않습니다.

존경하는 마음으로,
스위티

✳

"스위티 양?" 네이선은 떡갈나무 빛 스웨터의 한쪽 소매만 걷어 올리고 있다. 팔에 잉크 얼룩이 발자국처럼 묻어 있다. 벽난로 불빛이 숱 많은 그의 머리 주위를 후광처럼 비춘다. "안으로 들어오시겠어요? 아니면 아직도 우리가 낯선 사람들인가요?"

벽난로 속의 이글거리는 불꽃이 들어오라고 손짓하지만, 나는 현관과 계단 사이 중간 지점에서 머무른다. "여전히 낯선 사람들이죠." 나는 마음을 가라앉히려고 뻣뻣하게 대꾸한다. 베어는 보이지 않는다. 나는 재빨리 네이선에게 칼럼 원고를 내밀고 뒤로 물러선다. "늦어져서 죄송합니다. 당신 어머니는 「커스터-머리」 원고를 어떻게 보셨나요?"

"어머니는 칼럼이 매우 좋다고 하셨어요. 하지만 죄송합니다. 우리는 중도를 지향하는 신문이에요. 어머니는 우리가 너무…… 급진적인 기사를 실으면, 사람들이 우리를 북부에서 온 기회주의자로 생각할지도 모른다고 걱정하세요. 그렇게 되면 신문사 문을 닫아야 해요."

"이해합니다." 나는 실망을 숨기면서 활기차고 적극적인 태도를 보인다. "어머니께 걱정하지 마시라고 전해 주세요. 저는 전문가예요. 사소한 거절에 손수건을 꺼내 들고 우는 순진한 사람이 아닙니다. 칼럼 하나가 실리지 못하면, 다음 글로 옮겨 가면 됩니다." 나는 빠른 동작으로 두어 번 장갑을 턴다.

"그렇게 말씀하시니 기뻐요."

"구독자가 더 늘었나요?"

"그럼요. 97명입니다!"

나는 환호성을 올리며 손뼉을 친다. "97명이라고요! 멋져요!"

"모두 당신 덕분이에요." 그는 팔을 부드럽게 앞으로 저으면서 나에게 허리를 굽힌다. 내가 킥킥거리며 웃는 소리를 의식하는 순간, 나는 웃음을 멈춘다. "흠흠, 여기서 밤새 있을 수는 없고요. 이 칼럼은 괜찮을까요?"

경쾌한 가보트* 리듬으로 발을 놀리던 네이선이 갑자기 자세를 바로잡는다. "오, 보여 주세요." 원고를 읽은 그의 얼굴에 미소가 스친다. "얼마든지 실을 수 있습니다. 긴 안목에서 보면 남성의 압박감도 해당되고요."

"남성은 어떤 압박감을 느끼죠, 벨 씨?" 나는 코트 자락을 여미며 그 자리에서 움직이지 않는다. 엿듣는 것으로는 결코 알 수 없는, 네이선에 대해 아주 흥미로운 무언가를 곧 배우리라는 것을 확신하기 때문이다.

"그건, 어, 가족을 부양해야 한다는 압박감이죠."

적어도 메릿 페인이 하던 말보다는 고귀한 걱정이다. "당신 부모님이 훌륭한 직업을 주셨잖아요." 리지 크럼프가 주지 못하는 즐거움을 보장하는 직업이다.

"그렇죠, 훌륭한." 네이선이 목을 기울이자 관절이 꺾이는 소리가 난다.

"하지만 인쇄소 일은 늦은 시각까지 해야 하는 생활이죠. 끊임없이 그을음을 마시고, 뼈가 닳도록 손가락을 혹사하죠……." 그는 인쇄소 쪽을 돌아본다. 나는 그가 어머니를 생각하고 있는지 궁금하다.

나는 이마까지 내려와 시야를 가리고 있는 모자를 고쳐 쓴다. "야근, 끊임없는 그을음. 끔찍한 이야기네요. 만약 압박감이 큰 문제라면, 말 사육사들이 하는 것처럼 언제든 '권리 포기 각서'를 준

＊gavotte. 과거 프랑스에서 유행하던 춤 혹은 그 춤곡.

비할 수 있겠지요."

네이선이 눈살을 찌푸린다. "그건 확실히 기혼이라는 단어에 새로운 의미를 부여하겠군요."

"네, '여기 고삐가 있습니다'지요."

그는 턱을 끌어당기며 웃음을 숨긴다. 내가 스카프 속에서 그러듯이. 하지만 나는 우리 두 사람을 가두고 있는 끈적한 거미줄에서 벗어나야 한다.

"벨 씨, 제가 종이를 다 쓴 것 같은데요."

"걱정 마세요. 우리 신문사가 유일하게 가진 게 있다면, 바로 종이예요. 페인 제지소에서 저렴한 가격으로 공급해 주고 있어요. 우리가 신문사를 계속 운영할 수 있는 이유 중 하나지요."

"페인 제지소에서요?"

"아버지와 페인 씨가 예일 대학을 함께 다녔어요."

"오." 네이선의 아버지가 페인 씨를 알고 있다는 사실이 더 놀라운지 아니면 그 반대가 더 놀라운지 확실하지 않다. 네이선은 잠시 사라졌다가 다시 돌아와, 나에게 종이 꾸러미와 봉투 한 상자를 건넨다. "이거 가져가세요. 편지 몇 통과 회고록 몇 부 정도 쓰기에는 충분할 거예요."

"회고록이라니요, 제 나이에 대해 말씀하시는 건가요?" 나는 받아친다.

"아니요, 당신의 경험에 대한 거죠. 분명히 경험의 폭이 넓으실 거예요."

네이선이 내 모자 아래를 들여다보려는 듯 몸을 기울인다.

나는 재빨리 몸을 움츠린다. 그 바람에 목에서 경련이 일어난다. "물론 그렇죠. 그럼 안녕히."

"잠깐만요, 제가 몇 가지 생각을 해 봤어요. 알다시피, 베어가 얌전하지 않은 게 요즘 훈련을 게을리해서 그런가 했어요. 하지만 베어는 친한 사람들을 마주치면 흥분하거든요. 그들을 보호하려는 것처럼 주위를 빙글빙글 돌죠."

식은땀이 흐르며 몸이 근질근질해서 옷을 벗고 싶다. 하지만 나는 꼼짝하지 않고 서 있다.

"우리가…… 서로 아는 사이일 수 있을까요?" 그 말이 과녁을 찾는 화살처럼 날아온다.

잠시 뒤에야 나는 순발력을 되찾는다. "당신이 만나게 되는 어떤 사람들은 마치 평생 안 것처럼 느껴지기도 할 거예요. 그리고 당신 바로 코밑에서 평생 살아온 사람을 전혀 알아보지 못하기도 할 겁니다. 아마 개들에게도 같은 일이 일어나겠지요. 그럼 안녕히 계세요."

나는 그가 혼란을 해결하도록 내버려 두고 그 자리를 떠난다. 겹겹이 감싸고 있음에도, 그가 나를 꿰뚫어 보고 있다는 느낌을 지울 수 없다.

제20장

솔트와 페퍼가 바람에 떠밀려 오는 비눗방울처럼 빙글빙글 돌면서 페인 씨 저택의 현관문을 통과한다. 얼굴이 환하다.

솔트는 수박 속 색깔의 드레스를 입고 환한 미소를 띠고 있어 특별해 보인다. 내가 코트 벗는 것을 돕는 동안 그녀는 몸을 좌우로 흔든다. 그녀 주위를 감도는 활기찬 에너지 덕분에 내 코까지 라일락 향이 밀려온다. "우리가 어떻게 여기까지 왔는지 알아?" 솔트가 평소대로 천천히 계단을 내려오는 캐럴라인에게 묻는다.

"아담과 이브에게 시간이 많았나 보지?"

캐럴라인이 건성으로 대답한다.

"아니, 자전거를 타고 왔지!" 솔트는 장갑을 낀 채 손뼉을 친다. "스위티 양이 자전거를 '자유의 기계'라고 불렀어. 그런데 정말 재밌더라."

콧속에서 재채기가 나오려 하다가 끽끽 소리를 내며 멈춘다. 온몸이 잠시 정지한다. 나의 상상이 아니었다. 더 많은 여성이 자전거 타기를 시도하는 중이다.

솔트가 손으로 좁은 소매 양쪽을 훑으며 말한다. "우리는 '팔다리 운동'을 했어."

캐럴라인의 얼굴이 페퍼의 드레스처럼 초록색으로 변한다. 그녀는 손님들을 기다리지도 않고 응접실로 성큼성큼 걸어 들어간다.

페퍼가 코트를 벗어 나에게 건넨다. "고마워, 조. 이 모자 기억해? 네가 지난봄에 만들어 준 거. 내가 가장 좋아하는 모자야."

"물론이죠, 아가씨. 좋아하신다니 기뻐요." 모자 색깔은 그녀의 눈을 돋보이게 한다. 공작새 깃털이 아직도 빳빳하고 윤기가 흐른다.

응접실에서 숙녀들은 카드 테이블 주위에 앉고, 노에미가 간식이 담긴 쟁반을 내온다.

솔트는 섬세하게 손가락들을 잡아당겨 승마 장갑을 벗은 뒤, 최신 유행인 허리띠에 매달린 가방에 집어넣는다. "자전거를 배우는 데 겨우 이틀밖에 걸리지 않았어. 남자들이 우리를 쳐다보는 모습을 네가 봤어야 했는데."

"중요한 남자는 하나밖에 없어야 하잖아." 페퍼가 나무란다.

"미스터 큐가 경마 대회에 같이 가자는 멀리사 리의 초대를 받아들였어."

캐럴라인의 초록색 얼굴이 가지색으로 변한다. 나는 가능한 한 눈에 띄지 않게 레모네이드를 따른다. 어디선가 권총을 장전하는 소리가 들리는 듯하다.

"내 대신 누가 카드를 좀 나눠 줘." 캐럴라인이 내뱉는다.

페퍼가 카드를 향해 손을 뻗고, 솔트는 노에미의 쟁반에서 달걀 샐러드 샌드위치를 집어 들고 먹는다. "오, 노에미는 멋진 사람이야. 나는 오늘 노에미가 이걸 만들어 주길 바랐어." 그녀가 샌드위치를 입으로 가져가다가 팔로 유리잔을 건드린다. 쨍그랑 소리와 함께 레모네이드가 사방으로 튀면서 모든 이들이 얼어붙는다.

"오! 오, 미안해, 내가 실수했어." 냅킨을 쥔 채 솔트가 드레스에 튄 레모네이드를 닦아 내려 한다.

캐럴라인은 끙, 소리를 내고, 페퍼는 테이블을 밀어낸다. 노에미가 재빨리 부엌으로 간다.

"괜찮으세요, 솔트워스 양?" 나는 행주로 엎질러진 자국을 닦고, 유리 조각들을 모아 둔다. 노에미가 빗자루와 쓰레받기 그리고 깨끗한 수건을 갖고 돌아온다.

솔트가 몸을 떨면서 말한다. "미안. 내가 좀 흥분했나 봐. 캐럴라인, 드레스를 빌릴 수 있을까?"

캐럴라인이 테이블 위로 카드를 던진다. "조가 내 옷장으로 안내할 거야."

"아가씨, 절 따라오세요."

나는 캐럴라인의 방에 들어가 옷장 문을 연다. 향주머니 안에 들어 있는 가루분 냄새가 솔트의 라일락 향수 냄새와 경합을 벌인다. 솔트는 소매에 리본이 달린 단순한 드레스를 골랐다. 나는 그녀가 옷 벗는 것을 돕는다. 그녀는 가방이 매달린 허리띠를 풀고 젖은 드레스를 나에게 건넨다. "내 드레스에 묻은 레모네이드 얼룩을 헹궈 내는 것을 도와줄 수 있어?"

"물론이죠, 아가씨."

"너를 고용하다니, 캐럴라인은 운이 좋아." 그녀는 내 등을 바라보며 살짝 몸을 기울인다. "다시 일자리를 잃으면, 나에게 알려줘." 그녀는 윙크한다. 나는 그 자리에서 그녀의 제안을 받아들이고 싶은 유혹을 느끼지만, 애써 자제한다. 솔트는 언제나 친절하게 대해 주었으나, 때로는 이 산에 있는 아는 호랑이가 옆 산의 모르는 호랑이를 이기는 법이다. 적어도 지금은 그렇다. "고마워요, 아가씨. 그러겠습니다."

솔트와 페퍼가 머물러 있는 나머지 시간 동안, 캐럴라인은 간식이 나올 때나 접시를 치울 때나 입을 다물고 있다. 오후에 승마하러 가려고 옷을 갈아입을 때, 그녀는 갑자기 허기를 느낀다. "지금 당장 남은 샌드위치를 가져와."

"네, 아가씨."

내가 캐럴라인의 방으로 다시 돌아왔을 때, 페인 부인과 캐럴라인이 말다툼을 하고 있었다. 캐럴라인은 스킨 크림을 바르던 화장대에서 벌떡 일어나 달걀 샐러드 샌드위치를 들고 툴툴거리며 먹는다. "애니를 방문하기로 약속했어요. 걔네 엄마가 건강이 안 좋으시대요."

"그럼 애니는 너를 대접하는 것보다 엄마를 간호해야지."

"숙녀는 목숨이 위험에 처하거나 팔다리를 다쳤을 때만 약속을 취소하는 거라고 엄마가 그러셨잖아요." 캐럴라인은 샌드위치 속에 들어 있는 무언가의 맛을 보듯이 천천히 씹는다. 노에미의 달걀 샐러드 샌드위치는 수천 번 맛보았을 텐데 말이다.

페인 부인은 가만히 앉아 있다. 아마 캐럴라인의 목숨이나 팔다리를 위험에 빠뜨리고 싶어 하는지도 모른다. 나는 캐럴라인이 수선할 것들을 담아 놓은 바구니를 들고 자리를 떠나려 한다.

"샌드위치에서 왜…… 후추 맛이 나지?" 말을 다 마치기도 전에, 캐럴라인이 소매로 입을 가린 채 재채기를 한다, 세 번이나.

"맙소사." 페인 부인이 남은 샌드위치에 코를 대고 냄새를 맡는다. 그리고 조심스럽게 한 입 베어 먹는다. "나는 모르겠는데."

캐럴라인이 소맷자락에 묻고 있던 고개를 든다. 얼굴이 붉어져 있다.

"매워 죽겠어!" 그녀는 벌떡 일어나 화장대 위에 놓여 있던 부채를 움켜쥔다. 방의 반대쪽에 서 있던 내가 느낄 만큼 엄청난 기세로 부채를 부친다. 페인 부인이 창문을 연다.

"찬물을 가져올까요?" 내가 묻는다.

"얼음! 얼음!" 캐럴라인이 숨을 헐떡인다.

나는 쟁반을 들고 아래층으로 내려와, 부엌으로 들어가서 샌드위치를 먹어 본다. 후추 맛을 전혀 느낄 수 없다. 하지만 나의 눈길은 노에미가 메릿의 숙취 해소제를 만들 때 사용한 후추 통으로 간다. 버터 그릇 바로 옆에 놓여 있다. 후추는 힘이 세다. 예상치 못한 많은 문제를 해결한다.

그릇과 얼음송곳을 들고, 나는 부엌문 바로 밖에 있는 지하실로 향한다. 불편한 느낌이 피부를 찌르기 시작한다. 마구간 방향으로 몇백 미터 떨어진 허브 밭에서 노에미가 커다란 밀짚모자를 쓴 채 일하고 있다. 나를 보자, 당근을 들어 인사한다. 나는 억지 미소를 짓고 손을 흔든다.

지하실 문을 들어 올리자 햇빛이 공간으로 흘러든다. 순무 냄새가 위장을 휘젓는다. 참을 수 없이 더운 여름날, 노에미는 캐럴라인과 나를 이곳으로 데려갔다. 노에미의 어머니가 우리와 함께 놀아도 된다고 허락한 지 며칠 안 되는 날이었다. 캐럴라인이 나에게 순무를 날것으로 먹어 보라고 부추겼다. 노에미는 말렸지만, 다섯 살이던 나는 그녀의 말을 듣지 않았다. 그 맛을 본 이후로 나는 순무를 영원히 먹지 못하게 되었다. 더 중요한 것은 노에미는 믿을 수 있는 사람이고 캐럴라인은 그렇지 않다는 사실을 배웠다는 것이다.

나는 허드슨강의 얼음덩어리를 감싼 포장을 풀고 그것을 잘게 쪼개 그릇에 담는다. 그리고 물을 한가득 담은 주전자와 얼음 한 대접을 가지고 3층까지 올라가면서, 2층에서 전화를 걸고 있는 페인 부인을 지나친다.

에타 레이가 테이블 옆에서 나를 흘깃 바라본다. 그녀는 공작 깃털로 캐럴라인에게 부채질을 하고 있다. "여기 불이 났어."

"왜 이리 늦게 온 거야?" 캐럴라인의 얼굴이 붉게 부풀어 있다. 마치 벌집에 넣었다가 뺀 것 같다. "오, 뜨거워! 어떻게 좀 해 봐!" 그녀는 손으로 부채질하지만, 여전히 불타는 것 같다. 나는 테이블 위에 그릇을 놓고 물을 붓는다. 에타 레이가 행주를 물속에 담그려는 순간, 캐럴라인이 얼굴 전체를 그릇에 담근다.

물이 사방으로 튄다. 에타 레이가 행주로 닦아 낸다. "진정해요, 캐럴라인 아가씨."

캐럴라인이 얼굴을 든다. 물이 그녀의 뺨에서 흘러내리고, 비단 승마복이 파란색에서 검은색으로 변한다.

에타 레이가 혀를 찬다. "의사 선생님이 곧 오신대요. 연고 같은 걸 가져올 거예요. 그럼 나아질 거예요."

"나는 나아지지 않을 거야! 그 검둥이가 내 얼굴을 망쳐 놨어. 나를 망쳐 놓은 거라고!"

"아니에요, 일시적인 거예요. 옻이 올랐을 때처럼요. 조, 얼음을 더 가져와."

노에미의 미소 짓는 얼굴이 떠올라, 나는 이를 악문다. 아래층으로 서둘러 내려가는데 갑자기 발이 떨려 난간을 꽉 잡는다. 캐럴라인의 분노를 가라앉히려면 얼음 이상의 것이 필요하다.

제21장

스위티 양에게

저는 이따금 발에서 각질이 일어나요. 친구가 말하기를, 각질이 일어나는 부위에 소금을 뿌린 토마토를 싸맨 채 하루가 지나면 각질이 사라진다고 합니다. 그게 사실일까요?

감사하는 마음으로,
발에 각질이 일어나는 사람

발에 각질이 생긴 분에게

그 방법은 맛있는 토마토를 낭비하는 일이며, 각질을 없애는데에도 큰 효과가 없을 것 같습니다. 가장 간단한 해결책은 당신의 집 선반 위에 있어요. 바로 식초지요. 식초를 탄 물을 대야에 담아 느긋하게 발을 담그고 계세요. 약 20분만 지나면 피부 전체에서 각질이 떨어져 나갈 거예요.

진실한 마음으로,
스위티

추신: 식초를 탄 물을 다시 사용하면 안 됩니다.

✳

의사는 캐럴라인의 발진이 며칠 안에 가라앉을 것이라고 말하면서 칼라민 로션을 주고 간다. 그녀의 못된 성질에 대한 처방약이 있었다면, 우리 모두 편안했을 텐데.

나는 젖은 물건들을 아래층으로 옮기다가, 에타 레이가 블루벨꽃이 꽂힌 꽃병을 든 채 부엌 앞에 서 있는 것을 보고 걸음을 멈춘다. 전문 도청꾼인 내가 다가가자, 그녀는 입술에 손가락을 갖다 댄다. 그녀는 눈살을 찌푸리지만, 나를 쫓아내지는 않는다.

"아니에요, 마님." 노에미가 말한다. "셀러리, 양파, 피클, 머스터드, 기름, 식초, 레몬주스 그리고 소금만 넣었어요. 언제나처럼요."

"빵에는?"

"감자 빵에는 후추가 들어가지 않아요."

긴 침묵이 뒤따른다. 에타 레이와 나는 걱정스러운 표정으로 서로를 바라본다.

"내일은 쉬도록 해." 마침내 페인 부인이 말한다. "주말에도 쉬어. 캐럴라인이 진정할 시간이 필요해. 그리고……."

노에미가 캐럴라인을 독살하려 하지 않았다는 확신이 필요할 것이다.

"알겠습니다, 마님." 노에미가 쉰 목소리로 말한다.

페인 부인의 부츠 굽 소리를 듣고 우리는 자세를 바로 한다. 에타 레이는 테이블 위의 꽃들을 정돈하느라 바쁘다. 나는 부엌으로 들어가면서 밖으로 나오는 페인 부인과 엇갈린다. "오, 조. 나는 캐럴라인이 아침에 일어나서 자기 얼굴을 보고 충격을 받을까 봐 걱정이야. 그 애 방에 있는 거울을 모두 내 서재로 옮겨 주렴."

"네, 화장대는 어쩌지요?"

"화장대는 솔로몬이 치울 거야. 에타 레이, 노에미를 대신할 요리사를 불러 줘."

"네, 마님." 에타 레이가 계단으로 향한다.

나는 노에미와 이야기하고 싶어, 젖은 빨래를 안고 다시 부엌으로 들어가려 한다. 그러나 페인 부인이 통로를 막는다. "조, 지금 해."

"네, 마님." 무거운 발걸음으로 나는 에타 레이 뒤를 따른다.

앞좌석에 앉은 백인 여성의 모자 깃털이 전차가 덜컹거릴 때마다 손가락처럼 까딱거린다. 전차에 탈 때마다 눈에 보이지 않는 선이 앞과 뒤를 가른다. 첫 번째 줄과 두 번째 줄에는 오직 백인들만 앉는다. 세 번째 줄에서 다섯 번째 줄까지는 승객에 따라 달라진다.

내 마음은 노에미에 대한 생각으로 되돌아간다. 어서, 스위티 양, 생각해 봐.

노에미는 결코 그런 짓을 하지 않을 것이다. 잃을 것이 너무 많고 얻을 것은 너무 적다. 캐럴라인의 발진은 다른 무언가에 의해 생긴 것이 분명하다. 봄 알레르기가 도졌나? 벌레에 물렸을지도 모른다. 거미가 러키 입의 귓불을 문 적이 있었는데, 귀가 그의 손바닥 크기로 부풀어 올랐다.

그의 손바닥. 캐럴라인의 손바닥에도 염증이 생겼다.

비섬의 글리세린과 오이 크림 통이 떠오른다. 그녀는 샌드위치를 먹기 직전에 크림을 얼굴에 발랐다. 그것 때문에 알레르기가 생겼나? 전에 썼을 때는 아무런 문제가 없었지만, 달걀 알레르기처럼 상황이 달라질 수도 있다.

비섬 크림은 그때 막 도착했으므로 상했을 리 없다.

누가 그것을 만졌을까? 기회가 주어진다면, 그녀에게 발을 걸지 않을 사람은 거의 없을 것이다. 나도 마찬가지다.

솔트. 엎질러진 레모네이드. 캐럴라인은 샌드위치가 아니라 크림 때문에 후추 맛을 느꼈을 수도 있다. 솔트는 허리띠에 매달린 가방에 후추 한 움큼을 감출 수 있었을 것이다. 솔트가 캐럴라인과 미스터 큐의 관계에 대해 알고 있다면, 캐럴라인을 경멸할 이유는 많다. 하늘하늘한 겹겹의 분홍색 아래에서, 솔트는 교묘하게 접히는 선 캡 같은 사람일지도 모른다.

다음 날 아침, 캐럴라인은 베개들에 둘러싸인 채 바이올렛 화분을 안고 누워 있다. 얼굴의 부기는 가라앉았지만, 가장 많이 솟아오른 이마를 포함해 곳곳에 물집이 올라와 있었다.

페인 부인이 창문을 활짝 열어젖힌다. "분을 바르면 아무도 모를 정도야."

가능한 한 눈에 띄지 않게 움직여, 나는 캐럴라인의 화분을 받고 로즈메리 팅크*를 건넨다. 얼굴을 찡그리면서 그녀는 약에 손을 넣는다.

"그 마녀의 짓이에요. 감옥에 보내야 해요. 하지만 엄마는 그저 며칠 안 보이게 하시겠지요. 그 여자가 다시 돌아오면 무슨 짓을 할지 상상해 보세요. 이번에는 나를 독살할 거예요. 그럼 엄마는 내 결혼을 걱정하지 않아도 되실 거예요. 내가 죽을 테니."

페인 부인이 약숟가락을 재빨리 캐럴라인의 입에 집어넣는다.

"푹 쉬어. 조, 시간 나면 마구간으로 나를 보러 와." 부인은 바람처럼 사라진다.

내가 부인의 기분을 상하게 한 적이 있나? 캐럴라인이 눈살을 찌푸린다. 그녀의 물집조차 심술궂게 보인다.

나는 캐럴라인에게 수건을 건넨다. "노에미가 한 짓이 아니에요. 하지만 저는 누가 그랬는지 짐작이 가요."

캐럴라인은 가만히 앉아 있다. "말해 봐."

---

* tincture. 알코올을 혼합하여 만든 약제.

"솔트워스 양이에요, 제 생각에는 그녀가 아가씨의 비섬 크림에 후추를 넣은 거 같아요."

캐럴라인의 눈이 화장대가 놓여 있던 빈 공간을 향한다. "개가? 내 비섬 크림은……."

"그건 화장대에 있어요. 아가씨도 알다시피, 솔로몬 집사님이 다른 거울과 함께 창고에 갖다 놓았고요. 마님께서 아가씨가 그걸 깨뜨릴지 모른다고 걱정했어요."

이번에는 그녀가 나의 빈정거림에 울컥하지 않는다. "멀리사가 그랬다는 걸 네가 어떻게 알아?"

"그냥 직감이에요. 노에미가 아가씨를 좋아하지 않을 수는 있지만, 손익을 따져 봤다면 아가씨의 음식에 후추를 뿌릴 수는 없어요. 날아가는 벽돌처럼 일어날 수 없는 일이에요. 특히 자전거 값을 갚으려면요." 그 말이 그녀의 귀에 쏙 들어가도록 강조한 뒤 나는 덧붙인다. "마님도 믿지 않으시잖아요. 그래서 노에미를 해고하지 않으시는 거죠."

캐럴라인은 기억을 더듬는 흐릿한 눈빛이 된다.

"희멀건 얼굴의 어리석은 고자질쟁이가." 캐럴라인이 수건을 움켜쥐어 뭉툭한 공을 만든다. "만약 멀리사가 안다면, 미스터 큐와 연결된 모든 것을 끊어 버릴 게 확실해. 나도 대비해야겠어."

"네, 그녀가 아가씨를 망칠 수도 있어요."

캐럴라인은 코웃음을 친다. "그런 일이 일어나도록 그가 놔두지 않을걸."

"속이는 남자는 가장 신뢰할 수 없는 기사예요."

"미스터 큐는 나를 사랑해." 그녀가 수건을 내려놓는다. "어쨌든 그건 네가 상관할 바 아니야."

"아가씨 말이 맞아요. 하지만 노에미가 아가씨를 해치려 하지 않았다는 걸 알았으니, 마님에게 그녀를 다시 부르라고 말씀해 주세요."

"내가 왜 그래야 하지?"

"왜냐하면 그것이 옳은 일이기 때문이지요."

그녀는 얼굴을 찡그린다. 그런 말이 효과가 있다면 캐럴라인 페인이 아니지.

"그러지 않으시면, 마님에게 제가 솔트워스 양을 의심한다고 말씀드릴 수밖에 없어요."

"네 협박이 점점 한계를 넘어서려 하는구나."

"제 생각을 혼자 간직하고 솔트워스 양이 천천히 아가씨를 소금에 절이도록 내버려 둘 수도 있었어요."

캐럴라인이 입술을 오므린다. 나는 그것이 마지못한 수긍이기를 바란다.

"아가씨가 조만간 노에미를 다시 오게 해 주셨으면 해요. 솔트워스 양도 노에미의 음식을 좋아해요. 저는 노에미가 솔트워스 양에게 아가씨에 대해 많은 것을 알려 줄 수도 있다고 생각해요."

캐럴라인은 툴툴거린다. 다음 순간 무언가 부딪치는 소리가 들린다. 캐럴라인의 머리가 침대머리에 기댄 채, 머리카락은 탈곡이 끝난 밀처럼 흩어져 있다. 그러나 날카로운 눈빛은 여전히 남아 있다. "그만해." 그녀는 중얼거리지만 말끝이 흐려진다.

나는 그녀에게 달려가 차가운 수건을 얼굴에 대 준다.

그녀가 천천히 눈을 깜빡이며 말한다. "조, 너는 예전에 내 편이었어. 그때 손바닥에 멍든 거 기억나?"

우리가 어렸을 때 일이다. 어느 날 오후 캐럴라인과 내가 집에서 도망쳐 나와 숲속 빈터에서 놀고 있다가 악기를 마차에 싣고 다니는 떠돌이 상인과 마주쳤다. 상인은 캐럴라인에게 클라리넷을 주었는데, 캐럴라인이 그것을 불려고 입술을 갖다 대자 뒤에서 끌어안았다. 그의 얼굴에 음흉한 미소가 번졌다. 캐럴라인은 몸을 움츠리며 클라리넷으로 상인을 때렸고, 나도 트럼펫을 움켜쥐고 그의 무릎을 세게 쳤다.

그러고 나서 우리는 손을 잡고 집으로 달려갔다. 캐럴라인은 노에미의 엄마가 우리를 떼어 놓기 전까지 내 손을 놓으려 하지 않았다. 우리의 손바닥에 자줏빛 멍이 들 정도였다.

"기억하지요." 나는 대답하지만, 캐럴라인은 이미 코를 골기 시작한다.

풀리지 않는 내 마음의 걱정과 달리, 페인 씨 저택은 순조롭게 돌아간다. 닭들은 땅을 긁고, 하인들은 나뭇가지를 다듬고 울타리를 수리한다. 다람쥐들은 나무들을 순찰한다.

제드 크라익스와 메릿이 있는 남자들 한 무리가 아라비아 말을 타고 목초지를 가로지르는 조니 포천을 지켜보고 있다. 기수는 아미르에게 채찍을 보여 주며 소리친다. "이것이 바로 네가 선두에 서지 않고 게으름을 부리면 받게 되는 거다." 높고 투덜거리는 목소리다. 아미르는 채찍을 물어뜯으려 한다.

페인 부인이 마구간 앞 울타리에 기대어 서 있다. 울타리 안에는 스위트 포테이토와 다른 말들이 양의 오줌통에 공기를 불어넣어 만든 공을 차며 돌아다닌다. 부인의 호리호리한 몸매에는 학과 같은 기품이 깃들어 있어 내가 너무 빨리 다가가면 휙 날아가 버릴 것 같다. 울타리 반대쪽에는 올드 진이 여윈 팔을 일정한 속도로 움직이며 안장에 기름을 먹이고 있다.

페인 부인은 내가 온 것을 눈치채지 못한다. 내면으로 눈길이 향한 듯, 마음속에서 펼쳐지는 다른 장면을 보고 있을 것이다.

내가 두 걸음 정도 거리로 가까워지자, 마침내 부인의 눈길이 나를 향한다. 부인의 표정은 마치 증기처럼 읽기 어렵다. 자신의 감정으로 주위를 적시는 캐럴라인과는 다르다. "스위트 포테이토는 확실히 다릿심이 강해졌네. 올드 진이 잘 키웠어."

"네, 마님."

부인은 꽃잎처럼 발그레한 뺨을 구름을 향해 들어 올리며, 눈부신 빛을 가리려 모자챙을 이리저리 움직인다. "스위트 포테이토를 보면 예전에 키우던 망아지 서배너 조이가 생각나. 태어난 도시 이름을 땄지." 부인은 흐릿해진 책의 한 페이지를 읽듯 천천히 말한다. "어미 말처럼 아름다웠지. 뺨에서 갈기털에 이르는 부드러운 곡선에서 신의 손길이 느껴졌어. 성질도 온순했고. 좋은 성품이 말을 만들거나, 혹은 복종하게 하지. 경주에서만 그런 게 아니라 삶에서도 그래." 미소 짓는 부인의 얼굴이 환해진다.

"서배너 조이는 어떻게 됐어요?"

"나는 그 말을 보내야 했어." 부인의 손가락이 금반지를 비튼다. "몇 년 동안 밤마다 울었어."

페인 부인의 부모는 왜 외동딸이 그토록 애지중지하던 망아지를 포기하게 만들었을까? 말 사육 농장을 경영하면서 말이다. 이해가 안 된다.

우리는 오후의 햇살 속에 몸을 녹이며 말들을 바라본다. 페인 부인이 나에게 잃어버린 망아지 이야기를 해 주려고 부른 것인지 다른 이유가 있는지 궁금하다. 하지만 곧 부인은 안개를 걷어 내듯 손을 휘저으며 묻는다. "캐럴라인과 말 타러 나가는 시간은 언제?"

"좋아요, 마님."

"캐럴라인이 네 시야에서 벗어나는 일은 없는 거지, 그렇지?"

메릿이 머리에 떠오른다. 내 거짓말을 폭로할 수 있는 유일한 사람이다.

아무 대답도 하지 않는 시간이 길어질수록 의심은 커지는 법이다. "네, 아가씨는 늘 저와 함께 있어요." 나는 내 말소리를 듣는다. "아가씨는 수탉의 볏처럼 꼿꼿하게 말을 타세요. 마님을 닮은 것 같아요."

왜 거짓말을 하는지 나는 잘 모른다. 그 불평쟁이보다 페인 부인에게 빚진 게 훨씬 많은데. 아마도 밀고자가 되고 싶지 않아서일 것이다.

페인 부인의 뺨에 예쁘게 보조개가 팬다. "아마 그렇겠지. 네가 잘 지낸다니 다행이다."

아미르가 비틀거리며 시야 안으로 들어온다. 기수가 욕을 퍼붓는 소리가 들린다. 한숨을 쉬며 페인 부인은 그들 무리로 향한다. 올드 진이 안장 닦는 비누향과 하루의 노고로 인한 짙은 땀 냄새를 풍기며 나에게 다가온다. "뭔가 달라 보이지 않아?"

"더 여위셨어요." 올드 진은 허리띠에 새 구멍을 냈다.

올드 진이 갈퀴 같은 손을 움직여 주름을 편다. "이제 기침을 안 해. 저 공을 볼 때도 아무렇지 않았어." 스위트 포테이토가 양의 오줌통을 밟으려 한다. 그러나 발굽이 미끄러진다. "약값을 환불받지 않아도 될 거 같아."

"축하해야겠어요. 내일 스위트 포테이토를 데리고 개울에 가요. 메추라기가 둥지 튼 곳을 찾아볼까요? 아니, 쉬고 싶으시면 그냥 체스만 두어도 되고요……."

"내일도 여기 있어야 해. 주말까지. 미안하구나."

"그럼 제가 은신처를 안전하게 지키고 있을……." 내가 말을 마치기도 전에 제드 크라익스의 호출에 올드 진은 자리를 떠난다.

제22장

찬사의 편지들이 바닥에 쌓여 있다. 다른 사람들의 고민에 내가 답변을 줄 수 있기를 바라면서 편지들을 모아 다시 읽는다. 낯선 사람에게 자기 이야기를 쉽게 털어놓을 수 있는 이유는 무엇일까? 낯선 사람은 주위 사람들에게 험담을 전하거나 편견을 바탕으로 판단하지 않기 때문일 것이다. 아니면 낯선 사람이라도 관심을 가지고 귀 기울여 주는 것이 위안이 될 수 있다.

스위티 양에게 오는 편지들은 대부분 사랑에 대한 조언을 구한다. 그녀는 그 주제에 관해서는 전문가다. 상황에 맞춘 조언을 한다. 대화를 나누기보다 투덜거리기 좋아하는 구혼자에 대한 고민은 '그를 잊고 더 멋진 상대를 찾으세요', 돈만 밝히는 여자에 대한 고민은 '그녀를 잊고 더 멋진 상대를 찾으세요', 화끈한 요부에 대한 고민은 '당신에게 맞는 평범한 사람을 찾으세요'라고 말해 준다. 시야가 넓은 솔직 담백함이 늘 함께하기를 바란다.

배가 고파 비스킷이 먹고 싶은데, 반송 주소가 없는 편지가 눈에 띈다. 이것은 편지를 보낸 이가 신문 활자로 조언을 읽고 싶다는 의미다.

스위티 양에게

새로운 법이 통과되었다는 소식을 들었습니다. 전차 안에서 제 옆자리가 비어 있어도 제 하녀는 승객이 가득 찬 뒷자리로 가야만 한다는 법이랍니다. 당신은 어떻게 생각하나요?

진심을 담아,
익명인

나는 남부 사회의 커다란 모순에 골몰한다. 피부색이 다른 이들이 전차 뒷좌석에 앉는 것에 대해 아무도 개의치 않는다. 페인 부인은 전차를 탈 일이 없겠지만, 에타 레이와 떨어져 앉기를 강요하는 사람을 나무랄 것이다. 그러나 경계선을 긋는 것은 당연하게 여긴다. 누군가를 멀리할수록, 그들을 좋아하기가 더 어려워진다.

익명인에게

법을 만드는 이들은 우리가 분별력이 너무 없어서 사소한 결정도 내리지 못한다고 생각하나 봐요? 엉덩이를 어디에 내려놓을지 같은 건 결정해 주지 않아도 됩니다. 우리 사회에 쓰레기를 더 많이 들여오는 것보다는 하수를 도시 밖으로 내보내는 방안 같은 문제에 시간과 돈을 쓰는 게 나을 겁니다.

진심을 담아,
스위티

이런 답은 네이선이 원하는 신문의 방향보다 더 논란을 일으킬 여지가 많다. 그러나 그에게 판단을 맡기자. 진심이 담긴 편지이고, 만약 독자들이 묻고 있다면, 스위티 양이 대답하지 않을 이유가 있을까? 논란은 판매를 늘리고, 이것은 관심이 뜨거운 주제다. 어쩌면 4월이 오기 전에 구독자가 2000명에 이를지도 모른다.

나는 변장을 시작한다. 하지만 바구니 안에 넣어 둔 상의 편지가 나에게 손짓한다. 사람 곁에 둔 물건에는 어떤 기운이 있다. 올드 진은 아내의 코담배 병이 지닌 긍정적 기운이 뚜껑과 다시 결합할 것이라고 믿고 있기에, 그 상자를 사용하지 못하게 한 것이다. 마찬가지로, 오랜 세월 상의 옷 속에 숨겨져 있던 그 편지가 긍정적 기운으로 나를 끌어당겼음을 확신한다. 마치 누군가가 이해해 주기를 간절히 바라고 있던 것처럼, 이제 잊힌 기억과 고통의 조각이 치유를 위해 스스로 맞춰지고 있는 것처럼 보인다.

손가락이 축축해져 옷에 닦는다. 그러고 나서 편지를 꺼낸다. 용서하세요. 보낸 사람은 왜 영어를 사용했을까? 보낸 사람의 이름이 'E'일 거라고 내가 생각하는 이유는 그 고리가 소문자 e처럼 보이기 때문이다. 중국어에는 없는 글자다. 그런데 다시 생각해 보면, 올드 진과 나는 영어를 사용한다. 때로는 삼촌들조차 영어 단어를 여기저기 섞어서 썼다. 특히 중국어에 상응하는 말이 없는 커피 같은 단어들.

나는 단서를 찾기 위해 편지지를 주의 깊게 들여다보다가, 캐럴라인이 알려 준 워터마크가 생각나 불빛 높이로 종이를 들어 올린다.

편지를 거의 떨어뜨릴 뻔한다.

PM이라는 낯익은 휘장이, 모래 위에 찍힌 발자국처럼 종이 위에 나타난다.

'아빠가 최고급 문구류에는 모두 이 휘장을 찍도록 했어. 그래서 나는 전지 250매에 금 100그램을 지불했어.'

누가 편지를 보냈든 그 사람은 페인 씨 저택에 살았다. 누구라도 가능할 것이다. 나는 이 일에서 손을 떼야 한다.

그러나 끈적한 거미줄처럼 수수께끼가 나를 끌어당긴다.

올드 진이 했던 말이 나를 괴롭힌다. 처음 이 옷을 보여 주었을 때, 그는 어떤 삼촌의 것이라고 했다. 그다음에 빌리 리그스를 보았을 때는 빚진 사람이 내가 태어나기 전에 이곳을 떠났다고 했다. 그건 샹이 우리와 살던 삼촌이 아니라는 의미다.

짝이 맞지 않는 문과 문짝처럼 일관성 없는 이야기가 거슬린다. 올드 진은 나를 무엇에서인가 보호하기 위해 애쓰고 있다.

그렇지만 내가 알지도 못하는 남자에 대해 무슨 관심을 가질 수나 있을까? 나는 더 나은 곳으로 떠났다던 러키 입과 중국으로 보낸 항아리에 대해 올드 진이 의도적으로 입을 다물어 버린 일을 떠올린다. 그것은 어린아이의 마음을 다치지 않게 하려는 침묵이었을 것이다.

하지만 나는 이제 어린아이가 아니다.

상은 누구일까? 올드 진은 그의 역사를 양탄자 속에 말아 넣고 숨기길 원했다. 그가…… 내 아버지일까? 벽에 쾅 하고 등을 부딪는다. 마치 내 생각이 뒤에서 들이받는 것 같다. 램프가 너무 시끄럽게 흔들려 삐걱댈 때마다 귀가 아프다. 나는 올드 진에게서 알아낼 수 있는 것을 죄다 들은 뒤 더는 부모에 대해 묻지 않게 되었다. 나는 이불에 싸인 채 손가락을 빨면서 올드 진의 현관문 앞에 버려진 아이였다. 이토록 긴 세월이 흐른 뒤에 내가 우연히라도 해답을 찾아낼 수 있을까?

나는 천천히 바닥으로 미끄러진다. 차가운 콘크리트가 느껴지고 나는 주저앉는다. 마음속으로 올드 진과의 언쟁을 되돌려 본다. 나는 그에게 바위가 물속에 있어도 다치게 할 수 있다고 말했으나, 그는 개의치 않는 것처럼 보였다. 어쩌면 내가 의식한 것보다 더 관심을 기울였을 것이다. 상이 나의 아버지라는 사실을 알게 되는 것은 정말로 날카로운 바위일지도 모른다. 올드 진은 그것이 내 길을 가로막지 않기를 바랐겠지.

나는 남색 바지를 올리고 셔츠를 입는다. 손가락이 단추를 잘못 끼워 다시 채운다. 평생 궁금해하던 사람을 이런 방식으로 가까이 느낄 수 있다고 생각하니 가슴이 아프다.

그가 누구든, 그는 떠났다.

주위 공기를 들이마신다. 젖은 흙과 톡 쏘는 땅 냄새가 코로 밀려 들어온다. 우리가 준비됐든 아니든, 세상은 계속 돌아갈 것이라는 사실을 상기한다. 어쨌든 나는 계속해야 한다.

은신처를 벗어나 벨 씨 집의 현관에 도착한다. 크게 어려운 일이 아니라는 듯 시큰둥한 표정을 지어 본다. 도착하자마자 베어가 짖어 댄다. 하지만 소리는 점점 희미해진다. 아마도 네이선이 다른 곳으로 데려갔을 것이다. 문이 활짝 열린다.

오늘 밤 네이선은 달라 보인다. 머리카락을 다듬어 뒤로 가지런히 넘겼다. 높은 광대뼈와 인상적인 코의 강직함이 고스란히 드러난다. 보통은 드러나지 않던 눈이 보름달처럼 환하게 빛난다. 수년 동안 쌓인 씁쓸한 유머는 눈꼬리 쪽에 주름으로 남아 있다. 잉크로 얼룩진 앞치마와 헐렁한 스웨터도 사라졌다. 평소에는 깃이 구겨지고 늘어져 있던 셔츠가 돛처럼 빳빳해져서 다림질한 바지 안으로 단정하게 들어가 있다. 구부정한 자세도 사라졌다. 고음으로 노래하는 합창단 소년처럼 꼿꼿하게 서 있다.

스위티 양은 말문이 막힌다. 말끔히 면도한 얼굴에서 풍기는 희미한 가문비나무 이파리 향이 설마 나를 맞기 위한 건 아니겠지. 갑자기 리지 크럼프가 이번 주말에 자신의 옷 색깔을 알려 주겠다고 말하던 일이 기억난다.

"「오직 한 가지 질문」이 실린 뒤에 구독자가 100명쯤 늘었어요! 2000명에서 100명이 모자라죠."

"목표에 거의 도달했군요." 뒤늦게 내 실수를 깨닫는다. 네이선이 눈을 깜빡인다. "제 말은, 예전에는 『포커스』의 구독자가 2000명이었다는 의미예요. 하지만 점점 줄어드는 것을 알고 있었죠."

"맞아요. 사실은 구독자를 그 숫자로 끌어올리려고 애쓰고 있었어요. 당신이 제때 도움을 준 거죠."

그가 우연의 일치를 의심하기 전에, 나는 목을 가다듬어 가래를 뱉는 시늉을 한다. "이건 나의 일요일 칼럼이고요, 독자의 편지에 대한 답장 몇 통도 있습니다."

네이선이 꾸러미를 받아 든다. "와, 당신은 근면하군요."

나는 근면이라는 단어가 어떤 의미인지 기억해 내려고 미간을 찌푸린다.

"근면, 열심히 일한다는 의미죠."

"나도 알아요, 젊은이." 어떻게 똑같은 함정에 두 번이나 걸려들었는지 의아해하면서, 나는 받아친다. "나는 당나귀^{ass}에게 끌려다녀야 하는 단어들을 좋아하지 않아요."*

그의 표정이 굳는다. 하고 싶은 말을 참고 있는 듯하다.

"아, 그러면 당신의 귀를 공격하려는 시도는 하지 않겠어요."**
그는 익명인으로부터 온 편지를 열고 눈썹을 찡그려 모으면서 편지를 읽는다. 그리고 다 읽은 다음, 편지를 다시 접어 그것으로

* 근면한^{assiduous}이 ass(당나귀)로 시작되는 것을 이용한 말놀이.
** '공격하려는^{assault} 시도^{assay}'에서 ass로 시작되는 단어를 두 번이나 사용한다.

턱을 톡톡 친다.

"마음에 들지 않나 보네요."

"아니, 그 반대예요. 사회적 불평등에 대한 당신의 관심은 존경스러울 정도입니다. 사실은 최근에 선포된 법령 때문에 우리는 당신의 「커스터-머리」 칼럼에 대해 다시 숙고해 보았어요."

"오?"

그는 뺨을 손으로 문지른다. 피부의 부드러운 촉감이 익숙하지 않은 듯하다.

"『포커스』는 언제나 비판을 자제하지 못하는 실수를 저질렀어요. 그러나 불의의 편을 든다면, 그것은 포커스다움을 잃는 거예요. 백인들은 심판받는 느낌을 결코 알지 못할 거예요. 그러나 우리는 둘 다 도덕적 울분을 느끼지요……."

따뜻한 뱃속이 식어 가는 느낌이 들면서 나는 듣는 둥 마는 둥 한다. 네이선에게 지금 내 얼굴이 동양인처럼 보이지 않는다는 사실을 알았기 때문이다. 무릎과 팔꿈치의 힘이 풀리면서 갑자기 지하실로 돌아가고 싶다. 물론 그곳도 외롭겠지만 여기서 느끼는 외로움에는 비할 바 아니다.

"……전복을 시도하는 방법이죠." 네이선이 말하고 있다. "그것을 사용하지 않는다면 우리는 바보일 거예요."

"간단히 말해요, 젊은이. 「커스터-머리」를 신고 싶다는 거예요, 아니에요?"

"신고 싶어요. 저는 반응이 대단할 거라고 봅니다. 개인적으로,

과일 케이크라는 관습을 재고해야 한다고 말하고 싶어요. 모든 견과류와 과일을 함께 섞는 거죠. 어떻게 생각하세요?" 네이선이 환한 미소를 짓는다.

나는 감정을 아주 작은 호두 같은 것에 집어넣고, 그것을 어리석은 다람쥐가 주워 갈 수 있게 뒤로 던진다. 백인과 우리 유색인 사이에는 선들이 있고, 우리 스스로 긋게 되는 선도 있다. 선을 넘으면 실망뿐이라는 것을 알고 있기 때문이다. 인종 간 결혼은 금지되어 있다. 올드 진이 아는 삼촌은 유색인 아내를 얻었다. 그러나 두 사람은 사회의 냉혹한 눈길을 피해 애틀랜타 외곽의 외딴 마을로 이사했다. 어쨌든 나는 이미 한 마리 거미로서 나 홀로 비단을 짤 수 있다고 결정하지 않았는가?

내 주머니, 그러니까 샹의 주머니에 손을 깊이 집어넣고 뒤지기 시작한다. 하지만 어딘가에서 상상 속 종이 딸랑딸랑 울린다. 한기 때문에 목의 솜털이 곤두선다. '여기서 동양인 놈들을 보기는 힘들지. 하지만 그놈들은 언제나 내 집 문을 긁어 대거든.' 샹이 내 아버지라면 빌리 리그스가 올드 진을 쥐어짜는 이유가 설명된다. '너라면 그 늙은 기수를 도울 수 있을 텐데.' 빌리의 목소리가 귀에 쟁쟁하다.

분노가 활활 타오른다. 만약 빌리가 노인을 괴롭히고 있다면, 스위티 양은 그 일에 대해 해야 할 말이 있다. "빌리 리그스에 대해 아는 게 있으세요?"

제23장

네이선의 얼굴에서 웃음기가 사라진다. "『콘스티튜션』의 주장을 믿는다면, 빌리는 해결사죠. 사람들이 곤경에서 벗어나도록 돕는 사람이고요."

"당신은 그 말에 동의하지 않는다는 거군요?"

그는 코웃음을 친다. "하지만 『콘스티튜션』은 빌리 리그스가 때때로 신문사를 곤경에 빠뜨린다는 사실은 밝히지 않아요. 빌리는 정보를 사고팔죠. 더러운 것을 삼킨 다음에 더 더러운 것으로 만들어 파는 벌레 같은 기회주의자예요."

빌리의 비열한 구릿빛 눈이 눈앞에 나타났다 사라진다. "거래할 때는 신뢰할 수 있는 사람인가요?"

"협박자들 수준에서의 신뢰지요. 왜 물어보시는 거죠?"

"그 사람만이 제공할 수 있는 정보가 필요해서요. 그를 만난 적이 있어요. 그래서 머릿기름처럼 느끼하고 불쾌한 사람이라는 걸 압니다. 내가 알고 싶은 것은, 만약 그와 협상한다면 시간 낭비일까 하는 거예요."

네이선은 얼굴을 찡그린 채 팔짱을 끼고 있다. 그의 눈에서 환한 기운이 모두 사라졌다. "왜 위험을 무릅쓰고 잃을 게 뻔한 거래를 하려는 거죠?"

"위험을 무릅쓰는 게 아니에요. 나는 단지 희귀한 정보를 얻으려는 거예요."

"미끄러운 비탈길이에요. 그는 교활해요."

"나도 교활해요. 그를 만나려면 어디로 가야 하죠?"

그는 자세를 무너뜨리며 깊은 한숨을 쉰다.

"당신을 사자 굴로 들여보내면, 어머니가 제 목을 칠 거예요."

"그럼 관두세요. 다른 방법을 찾아보죠. 나는 그저 편한 길을 찾고 싶었을 뿐이에요."

네이선은 팔짱을 낀 채 턱을 내밀고 있다. 대답이 곧 나오지 않을 것을 암시하는 태도다.

"그럼 이만 가 보겠습니다."

그가 툴툴거리며 말한다. "빌리 리그스는 토요일 저녁마다 교회에서 일을 봅니다."

그럼 내일이다. "어느 교회죠?" 애틀랜타에는 거리의 블록 숫자보다 교회가 더 많다.

"'교회'는 디케이터 거리에 있는 술집 이름이에요. 버틀러 술집 바로 앞에 있죠."

단어 하나하나에 못마땅한 감정이 배어 있다.

"고마워요. 그리고 나는 과일 케이크를 먹어 본 적이 없습니다."

다음 날 저녁, 나는 디케이터 거리를 향해 걷는다. 오래된 피아노 덮개로 올드 진의 도움을 받아 내가 직접 만든 드레스를 입고 있다. 올드 진은 그 옷을 입으면 소맷단에 두른 술 때문에 전등갓처럼 보인다고 하지만 선이 단아한 드레스에 빌려 온 보닛까지 쓰니 여교사 같은 품위가 느껴진다.

'교회'는 콜린스 거리에서 갈라져 나온 악명 높은 아래쪽 샛길에서 더 멀리 가야 한다. 나는 그 샛길에 빌리 같은 악당들이 진을 치고 있을 것이라고 상상했다. 물론 경주마는 말라붙은 트랙에 대해 불평하지 않는 법이다. 서둘러 콜린스 거리를 지나면서, 내가 어리석은 짓을 하는 게 아닌지 고민한다. 하지만 빌리가 나의 양아버지를 협박하고 있는 게 사실인지 나는 알아야 한다.

버틀러 술집 바로 앞에 있는 젖은 잔디밭은 디케이터 거리와 페인 씨 댁 헛간 크기의 벽돌 건물까지 이어져 있다. 벽돌 건물의 아치형 유리창은 스테인드글라스 대부분이 그대로 남아 있다.

빌리를 만날지 말지 온종일 고민하다가 출발했음에도, 막상 눈앞에 닥치고 보니 집으로 돌아가는 전차를 타고 싶은 생각밖에 없다. 나는 니스 칠을 한 줄무늬 현관문을 바라본다. 놋쇠 손잡이는 손때가 타서 거무스름하다. 이것은 함정일 수도 있다. 빌리는 정보를 거래하지만, 더 심한……. 범죄를 저지르려는 의도라면? 동양인 소녀 하나가 실종된다 해도 누가 알아차릴까? 스위티 양이라면 집으로 돌아가라고 충고할 것이다.

나는 두려움을 떨쳐 버리려고 애쓴다. 잠재적 고객을 공격하는 것은 사업에 도움이 되지 않을 것이다. 정신을 바짝 차리고 있으면 된다. 내가 원하는 것은 몇 가지 대답뿐이다.

문이 열리고 취객 둘이 비틀거리며 나온다. 어떤 여자가 그들을 쫓아내고 있다. "다음번에도 가짜 돈으로 술값을 내면 쇠고랑을 차게 해 주겠어. 어서 꺼져!"

둘 중 한 사람이 넘어지면서 나를 바라본다. 그리고 더러운 손가락을 구부린다.

"저것 봐, 러퍼스, 우리가 취해서 곧장 중국으로 왔나 봐."

"멍청한 놈!" 여자가 밀방망이 같은 팔로 한 번 더 떠밀어 두 사람을 완전히 내보낸다. 여자는 한쪽으로 비스듬하게 미끄러진 가발을 고쳐 쓴다. 그리고 눈썹을 치켜올리며 나를 바라본다. "무슨 일이죠?"

열린 문으로 사워 매시 냄새가 흘러나온다. 공간 뒤쪽의 카운터 위에 한 쌍의 상아가 걸려 있고, 열 명 남짓한 남자들이 앉아 있다.

"여기 오면 빌리 리그스를 만날 수 있다고 들었는데요?"

"빌리 리그스라고?" 여자가 목소리를 높이자, 술집 안에서 떠드는 소리가 조용해진다. "만약 그 백수건달이 여기 오면, 총신이 두 개인 코끼리 총으로 그놈의 더러운 콧구멍을 날려 버릴 거요." 여자는 허리에 주먹을 얹는다.

"그럼 그 사람은 여기서 사람들을 만나지 않나요?"

"어림없지. 당신이 그놈과 거래하는 부류라면, 당신도 환영받지 못해요. 잘 가요." 여자는 술집 안으로 들어가며 문을 쾅 닫는다.

나는 축 처진 어깨로 취객들의 뒤를 따른다. 실수일까, 아니면 네이선이 나를 속인 걸까? 문이 삐걱거리며 열리는 소리에 뒤이어 부산한 움직임과 짖는 소리가 들린다! 내가 거리를 반쯤 건너기도 전에 낯익은 털북숭이가 빠르게 나를 지나쳐 길을 막아선다. 나는 비틀거리면서 젖은 잔디밭 위로 미끄러진다. 양치기 개가 내 얼굴 앞에서 헉헉거리고 있다. 꼬리로 땅을 두드릴 때마다 내 머릿속에서 단어들이 차례로 떠오른다.

중력Gravity.

잔디Grass.

속임수Gullible *.

네이선이 나를 속여서 이곳으로 유인한 것이었다.

"베어." 네이선이 허벅지를 두 번 두드리며 엄하게 말한다. 베어가 즉시 이쪽저쪽으로 뛰면서 그의 옆으로 돌아간다. 우리는 서로를 응시한다. 나의 목은 노여움으로 붉게 물든다.

그는 눈길을 거두고 나에게 손수건을 건네준다. "죄송합니다."

---

* 모두 G로 시작되는 단어들로서 조의 사전에는 G 부분이 빠져 있다는 내용과 연결된다.

조금도 죄송한 목소리가 아니다. "괜찮아요?"

왈! 베어가 이제 놀 준비가 된 까마귀 떼처럼 자리를 잡고 기다린다.

나는 얼굴에 묻은 개의 침을 닦아 낸다. "그럼요, 동물의 배설물이 널려 있는 잔디밭에 넘어진 사람만큼 괜찮지요. 고마워요." 얼굴을 가리지 않았음에도 스위티 양의 말투가 나온다.

네이선은 손을 내밀어 내가 일어나는 것을 돕는다. 손에서 전해지는 온기가 전파처럼 몸을 훑고 지나간다. 나는 손이 닿았다가 떨어지는 순간에 얼마나 많은 생각이 일어날 수 있는지 놀랍기만 하다.

"사과드려요. 숙녀를 동반자 없이 빌리 리그스에게 보낼 수는 없었어요."

그렇다면 그는 내내 나에게 동반자가 없다는 사실을 알고 있었나 보다. 뺨을 붉히며, 나는 몸을 바로 세운다. "이제 당신은 내가 유능하다는 사실을 알았으니, 어디로 가야 그를 찾을 수 있는지 가르쳐 주지 않겠습니까?" 베어가 쓰다듬어 달라는 듯 머리로 내 손을 건드린다. 네이선이 베어의 등을 손으로 빗질한다.

"두 가지 조건이 있어요."

한 무리의 남자들이 어슬렁거리며 교회로 향하다가, 우리 쪽을 돌아본다. 그러나 아무도 시비를 걸지 않는다.

"제가 함께 갈게요. 그리고 당신은 이유를 알려 줘야 해요."

"무슨 이유요?"

"왜 스위티 양이 된 거죠?"

우리는 점점 더 격렬하게 개를 쓰다듬는다. 나는 엔진 쪽을, 그는 승무원실을 맡고 있다. 이렇게 쓰다듬으면, 베어는 털이 모두 없어질지도 모른다. 내 정체가 드러난 바에야 동행이 있으면 좋을 것이다. 하지만 왜 스위티 양이 되었느냐는 질문에 대한 대답은…….

"당신의 가족이…….." 나는 말을 꺼내고 나서, 황급히 덧붙인다. "……당신 가족의 사업이 내가 세상을 이해하는 데 도움을 주었어요. 수년 동안요. 그래서 어떤 방식으로든 감사를 표하고 싶었어요."

그가 눈을 깜빡인다. "정말…… 드물고 귀한 일이군요." 표현되지 않은 말들로 인해 우리 사이의 분위기는 돈독해진다.

내가 소매에 묻은 잔디를 뜯어내는 동안 그는 코트의 주름을 펴서 옷매무새를 다듬는다. "자 그럼, 스위티 양, 콜린스 거리로 가죠."

그 샛길이다. 그쪽이 악당 소굴로 더 그럴듯하다. 네이선이 팔을 내민다. 최근 몇 년 동안 내 다리는 인도 아래로 내려서는 일에 더 익숙해졌지만, 나는 그 팔을 잡는다.

제24장

스위티 양에게

최근에 밀짚모자를 샀는데 너무 작아요. 어떻게 하면 제 머리에 맞게 쓸 수 있을까요?

애틀랜타에서 모자 없는 사람

모자 없는 사람에게

주전자를 불 위에 올려놓으세요. 모자 안쪽 리본에 수증기를 닿게 하시고, 모자를 돌려 안쪽 테두리에 고르게 쐬어 주세요. 손 조심하시고요! 모자가 식으면 머리에 쓰세요. 그렇게 쓴 채 최소한 시간을 기다려 모자가 마르면 새로운 형태가 잡힐 거예요.

진심을 담아,
스위티

"솔직히 말씀드리면, 당신은 제가 예상하던 그런 분이 아니네요." 고통스러운 침묵 뒤에 네이선이 말한다.

"그런 사람이 전혀 아니죠."

또 다른 침묵이 이어지면서 우리는 서로에게 충격을 주지 않으려고 노력한다. 베어가 내 옆에서 꼬리를 높이 치켜든 채 걷고 있다. 우리 가운데 마음이 편한 유일한 존재다.

"묻고 싶은 질문이 많았는데, 지금은 하나도 생각나지 않아요."

"침묵이 가장 좋은 선택일 거예요."

"당신은 누구죠?"

"숙녀를 함정에 빠뜨릴 계획을 세웠다면, 함정을 다시 배치할 것도 생각했어야죠."

그는 코웃음을 친다. "우리가 첫인사를 나눌 때는 아닌데, 나는 아직 당신의 이름도 몰라요."

"조 콴이에요."

모퉁이를 돌자, 더러운 카펫 같은 도로가 우리 앞에 펼쳐진다. 네이선은 주정뱅이와 부딪치지 않도록 천천히 걷는다. "콜린스 거리에 오신 걸 환영합니다. 이곳에 오면 당신의 부츠는 더러워지고 때때로 주머니가 텅 비기도 하죠."

치열이 고르지 못한 윗니와 아랫니처럼, 범죄 소굴이 옹기종기 모여 있다. 길이 끝나는 곳에는 마지막 어금니처럼 교회가 서 있다. 흥청망청 마시고 나서 단 두 걸음만 가면 깨끗이 씻어 낼 수 있다. 우리는 한 무리의 남자들 주위를 돌아서 간다. 흑인과 백인이 섞여 주사위를 던지고 있다. 행상들이 돌아다니며 강장제 기름과 검은 아편 막대기를 팔고 있다.

"어디서 자라셨어요, 콴 양?"

"그냥 조라고 부르세요."

내가 더 이상 입을 열지 않자, 네이선의 눈썹이 의문 부호로 변한다. "당신의 부모는 누구죠?" 그는 다시 묻는다.

"네이선 벨 씨, 기자로서 근본적인 것을 캐묻는 당신을 이해해요. 하지만 더 일반적인 질문에 집중해야죠."

"옳은 말씀. 일반적인 질문인데, 당신의 부모는 누구죠?"

나는 미소를 삼킨다. 그리고 퀴퀴한 담배 냄새, 인간의 땀 냄새, 쓰레기 냄새를 들이마시지 않으려고 고개를 흔든다.

"그럼 구체적인 성향에 관한 질문은 어떤가요. 예를 들어 당신이 좋아하는 단어는 뭐죠?"

"홀라발루."*

거짓말이다. 네이선에게 나는 좋아하는 단어를 결코 말하지 않을 것이다.

"네이선 벨 씨, 나는 사람들이 말하는 방식을 관찰하는 걸 좋아

---

* Hullaballoo. 사람들이 화가 나서 지르는 소리, 혹은 소동을 일으키는 것.

해요. 만약 내가 당신이 좋아하는 단어를 알아맞히면, 말을 멈추겠어요?"

"어떻게 알아맞히려고요? 세상에는 단어가 아주 많은데."

"돈키호테."

벨 씨가 돈키호테 이야기를 읽어 준 다음부터 꼬박 1년 동안 네이선은 셔츠에 달라붙은 빵 부스러기부터 아무리 불어도 꼼짝 않는 파리에 이르기까지 모든 것을 돈키호테 같다고 선언했다.

"당신이 그걸 어떻게……?"

"입이 여전히 움직이고 있네요."

그는 조용해진다. 그러나 믿을 수 없다는 표정이 역력하다. 의혹을 불러일으키면 안 되는 거였다. "그냥 추측이에요. 전에도 말했다시피, 나는 『포커스』 애독자이고, 당신은 그 단어를 많이 쓰더군요."

그는 라벤더 빛의 빅토리아풍 건물 앞에 멈춘다. 페인트칠이 벗겨져 있고, 예전에는 흰색이었을 것처럼 보이는 테두리는 이제 여기, 철도의 도시에 대한 큰 실망을 드러내는 듯한 회색이다.

매부리코의 레프러콘* 같은 남자가 현관 기둥에 기대서 있다가 떨어져 나온다. 그가 힐끔힐끔 우리를 쳐다보자, 입에 물고 있던 담배가 꺾이면서 재가 비처럼 떨어진다. 우리가 계단을 올라가는

＊ leprechaun. 아일랜드 민화에 나오는 남자 모습의 작은 요정.

동안 그는 자기보다 훨씬 큰 사람의 보폭으로 으스대며 아래로 내려간다. "예쁜 엉덩이를 즐겨 봐." 그는 상스러운 말투로 툭 던지고 웃는다.

"즐겨……?" 그 단어가 네이선을 붙잡는다. 그는 계단 중간에서 뒤돌아서서 레프러콘을 뒤쫓아 가려 한다. 내가 팔을 잡는다.

현관문이 열리고, 꽉 끼는 줄무늬 드레스를 입은 중년 여자가 모습을 드러낸다. 두껍게 바른 가루분 때문에 흰 피부가 더욱 창백해 보인다. "또 왔군요." 그녀는 낡은 신발 밑창이 긁히는 듯한 목소리로 네이선에게 인사한다. "지난번에 왔을 때 아가씨들이 당신을 좋아했지요."

네이선은 얼굴을 붉힌다. 그가 목을 가다듬는다. "안녕하세요, 마담 딜라일라. 이쪽 숙녀분은……."

"조 콴이에요. 빌리 리그스를 만나러 왔어요."

마담의 충혈된 눈이 나의 전등갓 드레스와 얼굴을 훑어보더니 뒤로 물러선다. "여기서 기다려요." 그녀는 문을 닫는다.

베어의 꼬리가 현관 바닥을 툭툭 친다.

"여기 자주 와요?" 나는 참지 못하고 묻는다.

네이선은 눈살을 찌푸린다. "취재하러 온 거예요. 그 이상은 아니에요." 그는 문에 두 개의 정사각형이 새겨진 것을 알아본다. 빌리 리그스를 처음 보았던 곳의 커다란 떡갈나무에 새겨져 있던 것보다 더 선명하다.

그가 뒤로 물러나자 바닥이 삐걱거린다. "크랩스라는 게임에서 주사위 4-5 조합을 제시 제임스라고 불러요."

"그 범죄자?"

네이선이 고개를 끄덕인다. "45구경 권총에 맞아 죽었지요. 빌리는 자신을 제시보다 더 훌륭한 범죄자라고 생각해요."

"더 고결하다는 의미로 훌륭하다는 건 물론 아니죠?" 어떤 이들은 열차 강도이자 학살자인 제시 제임스를 가난한 이들에게 도둑질한 물건을 뿌린 민중의 영웅으로 여긴다.

네이선은 코웃음을 친다. "제시 제임스의 고결함은 일요일의 악마 수준이고, '더 훌륭한'은 더 교활하다는 의미예요."

마담 딜라일라가 다시 나타난다. "빌리는 콴 양만 만나겠대요."

"하지만 숙녀는 에스코트가 필요해요."

"빌리 리그스를 만나러 올 만큼 대담하다면, 스스로 알아서 할 수 있겠죠."

"나는 괜찮아요." 내가 끼어든다. 네이선에게 나의 상황을 드러내지 않아도 된다는 사실에 안심한다.

네이선은 그 여자가 볼 수 없는 각도로 얼굴을 돌린다. 걱정으로 가득한 표정이다. "콴 양……." 그는 이를 악물고 속삭인다. "제발. 조, 무모하다는 단어가 떠오르네요."

"성가시다는 단어도요. 마담, 저 혼자 만나러 가겠어요."

내가 집 안으로 들어가는 순간, 네이선은 어두운 얼굴로 바라본다. 그가 따라 들어오기 전에 여자는 문을 잠근다.

응접실은 스무 걸음은 족히 되는 넓이고, 끝에 바가 있다. 흐릿한 조명 때문에 얼굴을 알아보기 힘들지만, 구부정한 자세와 시끌벅적한 소리는 사람들이 그저 휘스트 게임을 하러 온 것이 아님을 말해 준다.

마담 딜라일라가 나를 어두운 복도로 데려간다. 대부분 유색인인 이곳의 하녀들은 페인 씨 저택에서 일하는 이들이 입는 옷보다 더 눈에 띄는 제복을 입고 음료수와 음식이 담긴 쟁반을 나른다. 다른 사람의 일은 관여하지 않는다는 듯한 무표정한 얼굴이다. 어떤 여자가 웃어 대며 남자를 방 안으로 끌고 들어간다. 빌리의 많은 정보가 여기서 수집되는 게 틀림없다.

마담은 9번이라고 적혀 있는 방문 앞에서 멈춘다. 문을 두드린다. "조 콴이 왔어요."

문이 열리고, 나는 장의사처럼 죽은 표정을 짓고 있는 남자와 눈이 마주친다. 그는 심지어 장례식에 가는 사람처럼 검은 프록코트에 회색과 검은색의 줄무늬 바지를 입고 있다. "넉스, 여자를 안으로 들여보내."

남자가 물러서자, 빌리 리그스의 더러운 동전 같은 눈이 나를 훑어본다. 옷차림에 관해 말하자면, 빌리는 장례식 복장도 결혼식 복장도 아니다. 그는 옷을 전혀 안 입고 있다.

제25장

스위티 양에게

열 살짜리 아들은 제 아버지를 닮아서 게으르고 말대꾸나 하는 막돼먹은 녀석이에요. 주여, 그이의 검은 영혼을 편히 쉬게 하소서. 제가 어떻게 하면 아들을 좋은 사람으로 키울 수 있을까요?

걱정하는 엄마

어머니에게

노인들이 사는 집의 현관 청소를 시키세요. 다른 이를 돌보는 것은 우리가 스스로에게 주는 선물입니다. 하나 더 가르쳐야 할 일은 자기 양말을 챙기는 법입니다.

안부를 전하며,
스위티

＊

빌리 리그스는 욕조에 몸을 담그고 있다. 회색 거품 위로 튀어나온 상처투성이의 창백한 무릎이 보인다. "그렇지. 내 문에 금박이 입혀져 있으니 오지 않을 수 없었을 거야." 그는 히죽 웃으며 내가 지난번에 했던 말을 돌려주고는 욕조 옆에 있는 의자를 눈짓으로 가리킨다. "자, 앉으시죠."

나는 벽에 늘어선 것들을 둘러본다. 눈이 사라진 박제된 올빼미, 다양한 크기의 술병들, 머리만 남아 있는 일곱 개의 인형, 미소 짓는 부처가 그려진 값비싸 보이는 꽃병이 협탁 위에 놓여 있다.

이런 기괴한 상황을 배경으로 자신을 드러내는 것은 의심할 나위 없이 나에게 겁을 주려는 의도이다. 그러나 머리가 둘 달린 여자 악마 캐럴라인 페인을 다룰 수 있다면, 목욕 쇼를 벌이는 빌리 리그스도 다룰 수 있다. 앞으로 나아가는 것 말고 출구는 없다.

나는 스위티 양이 되어 짜증 가득한 목소리로 말한다. "저는 서 있는 게 더 좋습니다."

장의사 부하는 두 손을 앞에 모으고 문 앞에 자리 잡는다. 그의 왼손에 말편자 문신이 보인다. 그의 손마디에 끼워져 있는 금속 고리＊가 조명을 받아 반짝인다. 그래서 그를 넉스라고 부르나 보다.

＊ knuck. 손가락 관절에 씌우는 금속 무기의 속된 명칭.

빌리가 점점 더 집요한 눈빛으로 탐색한다. 한 번 훑어볼 때마다, 그의 눈이 나에게서 정보를 캐낸다.

"올드 진에게 원하는 게 뭐죠?"

"질문 하나에 5달러씩 내야 정보를 줄 수 있어."

나는 충격받은 낌새를 드러내지 않으려고 애쓴다. 5달러는 나의 일주일 임금보다 많다. "내가 사려는 정보를 당신이 갖고 있다는 걸 어떻게 알 수 있죠?"

그가 음흉한 미소를 짓는다. "인생은 위험으로 가득 차 있지. 그래서 재밌는 거야." 욕조의 물이 찰싹거리며 부딪힌다.

"5달러는 없지만, 나에게는 당신이 원하는 게 있어요."

물이 고요해진다.

나는 주머니에서 병을 꺼낸다. 보리차를 채우고 밀랍으로 봉한 것이다. "펜더그래스의 만병통치약이죠." 그의 입술이 슬그머니 벌어지면서 사이가 뜬 앞니가 드러난다. "그걸 어디서 샀어?"

"당신이 나타나기 전에 벅스바움 상점에서요."

빌리는 코웃음을 친다. "그건 한 병에 50센트밖에 안 해."

"비용과 가치를 혼동하면 안 되죠." 나는 지난번 만남에서 그가 했던 말을 되풀이한다. "제가 듣기로는, 화요일까지 물건이 들어오지 않는다던데요."

비누 거품이 빌리의 얼굴을 덮는다. 그는 손가락을 면도칼처럼 만들어 거품을 긁어낸다. 픽! 픽! 위험이 느껴지는 순간이다. 어쩌면 내가 펜더그래스의 가치를 잘못 계산했는지도 모른다. 넉스의 강철 같은 눈이 나를 빤히 바라본다.

"좋아. 네 질문에 대답해 주지." 빌리가 선언한다.

나는 그에게 펜더그래스 병을 건네주고, 재빨리 물러선다.

그는 윙크한다. "건배." 그는 꿀꺽꿀꺽 마신 다음 병뚜껑을 닫아 협탁에 올려놓고, 부처가 그려진 꽃병을 잠시 바라본다. "자, 네 질문에 대답해 주지. 올드 진은 빚을 갚아야 해."

"무슨 빚이요?"

그가 눈을 깜빡이자 긴 속눈썹에서 물방울이 떨어진다.

"질문 하나당 5달러야."

"그건 말도 안 돼요. 내 질문에 대답한 것도 아니잖아요. 그리고 이미 말했지만, 나는 5달러가 없어요."

간교한 미소가 그의 얼굴에 스친다. "다행히도, 너에게는 비용을 지불할 방법이 몇 가지 있어. 만약 대화를 계속하고 싶다면, 내 질문에 대답해야 해. 쉬운 일이지?"

동전을 던지듯 쉬운 일이다. 동전이 너무 멀리 굴러간다는 것을 깨닫기 전까지는.

"좋아요." 나는 솔직하게 대답한다. "당신의 질문은 뭐죠?"

"세상에서 너에게 가장 중요한 사람은 누구지?"

내 약점을 알고 싶어 하는 게 틀림없다.

내가 대답하지 않자, 그는 덧붙인다. "조심해. 나는 네가 거짓말하는 걸 알 수 있어."

나는 어금니를 꽉 문다. 그는 내가 올드 진을 걱정하는 것을 알고 있다. 그러니 나는 새로운 정보를 주지 않을 것이다.

"올드 진. 이번에는 제 차례예요. 하지만 질문을 바꾸고 싶어요. 샹이 왜 당신 아버지를 찾아갔나요?"

그의 눈썹이 치켜 올라가더니, 새로운 질문에 동의한다는 듯 고개를 끄덕인다. "25달러를 빌리러 왔어. 세월이 흐르면서 이자가 붙어 이제는 300달러야."

차가운 물방울 하나가, 혹은 식은땀이 내 등을 따라 흐른다.

"너는 최근에 잉글리시 부인의 모자 가게에서 해고됐지."

소름이 돋으면서 팔의 솜털이 삐죽 솟는다. "그걸 어떻게 알았어요?"

"만약 그게 질문이라면, 네 차례를 기다려야 해."

"아뇨. 질문 아니에요. 무시하세요." 부처가 나를 비웃는 것처럼 보인다.

"다시는 경고하지 않을 거야."

분노가 내 얼굴에서 발바닥으로, 그리고 바닥으로 흘러내린다. 나는 빌리의 교활함을 광고하듯 현관문에 새겨져 있던 주사위를 떠올린다.

그가 다시 엷은 미소를 띤다. "네가 가장 무서워하는 건 뭐지?"

"상자 안에 갇히는 것." 나는 사실대로 대답한다. 이 게임은 두 사람이 할 수 있다. 만약 그가 자세한 설명을 듣고 싶다면, 나에게 질문해야 한다.

이상하게도 내 말을 이해한다는 듯 그는 생각에 잠긴 표정이다. 하지만 저런 백치 같은 인간이, 장기판 위의 졸처럼 미리 정해진 엄격한 규칙에 따라 움직여야 하는 기분이 어떤 것인지 이해할 수 있을까? 아마도 그는 미끼를 물지 않는 기술에만 통달해 있을 것이다.

그의 얼굴에 조롱하는 듯한 미소가 돌아온다. 그는 손가락을 권총처럼 만들어 겨냥하면서 이제 내 차례임을 알려 준다.

"샹은 왜 돈이 필요했나요?"

"여자 때문이지, 내가 알기로는."

만약 샹이 나의 아버지라면, 그 여자가 나의 어머니일까? 이건 빵 부스러기를 하나하나 줍는 것처럼 지루한 일이다. 빌리의 얼굴이 욕조 거품의 수면 아래로 사라졌다가 나타난다. 물방울이 떨어지는 얼굴로 웃고 있다. 그가 뺨에 묻은 물을 문지른다. "캐럴라인 페인에게 애인이 있지?" 그는 아무렇지 않게 툭 던진다.

"어떻게 감히!" 그가 낚시를 던졌다. 이곳은 빌리가 낚시를 던지는 연못이다. 나는 캐럴라인을 팔아넘기고도 아무렇지 않게 잘 수 있을 것이다. 그러나 내가 아무리 그녀를 싫어한다 해도, 빌리 리그스가 더 싫다.

그는 욕조 위에 팔을 걸친다. 그의 손가락을 타고 물방울이 바닥으로 떨어진다. "내가 좋아하는 방식은 시간과 장소를 가리지 않는 거야. 이제 너의 질문에 대답했으니, 너는 대답 하나를 빚진 거야. 내가 아까 경고했듯이."

"하지만 '어떻게 감히'는 진짜 질문이 아니에요." 나는 침을 뱉는다. 넉스가 요란하게 관절 꺾는 소리를 내고, 빌리가 씩 웃는다. "넉스는 동양인 놈들을 좋아하지 않아. 걔들이 운이 나쁜 거지. 네가 규칙을 따르는 법을 모른다면, 넉스가 가르쳐 줄 거야."

"좋아요." 나는 넉스를 피해 방 안쪽으로 더 들어간다. "하지만…… 다른 질문을 하고 싶어요."

"숙녀분이 대담하군. 그럼 다른 제안을 하지." 갑자기 빌리가 일어선다. 물이 흘러넘친다. 그는 요단강에 몸을 담갔다가 나오는 세례 요한 같은 자세를 취한다. 근육질의 가슴은 적갈색 털로 덮여 있다. "나는 동양인 여자의 머리카락을 만져 보고 싶었어."

나는 숨이 막히는 것 같다. 내 머리카락이라고? 넉스는 입고 있는 재킷의 솔기가 얼마나 튼튼한지 시험하는 것처럼 팔짱을 끼고 있다. 행운을 비는 그의 말편자 문신과 놋쇠 관절들이 공격할 태세를 취하고 있다.

빌리가 욕조 밖으로 걸어 나온다. 신이여, 제 눈을 저주하소서. 그는 내 앞에서 목욕 가운으로 천천히 몸을 감싼다. "그냥 만져만 볼 거야."

나는 가까스로 호흡을 조절한다. 샹이 나의 아버지인지 알고 싶다면, 이 하수구의 쥐가 내 머리카락을 만지도록 놔두어야 한다. 그런 짓을 허용한 사실이 발각된다면 나는 몰락할지도 모른다. 하지만 애틀랜타에서 동양인 아내를 얻으려는 사람은 없다. 오거스타나 북부에 사는 독신자들이 이런 사실을 소문으로 알게 될 가능성은 희박하다. 어쨌든 머리카락은 죽은 것이고, 액세서리일 뿐이다. 머리카락은 언제든 잘라 버릴 수 있다. 나는 보닛을 벗고 땋은 머리를 내려 빌리 앞에 올가미처럼 늘어뜨린다.

그가 다가온다. 그에게서 사향과 음산한 냄새가 풍긴다. 나는 심호흡을 다시 하고, 풀숲이 우거진 계곡을 따라 시원한 강물이 흐르는 풍경을 상상한다.

누군가가 문을 두드린다. "물 왔어요." 목이 쉰 듯한 여자 목소리다.

"꺼져." 빌리가 고함친다. 그는 손을 뻗는다. 지저분한 손가락이 울퉁불퉁한 땋은 머리카락의 윤곽을 따라 미끄러진다.

나는 땋은 머리채를 잡아당긴다. "이제 됐어!"

하지만 그가 머리채를 놓지 않아, 우리는 밀고 당기는 싸움에 휘말린다. 갑자기 그가 고개를 비틀어 다가오더니 내 얼굴에 뜨거운 입김이 닿는다. 그의 젖은 입이 열려 있다. 생각할 겨를도 없이, 나는 부츠의 바깥쪽 모서리로 그의 맨발을 밟는다. 해머 풋의 특기인 동작이다. 그는 욕을 내뱉는다.

넉스가 자기 위치에서 벗어난다. 놋쇠 관절이 번쩍이고, 말편자 문신이 흐릿해진다. 나는 부처가 그려진 꽃병을 집어 들어 그를 향해 던진다. 값비싼 물건이 갈라지는 소리가 들린다. 놋쇠 관절을 끼고 도자기를 받는 게 그렇게 쉽지 않음을 알 수 있다. 넉스를 지나쳐 문을 열고 뛰쳐나가려는데……. 네이선?

베어가 달려들어 빌리의 가운을 물어뜯는다. 네이선이 목줄을 잡아당기다가, 상황을 알아차린 듯 표정이 험악해진다. "무슨 일이지? 경찰을 부를 거야!" 네이선이 분노에 차서 천둥같이 소리친다. 입술이 말려 올라가 송곳니가 번쩍인다.

"꽤 용감하군, 신문 배달원. 하지만 콴 양이 먼저 나를 찾아왔어." 빌리는 이를 갈면서 말한다. 살기 띤 표정이 그의 얼굴을 일그러뜨린다. "다음에는 내가 콴 양의 매력적인 은신처를 방문하겠지만." 은신처라는 단어가 내 귀에 울리면서 나는 베어가 짖는 소리도 듣지 못한다. 빌리는 내가 어디에 사는지 알고 있는 걸까?

베어가 자꾸 덤벼드는 모습이 흐릿한 회색 털 뭉치가 움직이는 것으로 보인다. 소음과 수증기 그리고 빌리의 외설적인 모습이 뱃속을 뒤틀리게 한다. 더 이상 방 안에 있다가는 토할 것 같다. 비틀거리며 복도로 나가다가 내 모자를 밟을 뻔한다. 떨리는 손가락으로 주워 올린다.

"콴 양에게 못된 짓을 했다는 걸 알게 되면, 당신은 나한테 새로운 소식을 들을 거요." 네이선의 목소리가 소음을 가르고 들려온다. "신문 1면에서."

하녀들을 지나친다. 푹신한 카펫이 걸음을 방해한다. 어떤 여자가 내 어깨를 스치고 지나간다. 모자를 눌러쓴 모습이 누군가를 떠오르게 한다. 짙은 라일락 향이 코를 찌른다. 나는 그녀의 얼굴을 보지 못하고, 최대한 걸음을 재촉하여 출구로 향한다.

제26장

"베어가 그 도마뱀 같은 악당을 공격하게 놔두어야 했어요. 목욕 중이라고? 맙소사, 당신 얼굴이 종이처럼 창백해요."

"나는 괜찮아요."

나는 콜린스 거리의 공기를 들이마신다. 썩은 내가 나지만, 빌리 리그스의 소굴보다 훨씬 신선하다.

"아뇨, 당신은 괜찮지 않아요. 그가 당신을 해쳤나요? 어쩌다 보니 나도 주먹을 좀 쓰는 편이에요." 그가 걸음을 멈추고 빅토리아풍 건물을 돌아본다.

"나는 정말 멀쩡해요." 나는 배를 움켜쥐고 걸음을 빨리하면서, 언젠가 네이선이 포테이토라는 단어의 철자 때문에 누군가의 코를 부러뜨린 적이 있음을 기억한다.

네이선이 나의 빠른 걸음에 속도를 맞춘다.

"지금 당신이 곤경에 빠졌나요? 돈 문제예요? 우리가 알고 지내는 관리가 있어요."

나는 고개를 젓는다. 우리가 네이선의 집 아래에서 살고 있다는 사실이 발각될 위험을 무릅쓸 수는 없다. 비록 그가 관리들을 설득해 올드 진이나 나 같은 외부인을 도울 수 있다고 해도 말이다. 그런데 빌리가 내가 사는 곳을 안다면 게임은 이미 끝난 것이라는 생각이 다시 머릿속에 떠오른다.

네이선이 옳았다. 질 수밖에 없는 거래였다.

나는 길에 흩어져 있는 담배꽁초를 발로 찬다. 그리고 파국으로 치닫는 생각의 고삐를 잡아당긴다. 올드 진은 땅 위에 괴로움이 있을 때는 위를 올려다보라고 말한다. 변화하는 하늘은 괴로움이 영원히 이곳에 머물지 않음을 우리에게 일깨워 준다. 나는 올드 진이 해 준 이야기를 떠올린다. 농부의 아들은 행운의 박쥐에게 가야 할 복숭아를 물의 정령에게 주었다.

올드 진은 그 이야기가 아직 끝나지 않았다고 말했다. 아마도 박쥐를 돌아오게 할 복숭아가 없으니, 아버지의 농작물은 죽을 것이다. 그러면 아버지와 아들은 어떻게 될까? 하지만 삶은 지속된다. 그렇지 않은가? 단 하나의 현실적인 끝은 얼굴에 흙을 뿌릴 때다. 그때까지는 계속 밭을 갈고 씨를 뿌리고, 씨를 뿌리고 밭을 갈아야 한다.

네이선이 내 손을 끌고 가 자기 팔을 잡게 하는 것도 나는 거의 의식하지 못한다. 우리는 콜린스 거리를 벗어나 파이브 포인트에 이른다. 애틀랜타를 파이 모양으로 나누면 가운데에 해당하는 중심지다. 전쟁 전에는 크리크족 인디언의 길 두 개가 그곳에서 만났다. 우리는 20미터 높이의 분수대를 중심으로 회전하고 있는 교통의 흐름에 합류한다. 그러고 나서 인쇄소 쪽으로 방향을 튼다.

"빌어먹을 기생충 같으니라고! 어떤 정보도 그만한 가치는 없어요."

네이선이 투덜거린다. 목소리가 간청하는 어조로 바뀐다. "제발 부탁인데, 내가 당신을 도울 방법을 알려 주세요." 간청은 곧 분노로 바뀌어 쏟아진다. "그 벌레를 뭉개 버리고 싶어서 근질근질했다고요."

우리가 인쇄소 앞에 다다르기 전에, 나는 말의 사료를 보관하는 창고 앞에서 걸음을 멈춘다. 가죽과 건초 냄새가 난다. "네이선 벨 씨……."

"네이선이라고 부르세요." 그의 찡그린 얼굴이 펴지면서, 다정하고 흔들림 없는 눈빛이 나에게 머문다. "비프스튜를 맛있게 만드는 곳을 알아요. 마음을 진정시켜 줄 거예요."

"당신에게 거짓말한 것을 사과하고 싶어요."

"정말로 맛있어요. 커다란 당근과 감자가 들어 있고요……."

"스위티 양 칼럼 말이에요. 더 이상 싣고 싶지 않다고 하셔도 이해할 수 있어요."

"아뇨." 네이선은 쐐기 모양 코트 깃을 똑바로 편다. "당신의 칼럼을 원해요. 쓰고 싶을 때까지 계속 쓰세요."

"네이선? 조?"

눈이 튀어나올 것 같다. 리지 크럼프가 길 건너편에 서 있는 마차에서 나온다. 크럼프 페인트라고 황금색으로 적혀 있다. 마부가 다른 여자에게 손을 내밀어 내리는 것을 돕는다. 눈동자 색깔이 비슷하고 눈꺼풀이 처진 것으로 보아 리지의 어머니가 틀림없다. 리지는 우리를 향해 걸어오고, 중년 여자가 뒤를 따른다.

리지의 머리에는 날렵한 접시 모양의 자홍색 모자가 얹혀 있다. 내가 미처 완성하지 못하고 작업실에 두고 온 실용적인 모자와 비슷하다. 뒷부분에는 수탉의 깃털이 돋아 나온 듯 달려 있고, 풀리지 않는 매듭으로 고정되어 있다. 고리 하나가 빠진 매듭이다. 잉글리시 부인이 나의 디자인을 훔쳤다!

"안녕, 리지." 나는 겨우 입을 연다.

"좋은 저녁입니다, 크럼프 부인, 리지 양." 네이선이 놀란 눈으로 나를 바라본다. "서로 아는 사이예요?"

"조는 잉글리시 부인의 가게에서 나와 함께 일했죠. 조는 일류 모자 제작자예요." 리지가 부츠의 뾰족한 앞부분을 뻗으며 대답한다. 암고양이가 움직이는 것처럼 보인다.

"그게 사실이에요?" 네이선의 눈이 내가 쓰고 있는 보닛을 향한다. 빌린 모자다. 나는 거북이처럼 온몸을 보닛 속으로 끌어당겨 사라지고 싶다.

"네." 나는 작은 소리로 대답한다. "어떻게 지내?"

"네이선 당신에게 경마 대회에 입고 갈 나의 옷 색깔을 알려 주러 가는 길이었어요, 기억하세요?"

"물론이죠. 당신의 옷 색깔. 아, 그리고 드릴 말씀이 있어요. 제가 에스코트할 수 없다는 사실을 깨달았어요. 경마 대회를 처음부터 끝까지 직접 취재해야 하거든요."

"오." 리지는 몸을 비트는 것을 멈추고 손가락을 깨문다. 그녀의 생각이 오락가락하는 것을 눈으로 확인할 수 있다. "글쎄요, 저는 다른 에스코트를 바라지 않아요. 어쨌든 기자의 취재 모습을 지켜보는 일도 즐거울 거예요."

"그렇군요." 네이선의 눈길이 나를 향하고, 크럼프 부인은 그것을 알아차린다. 그녀의 예민한 코가 작동한다. 어떤 냄새를 맡은 듯 그녀의 가식적인 미소가 오래된 과일 껍질처럼 시들해진다.

"아, 그리고 잉글리시 부인이 당신에게 새 광고를 전해 드리라고 했어요." 리지가 장갑에서 쪽지 하나를 꺼내 네이선에게 건네준다. "장사가 최고로 잘되고 있어요. 잉글리시 부인은 당신 신문에서 게재하는 새로운 고민 상담 칼럼이 인기 있기 때문이라고 생각해요. 그래서 '독립적인 여성'을 위한 '스위티 양'이라는 제품을 특별히 만들었죠." 리지가 고개를 기울여 자신의 모자를 보여준다. "이 모자를 특별 할인 가격인 3달러에 팔고 있어요."

지금의 상황보다 더한 아이러니가 있다면 철도를 건설해도 될 것이다.*

"이 모자가 마음에 들어, 조? 내가 직접 만든 거야."

"네가 만들었다고?"

리지가 산들바람처럼 웃는다. "너무 놀라지 마. 네가 가르쳐 준 대로 핀을 꽂았어. 엄청난 도움이 되었지. 잉글리시 부인이 내가 이렇게 훌륭한 솜씨를 유지하면, 언젠가는 일류가 될 거래."

"훌륭하네." 리지의 성공을 기뻐해야 하지만, 내 마음은 1월의 사과처럼 푸석푸석한 갈색으로 변한다.

크럼프 부인은 늘어져 있는 나의 땋은 머리를 샅샅이 훑어보고 있다. 그러고 나서 그녀는 등을 곧게 편다. "그런데 이…… 피조물은…… 어떻게 당신과 아는 사이죠, 네이선 벨 씨?"

"제 동료입니다." 네이선이 홈부르크 모자를 벗자, 삐죽삐죽한 머리카락이 인용 부호처럼 솟아난다.

"동료라고요?"

리지가 자기 어머니의 뻣뻣한 팔을 장난스럽게 툭 친다. "오, 엄마. 조는 영어를 할 줄 알아요."

"그럼 저는 이만 가 봐야겠습니다." 나는 스위티 양의 생기발랄한 말투로 말한다. 말려들지 않는 것이 곧 승리다.

"아직 우리의…… 회의가 끝나지 않았어요." 네이선이 말한다.

크럼프 부인이 코를 치켜들고 얼굴을 찡그린다. 리지는 내가 모자를 칭찬할 때 보인 미소를 여전히 머금고 있다. 캐럴라인과 달리, 리지는 자기 어머니보다 덜 날카로운 편이다.

✳ 아이러니irony에 철iron이라는 글자가 섞여 있어서 하는 말장난.

나는 네이선을 향해 고개를 숙인다. "우리의 일은 끝났어요." 나는 그의 시선을 피하면서 허리를 굽혀 베어의 사랑스러운 얼굴을 두 손으로 매만진다. 그리고 털북숭이 귀에 대고 속삭인다. "나를 구해 주러 와서 고마워." 마침내 나는 가까이에서 베어의 눈을 본다. 주인의 눈빛과 마찬가지로 녹은 양초처럼 따뜻하다.

그리고 나는 서둘러 자리를 떠나면서, 마치 연필 자국을 지우개로 지울 때처럼, 네이선의 삶에서 나의 자취를 문질러 지운다. 나는 네이선 벨에게 가까이 갈 수 없다. 우리 사이에 그어진 선은 너무 짙고 선명하다.

어쨌든 리지가 먼저 자기 의사를 밝혔으므로, 그래야 마땅하다. 아마도 네이선에 대한 나의 감정은 이성애보다는 형제애에 가까울 것이다. 그가 열두 살, 내가 열 살 때처럼. 그때 그는 「밀짚 속의 칠면조」 노래를 아주 많이 불렀다. 나는 이미 교수형을 당한 칠면조 따위는 총으로 쏘아 버리라고 소리 지를 뻔했다. 새로운 감정이 아니라 예전의 감정에 집중해야 한다.

플란넬 잠옷이 다리에 휘감기도록 나는 스풀 테이블 주위를 빠르게 돌고 있다. 여자를 위해 25달러를 빌렸으나, 그는 갚지 않았다. 그 여자가 편지를 썼을까? 샹은 그 여자 때문에 떠났나? 샹이 내 아버지인지도 확실하지 않다는 생각이 떠오른다. 온갖 노력을 했음에도, 대답보다는 질문이 더 많아진 것 같다.

커튼이 열려 있는 사이로 내 방에 있는 엿듣는 배관이 보인다.

마개를 뽑으라고 조롱하는 듯하다. 나는 계속 움직인다. 최근에 나는 침입자라는 느낌이 더 심해졌다. 어렸을 때는 벨 씨 가족이 올드 진이 채워 줄 수 없는 공간을 채워 주었고, 미국식 생활 방식을 가르쳐 주었으며, 내가 태어난 나라의 외부인이라는 사실을 덜 느끼게 해 주었다. 그러나 올드 진과 마찬가지로, 언젠가 나는 그들을 떠나보내야 한다. 특히 네이선을.

바닥에 해자垓子가 파이기 전에 나는 도는 것을 멈추고, 자질구레한 물건들이 들어 있는 담배 상자 속에서 비단 끈을 꺼낸다. 내가 잉글리시 부인에게 1센트를 주고 산 것이다. 그리고 나의 화분 의자에 앉는다. 매듭을 만들면 불안이 가라앉을지도 모른다.

날씨가 따뜻해지자 벅스바움 상점도 북적북적 활기를 띤다. 로비가 카운터에서 어떤 여자에게 거스름돈을 주는 모습을 보니 마음이 편안해진다. 사람들이 줄을 서서 계산을 기다리고 있다. 모두 유색인이다.

로비가 나를 알아본다. "좋은 아침이야, 조. 곧 갈게."

"그래, 로비." 나는 필요한 물건들을 고른다. 보리, 크래커, 거칠어진 손에 바를 연고, 비누, 동부콩, 녹슨 도끼를 대체할 새 도끼. 다루기 쉽고 믿을 만한 무기를 지니는 게 해가 될 리는 없다. 다만 내가 그것을 사용할 일이 없기를 바랄 뿐이다.

로비가 손님들의 계산을 끝내자, 나는 물건들을 가져간다. 그가 주위를 살피며 아무도 없는지 확인하고, 조용히 속삭인다. "페인 쪽 사람들은 모래처럼 믿을 수가 없어. 노에미에게 돌아와 달라고 부탁했다는 게, 너는 믿어져? 에타 레이 아주머니가 오늘 아침에 하크니스 목사에게 전화했고, 그가 신도들이 모인 자리에서 우리에게 그 메시지를 전했어."

"그 사람들이 옳은 일을 했다니 기쁘네. 노에미는 돌아오겠대?"

"8월이 31일까지 있던가? 노에미는 아직도 자전거에 마음이 기울어 있어. 심지어 내가 선데이 서프라이즈에게 걸려고 했던 돈까지 가져갔지. 남자가 그런 재미도 없으면 어떡해?"

"자전거는 정말 재밌어."

그는 유리라도 자를 듯한 날카로운 눈길로 나를 본다. "너도 한통속이구나. 그나저나 대걸레 사러 온 거니? 오늘 청소기와 수세미 할인 행사가 있어."

"고맙지만, 아니야. 너는 정말 장사에 타고난 재능이 있구나."

"알고 보니 그렇더라고. 나는 물건을 잘 팔아. 벅스바움 사장님이 그 점에 동의해 주길 바랄 뿐이야. 나를 정식 직원으로 고용할지 말지 저울질하는 중이지."

"기쁜 소식이네. 곧 너에게 구강 세정제를 사러 올 거 같아."

그는 옷감을 살펴보는 연노랑 보닛을 쓴 유색인 여자를 향해 인사한다. "반갑습니다, 톰슨 부인." 그녀도 고개를 끄덕인다.

그가 내 물건 포장을 마친다. "이걸로 볼일은 끝?"

"사실은, 아니야." 나는 어젯밤에 묶은 매듭을 주머니에서 꺼낸다. "이것들을 견본으로 벅스바움 사장님에게 보여 줄 수 있는지

알고 싶어. 이 가게에서 파는 장식품들 같지는 않지만, 그래도 나
는……."

"조, 예쁜데." 그는 매듭 하나를 들어 올린다. "이건 나비처럼 보
이네."

"그건 매야. 그리고 저건 노에미에게 갖다줘. 매는 선견지명을
상징해."

"노에미가 좋아할 거야. 얼마를 받으면 되겠어?"

"사장님이 비단 끈을 제공해 준다면, 하나에 8센트씩 받고 싶어."

"10센트로 해. 그만한 가치가 있어."

"고마워, 로비."

"천만에."

출구 근처의 흔들의자 위에 『포커스』가 쌓여 있다. 매끈한 활자
로 뽑힌 「커스터-머리」 칼럼을 보니, 필자로서 자부심을 느낀다.
걱정도 된다. 만약 이 칼럼이 받아들여지지 않으면, 세상을 한 입
베어 물던 나의 일부가 치아를 잃게 될 것이다. 봄의 용이 포효하
면 서리가 사라져 버리는 것처럼.

제27장

월요일에 노에미는 나타나지 않고, 독일 여자 요리사가 대신 온다. 그녀는 부엌을 세 박자의 효율성으로 지휘한다. 소금을 손가락으로 집어 세 번 넣고, 달걀을 세 번 두드리고, 냄비를 세 번 친다. 내일은 노에미가 돌아왔으면 좋겠다. 내가 거기에 맞춰 왈츠를 추기 전에. 어쩌면 오늘 밤 참정권 집회에서 노에미를 볼 수 있을지도 모른다. 그러나 그곳에 갈지 안 갈지 아직 결정하지 못했다. 어떤 일들은 수모를 당할 만한 가치가 없다.

내가 열세 살이 된 어느 날, 나는 새로 나온 코카콜라를 간절히 맛보고 싶었다. 제이컵의 약국에서 팔았고, 사람들이 모두 열광했다. 그전에 유색인들이 약국을 이용하는 것을 본 적이 있어서 우리도 기회가 있을 것이라고 생각했다. 돈을 모아 두는 낡은 장화 속에서 5센트 동전 두 개를 꺼내 주머니에 넣었다. 그때 나는 막

바닥까지 내려오는 긴 치마를 입고 있었고, 올드 진은 내가 앉기 쉽게 판매대 앞의 높은 의자를 잡고 있었다. 갑자기 누군가가 올드 진의 얼굴에 소다수를 끼얹었다. "동양인 놈들에게 팔 콜라는 없어." 어떤 여자가 소리 높여 웃었고, 모든 이들이 우리를 비웃는 듯했다. 기억을 떠올리기만 해도 여전히 내 얼굴이 붉어진다.

후추 사건 이후 캐럴라인은 처음으로 승마하러 나간다. 옷 갈아입는 것을 도우면서 나는 묻지 않을 수 없다. "아가씨, 스위티 양의 마지막 칼럼을 읽으셨어요?" 나는 「커스터-머리」가 어떻게 받아들여졌는지 소식을 듣지 못했다.

"왜 그런 시간 낭비를 해야 해? 스위티 양은 모든 걸 다 안다는 식이지. 그런 부류는 질색이야."

나는 오늘 밤에라도 네이선을 만나러 가야겠다고 생각한다. 엿듣는 것은 그만두기로 맹세했지만, 스위티 양으로 방문하는 건 괜찮을 것이다. 가면이 벗겨졌으니, 조 콴으로 가야겠지.

밖으로 나오니, 올드 진이 스위트 포테이토와 프레더릭 사이에서 어울리고 있다. 말들이 다정하게 그를 향해 고개를 숙인다. 노인을 향한 나의 마음도 감정이 옹기종기 모여 있는 참새 둥지 같다. 사랑, 짜증, 감사 그리고 상처, 줄줄이 쌓인 근심. 그는 애틀랜타에 있는 모든 구석과 틈새를 들여다보았을 것이고, 그건 300달러의 가치를 지닌 세월만큼의 일이었을 것이다. 그와 나의 눈이 마주친다. 인쇄소의 잉크처럼 검은 그의 눈 아래로 거무스름한 얼룩이 번져 있다. 그는 휴식이 필요하다.

캐럴라인이 이마의 건조한 부분을 닦는다. 빨갛게 부풀어 올랐던 얼굴이 가라앉으면서 옅은 분홍으로 변해 있다. "아, 짜증 나."

"아가씨, 괜찮으세요?"

"당연히 안 괜찮지. 기다려." 그녀는 쿵쾅거리며 집 안으로 다시 들어간다. 이마에 라드 기름을 더 바르러 간 것이다.

올드 진이 스위트 포테이토를 데리고 와서 나를 위해 잡아 준다. "은신처를 지켜 줘서 고맙구나. 어떻게 지내니, 딸아?"

나는 300달러 빚에 대해 나불거리고 싶은 마음을 혀를 꼭 깨물어 진정시킨다. 하지만 내가 빌리 리그스를 만나러 갔고, 게다가 네이선 벨과 동행했다는 사실을 알면 그는 엄청 화를 낼 것이다. 신뢰가 한 번 무너지면, 자갈투성이 산을 다시 올라가야 한다.

그러나 자갈로 뒤덮인 산을 밑 빠진 독 같은 빚에 비교할 수 있을까? 우리에게 필요한 것은 해결책인데, 지금 당장은 아무리 해도 찾을 수 없다. 캐럴라인의 발소리가 통로를 울린다. "저는 잘 지내요. 올드 진은요?"

"아주 잘 있어." 나는 그와 눈을 맞추기가 어렵다. 그랬다간 나의 결심이 달걀처럼 산산이 부서져, 복잡한 비밀이 쏟아져 나올 것만 같다.

캐럴라인이 들어갈 때와 다름없는 모습으로 현관에서 나온다. 그녀의 기분을 나타내듯 검은 모자가 앞으로 기울어져 있다. 청회색 승마복을 입은 모습을 보며 나는 까마귀를 떠올린다. 까마귀는 매우 교활해서 자기보다 두 배나 큰 다른 새들도 괴롭힌다

고 알려져 있다. "출발하자. 시간 맞춰 가야 할 약속이 있어." 그녀
는 마치 자기 때문에 늦은 게 아닌 것처럼 재촉한다.

우리가 막 떠나려는데 누군가가 검은 종마를 타고 나타난다.

캐럴라인이 고삐를 잡아당긴다. "메릿 오빠!"

아미르가 활기차게 우리를 향해 달려온다. 한 걸음 내디딜 때
마다 검은 갈기가 기관차에서 뿜어내는 연기처럼 휘날린다. 말과
는 달리 페인 가문의 상속자는 자세가 좋지 않다. 평소에는 꼿꼿
하던 어깨가 앞으로 닿을 듯 구부러져 있고, 머리는 한쪽으로 기
울어져 있다. "안녕, 숙녀들. 승마하기에 좋은 날씨네, 안 그래?"
그는 위악적인 미소를 지어 보이지만, 실제로는 치즈를 만들고
남은 희멀건 우유 찌꺼기처럼 기운이 없어 보인다.

"왜 그렇게 기운 없어 보여?" 캐럴라인이 묻는다.

"내 심장이 플랑베된 거 같아."

"플랑베라니, 무슨 뜻이야?"

"술을 부어서 불을 붙였다는 의미지."

"누가 그랬는데?"

"보스턴 명문가의 제인 벤틀리야. 그 여자가 우리 약혼을 깼어.
그녀는 분명히 스위티 양의 추종자야. 나에게 말하기를, 평생 속
박되어 지루하게 사는 것보다 독신으로 살고 싶대."

나는 침을 삼키려다 사레들려 기침을 시작한다. 내가 콜록거리
자 캐럴라인이 프레더릭을 몰고 멀리 떨어진다.

"잘 떨어져 나갔어. 사과주스 냄새가 나는 여자애 같았거든. 그

것도 별로 유쾌하지 않은 방식으로 말이야. 그런데 왜 모두 스위티 양에게 집중하지?"

메릿이 미소를 흘린다. "왜, 동생아, 질투 나?"

"오빠는 참을 수 없는 인간이야." 캐럴라인이 출발한다.

"안됐어요, 도련님." 나는 메릿을 위로한다.

"아버지가 나와 연을 끊으려 할 거야."

"주인어른은 도련님이 불행한 결혼 생활을 하는 것을 원하지 않으실 거예요."

그가 손을 내저어 각다귀 떼를 찰싹 때린다. "아버지는 종이 공장을, 제인은 목재 공장을 가지고 있지. 스위티 양의 의견은 이론적으로 가능할지 몰라도, 우리 같은 사람에게는 안 통해. '결혼은 서로 이해관계가 유지되는 한 군이 행복할 필요는 없어.'" 그의 아버지가 할 법한 말이다. "게다가 그녀는 그렇게 나쁘지 않았거든."

명백히, 그런 말이 메릿에게 똑같이 적용되지는 않을 것이다.

그는 손목으로 허공에 원을 그리며 인사한다.

나는 캐럴라인을 뒤쫓아 출발하면서, 상처받은 자존심과 실연으로 인한 상심이 같은 느낌일지 궁금해진다. 만약 두 상태의 차이를 알아차리면 회복하는 시간이 줄어들지 않을까? 스위티 양은 메릿에 대해 걱정하지 않는다. 엄청난 재산과 잘생긴 외모까지 갖춘 꽃봉오리 같은 청춘에게는 많은 문이 열린다.

스위트 포테이토는 초원을 달리며 까마귀들을 흩뜨린다. 우리는 이내 주인 아가씨를 따라잡는다. 캐럴라인은 우리가 옆에서 걷고 있는 것도 의식하지 못한다. 그녀의 모자가 왼쪽에 있는 저택을 향했다가 오른쪽에 있는 초원 쪽으로 움직인다. 그러더니 소나무 가지 사이로 들어간다. 나는 그녀가 미스터 큐를 찾고 있음을 직감한다.

"미스터 큐가 아가씨의 안부를 묻던가요?"

"그가 왜?"

"아가씨가 약속을, 콜록, 어겼으니까요. 목요일과 금요일에 그를 못 만났잖아요. 걱정할 만한 일이지요."

"그 사람은 너무 신중해서 나를 방문하지 못해."

"저는 '방문한다'라고 말하지 않았어요. 하지만 쪽지를 보낼 수 있죠. 아니면 창문으로 올라오거나."

마지막 말은 그다지 심각하지 않은 의견이었으나, 캐럴라인은 잠깐 그것에 대해 고민한다. "아니, 그러지 않았어. 그런데 너의 솔직함은 적절하지도 않고, 고맙지도 않아."

"좋아요. 제가 보기에는, 만약 자신의 가짜 사랑이―솔트워스 양이요―진짜 사랑에게―아가씨 말이에요―못된 장난을 쳤다면, 당연히 걱정하겠지요. 놀랄 거고요." 나는 함부로 말하고 있다. 무언가가 나의 검열을 느슨하게 만들었다. 아마도 올드 진이 나에게 남편을 찾아 주기 전까지 이곳에서 잠시 일하는 것임을 알게 되었기 때문일 테다. 아니면 스위티 양이 말을 하고 있거나. 내 목소리는 점점 그녀의 목소리와 비슷해진다.

"혀를 묶어 놓지 못해? 아니면 내가 그렇게 해 주겠어." 캐럴라인이 소리를 지른다.

마침내 우리는 말구유에 다다른다. 프레더릭이 물을 마시는 동안 그녀는 물에 비친 모습을 보면서 헝클어진 머리카락을 매만지고 뺨을 꼬집는다. 그리고 희망에 찬 수많은 연인들이 과거에 이미 거쳐간 가시밭길로 출발한다.

식스 페이스 메도로 가는 대신, 스위트 포테이토가 피드몬트 파크로 달리도록 내버려 둔다. 오늘 적어도 우리 둘 중 하나는 마음이 이끄는 곳으로 가기로 한다. 우리는 트랙에서 말들이 달리는 광경을 몰래 엿볼 수 있을 것이다.

갓 베어 낸 풀과 갈아엎은 신선한 흙냄새가 아름다운 추억을 되살린다. 내가 페인 씨 저택에서 해고당한 지 얼마 안 돼, 올드 진은 1887년에 열린 피드몬트 박람회에 가기로 했다. 전쟁 이후 애틀랜타에서 열린 가장 큰 행사였다. 백인들만 관람할 수 있었으나, 그곳에서 일하는 직원은 예외였다. 나는 회색 스커트와 검은색 재킷을 입었고, 올드 진은 말 사육 담당자 차림이었다. 우리는 어디론가 배달하는 것처럼 꽃이 가득 든 양동이를 들고 있었다. 목적지를 알고 있는 것처럼 걸으면, 사람들을 속일 수 있다. 특히 많은 이들이 오가는 산만한 곳이라면.

대포가 불을 뿜었고, 악단이 연주했다. 전시장에는 가축들과 농기구에서부터 전동 재봉틀과 축음기까지 애틀랜타 최고의 상품들을 선보였다. 나는 클리블랜드 대통령의 부인인 프랜시스 폴섬을 보았다. 그녀는 지역 특산물인 망간 대리석으로 조각한 독수리를 사려 하고 있었다. 내가 보고 있는 것을 그녀가 알아차렸을 때, 나는 꽃 한 송이를 뽑아 건네주었다. "이 국화가 가정에 행운을 가져다주길 바랍니다." 그녀가 꽃을 받아 들었다. "남부 사람처럼 말하는 동양인 소녀라? 애틀랜타에는 없는 게 없군."

우리는 서쪽 입구로 접근한다. 경주 트랙과 가까운 데다, 쫓겨날 가능성이 많은 정문 입구의 건물을 피해 갈 수 있기 때문이다. 마차 한 대가 뒤에서 다가오고 있다. 나는 몸을 낮추고 모자 그늘로 얼굴을 가린다.

말 한 필이 끄는 마차들이 몇 대 지나간다. 수백 미터 앞에 있는 관중석으로 향한다. 그 뒤로는 수 킬로미터에 달하는 트랙이 뻗어 있다.

흰 깃이 달린 셔츠에 풀물이 얼룩진 바지를 입은 유색인 남자가 깨끗이 손질된 길 위에서 잔디 깎는 기계를 밀고 있다. 눈에 띌 정도로 가지런한 줄이 생긴다. 한 소년이 베어 낸 풀을 갈퀴로 긁어 근처에 쌓고 있다.

남자가 한 줄을 끝내고 멈춰 서서 수건으로 얼굴을 닦다가 우리를 보더니 밀짚모자의 챙을 젖힌다. "매일 더 예뻐지는구나."

나는 경계하면서 속도를 늦추다가, 그가 스위트 포테이토에 대해 말하고 있음을 깨닫는다. 히힝거리는 스위트 포테이토를 그의 곁으로 데려간다. "안녕하세요, 전에 만나 뵌 적이 있나요?"

"나는 레오 포터요. 그리고 얘는 내 아들 조지프."

열 살이나 열한 살쯤 되어 보이는 소년은 차렷 자세로 서 있다. 갈퀴는 마치 총검처럼 옆에 똑바로 들고 있다. 소년의 뺨은 젖살이 통통하고, 병을 올려놓아도 될 만큼 모자를 반듯하게 쓰고 있다.

"또 다른 조를 만나는 건 언제나 즐거운 일이에요, 비록 조지프 라고 해도. 저는 조 콴입니다."

"안녕하세요, 아가씨."

"올드 진 어르신의 따님인가 보군요." 소년의 아버지가 말한다. 오른쪽 눈이 약간 사시이다. 그래서 나는 왼쪽 눈을 바라본다. "어르신은 따님이 대단한 기수라고 했어요."

"최고의 기수에게 배웠으니까요." 그런데 올드 진이 여기서 뭘 했을까? 아마 말들을 데려와 훈련을 시켰을 것이다. 스위트 포테이토가 이 길에 익숙한 것도 당연하다.

"트랙은 지금 연습 경기와 말 거래가 있어서 혼잡해요. 몰래 들어갈 수 없어요. 오늘 저녁에 다시 와요. 평소처럼요."

평소처럼. 올드 진이 여기에 몰래 들어왔다는 건가? 세월이 흐르면서 올드 진도 대담해지나 보다. 그는 말 타는 즐거움을 누리려고 여기에 왔을 것이다. 밤이 되면 발을 헛디디기 쉬운 식스 페이스 메도와는 달리, 동쪽으로 오면 부드러운 흙길이다. 그가 말을 사러 온 건 분명히 아니다. 온순한 성품과 빠른 다리로 치면, 스위트 포테이토보다 더 좋은 말은 없으니까.

그래도 이 늘씬한 다리라면 꽤 큰 돈을 받을 수 있을 거야. 올드 진이 팔려고만 하면, 이라던 메릿의 선량한 목소리가 마음속에 울려 퍼진다. 갑자기 팔다리가 굳어진다. 올드 진이 스위트 포테이토를 팔려고 한 걸까? 스위트 포테이토가 트랙 위를 달리는 모습을 드라이빙 클럽의 잠재적 구매자에게 보여 주려 했을지도 모른다. 스위트 포테이토는 큰돈을 벌어들일 수 있다. 300달러도 가능할 것이다. 올드 진은 내가 반대할 것임을 알고 있다. 이 말은 가족과 같으니까. 스위트 포테이토가 날쌔게 튀어 나가려 해서, 나는 말의 옆구리를 힘껏 조인다.

다가오는 말발굽 소리에 포터 씨가 내 뒤쪽을 응시한다.

나는 허둥지둥 다가오는 기수를 보고 놀란다. 포터 씨는 흑백의 얼룩말을 보고 낮게 휘파람을 불었겠지만, 내 눈길은 기수에게 꽂힌다. 미스터 큐다. 셔츠 자락이 꼭 맞는 재킷 밖으로 빠져나와 꼬리처럼 바람에 휘날린다. 접어 올린 소매 아래로 드러난 구릿빛 피부의 팔이 말이 걸을 때마다 규칙적으로 움직인다.

"달리기 연습에 늦은 게 틀림없어요." 포터 씨가 말한다.

미스터 큐는 정수리가 움푹 패고 옆은 접혀 올라간 송아지 가죽 모자를 쓰고 있다. 잉글리시 부인의 표현에 따르면 젠체하는 형태다. 길게 긁힌 자국이 뺨 위로 완만한 경사를 그리고 있다. 그런 자국을 남긴 손톱의 주인이 누군지 알 것 같다.

"죄송해요, 그만 가 봐야겠어요."

제28장

캐럴라인은 말구유 앞에 없다. 나는 스위트 포테이토가 충분히 목을 축이도록 한 다음, 함께 묘지로 향한다. 캐럴라인을 찾는 건 어렵지 않다. 그저 금지된 과일의 썩은 내를 따라가기만 하면 된다. 지하 납골당 전체에 흐느낌이 울려 퍼지고 있다. 천사들은 입술을 꼭 다물고 있다. 그들이 이 일을 맡았을 때 예상했던 것보다 더 많은 것을 감당해야 하기 때문이다. 무성한 독미나리 밭에서 프레더릭은 마치 체스 판의 말처럼 묵묵히 서 있다. 스위트 포테이토가 힝힝거릴 때만 움직인다. 나는 스위트 포테이토를 옆 나무에 묶는다.

납골당 안으로 들어가니, 캐럴라인이 두 개의 돌 벤치 가운데 하나에 앉아 무릎에 얼굴을 묻은 채 흐느끼고 있다. 재킷, 모자 그리고 장갑이 뒤의 벤치에 아무렇게나 던져져 있다. 날렵한 바이올린 부츠는 옆에서 그 모든 것을 지키듯 세워져 있다. 정면에 있는 대리석 묘는 가족의 유골 모두가 들어갈 정도로 크다. 그렇지 않았더라면 편안한 안식처 역할을 하지 못했을 것이다.

캐럴라인이 나를 올려다본다. 눈물과 콧물로 얼룩진 얼굴이다. "꺼져."

돌 벤치의 서늘함이 내 등뼈를 따라 올라와 분노를 가라앉힌다. 나는 그녀에 대한 오래된 혐오를 되살리려 애쓰지만, 그건 마치 맛이 없어진 뼈를 빨고 있는 기분이다. 울고 신음하면서, 캐럴라인은 슬픔의 지갑에 들어 있는 1달러짜리는 다 써 버리고, 마침내 5센트짜리 딸꾹질과 1센트짜리 훌쩍임에 이른다.

"아가씨는 양다리 걸치는 미스터 큐 같은 미친놈에 비해 너무 고상한 사람이에요."

그녀는 젖은 블라우스 위로 팔짱을 끼고 표정을 굳힌다.

"나도 알아. 그는 재산도 없고, 머리는 온갖 허황된 약속만큼 텅 비었어. 나는 멍청한 여자보다 멍청한 남자를 더 참을 수 없어."

"그런데 왜 그런 사람 때문에 눈물을 낭비하나요?"

"왜냐하면." 그녀는 지하실 쪽을 휙 돌아보고, 다시 머리를 독수리처럼 위로 젖힌다. 아랫입술이 떨리기 시작한다. "그의 말이 우리 엄마가 바람피웠다는 소문을 들었대." 히스테리의 올가미에 사로잡힌 듯 그녀의 목소리가 날카로워진다. "엄마에게 혼외 자식인 딸이 있다는 거야."

"누구죠, 아가씨?"

"메릿 오빠는 아니지. 당연히 나야! 그런 소문 때문에 그는 나와 약혼하고 싶지 않대."

"하지만 아가씨는 그 사람과 결혼하고 싶어 하지 않잖아요."

"하고 싶지 않아. 그러나 소문이 퍼지면 아무도 나와 결혼하길 원하지 않을 거야."

"저는 아가씨가 결혼을 원하지 않는다고 생각했어요."

"원하지 않아. 하지만 내가 뭘 할 수 있겠어?"

"그렇게 얄팍한 계산으로 결혼하려는 사람들을 멀리하는 게 아가씨에게 더 좋을 거라고 생각해요." 트랙을 향해 달려가던 소심한 미스터 큐의 모습이 떠오른다. "아가씨는 그 사람이 소문을 지어냈다고 생각하진 않으세요?"

캐럴라인은 고개를 젓는다. "그 사람에게 득 될 게 아무것도 없다면 믿어야지. 그는 믿을 만한 정보라고 했어."

누가 그런 종류의 정보를 가질 수 있을까? 빌리의 소굴에서 내 곁을 스치고 간 모자 쓴 인물이 떠오르면서 다른 생각이 갑자기 멈춘다. 그 여자에게서 라일락 향수 냄새가 났다. 그때 나는 완전히 정신 나가서 그녀가 누군지 알아볼 수 없었다. 멀리사 리 솔트워스다. 손가락으로 살짝 집은 소금이 설탕 한 입을 이긴다고들 한다. 그녀의 경우에는 진실이다. 영악함이 달콤함보다 인생에서 더 많은 것을 얻게 한다. 캐럴라인의 크림에 손을 댄 것은 전초전에 불과했다. 캐럴라인에 대한 정보를 산 것은 영리했고, 실제로 공식적인 전투를 치르지 않고 적을 이길 수 있는 방식이었다. 그렇지 않았다면 솔트워스 양은 패배했을 것이다.

"만약 그게 사실이라면?" 캐럴라인은 두 손가락으로 관자놀이를 누른다. "아빠가 알게 되면, 나를 자식으로 인정하지 않을 거야." 그녀는 눈을 꼭 감고 눈물을 더 짜낸다.

"아니에요. 주인어른은 아가씨가 망가지도록 두지 않을 거예요. 아가씨는 주인어른의 왕관 가운데 박힌 보석이에요. 아가씨의 열네 살 생일 기념 피크닉에 남자아이들이 나타나지 못하도록 실버새들 민병대를 고용했던 일 기억나세요?"

그녀는 코를 훌쩍인다. "여우 떼에게 닭장을 지키라고 하는 게 나을 뻔했어."

"제 기억에는 암탉들이 여우들을 쫓아다녔죠."

그녀의 입가에 미소가 스친다. 그러나 그녀는 과장된 한숨으로 그것을 떨쳐 버린다. "지금은 심각한 상황이야."

나는 고개를 끄덕인다. "특히 저들에게요." 나는 턱으로 교회 지하실을 가리킨다. 이번에 그녀는 코웃음을 치지만, 곧 훌쩍임으로 변한다. 그러다가 갑자기 우리는 머릿속에 탄산음료가 가득 찬 사람들처럼 킬킬거린다.

무덤을 벗어난 뒤에도, 나는 캐럴라인 페인을 조금이라도 좋아한다고 말할 수는 없다. 다만 그녀에 대한 나의 관점이 변했을 뿐이다. 마치 말 위에 올라타면 세상이 덜 위협적으로 보이고, 앞에 뻗은 길을 더 분명히 볼 수 있는 것과 비슷하다.

전차 정류장까지 울퉁불퉁한 길을 걸어가면서 나는 마음이 불편하다. 빌리 리그스를 방문했을 때의 충격이 다시 나를 사로잡아 세상 곳곳에 호랑이가 도사리고 있는 듯한 느낌이 든다. 나는 며칠 동안 올드 진과 이야기할 기회가 없었다. 나는 빚 이야기를 어떻게 풀어 갈지 고민한다. "오늘 우연히 누군가를 만났어요." 나는 말문을 연다. "레오 포터 씨와 그분의 아들이요."

"피드몬트 파크에 갔었니?"

"네."

올드 진은 뒷짐을 진 채 땅을 살펴보던 눈길을 멈춘다. 나는 불쑥 말을 꺼낸다. "스위트 포테이토를 팔려는 건 아니죠?"

"내가 왜?"

"빚을 갚으려고요."

물속에 떨어지는 돌처럼 침묵이 내려앉는다. 나는 예전의 말다툼을 떠올리면서 마음의 준비를 단단히 한다. "나는 스위트 포테이토를 팔지 않을 거야. 나를 믿어 줘, 응?" 그러나 올드 진의 '응'이 평소와 달리 나를 안심시키지 못한다.

전차가 쇳소리를 내면서 도착한다. 우리 앞에 선 전차 옆구리에 딸랑거리는 종소리보다 더 눈에 거슬리는 새로운 표지판이 붙어 있다. '백인 전용석: 1-5줄.' 쉽게 납득할 수 없는 단어들이 성난 벌 떼처럼 눈앞에서 맴돈다. 올드 진이 한숨을 쉰다.

"이건 옳지 않아요." 내 입에서 말이 튀어나온다.

승객 몇몇이 뒷줄을 꽉 채우고 앉아 다른 이들은 어쩔 수 없이 걷기 시작한다. 세 번째 줄에 앉아 있는 출장 판매원이 몸을 움직여 전차가 흔들리게 만든다. "애틀랜타의 유색인들은 이 나라의 다른 유색인들보다 더 색깔이 선명해." 그는 높고 유쾌한 목소리로 말한다. 그리고 해바라기 씨앗을 깨물어 껍질을 인도로 뱉어 낸다.

나는 올드 진이 어디에 앉을지 결정하기를 기다리지만, 그는 인도에서 꼼짝하지 않는다. 얼굴을 잔뜩 찡그리고 있다. 설리번이 자리에서 일어나 올드 진을 노려본다. "거머리 좋아하잖아, 올드 진. 뻣뻣한 허리 좀 구부려서 우리가 집에 갈 수 있게 해 줘."

"문제가 있어요." 올드 진이 말한다. "동양인에 대해서는 정해진 규칙이 없어요." 나는 충격을 받고 그를 바라본다. 이렇게 말한 적이 한 번도 없었다. 그러나 지금 그는 거친 바다의 등대처럼 굳건하게 서 있다. "나는 감자처럼 갈색이지만, 조는 그렇지 않아요. 그러니 눈동자 빛깔로 구별하는 게 더 쉽지 않을까요, 응?" 몇몇 사람이 킬킬거린다. "나쁜 규칙은 혼란을 일으키죠."

설리번이 내뱉는다. "당신은 유색인이 아니야. 그러니 몸뚱이를 끌고 올라타, 이 노인네야."

모두 당황해서 숨을 죽이고 긴장한 무거운 분위기다. 사람들은 우리의 눈을 피하지만, 귀를 활짝 열어 놓고 있다. 올드 진은 자리가 널찍한 앞의 다섯 줄을 훑어본다. 그리고 상자 안의 담배처럼 꽉 들어찬 마지막 줄을 본다. 그는 세 번째 줄로 움직인다. 출장 판매원과 그의 해바라기 씨앗 자루가 빈 좌석을 차지하고 있다.

판매원이 두툼한 손을 뻗어 자기 좌석 뒤쪽을 가리킨다. "너는 유색인이 아니지만, 백인도 아니야."

앞줄에 앉은 사람들이 뒤를 돌아본다. 엄한 표정이다. 몇몇 사람은 짜증을 내며 뒤에 서 있는 올드 진과 나를 노려본다. 모드 그레이 부인에게 못되게 굴던 정원사가 가죽만 남은 손으로 우리를 가리킨다. "개들에게 전차가 무슨 필요가 있어, 젠장."

출장 판매원이 머리를 뒤로 젖히더니, 해바라기 씨앗을 혹 뱉는다. 올드 진이 손으로 재빨리 얼굴을 가린다. 출장 판매원이 숨을 헐떡이며 웃는다. "오른쪽 눈에 맞았어, 이렇게 하는 거야!"

"뭐라고, 이 괴물 같은 고깃덩어리야……." 나는 침을 뱉는다. 그러나 올드 진이 내 팔을 잡고 인도로 끌어 내린다. 올드 진은 고개를 들어 설리번과 눈을 마주친다. 두 사람은 친구가 아니지만, 20년 동안 매일 같은 사람을 만나다 보면, 어떤 방식으로든 삶의 일부분이 된다.

"우리는 전차를 못 타겠어요." 올드 진이 선언한다. 설리번의 엄격한 얼굴에서 투지가 사라진다. 그는 돌아서서 두꺼운 책을 닫듯이 전차 문을 닫는다. 쇳소리와 함께 출발! 전차가 덜컹거리며 우리 삶에서 빠져나간다. 나의 내면에서 분노에 불이 붙지만, 자존심도 마찬가지로 타오른다. 전차를 타지 않기로 하면서, 올드 진은 경기에서 담합하지 않기로 한 것이다. 이 방향으로 흐르는 강물은 물살이 거칠 것이다. 우리는 더 일찍 일어나고 더 늦게 귀가할 것이다. 그러나 밝은 마음으로 걷는 길이 가장 쉬운 길이다.

올드 진은 유유히 내 곁을 걸어간다. 동요하는 기색은 마음속의 생각을 반영하는 눈동자의 떨림뿐이다. 나는 우리가 코카콜라를 사려고 했던 날의 기억을 떠올린다. 내가 눈물을 참으려고 애쓰는 동안, 올드 진은 옛날 왕들과 똑같은 고요한 위엄을 지닌 채 제이컵의 약국에서 나를 데리고 나왔다. 그는 머리를 너무 낮게 숙이거나 너무 높게 쳐들지 않았다. 세상이 우리에게 무엇을 던지든 상관없이 가야 할 길을 안다는 태도였다.

어슴푸레한 하늘에는 내 안의 분노를 정돈해 주는 빛과 같은 게 있다. 뭔가 강력한 것이 온몸을 휩싼다. 야심과는 전혀 다르다. 모든 것과 관련된 원칙 같은 것이다. "저는 오늘 밤에 노에미와 함께 그레이스 침례교회에서 열리는 여성 참정권 모임에 참석할 거예요." 내가 말하는 소리를 듣는다. 나는 올드 진을 곁눈질하며, 못마땅한 반응을 기대한다.

"스위티 양은 당연히 여성 참정권자여야 하지."

나는 걸음을 멈춘다. 부인하고 싶은 마음이 끓어오르지만, 곧 사그라든다. "언제부터 아셨어요?"

올드 진은 어깨를 으쓱한다. "제드 크라익스가 충실한 독자야."

담배를 씹는 거친 카우보이가 내가 쓴 칼럼을 읽는 모습을 상상하자 숨이 막힌다. 올드 진의 얼굴에 미소가 피어오른다. "부모는 제 자식의 목소리를 언제나 알아듣지."

제29장

스위티 양에게

제 여동생과 저는 궁금해요. 왜 여성들만 한 달에 며칠 동안 고생해야 하죠?

진심을 담아,
부풀어 오르고, 경련이 일어나고, 반점이 생기는 사람

부풀어 오르고, 경련이 일어나고, 반점이 생기는 사람에게

왜냐하면 반대쪽 성에게 그런 일이 일어나면 상황이 더욱 나빠지기 때문이에요. 비록 그들에게는 투표권이 있지만요.

진심을 담아,
스위티

✳

3층의 흰 벽돌 건물인 그레이스 침례교회는 십자가나 종 혹은 교회를 나타내는 표지가 없다. 그러나 문에 걸린 청동 접시에는 만약 당신이 신을 찾는다면, 이곳에서 찾을 수 있을 거라고 적혀 있다. 적어도 당신이 읽을 줄 안다면.

식빵 모양으로 쪽을 찐 머리 위에 뜨개질한 모자를 늘어뜨린 백인 여자가 가슴에 손을 얹고 나를 본다.

"안녕하세요, 부인."

"뭘 도와 드릴까요?" 그녀는 힘들여 천천히 말한다. 내가 영어를 알아듣는지 확신하지 못하는 것 같다.

"네, 저는 여성 참정권 모임에 참가하려고 왔어요."

"당신이요? 죄송하지만, 모임은 이미 시작됐어요. 우리는 지각한 사람을 받지 않아요." 뾰족한 손톱 같은 미소가 그녀의 얼굴에 깃든다. "산만해져서요."

많은 사람이 모여 웅성거리는 소리가 그녀의 뒤쪽에서 들려온다. 하지만 그녀는 나의 시야를 가리려는 듯 커다란 덩치를 좌우로 움직인다.

"저는 여기서 친구를 만나기로 했어요."

"누구죠?"

"노에미 위더스요."

"그런 이름은 들어 본 적이 없어요. 미안해요."

"하지만……."

"조?" 부산을 떠는 익숙한 목소리다.

식빵 머리 부인이 옆으로 비켜서자, 잉글리시 부인이 모습을 드러낸다. 키가 150센티미터쯤 되는 부인은 은단추가 달린 청회색 정장을 입어 키가 커 보인다. 머리에는 또 다른 스위티 양 모자를 쓰고 있다. 연보라색 모자에는 분홍과 검정이 섞인 수탉의 꼬리가 달려 있다. 풀어지지 않는 매듭은 리지의 것보다 솜씨가 더 낫다. 나는 부인의 색깔 조합 능력에 감탄한다. 그녀는 패션 전문가인 동시에 사업 감각도 뛰어나다. 잠재적 고객이 모인 자리에 자신의 제품을 입고 참석하는 것보다 더 좋은 광고가 있을까?

"이 사람을 알아요?" 식빵 머리 부인이 묻는다.

"네. 들여보내 주세요." 잉글리시 부인이 내 팔꿈치를 잡고 교회 안으로 끌어당긴다. 리셉션 홀에선 백인 여성 몇몇이 펀치 그릇과 향신료를 넣은 케이크가 차려진 테이블을 이리저리 밀고 있다. 그들이 나를 보고 대화를 멈춘다. "여기에 뭐 하러 온 거야?"

"여성에게 투표권을." 나는 모든 이들을 향해 외친다. 그러나 아무도 웃지 않는다.

"그래, 하지만……." 잉글리시 부인은 사람들이 우리를 주목하고 있음을 눈치채고, 주위를 둘러보면서 남의 일에 상관 말라는 눈빛을 쏘아 보낸다. 대화가 다시 시작되면서 부인은 목소리를 낮춘다. 나에게 다시 주의를 집중한다. "네가 페인 씨 댁으로 다시 돌아갔다는 소식은 들었어. 네 힘으로 서게 되어 기쁘구나."

나는 부인이 직접 나를 해고한 사실을 떠올리지만, 억지로 엷은 미소를 짓는다. "모자가 멋지세요."

부인은 우아하게 얼굴을 붉힌다. "너와 이야기하길 바랐어. 매듭을 뒤로 눕힐 수가 없구나. 네가 좀 도와줬으면 좋겠다."

"고리 하나가 빠졌어요."

"우리 가게에 잠깐 들러서 몇 개 만들어 주지 않겠니?"

"저는 아주 바빠요."

"오, 제발, 지난 일은 지나간 것으로 하자. 내가 보수를 줄게. 매듭 하나에 5센트로. 물론 리본은 제공하지. 내가 이렇게 부탁하마. 오늘 밤에만 모자 여덟 개를 주문받았어."

"숙녀분들, 테이블로 돌아가세요." 식빵 머리 부인이 흩어진 병아리를 불러 모으는 암탉처럼 혀를 차며 재촉한다. "오늘 우리의 현수막을 다 만들어야 합니다."

잉글리시 부인이 매 같은 눈길로 여전히 나를 지켜보고 있다.

"경제적으로 수익이 맞는지 고려해 볼게요." 내가 대답하자, 부인의 과장된 한숨이 날아온다.

여자들 무리가 위층에 있는 회관으로 올라간다. 그곳에는 여자들이 더 많다. 모두 100명쯤 되는데, 바느질을 하고 있다. 작업대 위에 놓인 사각형의 금송화 빛 천에 수를 놓는 일이다. 다른 이들은 길게 자른 천에 박음질을 해서 몸에 두르는 띠처럼 보이게 만든다. 양가죽 소매가 달린 드레스를 입은 여자가 벽에 걸린 스케치를 손가락으로 가리킨다. 지시를 내리는 여자의 얼굴이 활기차다. 이곳의 우두머리일 것이다. '여성에게 투표권을 – 평등을 위한 경주!'라는 글씨가 스케치 길로 적혀 있고, 그 아래에 경주마가 그려져 있다. 페인 부인이 마침내 그들의 입찰을 수락했나 보다.

우두머리가 나를 보자 눈매가 날카로워지더니, 주먹을 쥔 채 우리를 향해 다가온다. 잉글리시 부인은 폭풍 구름이 몰려오고 있음을 눈치채지 못한다. "저기 리지가 있네." 나의 전 직장 동료가 가장 큰 테이블에 앉아 혀를 내밀고 바늘에 실을 꿰고 있다.

"이 사람은 누구죠, 잉글리시 부인?" 우두머리는 얼굴이 찻주전자 같다. 계속 끓고 있는 찻주전자처럼 긴장된 분위기가 그녀를 감싸고 있다.

"오, 불리스 부인, 조 콴을 소개할게요. 조, 불리스 부인은 애틀랜타 여성 참정권 협회의 회장이셔."

"독특한 일이군요. 동양인은 시민이 될 수 없는 걸로 알고 있는데요. 여기 왜 왔죠?"

"다른 이들과 같은 이유라고 생각하는데요, 부인."

그녀는 코를 벌름거린다. "많은 사람들이 자신의 대의명분을 우리에게 덧붙이려 하지만, 우리는 오직 한 가지 이유로 여기에 모였어요. 그것은 바로 미국 여성의 권리 향상이에요. 나는 미국 여성이 아닌 누군가가 그만한 노력으로 도울 수 있다고 믿기 어렵군요."

나는 두 손을 앞으로 포개고 꼿꼿하게 선다. "경주에서 입찰이 받아들여져 여러분들이 매우 감격했겠지요."

그녀의 검은 눈동자가 바늘구멍처럼 가늘어진다. "네, 물론 그랬지요."

"페인 씨 댁의 새로운 아라비아 말과 뉴욕에서 온 기수가 짝을 이룬 것처럼, 여러분이 후원하는 말도 기수가 짝을 이루어 달려야 확실히 여러분의 권리를 발전시킬 것이고, 어쩌면 국가적인 인정도 받을 거예요, 그렇지 않나요?"

"그건 무작위 추첨이지만, 물론 우리는 최고의 짝을 바라고 있어요. 무슨 말을 하고 싶은 거죠?"

"기수도 경주마도 미국 여성은 아닙니다."

그녀의 얼굴이 턱선에 금이 간 것처럼 일그러진다. 잉글리시 부인은 손수건으로 이마를 두드린다. 나를 해고하기를 잘했다고 생각할 것이다.

찻주전자가 폭발하기 전에 나는 고개를 숙인다. "저는 그저 제가 도울 수 있는 일이 있을까 해서 왔습니다, 부인."

그녀는 숨을 몰아쉬며 몸을 이리저리 움직여, 등 뒤에서 구경하던 이들을 쫓아낸다. "저쪽에 당신을 위한 자리가 있군요." 그녀가 구석의 한 곳을 가리킨다. 나는 노에미를 보자 용기를 얻는다. 노에미는 두 명의 여자와 나란히 앉아 글을 쓰고 있다. 그 방에서 유일하게 피부색이 다른 사람들이다.

불리스 부인은 황급히 자리를 떠나고, 잉글리시 부인은 리지가 있는 곳으로 달아난다.

노에미의 테이블로 가면서, 나는 사람들의 대화를 엿듣는다.

곱슬머리가 소시지처럼 말린 젊은 여성이 옆에 있는 여성을 쿡 쿡 찌른다. "나는 스위티 양이 누군지 알아낼 수 있다면 제일 좋은 장갑을 포기할 수 있어. 에마 페인이 아닐까?"

그 여자가 앉아 있는 테이블의 사람들이 놀라 비명을 지르고, 내 얼굴에는 미소가 피어난다. 「커스터-머리」 칼럼이 『포커스』에 마법 같은 효과를 가져온 것 같다.

노에미가 내 팔꿈치를 잡아당긴다. "왔구나." 그녀는 내가 준 매 모양의 매듭을 모자에 핀으로 달고 있다.

"예뻐."

노에미는 강철 같은 눈길로 나를 굽어본다. "이 매듭에 파니라는 이름을 붙였어."

"왜 파니라고 했어?"

"어거스트는 이미 써 버렸으니까. 벅스바움 사장님이 네 매듭이 마음에 든대. 자기 가게에만 독점으로 판다면 하나에 10센트씩 100개를 받겠다고 했다네. 상상해 봐, 조, 그거 상당한 돈이야."

잉글리시 부인이 부른 가격의 두 배다. 매디슨 거리에 나만의 간판을 거는 광경이 눈앞에서 춤춘다. 뉴욕의 멋쟁이 숙녀들이 내 매듭을 좋아할까? 나는 매듭을 만들면서 동시에 칼럼도 쓸 수 있겠지. 나의 별자리 상징은 생각과 매듭이라는 의미다.

"이쪽으로 와, 내가 소개해 줄게." 노에미가 나를 테이블 쪽으로 끌어당긴다. "안으로 들어올 때 어려웠어?"

"조금. 너는 그랬니?"

그녀는 코웃음을 친다. "애틀랜타 최고의 재봉사와 함께 오지 않았다면 들어오지 못했을 거야. 이쪽은 메리 하퍼야. 불리스 부인의 옷을 만들지."

"안녕, 나는 조 콴이야."

메리는 웃지 않고, 고개만 끄덕인다. 커다란 눈은 총명함과 호기심으로 가득 차 있다. 그녀의 바늘이 나무와 꽃이 수놓인 넓은 금송화 빛 천을 안팎으로 들락거린다. 그녀 옆에는 턱이 뾰족하고, 화려한 색깔의 손수건을 머리에 두른 젊은 여성이 있다.

"그리고 이쪽은 메리의 시누이 로즈 세인트 피에르야."

"만나서 반가워."

"나도."

노에미가 나를 의자에 앉힌다.

"노에미, 내가 오기 전에 뭘 했어?"

"불리스 부인이 여성의 두뇌가 남성의 두뇌만큼 무거운 것에 대해 장황한 연설을 했어. 사람들이 그 문제를 연구했대. 그러고 나서 우리 모두에게 경마 현수막을 만들라고 했지. 페인 부인이 그들의 입찰을 받아들였거든. 누가 그 일을 도왔는지 너는 알지?" 노에미가 윙크한다. "그리고, 오, 어제 스위티 양 칼럼 봤어?"

"봤어." 나는 대답하고 숨을 죽인다.

"우리는 여성들에게 불리한 '커스터-머리'를 적어서 낼 거야. 불리스 부인은 그중에서 가장 좋은 글을 고를 거래. 그리고 애틀랜타 여성 참정권 운동가들을 대표해서 『포커스』로 보낼 것이라고 했어. 왜 그렇게 놀라는 얼굴이야? 좋은 거 생각났어?"

"아니, 하지만 네가 잘할 거 같아."

"내 의견을 조금 더 추가하면 거의 완성이야." 노에미는 종이에 글을 쓴다.

"훌륭한 솜씨야." 나는 메리에게 말한다. 그녀는 옷감에 말의 뒷다리 이미지를 인상적으로 수놓았지만, 한 땀도 울지 않는다.

"고마워."

"말의 엉덩이 부분은 우리에게 주어야 해." 로즈가 말한다.

"왜?"

"그걸 해내야 현수막의 반 이상이 완성되는 거니까."

노에미가 나에게 목록을 넘긴다. "어떻게 생각해?"

1. 폭력적인 사적 제재.
2. 다른 사람과 똑같은 색깔의 돈을 내는데도 금이 간 달걀을 파는 것!
3. 우리가 걸어가고 있는 길을 가로막는 것.

"누가 무슨 말을 했는지 알 것 같아." 나는 세 사람의 얼굴을 차례로 보면서 말한다. 로즈는 불리스 부인과 식빵 머리 부인이 가까이 다가오는 것을 지켜본다. 두 사람은 금송화 빛 띠를 골판지 상자에서 꺼내 나눠 주고 있다. 그리고 우리를 쳐다보지도 않고 그냥 지나친다.

노에미가 재빨리 일어선다. "실례지만, 불리스 부인."

"네?"

"우리도 띠를 얻을 수 있을까 해서요."

"이건 경마 대회에서 두를 거예요."

"네, 부인. 우리도 거기 갈 거예요."

"메리는 토요일에 일해요."

손가락에 자수 실을 감은 메리가 힐끗 주위를 둘러보더니, 눈길을 무릎으로 떨어뜨린다. "몇 시간만 내주세요, 불리스 부인." 메리는 부드럽게 속삭인다. "대의를 지지하는 것, 그뿐이에요."

"미안해, 메리. 네 지지는 필요하지 않아."

로즈는 감자처럼 생긴 것을 수놓던 작업을 멈추고 두 손가락 사이에서 바늘을 돌린다. 그녀는 분명히 그것을 찻주전자 부인의 모자 위에 붙이고 싶을 것이다.

노에미는 비틀거리는 것처럼 보인다. 바람을 견디는 떡갈나무 같다.

"하지만 부인은 방금 연설에서 여성의 시간이 임박했다고 말했습니다. 그럼 우리는 여성이 아닌가요? 우리가 맡은 부분은 거의 다 끝났어요. 게다가 벗어나야 할 커스터-머리도 몇 개 썼습니다. 여기 있어요." 노에미가 작성한 목록을 내민다.

불리스 부인은 목록을 훑어보더니, 한숨을 쉰다. "이건 여성의 관심사가 아니라 유색인들의 관심사예요."

"그건 유색인들의 관심사가 아니라, 인간의 관심사죠. 그리고 여성은 인간의 절반을 차지하지요. 우리 모두 함께 노력해야 진정한 변화를 만들 수 있어요. 악취를 없애는 법들이요. 우리 재산을 지킬 권리를 주는 법이요. 아무짝에도 쓸모없는 남편들이 도박으로 날리는 대신에요. 그걸 원하는 거죠, 그렇죠?"

불리스 부인의 찻주전자가 분노로 터질 것 같다. "메리, 함부로 입을 놀리다니!"

메리는 눈을 크게 뜨고 움찔한다. 노에미가 단단한 팔에 두른 숄을 잡아당기고 불리스 부인의 턱을 응시한다. "당신의 상황에 대해 메리가 말한 게 아니에요, 부인. 온 세상이 다 알아요."

불리스 부인은 코를 높이 쳐들고, 눈으로는 누구에게 갈고리를 던져야 할지 찾는다. "차례를 기다려야 해요, 당신들 모두." 그녀가 나를 노려본다. "우리가 그랬던 것처럼요. 당신네 남자들은 투표권을 얻었지만, 술값으로 팔아 버렸죠. 이제 우리 차례예요."

방이 조용해진다. 누군가가 바늘을 떨어뜨리면 그 소리를 들을 수 있을 정도다. 방의 반대편에 있는 리지의 얼굴이 슬퍼 보인다. 잉글리시 부인은 천장을 뚫어져라 보고 있다. 아마도 자기가 집에서 족욕을 하지 않고 왜 여기 있는지 의아해하고 있을 것이다.

노에미는 몸을 흔들지만, 말하고 있는 목소리는 선로처럼 강건하다. "투표권을 판 사람이 있다면, 어디에 투표를 하든 별 차이가 없다고 판단했기 때문일 것입니다. 아무리 기름진 돼지라 해도 베이컨이 될 때까지 오래 기다릴 수 없다면 아무 가치가 없어요."

"무슨 말을 하는지 모르겠고, 당신은 무례를 범하고 있어요."

노에미는 천천히 숨을 들이마신다. 그녀가 눈을 내리깔자, 모두 차가운 눈길을 보낸다. "부인, 제가 말씀드리고 싶은 것은, 투표를 기다리는 많은 여성들이 있고, 모두를 위해 상황을 바로잡고자 기다리고 있다는 것입니다. 그리고 우리는 당신이 허락하든 말든 계속해서 투표권을 요구할 것입니다."

경악의 한숨이 방을 휩쓴 뒤, 속삭임이 시작된다. 불리스 부인의 금송화 빛 띠가 번개처럼 허공을 스쳐 지나간다. "당신들은 이제 떠나야 할 시간인 것 같아요. 너도, 메리. 집으로 돌아가서 내가 시킨 대로 커튼을 만들어."

메리가 고개를 숙이는데, 목에 멍든 자국이 드러난다.

"메리, 내 말 듣는 거야?"

메리는 목을 다시 세운다. 새가 날개를 펼치는 모습 같다. 그녀가 회색 치마를 추스르면서 일어선다. "저는 지금 커튼을 만들고 싶지 않습니다, 불리스 부인."

"만들고 싶지 않습니다……?" 불리스 부인이 큰 소리로 메리의 말을 흉내 내면서 대단한 농담이라도 하듯 주위를 둘러본다. "그럼 너는……." 불리스 부인의 시선이 반쯤 수놓은 말에게 향하더니, 황급히 말꼬리를 삼킨다. 좋은 재봉사는 찾기 어렵다. 특히 노리는 독수리들이 많을 때는. "당신들 모두, 나가요. 그냥 가!"

노에미의 콧구멍이 활짝 열린다. 거기에서 연기가 뭉게뭉게 피어오른다 해도 나는 놀라지 않을 것이다. 그녀가 불리스 부인에게 건넨 목록을 낚아챈다. 그러고는 고개를 너무 높거나 낮게 들지 않은 채 출구를 향해 방을 가로질러 걸어간다.

우리는 줄지어 그녀의 뒤를 따른다. 걸음을 옮길 때마다 마루

판이 삐걱거린다. 열세 살 때보다 더 큰 수치심이 뺨을 뜨겁게 달군다. 나는 수치심을 모아 한구석으로 치워 둔다. 어쩌면 자존감은 척추가 길어지고 단단해지는 것처럼 우리가 나날이 키워 가는 것일 수도 있다. 해머 풋은 사람들은 힘이 부족한 게 아니라 의지가 부족한 것이라고 말한 적이 있다. 노에미와 친구들을 따라 교회 밖으로 나가면서, 나는 생각에 잠긴다. 해머 풋의 말은 이 여자들에 대한 것이 아니었다. 그녀들의 강철 같은 의지는 빛나지 않을 수 있지만, 망치로 두들겨 맞으면 크게 울린다.

우리는 가로등이 깜박이는 거리를 지난다. 로즈가 메리에게 팔을 살짝 두른다. 메리는 조금 비틀거린다.

"음, 그건 실패했어. 바느질도 끝내지 못했어."

"그나저나 뭘 수놓고 있었어?" 노에미가 묻는다. "다람쥐?"

"아니." 로즈가 우리를 보고 씩 웃어 보인다.

"솔방울인가?" 내가 물어보지만, 로즈는 고개를 젓는다.

"오, 로즈. 설마 그럴 리가." 메리가 말한다.

"맞아, 그거야. 말똥 몇 개는 굴러다닐 만하잖아. 다음번에 우리에게 말 엉덩이를 완성하라고 시키면 한 번 더 생각해 볼 거야."

그때 나를 부르는 소리가 들린다. "조! 기다려, 조."

우리 모두 뒤를 돌아본다. 리지가 손을 흔들고 있다.

"먼저 가." 나는 사람들에게 말한다.

"내일 부엌에서 보자." 노에미가 눈짓으로 다른 사람들을 이끌고 떠난다.

"여기서 널 보게 될 줄 몰랐어." 리지가 더듬더듬 말한다.

"나도 너를 볼 줄 몰랐지."

"아까 거기서 일어난 일은……." 리지는 장갑 낀 손가락을 꼼지락거린다. "꼴사나웠어. 나는 여성 참정권자가 되고 싶지 않았지만, 잉글리시 부인은 그것이 옳은 일이고, 게다가 사업에 도움이 된다고 했어."

"두 가지 모두 옳다고 생각해."

"그래, 우리 엄마는 별로 좋아하지 않았어. 정치는 여성이 이해하기엔 너무 어려운 일이고, 우리는 남자를 믿어야 한대. 엄마는 스위티 양의 팬이 아니야."

나는 지나가는 마차에 관심을 보이는 척한다.

"나와는 다르지." 뜻밖에도 리지의 푸른 눈이 강렬한 빛을 띠고 나를 응시한다. 피부가 얼얼할 정도다. "나는 알아, 조." 눈썹 위의 얇고 하얀 흉터가 보일 정도로 그녀는 얼굴을 가까이 갖다 댄다. 나는 숨이 막힌다. "뭘 안다는 거야?"

"네가 스위티 양이라는 거."

제30장

의기양양한 표정이 리지의 얼굴에 나타난다.

네이선이 말했을까? 나는 갑자기 건조해진 입술을 핥는다. "왜 내가 스위티 양일 거라고 생각하는 거지?"

"너는 직장을 잃었고, 스위티 양의 칼럼이 등장하는 것과 동시에 『포커스』에서 일하고 있잖아. 애틀랜타에 사는 모자 없는 사람이 작은 모자를 늘이는 방법을 물어본 편지 기억해? 내가 보낸 거야. 나는 네가 답장을 쓸 거라고는 기대하지 않았어. 안쪽 리본에 수증기를 쐬라고 한 거 말이야. 나는 잉글리시 부인의 가게에서 네가 그 방법을 가르쳐 준 걸 잊고 있었어." 그녀는 전리품을 얻은 듯 활짝 웃는다.

"오." 무릎이 부들부들 떨린다. 리지가 나의 가면을 벗길 수도 있다. 『포커스』는 신뢰를 잃을 것이고, 스위티 양의 모든 글은 엉성하게 묶인 매듭처럼 풀어져 버릴 거다. "아무에게도 말하지 않을 거지, 그렇지? 만약 누가 알게 되면 나는 곤경에 빠질 거야."

"당연하지. 왜 그런 말을 하는 거야? 우린 친구잖아, 안 그래?"

"어, 친구, 그래. 고마워, 리지. 정말 감사히 여길게. 어서 돌아가야지. 잉글리시 부인이 널 찾을 텐데."

"아니야. 너에게 매듭 이야기를 물어보라고 날 보낸 거야."

"잉글리시 부인에게 벅스바움 상점에서만 매듭을 살 수 있다고 전해 줘."

버려진 헛간에 다다르기 전에, 나는 나무들 사이에 몸을 숨기면서 벨 씨 집에 들르고 싶어진다. 하지만 모임에서 들은 바에 의하면, 「커스터-머리」 칼럼은 관심을 불러일으키는 역할을 해냈다. 억지로 끌어모은 관심은 아니다. 구독은 당연히 뒤따를 것이다. 만약 내가 네이선을 방문한다면, 그건 사적인 이유에서일 것이다. 그러나 우리 사이에 사적인 일이 더 있어서는 안 된다.

풀밭에서 바스락거리는 소리가 들려와 나는 그 자리에 멈춰 선다. 잔뜩 긴장한 채 거리 쪽을 향해 내 뒤로 50미터가량 펼쳐져 있는 잡초와 덤불 주위를 살펴본다. 몇 걸음 안 가면 타르처럼 캄캄한 밤길이다. 깊은 생각에 잠겨 걷는 대신 좀 더 주의를 기울여야 했다.

귀뚜라미가 울고, 산들바람이 분다. 바스락 소리는 다시 들리지 않는다. 정신 바짝 차려야 해. 뱀이나 토끼일 것이다. 심장이 두근거리는 소리를 들으며, 나는 헛간으로 달려간다.

안전하게 나의 은신처로 돌아오긴 했으나, 오한 때문에 씻기조차 힘들다.

다음 날 아침에 부엌으로 들어가자, 노에미가 작업대 앞에서 허리를 굽히고 에타 레이에게 신문을 읽어 주고 있다.

"좋은 아침이에요." 내가 인사한다.

에타 레이가 양탄자를 터는 것처럼 한쪽 팔로 내 어깨를 툭 친다. "안녕, 조." 노에미가 허리를 편다. "네가 오니, 좋네. 이 집에 문제가 생겼어. 문제들이 신발도 제대로 안 신고 자꾸만 들어오네."

"우리를 향해 오고 있는 거야?" 아마도 캐럴라인이 불륜에 대한 소문을 가지고 어머니에게 대들었을 것이다. 만약 그렇다면, 페인 부인은 훌륭한 가문의 명성으로 연기가 번지기 전에 불길을 잡아야 할 것이다.

"그러지 않기를 바라자. 모든 일이 스위티 양의 칼럼 「오직 한 가지 질문」에서 시작됐지. 읽어 봤어?"

"응, 이미 읽었어."

에타 레이가 신문을 접어 아침마다 페인 부인에게 가져다주는 편지 바구니에 담는다.

"나는 남편을 얻어서 좋은 경우를 직접 본 건 하나도 없어. 왜 집에 가서도 또 다른 직장이 나를 기다리고 있기를 바라야 하지?" 그녀는 보닛의 끈을 묶는다. "닭들이 나를 기다리고 있네. 오늘은 조심조심 다녀. 페인 부인의 심기를 거스르지 말고." 에타 레이가 우리에게 당부하며 밖으로 나간다.

노에미가 길쭉한 칼을 집어 들고, 손목을 부드럽게 움직이면서, 갓 토막 낸 양고기 덩어리를 얇게 잘라 낸다. "메릿 도련님의 약혼이 깨져서 이 집은 난리가 났어. 주인어른은 오늘 제지소에 출근하지 않으셨어. 그리고 사람들이 말할 때마다 문을 쾅 닫아 버려. 솔로몬 집사님이 그러는데, 주인어른이 어제 포커스 신문사를 방문해서 스위티 양이 누군지 밝히라고 했대."

나는 작업대에 몸을 기댄다. 내 다리가 나를 지탱해 줄 것 같지 않다. "포커스 신문사에서는 뭐라고 했대?"

"주인어른에게 나가는 문을 알려 주더래. 그리고 오늘 이런 기사가 있네."

노에미가 에타 레이에게 읽어 주던 신문을 꺼낸다. 『콘스티튜션』이다. 맨 왼쪽의 기사가 주의를 끈다.

스위티 양, 고민 상담자인가 적대자인가?

애틀랜타는 『포커스』에 격주로 실린 칼럼의 필자인 대중 선동가의 정체를 밝히는 일로 혼란에 빠져들었다. 그 칼럼은 우리의 평화로운 도시에서 열띤 토론이 일어나도록 만들었다. 이 논란을 환영하는 이들도 몇몇 있지만, 많은 이들이 스위티 양의 칼럼이 대중의 관심을 끌려는 '너무 허술하게 포장'된 신문의 책략이라고 의심하고 있다.

나의 엄지손가락이 신문을 움켜잡는다. 기사를 쓴 사람이 누구든, 그는 나에게 찬사를 보내는 편지를 본 적이 없다. 가짜 조명 아래에서는 괴물이 자란다. 스위티 양을 아는 사람들이라면 골칫거리의 정체를 폭로할지도 모른다.

"괜찮아? 너 안색이 창백해."

나는 신문을 다시 접어 바구니에 넣는다. "괜찮아." 엿듣기를 멈춘 몇 주 동안은 괜찮았다.

메릿의 파혼이 정말로 페인 가문의 미래에 걸림돌이 되었나 보다. 만약 페인 씨가 『포커스』를 폐간하기를 원한다면, 종이 공급만 차단하면 된다. 은밀히 마녀사냥을 위한 조직을 만들고, 약간의 모욕만 가할 수도 있다. 다만 페인 씨가 모르는 것은, 진실이 알려졌을 때, 즉 동양인 소녀 하나가 모든 사람을 바보로 만들었다는 사실이 알려졌을 때 『포커스』가 직면하게 될 대중적 경멸이다. 물론 그런 일은 일어나지 않을 것이다. 아니, 일어나서는 안 된다. 오직 리지 크럼프만이 진실을 알고 있고, 느리고 경박하지만, 그녀는 잔인하지 않다.

나는 머그잔을 가져간다. 일이 이렇게까지 되었다 해도, 스위티 양은 겁먹지 않을 것이다. 『포커스』는 구독자 수가 거의 2000명에 이르렀고, 후원자들이 신문의 성공을 알게 된다면 다른 종이 공급처를 찾을 것이다.

"내가 그 속에 잔돈을 넣어 주길 기다리는 거야?" 노에미는 내가 쥐고 있는 빈 머그잔에 눈길을 준다. 머그잔을 내려놓고 커피를 따르며, 내 손이 떨리는 것을 그녀가 보지 못하기를 바란다.

노에미가 고깃덩어리를 감싸고 있는 얇은 은빛 막을 긁어낸다. "나는 스위티 양이 좋아. 사실, 나는 그녀에게 여성 참정권자들에 대한 편지를 쓸 생각을 하고 있어. 우리는 다른 여성들과 마찬가지 역할을 하고 있는데, 그 여자들은 투표권을 얻는 것보다 자기네들의 혐오를 더 중요하게 여긴다고." 손목을 가볍게 튕기면서, 노에미는 음식물 찌꺼기가 담긴 양동이에 질긴 막을 던진다. "물론 스위티 양은 백인이고, 답장을 보내지 않겠지만."

"답장은 하지 않을지도 모르지만, 네 말에 동의할 거야."

"그렇게 생각해?"

"응, 그럴 거 같아."

캐럴라인의 방으로 아침 식사 쟁반을 들고 가다가, 페인 부인의 서재 문이 닫힌 것을 알아차린다. 부인은 좀처럼 문을 닫지 않는다. 문이 닫혀 있는 것은 우울함을 의미한다. 캐럴라인의 허영심은 다시 제자리로 돌아와 있다. 내가 방에 들어가자, 그녀는 창밖을 응시하고 있다. "기분이 어떠세요, 아가씨?"

캐럴라인은 아무 대답 없이, 창문에서 바닥으로 눈길을 떨군다. 움직임에서는 불안함이 느껴지고, 뺨에 팬 보조개는 하룻밤 사이에 꼬집힌 자국으로 영원히 변한 것 같다.

쟁반을 그녀 앞에 놓고, 그녀의 침대 시트를 반듯이 펴지만, 내 마음은 온통 구겨져 있는 것 같다.

"아무것도 아닌 사람으로 살아가는 기분은 어떨까?" 그녀는 달 걀 반숙을 톡톡 두드린다.

욱하고 화가 치밀어 오른다. "바늘이 너무 많은 고슴도치로 살 아가는 기분은 어떨까요?" 수습하기도 전에 말을 내뱉고 만다. 우 리의 구도 속에서 미스터 큐가 사라졌기 때문에, 이제 나는 합리 적인 대우를 요구할 권리가 없다는 생각이 떠오른다. 좋은 소식 은, 캐럴라인이 예전에 합의한 그대로 나를 대해 준다는 것이다.

"내가 왜 너처럼 배워 먹지 못한 계집애를 참고 있는지 모르겠 어." 그녀는 받아친다. 하지만 진정한 분노의 열기는 찾아볼 수 없 다. 한숨을 쉬며 그녀는 숟가락을 내려놓는다. "만약 그 소문이 사 실이라면, 엄마와 나는 시골에 있는 목장으로 이사해야 할지도 모르지. 익명으로 사는 건 좋을지도 몰라. 누군가를 좋아하는 척 할 필요도 없고, 마음 내키는 대로 돌아다닐 수 있으니까. 외할아 버지는 말을 많이 키우고 있어." 베개를 정리하고 있는 나를 그녀 의 눈이 따라온다.

"제가 아는, 아무것도 아닌 사람들 대부분은 말을 가지고 있지 않아요."

캐럴라인은 달걀 한 숟가락을 뜨지만 먹지 못하고, 황금색 액 체를 껍데기에 다시 흘려 넣는다. "나는 소박한 삶을 즐길 거 같 아. 그림 그리는 일을 시작할지도 몰라. 아니면 꽃을 가꾸거나."

나는 침대 시트 모서리를 팽팽하게 당긴다. "제가 아는, 아무것 도 아닌 사람들 대부분은 꽃을 가꿀 시간이 없어요."

"넌 불쾌해."

나는 그녀가 바닥에 던져 둔 페티코트를 턴다. "제가 아는, 아무 것도 아닌 사람들 대부분이 불쾌하죠."

그녀는 입을 다물고 다시 창밖을 응시한다. "나와 함께 가지 않을래?"

그녀는 몸을 움직이지 않은 채 가만히 있다. 구름이 그녀의 얼굴에 그림자를 드리운다. 고양이들이 페인 부인의 서재를 엉망진창으로 만들었을 때의 기억이 나를 할퀸다. 내 웃음소리가 씁쓸하게 들린다. "아가씨는 내가 지긋지긋하다면서요, 그 말 기억 안 나요?"

"나는 모든 사람이 지긋지긋해."

"왜죠?"

그녀는 코웃음을 친다. "누가 알겠어? 나는 나만의 어머니를 원했어."

페인 부인은 캐럴라인이 두 살 때 시골로 떠났다. 기억하기엔 너무 어린 나이지만, 너무 어려서 머리로 이해하지 못하는 것을 마음은 기억하나 보다. 그래서 캐럴라인이 노에미를 그토록 싫어하는 것일 테다. 유모는 친자식이 우선이었다. 하지만 나는? 나는 그저 가난한 고아였기에 페인 부인은 가끔 친절하게 대했다. 아마도 캐럴라인의 어린 마음은 어머니가 다른 아이에게 고개를 끄덕일 때마다 모욕당하는 느낌이었을 것이다.

"올드 진은 제가 남편을 얻어야 한대요."

"결혼? 하지만 누가 너와 결혼하려 하겠어?"

나는 발끈한다. "취향이 독특한 누군가가 있겠지요, 분명히."

"내 말은, 애틀랜타에는 중국인이 없다는 거야."

"오거스타에 조금 살아요."

"오, 아니야, 그런 평민은 안 되지."

캐럴라인의 베개들을 부풀리면서, 나는 그것을 침대머리에 탁탁 두드린다. 아주 만족스러운 소리가 난다! 주먹으로 퍽퍽 배를 때리는 것 같다. "중국인들의 속담이 있어요. '귀족은 미덕을 생각하고, 평민은 안락을 생각한다.'"

그녀는 나를 향해 손가락을 좌우로 흔든다. "미덕은 과대평가된 말이야. 아빠는 돈을 벌기 위해 열심히 일했어. 그래서 아빠는 우리가……." 갑자기 그녀는 고개를 돌려 다시 창밖을 내다본다. 나는 혹시 그녀가 아버지는 자기가 생각하는 그런 사람이 아니라는 사실을 이제 막 기억해 냈는지도 모른다고 의구심을 가져 본다. "아빠는 우리가 안락하게 살 자격이 있다고 말해." 그녀는 얼버무린다. "쟁반 가져가. 이제 배고프지 않아."

그녀는 무릎을 접어 손으로 깍지를 낀다. 어깨를 움츠려 앞으로 숙인 채 주름진 드레싱 가운을 두른 그녀의 모습이 에타 레이의 바구니에 담긴 구겨진 신문처럼 보인다. 나는 그녀를 불쌍히 여기는 자신을 나무라면서 쟁반을 살짝 잡아당긴다.

계단까지 가기도 전에, 페인 씨의 우렁찬 목소리 때문에 벽에 걸린 그림들이 덜컹거린다. 나는 배에 힘을 주고 계단을 내려간다. 목소리만 들으면 그는 문틀을 꽉 채우는 건장한 사람일 것 같다. 강철 조각도 물어뜯을 수 있는 턱이나 혹은 튀어나온 벽돌 같은 이마를 가진 사람을 상상하게 된다. 하지만 사실을 말하자면, 그는 눈에 띄는 부분이 전혀 없는 평범한 사람이다.

나는 담배 연기가 흘러나오는 장소임에도 그럭저럭 잘 자라고 있는 필로덴드론 덩굴 사이로 그를 훔쳐본다. 보통 체격에 짧은 머리를 한 페인 씨가 전화기 가까이에서 서성이고 있다. 그의 머리는 단단해 보이지만, 턱살은 확실히 처졌고, 칠면조의 목처럼 턱과 목의 경계가 불분명하다. 짙은 금발을 중앙에서 갈라 머리가 두 부분으로 나뉜다. 그의 특징이기도 한 일랑일랑 머릿기름 덕택에 미끄러질 듯 윤이 난다.

"메릿은 최고 혈통이야. 그 이중적인 보스턴 계집애와는 비교할 게 아니지." 상대방이 말을 하는 동안 그는 잠시 멈춘다.

"내 생각에 이건 음모이고, 더 나빠질 거야. 내 말 명심해, 스위티 양은 우리 사회에 영향을 주려고 파견된 양키일 거야. 내가 연기를 피워 마녀를 쫓아낼 것이고, 그녀를 꼭 찾아낼 거야. 그때 벨 일가가 얼마나 크게 떠들어 대는지 한번 보자고." 페인 씨의 눈이 갑자기 나를 향한다. 눈동자가 라이플 소총의 개머리판 같은 갈색이다.

제31장

나는 필로덴드론 화분 뒤에서 아침 식사가 담긴 쟁반을 갈비뼈에 딱 붙이고 걸어 나온다. 하지만 누군가가 내 부츠에 쇳덩이라도 매달아 놓은 듯 발이 잘 움직여지지 않는다. 페인 씨의 턱이 한쪽으로 휙 움직이더니, 침을 꿀꺽 삼킨다. 그의 시선이 나를 살살이 훑는다. "얘야, 이리 가까이 와." 바다도 갈라놓을 듯한 목소리로 그가 명령한다.

"그건 내려놓고. 조, 어서?"

"네, 알겠습니다." 나는 쟁반을 협탁에 내려놓는다. 그리고 길고 좁은 카펫을 가로질러 간다. 페인 씨에게서 두 걸음 떨어진 자리에 멈춘다.

"몇 살이지?"

"열일곱 살입니다."

그는 점점 세밀하게 뜯어보고, 나는 호흡이 짧아진다. 내가 스위티 양에 대해 뭔가 알고 있다는 걸 그는 알고 있다. 그는 느낄 수 있다. 애틀랜타 종이왕의 직감은 겁에 질린 진실이 파닥거리는 소리를 들었을 것이다.

"올드 진은 나에게 직접 너를 교육했다고 말하더구나. 그리고 네가 신문 읽는 것을 좋아한다는 것도."

나는 침을 꿀꺽 삼킨다. "저는, 저는……."

"말해 보렴."

나는 간신히 숨을 쉰다. "저는 정보를 아는 것을 좋아합니다. P. T. 바넘은, '신문을 읽지 않는 사람은 인류와의 연결이 끊어진다'라고 말했어요."

"P. T.는 정치인이라고도 할 수 있지만, 본질적으로는 서커스 단원이지. 나도 신문을 좋아하지만, 최근에는 쓸데없는 말이 너무 많다는 것을 깨달았어. 선정적인 헛소리는 혈압을 높이지."

"네, 알겠습니다."

"말해 봐, '스위티 양에게'라는 칼럼을 들어 본 적이 있나?" 그의 목소리는 스위티라는 이름에 대한 혐오감으로 부들부들 떨린다.

"네, 들어 본 적이 있습니다."

"그럼 그녀의 「오직 한 가지 질문」에 대해 어떻게 생각하나?"

"제 의견은 중요하지 않아요."

"말도 안 되는 소리. 너는 신문을 읽는 젊은 여성이야. 그 여자가 올가미를 던지는 대상이라고. 너는 이 글이 여성들을 대담하게 만들어서 결혼을 거부하도록 부추긴다고 느끼나?"

바로 지금이다. 내가 고백할 기회. 만약 내가 책임을 진다면, 아마도 그는 『포커스』에 대한 불만을 묻어 버릴 것이고, 상황은 스위티 양의 글이 신문에 실리기 전으로 돌아갈 것이다.

"제 생각에는⋯⋯."

페인 씨가 턱을 들어 올리고 나와 눈을 맞춘다.

"저는 따님을 오랫동안 알고 지냈습니다. 따님은 항상 활기가 넘칩니다. 훌륭한 아내가 될 거예요."

남자의 얼굴이 환해진다. 캐럴라인이 혼외 자식이라는 소문이 사실일지라도 아버지는 결코 자식을 거부하지 않으리라는 것을 확인할 수 있는 얼굴이다.

"맞아. 캐럴라인은 나의 가장 소중한 보물이야."

"그러나 따님이 자신의 가치에 걸맞은 남자가 없음을 깨닫는다면, 그래도 따님에게 결혼하라고 강요하시겠어요?"

"물론 아니야. 하지만 캐럴라인이 결혼 상대를 계속 찾아보도록 격려해야지."

"올드 진은 모든 말이 경주에 나가지는 않지만, 모든 말은 달릴 운명이라고 했습니다. 따님이 행복하다면, 주인어른도 행복하지 않을까요? 아시다시피, 따님은 다른 여성들이 즐기는 유희에는 별 관심이 없어요. 따님은 영리하고 페인 제분소의 사업에 대해 잘 알아요. 만약 그곳에서 생산적이고 의미 있는 일을 할 수 있게 해 주신다면, 따님의 기분은 훨씬 나아질 것입니다."

나는 입을 꾹 다물었다. 그러나 이미 말은 술술 나와 버렸고, 다시 불러들일 수도 없다. 나는 페인 씨가 딸을 모욕했다고 질책하기를 기다린다. 페인 씨의 목 깊숙한 곳에서 무슨 소리가 난다. 아마 뱉어 내려는 말의 전주곡일 테지만, 순간 그의 관심이 내 뒤에 서 있는 사람에게 옮겨 간다. "공주님, 일찍 일어나셨군요."

캐럴라인이 필로덴드론 화분 뒤에서 걸어 나온다. "좋은 아침이에요, 아빠." 그녀는 아버지가 자기 볼에 입을 맞추도록 두면서 인사한다.

캐럴라인은 혼란과 놀라움이 뒤섞인, 그리고 찬탄이 담긴 얼굴로 나를 흘낏 바라본다. 그러고는 큰 소리를 내며 목을 가다듬는 아버지에게로 다시 눈길을 돌린다. 나는 쟁반을 들어 올린다. 계단을 내려가면서, 길을 가로막는 바위 몇 개를 피해 갔기를 바란다.

오후의 승마 시간에 캐럴라인은 여전히 혼자 말을 타고 싶어한다. 그러나 이번에는 그녀의 목적지가 묘지는 아닐 것이다.

스위트 포테이토와 나는 식스 페이스 메도에 다다른다. 낯익은 말 울음소리가 들린다. 멀지 않은 곳에서 파혼당한 미남 메릿이 근육질의 멋진 모습을 드러낸다.

우리를 발견하자, 메릿이 미소를 짓는다. 메릿의 콧수염이 올라간다. "이봐, 조!" 그가 아미르를 몰고 우리에게 온다.

"기분이 좋으신 것 같아 기쁘네요, 도련님."

"최고야. 내가 파혼했다는, 그러니까 현재의 내 상태가 알려지고 나서 지금까지 어머니가 주관하는 경마 대회에 네 번이나 초대를 받았어. 일이 어떻게 풀릴지 궁금해."

놀랄 일도 아니다. 그는 메이슨 딕슨 선에서 가장 유망한 신랑감 중 한 명이었다. 제인 벤틀리는 과거의 추억이다.

"나는 사랑받는 존재가 되는 게 좋아. 여성들의 삶은 좋아. 나는 왜 여성 참정권자들이 앞뒤 생각도 없이 남자가 되기를 원하는지 모르겠어."

스위티 양이 발끈한다. "그들은 남자가 되고 싶은 게 아니에요. 단지 발언권을 원하는 거지요. 신께서 우리가 걷는 것을 원하지 않았다면 발을 주지 않았을 거예요. 마찬가지로, 신께서 우리가 생각하기를 원하지 않았다면 왜 우리에게 뇌를 주었을까요?"

그가 웃는다. "나는 그저 감탄하고 있어…… 네 생각에."

"생각은 더 높은 저 위에서 일어나지요." 경고의 종소리가 내 머릿속에서 울린다. 메릿과 나는 한때 친구였을지도 모르지만, 이제 선을 그어야 한다. 스위티 양은 그렇게 하라고 주장한다. "죄송합니다, 도련님. 당신의 가족은 제 고용주예요. 이제 저는 가 봐야 해요."

그의 얼굴 위로 아쉬움이 스쳐 지나간다. "우린 친구가 될 수 없을까?"

"그럼요, 안 될 것 같아요." 스위트 포테이토가 나를 태우고 떠난다. 이번에는 뒤를 돌아보지 않는다.

제32장

스위티 양에게

제 추종자를 쳐다보다가 그만 그에게 들켰어요. 그는 저를 노는 여자라고 생각할 게 분명해요. 부끄러워서 죽고 싶어요.

굴욕감을 느끼는,
파니 스미스
(제 진짜 이름은 사용하지 말 것을 부탁드려요.)

굴욕감을 느끼는 분에게

불안한 마음은 엄청난 양의 잡초를 만들지요. 미래가 아닌 현재를 살아가세요.

진심을 담아,
스위티

✳

인쇄기 돌아가는 소리가 바로 귀 옆에서 들리는 듯하다. 나는 다시 벨 씨 가족의 대화를 엿듣고 있다. 그들이 여전히 신문을 발행하고 있음을 나 자신에게 확신시키기 위해서이다. 올드 진은 오늘 밤도 페인 씨 저택에 머무를 것이다. 나는 벅스바움 씨가 노에미를 통해 보낸 비단 끈 한 타래로 매듭을 만드는 일을 마친다.

인쇄기가 멈추자, 벨 부인의 달래는 듯한 어조가 들릴 듯 말 듯 잡힌다. 너무 멀어서 내용은 들리지 않는다. 네이선의 목소리가 이어진다. "그가 우리 신문사 문을 닫게 애쓰도록 놔둬요." 그는 힘주어 말한다. "그가 화를 내면 낼수록, 그의 아들은 더 나약해 보여요."

"하지만 『콘스티튜션』이 이 일을 스위티 양의 마녀사냥으로 바꾼다면 그렇지 않을 거야. 내가 책임질 수도 있어. 편집장의 부인이 스위티 양이라면 설득력이 있겠지. 아마 그 이후에는 누구도 신경 쓰지 않을 거야."

"바로 그거예요. 사람들은 더 이상 관심을 기울이지 않을 거예요." 뭔가 책상에 부딪히는 소리가 들린다. 네이선의 주먹일지도 모른다. "스위티 양이 누군지 알고 싶어 하는 만큼, 익명성은 사람을 끄는 매력의 일부예요. 스위티 양은 누구라도 될 수 있어요. 자매, 친구, 이웃도요. 그래서 친근하게 느끼는 거죠."

"네 아버지는 뭐라고 하실까?"

"분명히 경기를 일으키실 거예요. '혁명은 잔이 아니라 티스푼으로 하는 것이 가장 좋다'면서요"

나는 엿듣는 배관의 마개를 다시 막는다. 내가 벨 씨 집안에 불화를 일으켰다는 생각에 마음이 불편하다. 올드 진의 방으로 걸어가는데 양말이 자꾸 울통불퉁한 콘크리트 바닥에 걸린다.

그 비단은 가지런히 개켜 놓은 옷감 더미 속에 있다. 나는 옷을 꺼낸다. 놀랍게도, 옷은 두 벌이다. 나는 긴 소매 블라우스처럼 생긴 옷을 들고 있는데, 허리띠로 조이는 재킷에 더 가깝다. 다른 한 벌은 발목 부분이 가늘어지는 몸에 꼭 맞는 바지다. 이상하다.

나는 올드 진이 지은 옷을 입어 본다. 발목에서 좁아지는 바지에 발을 밀어 넣자 나에게 꼭 맞는다. 허리를 단단히 조인다. 재킷은 헐렁헐렁하다. 가운데 있는 다섯 개의 단추와 그것을 여미는 고리는 금개구리를 닮았다. 올드 진의 매듭은 나의 매듭보다 더 훌륭하다.

내가 입은 복장을 뜯어본다. 모자를 쓰고 뒤에서 본다면, 비단 승마복을 입은 조니 포천으로 오해받을 수도 있다. 나는 자만심에 가득 찬 기수처럼 코를 치켜들고 거드름을 피운다.

자, 누가 이런 괴이한 복장을 한 여자와 결혼할까?

나는 순식간에 그 자리에서 얼어붙는다. 양말이 벗겨질 지경이다. 올드 진과 나는 키가 같다. 그러나 허리둘레는 그가 1인치나 2인치쯤 더 크다. 옷은 나에게 꼭 맞지 않는다.

페인 집안의 경마 대회 광고 전단에 적힌 글자들이 머릿속을 스쳐 지나간다…… 윈스턴 페인 부부는 피드몬트 파크 경마장에서 열리는 8펄롱 경마 대회에 모든 애틀랜타 시민을 초대합니다. 우승자에게는 300달러의 상금이 주어집니다.

300달러는 상이 빌리 리그스에게 갚아야 할 돈과 같은 금액이다. 우연일까? 우연은 운명이 펼쳐지는 것일 뿐이다. 올드 진은 페인 부인의 경마 대회에 출전할 생각인가 보다.

스위트 포테이토가 트랙으로 가는 길을 아는 것은 그 때문일 것이다. 새처럼 조금 먹는 올드 진의 식욕은 병 때문이 아니라, 경마를 위한 것일지도 모른다. 스위트 포테이토가 싣고 가는 무게가 가벼울수록 더 빨라질 테니까. 윤기 흐르는 비단옷을 벗어 못에 건다. 나는 손가락을 빤다. 가장 아름다운 옷감조차 반전의 측면이 있다. 올드 진과 마찬가지로.

아침에 늦게 일어난다. 밤잠을 설친 탓이다. 나는 반쯤 걷고, 반쯤 뛰면서 피치트리 거리를 지난다. 언 손을 겨드랑이 밑에 끼운다. 차가운 공기 덕분에 뿌연 머릿속이 맑아진다. 물고기 꼬리 모양으로 땋은 두 갈래의 머리채가 한 걸음 한 걸음 재촉할 때마다 내 등을 후려친다.

60세의 노인은 경주에 나갈 수 없다. 너무 습한 날이면 올드 진의 무릎은 삐걱거리고 등은 움츠러든다. 게다가 몇 달 동안 마른기침이 끊이지 않아 그의 폐는 종이 자루처럼 구겨졌을 것이다. 경주에 나가면 그는 죽을지도 모른다. 각각의 말들은 근육과 살로 이루어진 700킬로그램의 엔진을 장착한 짐승이다. 모두 한꺼번에 좁고 동일한 경로를 따라 땅이 울리도록 질주한다.

나는 몸이 떨린다. 추위 때문만은 아니다. 마음에 금이 갔다.

터무니없는 일이다.

생각지도 못한 일이다.

하지만 난 여전히 그 생각을 놓지 못한다. 올드 진이야말로 말을 탈 줄 아는 사람이다. 조니 포천은 울타리 위의 새처럼 안정적일지 모르지만 올드 진은 빨랫줄 위의 새이다. 그에게는 말을 이해하는 타고난 능력이 있다. 배워서 익힌 기술을 뛰어넘는 것이다. 상하이 시장 한복판에서 난동 부리는 말을 진정시킨 그의 능력이 미국인 사업가의 눈에 띄었다. 윈스턴 페인이 일자리를 제안했고, 당시 나이가 많지 않던 올드 진은 제안을 받아들였다.

게다가 스위트 포테이토는 지금 최고의 기량이다. 승부욕으로 날아갈 것 같다. 그 말은 해낼 것이다. 20분 후, 페인 씨 저택의 잘 손질된 잔디가 눈앞에 펼쳐진다. 포장된 진입로, 야생 능금나무, 하얀 기둥……. 어느 것도 전날과 달라진 게 없다. 그럼에도 풍경은 너무 질서 정연하고, 모서리들은 너무 반듯하고, 색채는 너무 선명하다. 아니면 내 생각이 너무 혼란스러워 더 대조적으로 보이는 것일 수도 있다.

15분이나 늦었지만, 나는 부엌을 지나 서둘러 마구간으로 간다. 스위트 포테이토를 포함해서 말들의 절반은 이미 보이지 않고, 올드 진이나 제드 크라익스의 흔적도 없다. 마구간 소년이 말들의 배설물을 치우고 있고, 솔로몬은 오래된 바퀴의 녹을 긁어내고 있다. 나는 한때 솔로몬을 거인으로 생각했다. 그러나 세월이 흐르면서 페인 가문의 온갖 잡일을 맡아 하는 그는 속이 텅 비어 가는 것처럼 보인다. 그는 올드 진과 거의 같은 나이다. 그가 일하다가 고개를 든다. 목뼈에서 우두둑 소리가 난다. "아이고 안녕, 조. 올드 진을 찾고 있어?"

"안녕하세요, 솔로몬 집사님. 올드 진을 보셨어요?"

"크라익스 씨와 함께 말들을 운동시키러 나갔어. 한두 시간 안에 돌아올 거야. 무슨 문제라도 있어?" 그는 손수건으로 적갈색 피부를 닦는다.

"아니요, 어, 기다릴 수 있어요. 올드 진을 보시면, 제가 할 말이 있다고 전해 주실래요?"

"그래."

저택으로 돌아오니, 노에미가 채소밭에 설거지한 물을 주고 있다. 앞치마 끈에는 블루벨 꽃 한 다발이 묶여 있다. "드디어 나타나니, 좋다."

"늦잠을 잤어. 꽃이 예쁘네."

"나는 나만의 여성 참정권 모임을 시작하려고 해. '애틀랜타 블루벨스', 서로 다른 색깔의 종들을 울리기 위한 것이지."

"좋은 이름이야. 그런데 마님이 어디 계시는지 알아?"

"2층 서재에 계시는 것 같던데. 별일 없지?"

"응."

나는 서둘러 부엌으로 가서 캐럴라인의 아침 식사를 쟁반에 담아 위층으로 올라간다. 캐럴라인은 책상에 앉아 숫자를 계산하고 있다. 나는 그 옆에 쟁반을 내려놓는다. "좋은 아침이에요. 잠깐만 급히 다녀올게요."

"뭐라고? 지금 방금 왔잖아."

나는 그녀의 말을 무시하고 복도로 빠져나간다. 페인 부인의 서재 문이 마치 손을 들어 경고하는 것 같다. 그녀는 나의 무례함을 반기지 않을 것이다. 하지만 그녀 홀로 경마 대회 참가자를 결정했다.

나는 문을 두드린다. 아무런 대답이 없다. 나는 다시 문을 두드린다.

"들어와요." 페인 부인이 대답한다. 평소의 유쾌한 목소리가 아니다. 부인은 책상에 앉아 숙녀용 일기장에 글을 쓰고 있다. 그녀가 자신의 깊은 감정을 기록하는 곳이라고 추측한다. 눈에 잘 띄지 않는 곳에 두기 때문이다. 우리가 모은 돈을 낡은 장화 속에 숨겨 두는 것과 같다.

"조, 방해하지 말라고 부탁했잖니. 무슨 문제라도 있어?"

"죄송합니다, 마님." 준비한 말들이 머릿속에서 모두 튀어나온다. 나는 불쑥 묻는다. "올드 진이 경마 대회에 스위트 포테이토를 타고 출전하나요?"

"음, 맞아."

"왜죠?"

"올드 진이 부탁했기 때문이야." 부인은 펜을 내려놓고 일어선다. 다른 의자에 걸쳐 있던 숄을 가져와 실내복 위에 두른다.

"올드 진은 조롱당할 거예요. 그의 후원자는 불쾌할 것이고요. 그들이 불평할 것이고, 마님은 그들이 입찰한 금액을 물어내야겠지요. 나쁜 소문을 불러일으킬지도 몰라요. 다른 얘기는 더 할 것도 없어요. 올드 진은 예순 살이라고요!"

"물론 나도 그 생각을 해 봤어. 배당은 열두 명의 선수에게 주어지기 때문에 그에게 돈을 거는 경우는 없을 거야. 여성 참정권자들이 스위트 포테이토를 후원할 거야. 그들은 운 좋게 참가했으니 불평하지 않을 거고."

무작위 추첨이라더니. "그 모임의 대표를 만난 적이 있는데, 쉽게 위축되는 소극적인 사람이 아니에요."

"나는 이 문제에 대해 조언은 필요하지 않아. 올드 진은 성인이야. 너는 그의 결정을 존중해야만 해." 부인의 말투에는 경고가 깃들어 있다. 그녀는 가슴에 X 자를 그리듯이 팔짱을 낀다.

내 눈길이 책상에 펼쳐져 있는 일기장으로 향한다. 부인은 편지 같은 것을 쓰고 있던 것 같다. 맨 아래에 고리처럼 보이는 서명을 했다. 소문자 e.

에마의 머리글자 e다.

페인 부인은 눈썹을 미간으로 모은다. 일기장에 대한 나의 관심을 알아차리고, 부인은 손을 뻗어 공책을 덮는다. 하지만 너무 늦었다. 나는 이미 보았다.

내 머리가 직조기처럼 작동하면서 실을 잡아당기고, 고리를 연결하고, 패턴을 찾는다. "마님이 그 편지를 썼군요."

부인의 얼굴은 혼란에 빠져 일그러진다.

"그에게 마님을 용서해 달라고 부탁했어요."

부인은 무슨 말인가를 하려다가 다시 삼킨다.

"네가…… 네가 그 편지를 봤니?"

"네, 마님이 그의 이름을 한자로 썼죠. 샹."

그 이름을 듣자 부인의 얼굴에 눈물이 흐르는 것을, 그리고 떨리는 것을 나는 지켜본다. 부인은 입을 가린다. 그녀의 결혼반지가 내 눈길을 끈다. 외도를 근심하는 보석이다.

미스터 큐의 말이 옳았다. 부인에게는 혼외 자식이 있었다.

하지만 캐럴라인은 아니었다.

내 머리는 빙글빙글 돌기 시작하고, 무릎이 내려앉는다. 그러나 페인 부인이 나보다 한발 앞서 바닥에 쓰러진다.

제33장

찌르는 듯한 소금 냄새를 맡으며 죽은 듯한 상태에서 정신을 차린다. 에타 레이가 나를 일으켜 서재 바닥에 앉히려 한다.

"어, 어떻게 된 일이죠?"

"넌 기절했어. 마님도. 몇 분밖에 안 지났어. 기분이 어때?"

머리가 지끈거린다. 그러나 다친 곳은 없는 듯하다. 겉보기에는 그렇다. 페인 부인은 몇 발자국 떨어진 곳에서 책상에 등을 기대고 있다. 틀어 올린 머리에서 머리카락이 빠져나와 있다.

"저는 괜찮아요." 나는 분노를 감추려 애쓰지 않는다.

페인 부인은 나의 눈을 응시하기 위해 고개를 들지만, 기력이 부족하다. "그게 최선이었어." 그녀가 쉰 목소리로 속삭인다. 우리가 닮은 것은 부인할 수 없다. 뼈만 앙상한 손가락, 각진 어깨, 이마와 머리카락의 V 자형 경계선, 그리고 윗입술의 중심에서 튀어

나온 진주. 기절하는 것까지 비슷하다. 더 많은 조각이 한꺼번에 맞춰진다. 우울증이 지속된 1년 동안 부인은 부모님과 함께 살기 위해 서배너로 떠나 있었다. 그녀가 포기해야 했던 서배너 조이라는 망아지 이야기. 조는 조이라는 이름의 격을 떨어뜨리는 변형이다. 사생아인 셈이지, 나처럼.

에타 레이가 말리는데도 나는 부들부들 떨면서 일어선다. 왜 에타 레이가 여기에 있는지, 왜 그 여자만 항상 여기에 있었는지 이유가 분명하지 않다. 그녀의 입술은 지갑처럼 꼭 닫혀 있고, 아픈 후회가 옅은 갈색 눈을 흐릿하게 한다.

페인 부인은 여전히 나를 쳐다보지 못한다. 나는 비틀거린다. 숨을 턱턱 막히게 하는 감정이 나에게 연달아 충격을 준다. 분노, 상처, 수치심이 차례로 나타나, 나의 본질 깊은 곳을 멍들게 한다. 내가 상상하던 것보다 진실은 더 나쁘다. 내가 이 집에서 보낸 세월 동안, 그녀는 무성해지는 잡초를 방치하듯 아무 배려 없이 내가 자라는 것을 지켜봤다. 모든 눈길로 나를 부인했다―모든 말은 거절이었다. 그녀의 눈길이 오돌토돌한 나의 염소 가죽 부츠를 스칠 때는 처음으로 내 발가락이 한계에 이를 때까지 자랐음을 알아차렸을 것이다.

어머니는 나를 떠나지 않았다. 나를 버렸다. 그녀와 같은 여자들은 나 같은 사람과 친밀감을 형성할 수 없고, 그렇게 하지 않는다. 가장 높은 계층에 머무르기를 원하니까. 그 여자들은 아무 노력 없이 맨손으로 잡아당겨도 쉽게 풀리는 매듭 같은 이들이다.

에타 레이가 의자를 끌어당겨 페인 부인을 앉힌다.

캐럴라인이 갑자기 서재로 들이닥친다. "하녀, 쟁반 가져가는 걸 잊었어. 여긴 무슨 일이야? 엄마, 귀신을 본 얼굴이에요!" 아무도 대답하지 않는다. 캐럴라인은 설명을 재촉하듯 가정부를 노려본다. 그러나 에타 레이는 입을 열지 않는다. 캐럴라인은 답답하다는 듯 한숨을 쉰다.

네 가닥의 숨결이 부딪치지만, 침묵이 있을 뿐이다. 페인 부인의 눈빛은 나에게 이해해 달라고 애원한다. 나도 우리를 지정된 장소로 몰아넣는 울타리에 대해 안다. 또한 태어날 때부터 속박되는 사슬이 있다는 것도 알고, 반면에 우리가 선택하는 것도 있음을 안다.

앞치마를 벗어 페인 부인의 책상 위에 올려놓는다.

"안 돼." 캐럴라인이 그것을 다시 낚아채 내 쪽으로 민다. 내가 거부하자, 그녀는 그것을 떨어뜨리고 내 팔을 잡는다. "가지 마. 무슨 짓을 한 거야, 조? 엄마가 왜 울고 계시는 거야?"

에타 레이가 부인을 힐끗 쳐다보자, 그녀는 간신히 고개를 끄덕인다. "여동생을 보내 주세요, 아가씨." 에타 레이가 말한다.

에타 레이도 알고 있었다. 수치심이 또 한 번 나를 찌른다. 누가 또 알고 있을까? 세상이 공모해서 나를 속인 거야?

"여동생……." 캐럴라인의 입에서 나지막한 비명이 흘러나온다. "오, 하느님 맙소사." 그녀는 진실을 찾으려는 듯 내 얼굴을 샅샅이 들여다본다. 그러나 진실은 그녀가 거울을 보고 내가 한눈을 파는 동안 우리 둘 다 놓쳤던 세세한 부분에 엄연히 존재했다.

계단을 내려가면서 그것으로 마지막이라는 것을 나는 안다.

가슴속에 흐느낌이 차오르지만, 나는 그것이 새어 나가지 않게 막는다. 품위는 결국 항복할 수밖에 없다. 그리고 품위가 사라지면 우리는 껍데기를 잃은 달팽이와 같다. 그때 달팽이가 할 수 있는 일은 가장 가까운 나뭇잎 뒤를 찾는 것이고, 거리에 사람들이 많이 모이는 퍼레이드가 있는 날이 아니길 바라는 것뿐이다. 적어도 달팽이는 부모가 누구인지 신경 쓸 필요가 없다.

현관문은 잘 열리지 않고, 포장된 차도의 돌멩이들은 내 발을 걸어 넘어뜨리려 한다. 마차가 덜컹거리며 다가오는 소리가 내 주의를 끈다. 독특한 배추색 바탕에 황금색 글자를 써넣은 마차를 보는 순간, 머릿속에서 경종이 울린다. 나는 목련 그늘에 몸을 숨기고, 마차가 페인 씨 저택의 진입로로 꺾어 들어가는 것을 지켜본다. 페인 씨 저택은 페인트칠이 필요하지 않지만, 손질이 필요하다고 해도 할인된 크럼프 페인트 같은 건 사지 않는다.

마차를 탄 사람이 커튼을 젖히자, 처진 눈꺼풀과 가는 코, 그리고 시든 껍질 같은 입이 시야에 들어온다. 무언가 차가운 것이 나의 위장을 섬뜩하게 한다.

크럼프 부인은 나 때문에 온 것이다. 네이선이 리지에게 다른 에스코트를 찾아보라고 했을 때, 나를 쳐다보던 부인의 얼굴이 떠오른다. 나를 탓하는 눈빛이었다. 리지가 자기 어머니에게 내 비밀을 털어놓은 게 틀림없다. 그리고 그녀가 나를 폭로하기 위해 여기 온 것이다. 그녀는 내가 지금 잃을 게 없다는 것을 모른다.

귀를 울릴 정도로 땡그랑거리며 빠르게 내 곁을 지나갈 때까지 설리번의 전차를 거의 의식하지 못하고 있다가 나는 서둘러 걷기 시작한다. 언제나 그 자리에 맴도는 하수구 냄새가 목련 향기를 제압하며 콧속으로 파고든다. 쏟아지는 아침 햇살에 눈이 부시다. 그러나 피치트리 거리는 혈관을 타고 내려오는 고통에도 아랑곳하지 않고 평소처럼 북적인다.

이런저런 생각이 앞서거니 뒤서거니 내닫는다. 맨 처음 떠오르는 것은 부모님이 어떻게 만났는지에 대한 의문이다. 올드 진은 샹도 신랑이었다고 했다. 어쩌면 페인 씨 저택에서 일했을지도 모른다. 샹은 자기 아이에 대해 알고 있을까? 나보다 두 뼘은 키가 크지만, 건장한 체격은 아닌 그 남자, 지상에서 자신에게 할당된 것보다 더 많은 것을 욕망하던 그 남자를 상상한다. 쓰디쓴 신물이 넘어와 목이 아프고, 눈물이 가득 고인다. 나는 다마스크 가방을 꽉 쥔다. 그것이 나를 이 세상에 정박하게 할 유일한 것인 양.

그런데 페인 씨는 어떻게 된 거지? 어떻게 부인은 남편에게 자기의 임신을 숨겼을까? 주머니가 두둑하면 많은 것을 숨길 수 있다. 남편이 가차 없는 것만큼 부인도 치밀하다. 그리고 때때로 눈은 원하는 것만 보고, 객관적으로 존재하는 것을 보지 못한 채 지나치기도 한다. 페인 씨는 피치트리 거리에서 가장 큰 저택과 애틀랜타에서 가장 성공한 제지소를 소유하고 있다. 무도회장의 최고 미녀인 부인과 아들 그리고 딸이 있다. 망가지지 않은 것을 왜

고치겠는가? 많은 의문이 있다. 많은 거짓말이 있다.

까마귀가 울고 있다. 그러나 나는 거의 의식하지 않는다. 당연히 올드 진도 알고 있었다. 그렇지 않으면 왜 페인 부인이 천하고 늙은 하인인 그를 경주에 나가도록 허락하겠는가? 죄책감. 올드 진은 내게 말할 생각이었을까? 내 활에는 비난의 화살이 많이 장전되어 있고, 마땅한 표적이 없으면 대부분 그를 겨눈다. 내가 살아오는 동안, 올드 진은 내가 누군지 정확히 알고 있었다. 그는 17년 동안 나에게 거짓말을 했다. 누가 나를 그의 현관문 앞에 두고 갔는지 알고 싶어 안달이 났을 때조차도.

신물이 다시 목으로 올라온다. 나는 억지로 그것을 삼킨다.

집으로 가는 대신, 화이트홀 쪽으로 향한다. 아직 이른 시각이라 상점들 대부분이 문을 열지 않았다. 유니언 역 근처에서 음식을 파는 포장마차의 천막이 펼쳐지기 시작했을 뿐이다. 한 줄은 백인 노점상들이고 더 멀리에 있는 다른 줄은 유색인 노점상들이다. 거리를 걷는 사람은 거의 없고, 하늘은 유리처럼 맑다. 발뒤꿈치로 차서 산산조각 내고 싶은 수정 같은 분위기가 도시 주위를 감돌고 있다.

벅스바움 상점의 정면과 긴 진열창이 내 눈앞에 펼쳐진다. 단정한 모습을 보니 머릿속의 혼돈이 제자리를 찾는 것 같다. 안으로 들어가기 전에, 나는 심호흡을 해서 분노를 가라앉힌다.

로비가 멀리 있는 벽 앞에서 옷감을 한 필씩 잘라 정리하는 모습을 보니 그나마 조금 힘이 난다. 그는 다시 점원 자리를 대신하고 있는데, 좋은 징조임에 틀림없다.

"설마 매듭을 벌써 다 만든 건 아니지." 로비가 말한다. 나는 고개를 끄덕인다. 입을 열어 말을 하기가 두렵다. 나는 다마스크 가방을 로비가 천을 자르던 작업대 위에 내려놓는다. 그 속에는 매듭 100개가 들어 있다. "이제 페인 씨 저택에서 일하지 않아." 나는 털어놓는다.

로비의 눈이 온화해진다. 우습게도, 연민의 눈빛을 한 번 받으면 자기 연민이 눈사태처럼 몰려온다. 나는 슬픔에 굴복하지 않으려고, 손가락으로 떡갈나무 매듭을 매만진다.

그의 불안한 표정을 보니, 내 얼굴이 일그러져 있는 게 틀림없다. 그는 옷감 한 필을 선반 위에 올려놓는다. "어떻게 된 거야?"

나는 손수건을 집어 든다. 다행히 주위에 손님이 별로 없어서 나의 슬픈 사연을 풀어놓는다. 로비는 팔뚝을 작업대에 기댄 채 귀를 기울인다. 그의 짙은 속눈썹이 가끔 깜박인다. 말을 마치자, 손수건은 흠뻑 젖어 있다.

캐비닛을 열더니, 그가 납작한 종이 상자를 꺼내 작업대 위에 놓는다. "방금 들어온 물건이야. 벅스바움 사장님은 그걸 '일회용'이라고 불러. 한 번 쓰고 버리는 손수건이야. 마음껏 써. 견본이니까."

일회용품은 내 코에 거친 느낌이지만, 고맙게도 제 몫을 다한다. 나는 쌓아 둔 옷감을 자세히 살펴본다. 색깔별로 다른 선반에 놓여 있다. "나는 어느 색깔이 있는 선반에 들어가야 하지?"

로비의 눈매가 날카로워진다. 그는 재빨리 소매를 잡아당겨 곧

게 편다. "자신을 혐오하게 만드는 자들을 그냥 내버려 두지 마. 겁 많은 귀족 가문 사람들이 너를 의심하게 만들도록 하지 말라고. 너는 네가 어디에서 왔는지 알고, 나도 네가 어디에서 왔는지 알아. 그건 선반도 아니고, 나라도 아니고, 어느 장소라고 할 수도 없어. 나는 네가 중국인이라는 것조차 잊을 때가 있어."

"난 잊을 수 없어." 나는 일회용품을 다시 사용한다.

"세상 사람들 말에 너무 신경 써서 그래. 너를 가장 잘 아는 사람들의 말에 귀를 기울여. 그럼 아무 문제 없을 거야."

"나를 가장 잘 아는 사람이 지금까지 나에게 거짓말을 계속하고 있었다면?"

"올드 진 아저씨가 잘못한 게 있다면, 너를 위해서 그런 거야." 로비의 눈길이 먼 곳을 보는 듯하다. "그렇게 오랜 세월이 지났는데, 아저씨가 지금 그 빚을 갚아야 한다는 게 이상해. 빌리 리그스는 그렇게 오랜 시간 빚을 그냥 놔둘 사람이 아니야. 네가 빌리를 만나러 가지 말았어야 했어. 너무 비틀린 인간이라, 죽어서 관에 들어가도 뼈를 가지런히 눕히지 못할 거야."

로비의 말을 듣는 둥 마는 둥 하면서, 페인 씨 저택에서 일하던 시절을 떠올린다. 나는 오물을 버리거나 하찮은 취급을 당하거나 시중드는 일에 대해 크게 개의치 않았다. 하지만 하필이면 그 가족을 위해서 그렇게 해야 했나? 메릿이, 내 오빠가 계속 시시덕거렸던 걸 생각하면 속이 울렁거린다. 그는 부도덕한 방식으로 나에게 호의를 보였다. 어쩌면 나도 그에게 조금 마음이 기울었는지도 모른다. 차갑고 무정한 내 어머니의 심장이 문제다. 속이 뒤집히는 것 같다. 오늘 한 끼도 못 먹은 게 다행일 뿐이다.

"네 얼굴이 창백해. 잠깐 여기 앉아." 로비가 걸상을 꺼낸다. "물 갖다줄까?"

나는 고개를 젓는다. 무엇으로도 마음을 진정시킬 수 없다는 것을 알기 때문이다. 로비는 실타래를 손으로 쓰다듬는다. "때로는 모든 게 산산조각이 났다가 더 좋은 쪽으로 맞춰질 수도 있어." 그가 나지막이 말한다. "노에미가 해고되었을 때, 나는 그 일로 노에미가 망가질 줄 알았어. 주말 내내 노에미는 담요에서 보푸라기를 뜯어냈지. 밤에 담요를 다시 덮으려면 뜯어낸 보푸라기를 모아서 다시 짜야 할 지경이었어."

그러나 나는 여전히 웃을 수 없다.

"하지만 페인 부인은 노에미가 돌아오기를 원했어. 그러자 노에미는 부인에게 자전거가 80달러가 아니라 5달러라면 돌아가겠다고 말한 거야." 로비가 킬킬거리며 웃는다. "내 말의 요지는, 축복은 감쪽같이 변장하기를 좋아한다는 거지. 내 느낌에 페인 씨 저택은 너의 디딤돌이지 목적지가 아닌 거 같아. 노에미의 경우와는 달라. 안녕하세요, 사장님."

내 뒤로 상점 주인이 걸어오는 것도 알아차리지 못했다.

"아침에 손님이 없네?" 그가 묻는다.

"지금은 잠깐 뜸하네요. 아까는 북적북적했어요."

벅스바움 씨는 얼굴을 찡그리며 이마에 주름을 만든다. 그가 아침 시간의 한산함을 로비 탓으로 돌리지 않기를 바란다.

그의 눈길이 내게로 향한다. "콴 양, 당신의 매듭은 매혹적이야. 상당한 수익을 올릴 수 있을 거야."

"감사합니다." 나는 짧게 대답한다. 사교적인 잡담을 할 기운도 없다.

"잉글리시 부인이 오늘 아침에 특별 주문을 했습니다." 로비가 말한다. "끈 색깔도 골랐어요. 제가 가져오겠습니다." 그는 뒤쪽 벽에 있는 계산대로 사라진다.

"최근에는 올드 진을 통 못 봤네. 지난번에 만났을 때 기침이 심하던데. 다 나았나?"

"네, 펜더그래스 약이…… 효과가 있었어요." 수증기가 피어오르던 빌리의 욕조가 떠오르고, 나는 얼굴을 찡그리지 않으려 안간힘을 쓴다.

"잘됐군. 우리 상점에서 파는 제품은 내가 보증하지." 벅스바움 씨가 선반 위로 손을 뻗자, 황갈색과 흰색이 섞인 그의 밸모럴 부츠가 삐걱거린다. 그것은 검은색과 흰색이 섞인 샹의 부츠보다 더 반짝인다. 샹이 여기서 그 신발을 샀는지 궁금하다. 벅스바움 상점은 동양인들을 환영하는 몇 안 되는 상점에 속한다.

불안감이 몰려온다. "사장님, 샹이라는 사람을 만난 적이 있나요?"

벅스바움 씨의 눈이 가늘어지더니, 이마가 물에 흠뻑 젖은 책처럼 구겨진다.

"저는 그가 어떻게 생겼는지 잘 모르지만, 9사이즈의 신발을 신었어요. 제가 듣기로는 17년 전에 이곳을 떠났다고 하던데요."

그가 이상하다는 표정으로 나를 바라본다. "당연히 그를 만난 적이 있지."

로비가 돌아온다. 한 손에는 주문 목록을, 다른 손에는 끈을 담은 상자를 들고 있다.

"그래서요, 사장님?" 나는 재촉한다.

로비가 끈의 길이를 자로 잰 다음, 그것을 가위로 자른다.

"샹은 올드 진의 아들이야."

로비의 가위가 멈춘다. 내 주위로 방이 빙글빙글 도는 것 같다. 나는 작업대를 잡고 몸의 중심을 잡는다.

"두 사람은 페인 씨 저택에서 함께 일했어." 벅스바움 씨가 머리 위쪽 벽에 붙어 있는 것을 쳐다보며 말을 이어 간다. "훌륭한 젊은이였지. 나를 상대로 영어 연습 하기를 좋아했어. 특히 글로켄슈필glockenspiel 같은 긴 단어들을." 그는 나를 보며 환하게 미소 짓는다.

나는 입술을 핥는다. "글로켄슈필이라고요?" G로 시작되는 단어다.

"독일 실로폰을 말하는 거야."

로비는 내가 가져갈 끈을 깔끔하게 한 묶음으로 정리하고, 동정 어린 눈빛으로 나를 훔쳐본다.

"그가 중국식으로 새해를 축하하려고 중국에 몇 가지를 주문해 달라고 부탁한 적이 있었지. 올드 진을 놀라게 해 주고 싶었을 거야." 그는 손가락으로 짚어 가며 말한다. "수박씨, 향茶, 말린 새우 그리고 폭죽."

"폭죽?" 로비가 묻는다. "그게 뭐죠?"

"종이로 만든 대롱에 화약을 채운 건데, 불을 붙이면 펑! 하고 터지면서 화려한 불꽃이 펴져나가지." 벅스바움 씨는 팔을 활짝 벌린다. "별이 폭발하는 것 같았어."

로비가 씩 웃는다. "보고 싶은데요."

"물론이지. 샹은 소란을 일으킨 죄로 감옥에서 하루를 보냈지만, 폭죽이 터지는 진풍경을 본 사람들은 멋진 밤을 선물한 그에게 고마워했지."

손님들이 상점 안으로 하나둘 들어오자, 벅스바움 씨는 관심을 돌린다. "올드 진은 샹이 은을 찾아 몬태나로 떠났다고 했지. 콴 양에게 직접 말하지 않았다니 놀랍군." 그는 스카프를 반듯하게 펴고, 새로 온 손님을 맞으러 간다. "콴 양, 너무 서둘러 매듭을 만들 필요는 없어." 그가 어깨 너머로 돌아보며 말한다.

"네, 사장님." 나는 간신히 대답한다.

손님 하나가 로비에게 도움을 청하자, 그는 내 끈을 포장하는 것을 서둘러 마친다. "상황은 더 좋은 방식으로 다시 맞춰진다고 했던 말, 잊지 마."

나는 목이 메어 대답한다. "고마워, 로비."

힘겹게 걸어서 집으로 돌아가는데, 달갑지 않은 태양이 삶을 다시 거리로 꾀어내기 시작한다. 나는 올드 진에게 향하는 분노를 억누르려 애쓰지만, 그것은 물고기처럼 쉽게 빠져나간다. 지금까지 항상, 내 옆에 가족이 있었던 거다. 올드 진과의 기억이 머릿속에서 흘러넘친다. 버려진 신문과 폐지 상자로 올드 진은 꾸준히 나를 가르쳤다. 의무감에서가 아니라 헌신적이었다. 왜 나의 할아버지라고 말하지 않았을까? 아마도 내가 너무 많은 질문을 해서 내 부모님에 대한 비밀을 지키기 어렵게 할 것임을 알아서 그랬던 걸까?

나는 조심스럽게 삼나무 쪽 입구로 들어가 문을 닫는다. 지하실 안으로 들어와, 부츠를 벗고 머리핀을 잡아 뺀다. 분필 한 자루를 찾아서, 잊어버리기 전에 벽에 글로켄슈필이라는 단어를 적어 넣는다. 그리고 위로받기 위해 엿듣기 배관의 마개를 뽑는다.

아무 소리도 들리지 않는다. 나는 난롯가로 옮겨 간다. 신문지로 부싯깃 통을 채우는데, 헛간 입구에서 외풍이 불어 들어오는 게 얼굴에 느껴진다. 맥박이 뛰기 시작한다. 올드 진이 돌아오기에는 너무 이른 시각이다.

누군가가 은신처로 들어오고 있다.

제34장

들고 있던 불쏘시개를 떨어뜨린다. 나뭇가지들이 바닥에 흩어진다. 내 눈은 새로 산 손도끼를 찾아 방 안을 샅샅이 훑으며, 공포를 가라앉히려 애쓴다. 재앙이 헛간 문을 통해 들어온다면, 나는 그쪽으로 달려가지 않을 것이다. 서쪽 통로로 도망가 나무 출구를 빠져나와 애틀랜타의 차가운 공기를 들이마신다.

이제 어떡하지?

겁쟁이. 아마 동물이었을 것이다.

어쨌든 나는 나무 앞을 떠난다. 평소와 다른 흐트러진 차림새로 나와 나뭇가지를 헤치고 간다. 그리고 거리 쪽으로 걸어간다. 처음으로, 나는 사람들을 만나기를 바란다. 유모차를 밀고 가던 두 여성이 나를 보고 비명을 지르더니, 서둘러 유모차를 밀어서 멀어진다. 난 지옥에서 방금 튀어나온 악마처럼 보일 것이다. 맨

발에, 머리카락은 장맛비처럼 얼굴로 쏟아져 내리고, 도끼까지 들었으니, 오갈 데 없다. 나라도 나를 보면 도망갈 것이다.

이가 덜덜 떨린다. 정신을 차려야 한다. 헤머 풋은 이런 나를 보고 싶어 하지 않을 것이다. 두려워하는 모습보다 더 나쁜 건 주위 사람들을 겁먹게 하는 것이다. 나는 재빨리 머리를 땋아 올리고, 도끼를 겨드랑이에 낀다. 이슬에 젖은 양말이 점점 축축해져, 걸을 때마다 질척거리는 소리가 난다.

목적지 없이 걷다 보니, 두려움이 서서히 사그라든다. 지하실은 우리의 집이다. 나는 오늘 직장을 잃었고, 모성애는 변하지 않는 본성이라는 믿음도 잃었다. 그러나 싸우지도 않고 집을 포기하지는 않을 것이다. 나는 빙 돌아서 헛간 입구를 향해 걷는다. 뾰족한 자갈이 발을 찌른다.

소나무 숲 뒤에 숨어, 나는 버려진 헛간을 지켜본다. 검게 그을린 외벽은 절반만 남아 있고 지붕은 무너져 있어 사람들은 그곳을 피해 간다. 헛간 주위에 자라는 엉겅퀴 때문에 발 디딜 자리가 없어서 더 가까이 오지도 못한다. 그러나 안에 있는 대들보는 단단하다. 썩은 나무들은 오래전에 싣고 나가 버렸다.

침입자는 마구간에서 쉬어 가려던 취객이었을 것이다. 그러다가 바닥에 숨겨진 문손잡이를 발견했겠지. 전에 그런 일이 없었다고 해서 결코 그런 일이 일어나지 말라는 법은 없다.

용기를 내어 입구로 살금살금 걸어간다. 신음이 정적을 깨뜨린다. 흙 위에 떨어진 루비처럼 피가 점점이 흩어져 있다. 헛간 안에서 야윈 두 다리가 튀어나와 있다. 한쪽 발은 부츠가 벗겨져 있고, 플란넬로 감싼 발바닥이 반쯤 죽은 물고기처럼 꿈틀거린다.

나는 헛간으로 뛰어 들어간다. "올드 진!" 나는 비명을 지른다. 바닥에 있는 문이 열려 있다. 하지만 올드 진은 내려갈 수 없었을 것이다. 나는 허리를 굽혀 그의 주름진 몸을 들여다본다. 입에서 피가 흘러나오고, 얼굴은 검붉은 멍투성이다. "누가 그랬어요?"

"거북이 알 같은 놈." 그가 침을 뱉는다. "집으로 오고 있는데 그 놈의 부하가 나를 붙잡았어."

"넉스군요."

올드 진은 고개를 끄덕인다. 그는 머리에서 몇 발짝 떨어진 곳에 있는 빈 초록색 병을 힐끗 쳐다본다. "저걸 내게 줬어."

나는 도끼를 내려놓고 병을 집어 든다. 펜더그래스의 만병통치약이다. 모든 감정이 빠져나가고 죄책감만 남는다. 그것이 사방에서 나를 찔러 댄다. 내가 속인 것을 빌리가 알게 됐나 보다. 이 모든 것이 50센트짜리 보리차 한 병의 대가이다. 나는 빌리가 세상에서 나에게 가장 중요한 사람이 누구냐고 묻던 날을 떠올린다. 이제야 그 이유를 깨닫는다. 나는 이를 악물고 분노의 눈물을 참는다. "비겁한 놈. 방어할 능력이 없는 노인을 때리다니."

올드 진이 얼굴을 찡그린다. "방어할 능력이 전혀 없는 건 아니야. 네가 나를 봤어야 해."

말은 그렇게 하고 있지만, 그는 숨을 헐떡인다. 한쪽 눈에서는 눈물과 피가 섞여 흐른다.

"제 잘못이에요. 저는 상에 대해 더 알고 싶었어요. 죄송해요."

그의 선량한 눈이 나와 도끼를 훑는다. "나무를 베러 갈 때는 신발 신는 것을 잊지 말아야 해, 응?"

"어딜 다치셨어요?"

"누가 다쳤다고 그러니?"

나는 화가 나서 씩씩거린다.

"갈비뼈에 금이 간 것 같아." 그가 마지못해 인정한다. "몇 군데 더 다쳤을 수도 있고." 그는 내 뺨 위로 흘러내리는 눈물을 보고 혀를 찬다. 정신 차려야 해! 올드 진은 내가 필요하다. 나는 지하 실로 달려가 그의 갈증을 달래 줄 물과 상처를 싸맬 헝겊을 가져 온다. 그의 몸을 살피는데 다시 눈물이 쏟아진다. 피부 전체에 고 르게 넉스의 놋쇠 관절로 맞은 네 개의 자국으로 멍이 들어 있다.

보리차로 천을 적셔 멍든 자리를 압박하면서, 나는 우리에게 후추가 있었으면 좋겠다고 생각한다. 노에미는 후추가 예상치 못 한 많은 문제를 해결한다고 말했다. 타박상도 포함한다. 내가 피 묻은 손가락 마디를 씻자, 올드 진이 움찔한다. 그도 상대방에게 어느 정도 타격을 입혔을 것이다.

"벅스바움 사장님이 상에 대해 말해 줬어요. 왜 나한테 말하지 않았어요?"

그가 한숨을 쉰다. 보이는 것보다 느껴지는 게 더 많은, 보이지 않는 물 같은 한숨이다.

"어린 어깨로 짊어지기에는 너무 무거운 짐이었어."

"샹이 나에 대해 알고 있었나요?"

"아니. 그 편지는 네 어머니가 서배너로 떠나기 전에 마지막으로 쓴 거였어." 그의 목소리가 낮아진다. "너를 페인 씨 저택으로 다시 데려가서 미안하구나. 나는 자매 사이에 친밀감이 생기길 바랐어. 부모와의 관계보다 더 오래가는 거잖아."

충격받은 캐럴라인의 표정이 눈앞에 떠오르면서, 희미하게나마 납득할 수 있다. 올드 진의 눈이 부르르 떨리면서 감긴다.

"올드 진." 나는 차가운 손가락 같은 두려움이 심장을 짓누르는 것을 느끼며, 올드 진을 부른다. "정신 차리세요." 그는 움직이지 않는다. 나는 담요와 베개를 가지러 간다. 올드 진의 방 한구석에 접어 둔 담요 아래에서, 나는 밸모럴 부츠를 발견한다. 그는 그것을 팔지 않았다. 아들을 기억하는 몇 안 되는 물건들이니까. 나는 그의 곁으로 돌아와 담요를 덮어 주고 베개를 받쳐 준다. 그리고 그의 손을 잡는다. 세월이 흐르면서 작아진 것처럼 보이는 손. 살아오는 동안 많은 것을 견디며 나를 이끌어 준 손.

담요를 덮고 누워 있는 올드 진은 상처 입은 큰 박쥐 같다. 곧 허물어질 것처럼 보인다. 아무 보답도 바라지 않고, 두 사람 몫의 일을 해낸 올드 진에 대한 사랑이 가슴속에 차오른다. 내 기저귀를 갈아 주고 나를 달래서 잠들게 하던 사람에게, 그토록 화가 났다니. 내가 독감에 걸렸을 때, 그는 수프와 부드러운 콧노래로 내 몸 안의 열을 살살 달래서 가라앉혔다. 그는 나에게 자매가 생기기를 바랐다. 자신이 세상을 떠났을 때 나에게 가족이 하나라도 있도록 하기 위해서.

우는 모습을 보여 주고 싶지 않아, 나는 지하실로 다시 들어가 땀투성이의 디러운 몸으로 침대에 쓰러진다. 나는 숨을 헐떡이며 흐느낀다. 그리고 어떻게 해야 할지 생각해 내려 애쓴다. 올드 진을 어떻게 지하실로 데려올 수 있을까? 그를 더 다치게 하지 않으면서 아래로 옮기는 것은, 물통을 들고 사다리를 내려오는 일만큼 어려울 것이다. 나는 그를 치료할 방도를 찾아야 한다. 하지만 어떻게? 우리는 의사를 부를 돈도 없지만, 있다고 해도 동양인을 치료해 줄 의사부터 찾아야 한다.

부드러운 매트리스 위에서 푹 쉬면서 멍든 상처를 얼음으로 식혀야 하는 순간에, 그는 추위와 감염에 시달리며 버려진 헛간에서 죽어 갈 것이다. 그의 부츠를 찾아야 한다. 부츠 한 짝이 거리에 나뒹굴고 있을 것을 생각하니 더 눈물이 난다.

나는 누비이불에 얼굴을 닦는다. 내 눈은 '비통하다^{grievous}'라는 단어에 고정된다. '충격적으로 고통스럽고 야만적인'이라고 적혀 있다. 네이선이 던진 물건들로 방 안이 어지럽혀져 있는 것을 보고 벨 부인이 비통하다고 말했을 때 써넣은 것이다.

비통하다는 단어는 우리 처지에 맞는 말이지만, 나는 아직 비통하지 않다. 해야 할 일이 있다. 나는 올드 진에게 따뜻한 벽돌을 갖다줄 것이고, 밖으로 나가 도움을 청할 것이다. 삐걱거리며 침대에서 일어나다가 다른 소리를 듣고 그 자리에서 얼어붙는다.

왈왈.

제35장

거대한 털 뭉치가 내게로 튀어 올라 나는 다시 침대에 주저앉는다. "베, 베어?"

왈! 베어는 분홍색 전령 같은 혀를 내민다.

"어, 어떻게 네가 여기에……?" 엿듣는 배관을 재빨리 돌아본다. 황급히 지하실을 빠져나가느라 마개 꽂는 것을 잊었다.

마개 쪽으로 손을 뻗은 순간, 네이선의 목소리가 들린다. "베어 어디 갔니? 또 창밖으로 나갔나 봐."

베어가 다시 짖기 전에 마개를 꽂는다. 베어는 설명을 기다리는 듯 귀를 쫑긋 세운 채 엿듣는 배관과 나를 번갈아 바라본다.

"오, 베어." 나는 떨리는 목소리로 말한다. 베어는 내 무릎 위에 머리를 얹는다. 맹세컨대, 내가 무엇을 필요로 하는지 그 개는 정확히 알고 있다. 나는 베어를 껴안는다. 개는 내 흐느낌이 끝날 때까지 움직이지 않는다.

"고마워." 마침내 나는 개에게 말한다. "하지만 나는 도움을 청하러 가야 해. 그리고 네이선이 너를 걱정할 거야. 가자."

올드 진은 꼼짝하지 않고 그대로다. 베어는 그의 주위를 돌다가, 발치에 앉는다. 내가 헛간 출구 앞으로 가도 따라오지 않는다.

"베어, 이리 와!" 나는 네이선이 하던 대로 허벅지를 두 번 때린다. 개는 나를 보더니 다시 올드 진을 바라본다.

"가자!"

그러나 베어는 아예 땅에 배를 대고 자리를 잡는다. 뭘 하자는 거지? 그러나 지금은 개를 걱정할 때가 아니다. 나는 올드 진을 위해 도움을 청하러 가야 한다. 하지만 누구한테? 베어가 고개를 들고, 북슬북슬한 털 사이로 나를 지켜본다.

안 돼. 벨 씨 가족에게 우리의 비밀을 알릴 수는 없어. 올드 진은 엄격하게 규칙을 지켰고, 규칙은 우리가 계속 안전하게 살기 위한 것이었다. 그러나 오늘은 그가 규칙을 바꾸는 것에 개의치 않으리라는 생각도 든다.

벨 씨 집 현관문은 이미 열려 있고, 나는 서둘러 계단을 올라간다. 네이선이 코트를 어깨에 걸친 채 나타난다. 나를 보자 그의 얼굴이 환하게 펴진다. "조? 무슨 일이에요? 괜찮아요?"

"올드 진이……." 나는 다시 목이 메어 흐느껴 운다. "빌리에게 당했어요."

네이선의 어머니가 뒤에서 나타나 행주로 손을 닦는다. "오, 이린!" 그녀가 다가와 약간 축축한 손으로 얼어붙은 내 손을 잡는다.

"올드 진은 어디 계세요?" 네이선이 묻는다.

"나를 따라오세요."

헛간으로 돌아간다. 두 사람은 버려진 헛간을 보고 발걸음이 떨어지지 않을지도 모르지만, 그런 기색을 드러내지 않고 내 뒤에서 따라온다. 베어가 왈! 짖으며 네이선에게 달려간다.

"아!" 네이선이 베어를 쓰다듬는다. "착한 개가 여기 있구나."

벨 부인이 올드 진 옆에 웅크리고 앉는다. 피투성이가 된 올드 진의 모습을 보고 역겨움을 느낄지도 모르지만, 그녀는 걱정스레 혀를 찰 뿐이다. "스위프트 박사를 불러야겠어. 어서, 네이선."

"최대한 빨리 돌아올게요." 네이선의 모습이 사라지자, 개는 다친 양을 보호하듯, 올드 진의 발치에 다시 주저앉는다.

나는 올드 진의 손을 잡고, 벨 부인의 맞은편에 앉는다. "걱정 말아요, 조." 그녀는 내 이름을 안다. "스위프트 박사는 노련한 데다 이름에 딱 맞는 사람이에요.* 때를 놓치지 않고 올드 진을 치료해 줄 거예요." 그녀는 좀 더 편안한 자세를 잡으려 한다. 무릎을 접고, 치맛자락에 묻은 헛간의 흙먼지를 털어 낸다.

"의자 같은 걸 갖다 드릴까요?"

"아니, 괜찮아요. 그런데 어, 어떻게?"

---

* swift. 재빠르다는 뜻.

내 시선을 따라가던 그녀가 바닥에 열려 있는 문을 보고 의아해하는 표정을 짓는다.

나는 벨 부인에게 지하실에서 우리가 살아온 이야기를 한다. 그녀는 나의 설명을 들으면서도 몸을 움찔하거나 진저리를 치지 않는다. 자기 집 지하실에 쥐 말고 다른 존재가 있다는 걸 알았을 때 사람들이 보여 주리라 예상할 수 있는 어떤 반응도 하지 않는다. 그저 숄을 팔에 단단히 두르고 차분히 앉아 귀를 기울인다.

올드 진의 눈에서 다시 피가 흐르기 시작한다. 나는 또 다른 냉찜질 수건을 만든다. 내 머릿속에서 무력함과 감사함과 부끄러움이 뒤섞여 혼란스럽다. 이제 우리가 발각된 이상, 벨 씨 집 사람들도 집주인에게 거짓말을 할 수는 없을 것이다. "죄송해요."

그녀가 올드 진을 살펴본다. "소화 불량 때문에 잠을 설칠 때 집 안을 돌아다니면서 속을 가라앉히죠. 몇 년 전까지는 인쇄소에 들어갈 때마다 여자아이 목소리 같은 게 이따금 들려왔어요. 남편은 소화 불량 때문에 내가 방귀를 뀐 거 같다고 했지요. 우리가 하는 말을…… 엿들었어요?"

나는 죄책감을 느끼며 고개를 끄덕인다. "하지만 항상 듣지는 않았어요. 가끔, 필요할 때만요."

그녀는 두 손을 포개며 당황한 표정을 짓는다.

"인쇄소에서만요." 나는 황급히 덧붙인다. "노예 폐지론자들이 그곳에 엿듣는 배관을 설치했어요."

"노예 폐지……." 말이 끊긴다. 그녀는 조심스레 자세를 바꾸어

다리를 꼰다. "좀 더 일찍 알았으면 좋았을 텐데요. 조와 올드 진을 몇 번 본 적이 있었어요. 그래서 이 근처에 살고 있을 거라 생각했어요. 법무사 부인이 모자 가게에서 일하는 동양인 여자애 이야기를 했을 때, 뭐랄까, 호기심이 생겼지요. 하지만 조가 왜 나에게 친숙하게 느껴지는지 이해할 수 없었어요."

나는 흘러내리는 눈물을 손바닥으로 닦는다. 그녀가 팔을 뻗어 따뜻한 손으로 나의 젖은 손을 잡는다. "그리고 네이선이 조가 우리의 스위티 양이라고 말해 주었어요. 그때 나는 생각했어요. 이 소녀는 우리 삶과 연결될 운명이라고."

"불쾌하지 않으세요?"

"아뇨." 부인의 눈에 눈물이 고인다. "다행이에요."

그 이후의 30분은 매우 빠르게 흘러간다. 나는 올드 진과 내가 어떻게 지하실에서 살게 되었느냐는 벨 부인의 질문에 대답한다. 그리고 페인 부인과 나의 관계도 털어놓는다. 최악의 사건은 이미 벌어졌으므로 더 이상 숨길 이유가 없다. 게다가 나는 너무 지쳐서, 다른 어떤 생각도 할 수 없다.

말발굽 소리와 바퀴 구르는 소리가 우리 쪽을 향해 달려온다. 그리고 곰 같은 체격의 남자가 문 앞에 나타난다. 커다란 가방을 들고 있다. 그는 벨 부인과 눈물로 얼룩진 내 얼굴을 보더니 말한다. "제가 늦지 않았기를 바랍니다."

벨 부인이 일어선다. "아니에요, 의사 선생님. 하지만 서둘러 주세요."

제36장

벨 가족이 사는 이층집은 하얀 창틀과 밝은 빛 커튼이 특징이다. 묵직한 갈색 현관문 양쪽에는 편백나무 화분이 지키고 서 있다. 나는 벨 부인이 수수하고 깔끔한 옷차림처럼 집 안을 꾸밀 것이라고 상상했다. 그러나 직접 안에 들어가 보니, 깔끔하게 정돈된 집은 야생화 꽃밭 같다.

스위프트 박사가 응급 처치를 한 뒤, 네이선은 박사를 도와 올드 진을 벨 씨 가족의 집 현관까지 옮겼다. 우리는 부츠 한 짝을 찾지 못했다. 아마도 거리의 부랑자들이 주워 갔을 것이다. 남자들은 올드 진을 거리가 보이는 1층 침실로 옮겼다. 그리고 갓 다림질한 시트가 덮인 매트리스 위에 눕혔다.

스위프트 박사가 소매를 걷어 올린다. "등을 높여 주세요. 구멍난 폐로 숨을 쉬기가 더 편해져요. 염증이 생기지 않도록 기도해야 해요."

나는 벨 부인을 도와 올드 진의 등 뒤와 무릎 밑에 베개를 밀어 넣는다. "다친 눈은 어떤가요?"

"청결을 유지하고, 선한 주님께서 우리에게 눈을 두 개 주신 것에 감사해야죠."

나는 발에 힘을 준다. 오, 하느님, 제발 그의 눈에 아무 일도 없게 해 주세요. 벨 부인의 입에서 동정 어린 한숨이 새어 나온다. 의사는 가방에서 소독약 한 병을 꺼내 파란색 유리병과 함께 화장대 위에 놓는다. "이 팅크제는 작은 티스푼 하나나 둘쯤으로 통증을 완화해 줄 거예요. 동양인에게 이 약을 써 본 적은 없지만, 우리 백인과 마찬가지일 거라고 봅니다. 환자에게는 두 달간의 휴식과 영양가 있는 수프가 필요해요. 환자가 체스를 잘 두나요?"

"중국식이든 미국식이든, 만약 지신다면 일부러 져 주시는 거예요." 나는 나지막이 말한다.

"정말요? 그렇다면 이 늙은이가 새로운 수를 배울 기회군요."

네이선이 덧문을 닫을 때 저녁 햇살이 들어와서 그랬는지도 모르지만, 올드 진의 얼굴에 미소가 유령처럼 드리워지는 것이 보인다. 나는 올드 진이 최선의 도움을 받고 있음을 알기를 바란다. 우리 집은 아니지만, 집에 머무는 것과 마찬가지다.

벨 부인은 나에게 볏짚으로 만든 솔을 주면서 1층 욕실로 안내해 준다. "천천히 씻어요. 나는 저녁 준비를 할게요."

욕실은 지하실에 있는 나의 방 크기와 같다. 수건 봉, 내야 그리고 썻고 행구면서 나오는 물을 담는 수조가 있다.

거울을 흘낏 보니 내가 내 얼굴에 겁이 날 정도다. 눈은 퀭하고, 입은 근심으로 부르텄다. 네이선이 김이 오르는 뜨거운 물 두 양동이를 가져와 욕조 옆에 내려놓는다.

"시간이 걸려도 괜찮다면 욕조에 물을 채워 줄 수 있어요." 나의 엉겨 붙은 머리카락을 눈여겨보며, 그는 어쩌면 밤새도록 물을 끓여야겠다고 생각할지도 모른다.

"이 정도면 충분해요. 감사합니다."

"조, 하고 싶은 말이 있어요. 올드 진 일은 안됐지만, 여기 있게 되어 기뻐요. 나는 말을 하지 않을 수가……." 그는 문틀을 잡고, 눈을 어디에 두어야 할지 몰라 한다. "어, 내가 나가야 씻을 수 있겠네요." 그는 움찔하더니 문을 닫는다.

팔다리가 쑤시지만, 나는 마지막 물 한 방울까지 쓰면서, 피부가 분홍색으로 변할 때까지 목욕 수건으로 문지른다. 오늘 아침에 비밀을 알게 된 사건은 아주 오래전 일처럼 느껴진다. 하루 동안 그토록 많은 사건이 일어날 수 있다는 것을 누가 알았을까? 올드 진에게 사고가 났음을 페인 씨 가족에게 알려야 한다. 그 집에 다시 가야 한다고 생각하니 기분이 더 우울해진다.

어머니가 나를 사랑하기는 했나?

나는 그녀를 사랑하지 않았다. 단지 생각했을 뿐이다. 나는 페인 부인 같은 어머니를 꿈꿨다. 눈에 미소가 가득하고 입술에 노래가 묻어나는 사람을. 여름 복숭아 향기가 나는 사람을.

나는 헝클어진 머리카락에 화풀이하듯, 씻고 헹군다. 그리고 다시 묶어서 쏟아진 잉크처럼 윤기 나는 머리채를 어깨에 드리운다. 그러고 나서 올드 진 옆을 지키며 숨 쉴 때마다 그의 앙상한 가슴이 오르내리는 것을 내내 지켜본다. 내가 그의 곁을 지키는 동안 벨 부인이 스튜를 가져다준다. 걱정 때문에 위가 움직이지 않아 겨우 몇 입만 먹는다.

나는 반쯤 비운 그릇을 들고 방에서 나와 그녀에게 말한다. "감사합니다. 나머지는 나중에 먹을게요. 설거지는 제가 할게요."

"그런 말은 듣고 싶지 않아요. 내 실내복을 빌려줄까요?"

"정말 친절하시네요, 하지만 할 일이 있어서 지하실에 가 봐야 해요."

네이선이 신문 뭉치를 들고 집을 가로질러 가다가 걸음을 멈춘다. "내가 같이 가도 될까요?"

나의 사적인 공간을 그에게 보여 준다고 생각하니 파이 깡통 위에 마른 콩 100개가 쏟아지는 것처럼 위가 들썩인다. 하지만 내가 살아오는 동안 내내 그를 지켜보지 않았던가? "네, 좋아요."

그는 쓰레기 더미에 신문을 갖다 두고, 램프를 챙겨 돌아온다. 나는 고개를 가로젓는다. 지하실에 있는 우리 집을 벨 씨 가족은 알게 되었지만, 다른 사람들은 몰랐으면 좋겠다. "나를 따라오세요."

길을 밝혀 줄 달도 없어 평소보다 어두운 밤이다. 나는 슬그머니 네이선의 손을 잡고 길을 안내한다. 내 얼굴이 빨갛게 타오르는 것을 숨겨 준 어둠에 감사하면서. 우리는 버려진 헛간 쪽으로 말없이 걷는다. 그곳이 버지니아 삼나무 숲보다 찾아가기가 더 쉽다. 사다리를 내려가니, 익숙한 흙냄새와 목련 뿌리 향기가 난다. 우리가 서쪽 통로에 늘 놔두는 등유 램프의 불을 켜자, 네이션은 숨을 죽인다. 램프를 들고 통로를 따라가는 동안 조용히 옆에서 걷고 있던 그와 함께, 나도 마치 처음 보는 듯 우리의 은신처를 바라본다. 우리의 생활 공간에 이르렀을 때, 올드 진과 내가 꾸며 놓은 작고 깔끔한 집에 대한 자부심으로 가슴이 부푼다.

그가 방을 돌아다니는 동안 나는 잠옷과 속옷을 챙긴다. 그는 난로, 스풀 테이블을 유심히 본 뒤 심지어 웅크리고 앉아 양탄자를 관찰한다. 그는 내 공간으로 건너간다. 그의 감탄하는 눈길은 수를 놓아 장식한 커튼에서 나의 작은 침대로, 그리고 사전과 촛불을 올려놓은 나무 상자로 만든 협탁으로 움직인다. 그리고 G로 시작하는 단어들로 향한다. 복잡하고 깔끔한 글씨체로 적힌 단어들은 점점 늘어나 벽 높이만큼 올라가 있다. 그가 어떤 단어를 찾아낸다. "기운 나게 하는 땅콩들." 그리고 소리 내어 읽는다.

나는 엿듣는 배관에서 마개를 뽑는다. 그는 내 침대 위로 천천히 몸을 숙여 구멍에 귀를 갖다 댄다. 아무 소리도 들리지 않는다. 인쇄소에 아무도 없으니까.

"그동안 꽤 많이 엿들었겠어요."

"음, 그렇죠." 나는 기침을 한다. 수놓인 커튼을 잡아당겨 숨고 싶은 충동에 사로잡힌다. 그는 다시 방 안을 훑어보더니, 주먹으로 턱을 괸다.

"이곳은 당신의 아발론이에요."

"아발론이라고요?"

"베어와 내가 몰래 숨는 곳의 이름인데, 아서왕의 마법의 섬에서 이름을 따온 거죠. 이제 보니, 당신도 나에 대해 모든 걸 알지는 못하네요." 우리는 눈을 맞추고 웃는다.

"당신 가족은 나에게 많은 단어를 가르쳐 줬어요. 내가 염소 사육자의 집 지하실에서 살았다면, 나는 결코 스위티 양이 되지 못했을 거예요."

"염소가 그런 말을 들으면 상처받아요. 염소들은 아무도 안 볼 때 셰익스피어를 낭독한다고 들었어요." 그는 가슴에 손을 얹고 비장하게 말한다. "매애 우느냐 안 우느냐, 그것이 문제로다."*

나는 살짝 미소를 지으면서 옷 꾸러미를 가슴에 끌어안는다.

"나를…… 용서할 수 있어요?"

그는 미소 짓는다. "스위티 양 덕분에, 내 가슴은 예전과 같지 않게 되었어요."

희미한 불빛 속에서 그의 표정을 읽을 수 없다. 물론 사랑이 아니라 찬사의 말이다. 그렇지 않으면 왜 스위티 양이라는 이름을

---

* "To be or not to be, that is the question"을 비슷한 발음인 "To bleat or not to bleat, that is the question"으로 바꾼 것.

말했겠는가? 감정은 과일처럼 익어 가는데, 그것은 내 손이 닿지 않는 나무에 달린 과일이다. 나는 그림자들이 공모하여 나를 그에게 더 가까이 다가가게 하는 것을 못 본 체한다. 그는 더 가까이 다가온다. 하지만 무언가를 깨뜨릴까 두려운 듯 조심스럽다.

"올드 진의 새 양말을 가지러 가야겠어요." 나는 단호하게 말한다.

"어, 물론이죠."

그는 목을 가다듬는다. "내일 올드 진이 폭행 당한 걸 경찰에 신고하겠어요."

"난…… 올드 진이 원하지 않을 거 같아요."

"왜죠?" 얼굴을 찡그리자 그의 매끄러운 뺨이 망가진다.

"우리는 어떤 것들은 믿지 않기 때문이에요."

그는 더 많은 설명을 원하는 표정이지만, 평생의 경험에서 얻은 경계심을 설명하기는 어렵다. 정의와 공평은 우리가 아닌 다른 이들을 위한 것이고, 정해진 사람에게만 씌워지는 우산이다. 동양인들은 그저 비를 피하려고 애쓸 뿐, 만약 폭우를 맞게 되더라도, 비가 영원히 내리지는 않는다는 사실을 염두에 둔 채 그럭저럭 견딜 뿐이다.

"그럼…… 나는 믿나요?"

"네."

제37장

네이선은 자기 방을 양보하겠다고 했지만, 그런 일은 생각만 해도 뺨이 붉어진다. 어쨌든 나는 올드 진이 뭔가 필요로 할 경우를 대비해 그 방에서 자는 게 나을 것이다.

나는 올드 진의 기침 소리에 놀라 잠에서 깬다. 덧문 틈새로 들어오는 햇빛이지만, 너무 밝다. 나는 일어나서 물을 가져와 올드 진의 입술을 축여 준다. 그는 내가 본 적이 없는 플란넬 잠옷을 입고 있다. 네이선의 것인가? 나는 베개 높이를 조절하면서 그가 화장실에 가야 하는지 궁금해한다. 하지만 그는 축 늘어져 있고, 어제보다 더 작아지고 더 많이 다친 것처럼 보인다.

벨 부인이 방 안으로 고개를 들이민다. 나는 그녀를 따라 방에서 나와 문을 닫는다.

"좋은 아침이에요, 벨 부인. 늦잠을 자서 죄송합니다. 올드 진이 약을 드셨나요?"

"네, 오늘 아침에요. 네이선과 함께 화장실도 다녀왔어요."

부인은 과일이 수놓인 앞치마에 손을 닦는다. 벌써 백발이 되기 시작한 머리카락을 뒷목 부근에서 빵 모양으로 단정하게 틀어 올렸다. "조가 깊이 잠들어 있어서 깨우고 싶지 않았어요."

"감사합니다. 그런데 네이선은⋯⋯."

"그 애는 신문사 일을 처리하고 있어요."

나의 눈은 부엌 테이블 위에 놓인 오늘 자 『포커스』로 향한다. 네이선은 전차에 관한 스위티 양의 칼럼에 '앉는 방법은 나도 안다'라는 제목을 붙였다. 그는 밤새워 신문 편집을 했을 것이다.

"저는 나가 봐야 해요. 페인 씨 댁에서 올드 진이 왜 출근하지 않는지 궁금해할 거예요." 고민은 잡초와 같아서 외면할수록 더 무성해진다. 피해를 더 끼치기 전에 확실히 뽑아내는 게 낫다.

봄의 용이 포효하고 있다. 그 입김에서 베어 낸 풀과 꽃가루 향이 난다. 나는 올드진의 모자를 쓰고 빌린 보닛을 포대 자루에 넣은 채, 피치트리 거리를 터벅터벅 걷는다. 페인 부인의 모자를 한 번도 내 모자라고 생각한 적이 없다. 그래서 포기할 수 있다. 아마 페인 부인도 나에 대해 그렇게 느꼈을 것이다. 필요할 때만 데려오는 것. 비용이 올라가면 나를 제자리로 돌려보낸다.

그 여자에 대한 나의 분노는 처음보다 무뎌졌지만 왠지 더 고통스럽다. 물어뜯는 것에서 갉아 먹는 쪽으로 변한 것 같다. 해머 풋은 다른 사람의 자리에 서 보는 것이 자신의 자세를 취할 때 유익하다고 가르쳤지만, 오늘 나는 간신히 내 자리에 설 수 있을 뿐이다.

올드 진의 모자가 귓가로 흘러내린다. 페인 씨 저택은 올드 진처럼 유능한 사람을 구하기 힘들겠지만, 대체할 사람을 데려와야 할 것이다. 좋은 조련사는 찾기 힘들다.

벨 부인이 고집해서 겨우 먹은 비스킷이 페인 씨 저택 진입로에 들어서자 뱃속에서 차갑게 굳어 버린다. 페인 씨의 사유지에는 불안정한 고요함이 있다. 결코 평화를 얻지 못한 옛 전쟁터에 감도는 그런 고요함이다. 나는 더 이상 여기서 일하지 않기에, 안뜰을 돌아 부엌 쪽으로 가는 대신 곧바로 현관문을 두드린다.

에타 레이가 맞이한다. 갈대 같은 몸매가 어제보다 더 굽어 보인다. 그녀는 이미 알고 있었다. 그동안 나를 불쌍히 여겼을까? 그녀는 또 어떤 짐을 짊어지고 있을까?

"얼마나 오랫동안 알고 있었던 거예요?" 나는 목소리에 묻어나는 비틀린 감정을 억누르려 애쓴다.

"내가 너를 올드 진에게 데려갔어. 네가 땅콩만 했을 때."

"아주머니가요?" 나는 목이 멘다. 아직 젊은 가정부가 특별한 목적을 가지고 판잣집이 늘어선 거리로 향하는 모습이 떠오른다. 여주인을 보호하려 했을까? 아니면 나를? 혹은 그녀가 오랫동안 깔끔하게 관리한 집이 위기에 놓인 것을 보호하려 했을까?

"그게 최선이었어. 주인어른은 마님에게 너를 고아원에 보내라고 했어."

"주인어른은 알고 있었군요……." 부끄러운 단어가 튀어나온다. "불륜을요."

"주인어른은 공동묘지에서의 일에 대해 알고 있었어."

"묘지라뇨?"

"소문이 도는 것을 알고 있었지만, 주인어른은 그 이야기 속에 마님에 대한 언급이 없다는 것도 확실히 알고 있었지."

온몸의 피가 몰려들어 위를 채우는 것 같다. "내 아버지가 사나운 눈초리의 강간범이란 말이에요?"

"사람들이 그렇게 부른 거지. 하지만 네 아버지는 강간범이 아니야. 두 사람은 어리석었지만, 서로 사랑했어."

샹은 범죄자로 손가락질받지 않고 떠났지만, 다른 사람의 목숨이 그 대가를 치렀다. 그 모든 것의 부당함에 나는 맹렬한 분노의 숨결을 뿜어내 피치트리 거리 전체를 폐허로 만들고 싶어진다. "주인어른은 내가 마님의 딸이라는 사실을 알고 있어요?"

"아니, 네 엄마가 아기는 아들이라고 했어."

그녀는 영리하다. 그것만큼은 부인할 수 없다. 어쨌든 페인 씨가 결국 알아냈을지도 모른다는 생각이 든다. 하지만 그는 항상 나를 점잖게 대했다. 아마도 그건 그가 선택한 속박일 것이다.

노에미가 나타난다. 갓 꺾은 블루벨 꽃으로 앞치마를 장식하고, 피클 한 병을 들고 있다. "너일 거라고 생각했어."

노에미의 걱정스러운 눈빛을 보니, 나는 침착함을 유지하기 힘들다. 그녀가 내 어깨에 팔을 두르고 옆으로 끌어당긴다.

"무슨 일이 있었는지 로비가 말해 줬어. 에타 레이 아주머니도 몇 가지 자세한 일들을 알려 주었고." 그녀의 눈길이 올드 진의 모자로 향한다. "여긴 왜 온 거야?"

"마님에게 말해야 해. 올드 진이 아파. 당분간 출근하지 못할 거야."

에타 레이가 혀를 찬다. "마님은 마구간에 계셔."

노에미가 나를 안으로 끌어당긴다. "마구간까지 같이 가 줄게."

저택은 냉랭하고 뭔가 못마땅한 기운이 감돌고 있다. 걸을 때마다 나를 힐난하는 것 같다. 계단을 힐끗 올려다보니, 아무 기척도 느껴지지 않는다. 노에미가 알아챈다. "캐럴라인 아가씨는 주인어른과 함께 제지소에 갔어. 어떻게 생각해?"

"메릿 도련님은?"

"같이 갔지."

그와는 마주치지 않아도 된다. 슬프게도 자신의 오빠를 만날 생각만 해도 구역질이 나는 사람이 여기에 있다. 부엌에서 나는 식초 냄새를 맡으니 속이 가라앉는 것 같다.

우리는 마구간을 향해 출발한다. 노에미와 나는 팔짱을 낀다. 저택의 정면과 달리, 뒤쪽은 움직임이 활발하다. 마당에서는 사람들이 짐마차에서 화분을 내리고, 나무를 다듬고, 울타리에 페인트를 칠한다. 메릿의 약혼이 깨졌다고 해도 경마 대회가 끝난 뒤의 흥청거림은 멈추지 않을 것이다. 스캔들을 가라앉히려면 주의를 분산시키는 게 좋다.

노에미가 나에게 눈길을 돌린다. "아저씨한테 무슨 일이 생긴 거야? 결근한 적이 한 번도 없었는데."

"빌리 리그스 때문이야."

그녀의 팔이 긴장한다. "빌리 리그스라니?"

나는 상황을 설명한다. 내 이야기가 끝나자, 그녀가 흥! 하고 소리친다.

"이제는 정말로 그를 성경책으로 때릴 거야."

"누굴?"

"나의 백수건달 오빠." 솔방울을 실은 수레를 끌고 가던 일꾼이 우리를 향해 모자를 기울이지만, 노에미는 그를 빤히 바라본다.

"성경책을 읽어 준다고?"

"아니, 그걸로 때릴 거라고. 어쩌면 며칠 동안 일어나지 못할지도 모르지. 무슨 생각으로 악취 나는 시체를 보내서 노인을 때린 거지? 그는 구제 불능이야."

"이해할 수 없어. 네 오빠가 빌리를 알아?"

노에미가 한숨을 쉰다. "내 오빠가 빌리야."

제38장

충격이다. "비…… 빌리가……."

"내가 태어나기 전에 빌리의 아버지가 엄마를 임신시켰어. 그 이야기는 나중에 할게." 노에미는 걷는 속도를 유지하며 말한다. "빌리가 백합처럼 하얗게 태어나자, 빌리의 아버지는 엄마에게서 아기를 빼앗아 더러운 가족 사업을 이어받도록 교육했지. 빌리는 그저 내 설교를 참아 줄 뿐이야. 내가 자기 비밀을 알고 있기 때문이지. 만약 사람들이 그에게 색깔 있는 피가 조금이라도 섞여 있다고 생각한다면, 그는 지금쯤 감옥에서 썩고 있을 거야."

노에미의 어머니는 4분의 1이 유색인이지만, 이곳에 사는 많은 이들은 아프리카인의 피가 한 방울만 들어가도 혈통이 망가진다고 여겼다. 잉글리시 부인이 회색 반점이 하나라도 있는 타조 깃털은 최상급 모자에 사용하지 않는 것과 같다. 아무리 자연스럽게 보인다고 해도 말이다. 게다가 새로운 인종 분리법이 추진되고 있는 요즘 같은 때에 적들의 피가 섞인 이들이 자신의 회색 반점을 드러내는 건 매우 치명적인 일이다.

빌리와 나에게 공통점이 있다는 것, 우리 둘 다 각자의 방식으로 헤쳐 나온 길이 있다고 생각하니 이가 시큰거린다. "미안해. 하지만 빌리가 너의 오빠라 해도 용서할 수 없어. 나는 어젯밤 내내 그에게 복수할 계획을 궁리했어."

노에미는 고개를 끄덕인다. "오늘 저녁에 같이 찾아가자. 내가 그를 잡고 있을 테니 네가 힘껏 때려."

"좋아."

까마귀가 우리 앞에 내려앉자, 노에미가 으르렁거리며 달려간다. 까마귀가 소리를 지르고 날개를 퍼덕이며 날아간다. 노에미는 계속 걸어간다. "하지만 각자의 길 위에 이따금 까마귀가 내려앉곤 하지. 까마귀를 만날 때마다 훠이훠이 손을 내저어 쫓아 버려야 해. 날아다니는 더러운 쥐 새끼를 본 것처럼. 그렇게 가다 보면 길 끝에 뭐가 있는지 알아?"

"진주로 장식한 문?"

그녀는 쯧쯧 혀를 찬다. "그건 다른 지도에 있는 길이야. 맨 끝에 있는 것은 승-리-야." 노에미는 그 단어의 음절을 음미하듯 하나하나 발음한다. "처음에 나는 그 번드르르한 어거스트를 그렇게까지 타고 싶지는 않았어. 하지만 이제 타는 법을 알았으니, 결승선까지 타고 갈 거야. 그게 승리야. 무슨 말인지 이해해?"

"아니, 승리라니 무슨 말이야?"

"까마귀가 뭐라고 지껄이든 너의 가치를 아는 것이 승리야. 승리는 우릴 기다리고 있어. 그걸 낚아채려면 더 대담해져야 해."

그녀의 말이 내 머리를 맴돈다. 주위의 공기가 희뿌연 꽃가루로 가득 차는 것 같다.

마구간은 평소보다 더 어수선하다. 감아서 챙겨 둬야 하는 밧줄 더미와 장비들이 여기저기 흩어져 있다. 크라익스 씨는 말의 머리에 굴레를 씌우고 있다. 모자를 뒤로 젖히고 입을 꾹 다문 채 일하다가 나를 보자 눈이 가늘어진다. 그는 말이 별로 없다.

스위트 포테이토가 나를 보고 히힝거리며 인사한다. 가까이 오라는 듯 머리를 위아래로 흔든다. 그 말은 올드 진의 모자를 맛보고 싶어 한다. 그래서 나는 말이 모자를 씹을 수 있게 내준다. 스위트 포테이토는 모자를 바닥에 떨어뜨린다. 쉽게 얻는 것이 좋지 않은 걸까? 페인 부인이 몇 칸 아래 마구간에서 나온다. "조?"

부인은 포플린 드레스에 두꺼운 숄을 두르고 있다. 얼굴에는 어제의 감정을 보여 주는 기색이 전혀 남아 있지 않다. 그녀는 내가 자라면서 익히 알고 있는 혹은 알지 못하는, 훌륭한 가문의 안주인으로 돌아와 있다. 완벽하게 곧은 척추, 온화하지만 속을 알 수 없는 눈빛, 목련꽃처럼 느슨하게 오므려진 채 옆에 늘어뜨린 손. "여긴 무슨 일이지? 그리고 올드 진은 어디 있어?"

"올드 진은 어제 집으로 돌아오는 길에 폭행을 당하셨어요. 지금 상태가 좋지 않아요. 의사는 두 달 동안 휴식을 취하라고 했어요."

페인 부인은 결혼반지를 비튼다. "오, 주여, 누가 그를 공격했지?"

"빌리 리그스요."

"해결사?"

"네." 나는 올드 진이 그녀 때문에 겪은 곤란한 일들을 그녀가 알고 있는지 궁금하다. 크라익스 씨는 팔짱을 낀 채 침을 뱉는다.

"더러운 놈. 그놈에게 타르를 칠한 뒤 깃털 위로 굴려야 해."*

나는 찬성하는 의미로 소리를 낸다. 비록 좋은 닭 털을 낭비하는 일이기는 하지만.

"스위트 포테이토에 관한 문제를 의논하고 싶었어요." 나는 페인 부인에게 말한다.

"스위트 포테이토?" 부인은 건성으로 되묻는다.

크라익스 씨는 혀를 차면서 자기 말을 끌고 밖으로 나간다.

페인 부인은 흩어진 밧줄 뭉치를 손으로 가리킨다. "노에미, 누가 걸려서 넘어지기 전에 감아 둬."

노에미는 할 일이 생겨 안심한 얼굴이다. "네, 마님."

나는 페인 부인에게 포대 자루를 건네준다. "마님의 모자예요." 그녀가 안에 죽은 동물이 있는지 의심할까 봐 알려 준다. "스위트 포테이토의 마구간 사용료와 사료비를 3월까지 지불했어요. 스위트 포테이토를 데리고 운동하러 갈 때 이 댁의 소유지에 접근할

---

* 뜨거운 타르를 온몸에 칠하고 깃털 위에 굴리는 것은 영국 해군에서 시작된 형벌인데, 미국에서는 KKK단이 유색인에게 행하던 린치라고 한다.

수 있는 권한이 필요해서요. 허락해 주실 수 있을까요?"

부인은 나의 사무적인 말투에 당황한 것 같다. "그래야 마땅할 것 같군." 그녀는 물기 어린 눈으로 나를 바라본다. 오늘은 호수처럼 푸른색도, 강물 같은 회색도 아니다. 내가 본 적이 있는 어떤 색도 아닌, 깊이를 알 수 없는 어두운 늪 같은 눈빛이다. 이제 더는 그녀에 대해 알고 싶지 않다. 난 그 눈빛을 읽으려고 애쓰면서 평생을 보냈다. 언제나 나를 밀어내려는 강철 요새였을 때조차.

"다른 할 말은 없니?"

"올드 진은 이번 주 토요일에 스위트 포테이토와 경주에 나갈 수 없을 거예요."

"그렇겠군." 부인은 얼굴을 찡그린다. "여성 참정권자들이 항의할 거야. 말과 기수를 한 팀 더 데려와야겠군."

어찌어찌해서 그 자리에 섞인 노에미가 밧줄을 손에서 놓는다. 노에미에게는 올드 진이 경마에 참가할 것이라는 말을 한 적이 없다. 하물며 여성 참정권자들이 후원하는 말이 되었다는 사실도 알린 적 없다. 그녀의 안절부절못하는 눈동자가 내 눈동자와 마주친다. 그녀가 손을 내저으며 밀어붙이라는 동작을 한다.

뭐지?

이제 노에미는 말 타는 흉내를 낸다. 올가미까지 던지고 난리다. 그녀는 말 타는 동작을 멈추고 주먹을 불끈 쥐더니, 그것으로 나를 가리켰다. 승리는 우릴 기다리고 있다. 그걸 낚아채려면 더 대담해져야 한다. 스위트 포테이토가 내 손에 코를 들이댄다. 질주하는 말들 사이로 스위트 포테이토를 몰고 가는 올드 진의 모습이 머릿속에 떠오른다. 올드 진을 폭행한 다음에도, 빌리는 우리에게 300달러의 빚을 갚으라고 압력을 가할 것이다. 비록 내가 먼저 결승선을 통과할 가능성은 희박하지만, 적어도 그것은 기회이다. 게다가 여성 참정권자들에게도 미국 여성이 누구인지 보여줄 수 있다. 그리고 페인 부인은 직접 볼 것이다. 살과 피를 뛰어넘어 나를 이루고 있는 것이 무엇인지를.

하지만 나 같은 사람은 애틀랜타 역사상 최대의 경마 대회뿐 아니라, 아예 트랙 위로 올라가지도 못한다. 아마 불법일 것이다. 하지만 올드 진은 자신이 할 수 있을 거라고 믿었다. 그러니 나도 할 수 있다고 믿어야 한다. 페인 부인이 포대 자루를 열고 담황색 펠트 천을 손으로 쓰다듬는다. "그럼 올드 진에게 안부를……."

"물론 스위트 포테이토는 건재하니까, 경주에 참가할 수 있어요." 심장이 쿵쾅거리기 시작한다. 노에미가 씩 웃으면서 기도하듯 두 손을 꼭 잡는다. 페인 부인이 모자를 만지작거리던 동작을 멈춘다. 서까래 틈새로 흘러든 햇빛이 부인의 얼굴에 감옥의 창살 같은 선을 긋는다. "어? 기수는 누구로 하려고?"

나는 발에 힘을 주며 내 앞에서 까마귀 떼가 흩어지는 장면을 상상한다.

"저요."

제39장

스위티 양에게

아내가 나에게 말을 하지 않아요. 아이들과 개에게는 말을 잘
하기 때문에, 아내의 말문이 막힌 건 아니에요. 무슨 일이 있었냐
면 아내가 너무 이르게 가지치기를 해서 나무가 자라지 않게 되
었거든요. 내가 아내에게 잘 모르는 일을 하는 어리석은 짓은 하
지 말았어야 한다고 했어요. 그러자 아내가 자라지 않는 건 당신
이라고 말했어요. 어떻게 하면 아내가 다시 나에게 말을 할까요?

자라지 않는 사람

자라지 않는 분에게

당신의 삶을 바꿀 한마디는 '고마워요'입니다. 자신의 생명을
단축하지 않고도, 천배는 더 밝힐 수 있는 촛불과 같은 말이에요.

감사하는 마음을 표현하는 것은 온 세상을 빛나게 할 수 있는 선물이지요. 감사를 전달하는 일에 힘쓰세요.

진심을 담아,
스위티

＊

나의 선언에 말들도 고요해진다. 페인 부인은 충격을 받아 입이 반쯤 벌어진다. "네가 한다고?" 부인은 혼미한 상태에서 벗어나 진저리를 친다. "미안하지만 그건 적절하지 않아." 가식적인 말임을 깨달은 듯, 부인은 덧붙인다. "안전하지 않아. 너는 말할 것도 없고, 다른 말들과 기수들도 위험해."

나는 스위트 포테이토의 윤기 나는 코를 쓰다듬는다. "여성 참정권자들의 항의를 피할 수 있어요."

"그들은 무엇에든 항의할 거야."

"제가 승리하면, 그렇지 않을 거예요."

부인은 코웃음을 친다. 그 소리가 내 표정을 굳힌다. 하지만 그녀는 바닥에 있는 밧줄을 노려보고 있다. 나는 그녀의 반응이 예상했던 것보다 더 복잡한지 가늠해 본다. 노에미가 밧줄 정리를 끝내고 부산스럽게 양동이를 쌓는다.

"새끼를 잡아먹는 거미를 기억하세요, 마님." 노에미가 무심히 말한다. "논란은 판매를 부추기죠."

그녀가 내 말을 거절하기 전에, 최후의 수단을 쓴다. "게다가 저의 핏속에 말을 타는 기질이 있다는 얘기를 들었고요."

그 말은 부인의 앞에 말발굽 자국을 찍으며, 고개를 돌리게 한다. 그것은 우리가 공통된 혈통을 지녔음을 처음으로 인정하는 것이며, 자부심과 수치심 사이에서 마지막으로 선택하는 것이다.

그녀의 턱이 단단해진다. "너를 명단에 올릴게."

"고맙습니다. 한 가지 더 있어요. 저는 스위티 양의 정체를 폭로하는 일이 없을 것이라고 믿어요. 가면은 스위티 양만 쓴 게 아닌 것 같습니다."

부인이 기침을 한다. 먼지가 주위를 휩싸는 듯하다. 마침내 그녀가 고개를 끄덕인다. "이해해."

나는 스위트 포테이토를 타고 식스 페이스 메도를 가로지른다. 스커트를 끌어 올려 안장에 묶고 타니 속도가 나지 않는다. 방향을 바꾸다가 하마터면 넘어질 뻔한다. 경주에 나갈 때는 바지를 입겠지만, 자꾸 나 자신을 의심하게 된다.

모든 기술을 체득한 기수들과 승부를 겨룰 것이다. 내가 아는 유일한 요령은 무릎을 끌어 올리고 안장을 축으로 삼는 것이다. 하지만 그것만으로 더 빨리 결승점을 통과할 수는 없다.

저택으로 돌아와서, 나는 스위트 포테이토의 머리에 입을 맞춘 뒤 크라익스 씨에게 고삐를 건네준다.

"스위트 포테이토가 나를 더 따르기 전에 돌아오라고, 올드 진에게 전해 주렴."

"그럴게요, 아저씨. 우리 말을 돌봐 주셔서 고맙습니다. 내일 뵐 게요."

벨 씨 가족의 집으로 돌아오니, 올드 진이 창밖을 꿈꾸듯 바라보고 있다. 호흡은 여전히 느리고 불규칙하다. 침대 옆 협탁에는 반쯤 비운 찻잔이 오늘 자 『포커스』 위에 놓여 있다. 바로 앞에서 무릎을 굽히고 들여다봐도 그는 나를 알아보지 못하는 것 같다. 베어는 옆에서 참을성 있게 지켜보며 앉아 있다.

"팅크제예요." 벨 부인이 침대 밑에서 바구니를 끄집어내며 속삭인다. "나도 관절염이 심했을 때 한 번 사용했는데, 정말 정신이 혼미해져요. 하지만 심한 고통은 덜어 줄 거예요."

내가 여기 있다고 안심시키기 위해 올드 진의 팔을 잡는다. 그의 선량한 눈이 나를 찾아 움직이다가 다시 감긴다.

나는 벨 부인을 따라 거실로 가면서, 올드 진이 깨어날 경우를 생각해 방문을 열어 둔다. 팔걸이 부분이 닳은 샴브레이 천 소파에 우리는 편안히 앉는다. 벨 부인은 뜨개질한 모자가 들어 있는 바구니를 살살이 뒤진다. 베어도 바구니에 코를 박는다. "할아버지가 특별히 좋아하는 색이 있어요?"

나는 잿빛을 띤 갈색을 고르려 한다. 우리는 언제나 눈에 띄지 않는 수수한 색을 입었다. 하지만 올드 진은 이제 눈에 띄지도 않을 것이고, 한동안 일어서지도 못할 것이다. 그가 오렌지색을 좋아할 거라고 나는 확신한다. 언젠가 올드 진이 어떤 여자의 불안해하는 말을 호송해 준 적이 있다. 그리고 감사의 대가로 오렌지를 받았다. 우리는 천천히 '귀한 과일'을 먹었고, 그가 기억하는 중국의 귤보다 훨씬 맛있다고 했다. "오렌지색으로 주세요. 이렇게 많은 아름다운 실을 본 적이 없어요."

"나의 친정은 농가예요. 양을 많이 키우고 있죠."

베어가 짖는다. 그러자 벨 부인이 개의 머리를 쓰다듬는다. "그래, 너는 여기 도시에서 우리와 함께 힘들게 사는 대신 냄새나는 북실북실한 공들을 쫓아다닐 수 있었지."

"벨 부인, 저희가 여기 머무는 동안 제가 집안일을 하게 해 주세요. 저는 뭐든 할 수 있어요."

"우리는 지하실에서 연기가 올라오는 것을 본 적이 없는데, 뭘 먹고 지냈어요?"

"동부콩과 절임 채소 같은 것들요. 위층 벽난로에 불을 지필 때만 화덕을 썼어요."

"벽난로에 불을 지핀 걸 어떻게 알 수 있어요?"

"그건 쉬워요. 배기관이 따뜻해지니까요."

부인이 미소를 짓자 얼굴에 섬세한 주름이 생긴다. "그곳을 한번 제대로 둘러보고 싶어요. 우선 조를 만났으면 하는 사람이 있어요." 그녀가 어색하게 일어나더니, 벽에 있는 문으로 다가간다. 인쇄소로 통하는 문이다.

안에서는 네이선과 벨 씨가 책상 주위를 맴돌고 있다. 낡았지만 튼튼해 보이는 책상이다. 책상 뒤쪽에는 수십만 개의 단어가 적혀 있다. 신문사의 풍경에 등골이 오싹해지는 한편, 그 방 안에서 있는 것 자체가 그렇다. 나는 인쇄기의 쇠 냄새, 잉크 냄새, 그 을린 삼나무의 냄새를 들이마신다. 모든 것이 뒤섞여 창의성과 진보의 향기를 뿜어낸다. 눈에 띄지 않을 정도로 교묘하게 벽 속에 설치된 환풍구를 보자, 숨이 막힌다.

"참가 선수들은 우리 인터뷰에 응하지 않을 거야." 벨 씨의 우렁찬 목소리가 방 안을 가로질러 전달된다. "모두 『콘스티튜션』과 독점 계약을 맺었거든. 우리가 하나라도 확보하면 좋을 텐데."

"아, 저기 조가 왔네요." 네이선이 몸을 곧추세우며 말한다.

벨 씨는 아들과 키가 같지만 체격이 더 크고 말투가 더 단호하다. 그가 뭉툭한 코끝에 걸려 있던 안경을 벗어 리넨 외투 주머니에 쑤셔 넣는다. 충혈된 눈동자로 나를 바라보면서, 그는 턱수염을 문지른다. 무슨 말을 해야 할지 궁리하는 것 같다. 나의 목덜미에서 신경이 곤두선다. 그는 아침 기차를 타고 지금 막 도착했을 것이다. "그러니까 페인 부인의 사생아이자 동양인 딸이 지금까지 우리 집 지하실에서 살고 있었다는 이야기군."

"선생님, 죄송합니다. 이 모든…… 불편에 대해서요." 더 정확한 말은 불편이 아니라 소란일 것이다. "올드 진과 저는 이 집 가족들에게 빚을 지고 있어요. 최대한 빨리 은혜를 갚으려 하니, 안심하세요." 그는 내 말을 밀어내듯이 손사래를 친다.

"아니, 빚을 지고 있는 것은 우리예요. 구독자 수가……." 그는 네이선을 바라본다.

"2200명에 육박해요." 네이선은 거의 울먹인다. 나는 숨이 막힌다. 게다가 3월까지는 일주일이 남았다.

"아무래도 내가 출장을 더 자주 가야 할 거 같아요." 그는 허리띠를 끌어 올리지만, 곧 다시 아래로 흘러내린다. "그동안 집에 오는 손님들을 모두 감당할 수 있을지는 모르겠지만."

"여보, 조금 전에 한 말을 사과하세요."

"미안해요. 당신과 올드 진이 우리 집에 온 것을 환영해요."

우편함 투입구가 열리자, 편지가 쏟아진다. 이미 편지로 가득 찬 사료 포대 옆에 쌓이기 시작한다. 네이선이 그것을 가져온다.

벨 씨는 뒷짐을 진 채 서성인다. "당신은 선동가처럼 보이지 않네요. 하지만 나는 당신이 이미 많은 논란을 일으켰다는 걸 알아요." 그는 걸음을 멈추고 나를 바라본다. "내가 알아야 할 놀라운 일이 또 있나요?"

"음, 사실은요……."

방 안에 있는 이들의 귀가 쫑긋한다.

"선생님은 경마에 참가하는 선수의 인터뷰 하나라도 확보하기를 원하셨잖아요. 제가 그것을 가지고 있어요. 열세 번째 참가자가 있어요. 바로 저예요."

네이선과 그의 아버지가 동시에 소리친다. "당신이요?"

"원래는 올드 진과 우리의 말 스위트 포테이토가 출전하기로 되어 있었어요."

네이선이 주먹을 쥐는 바람에 들고 있던 편지가 구겨진다. "그건 미친 짓이에요."

벨 씨는 못마땅한 듯 헛기침을 한다. "트랙은 위험한 곳이에요. 몇 년 전에 단거리 경주에서 말이 심하게 넘어지는 것을 보았지요. 말을 안락사시켜야 했어요."

"조를 겁주지 말아요." 벨 부인이 내 팔에 따뜻한 손을 얹는다. "경마장이 초보자에게 맞지 않는 장소라는 것은 사실이지만요."

"알고 있어요. 하지만 스위트 포테이토가 다른 말만큼 훌륭하다고 믿지 않았다면, 올드 진은 경주에 참가하려 하지 않았을 거예요."

네이선의 눈썹이 치켜 올라간다. "잠깐만요⋯⋯. 죄송해요, 어머니. 아니, 우리가 걱정하는 건 당신의 말이 아니에요."

"저는 노련한 기수예요."

"돈이 필요한 건가요? 빌리 리그스가 당신을 협박하나요?"

"아니요."

"여보, 지금이 조에게 말하기에 적당한 때인 거 같아요."

"저에게요?"

벨 씨가 다시 허리띠를 졸라맨다. "신문사에서 일손이 좀 필요해요. 처음부터 급여를 많이 드리기는 어렵지만. 물론 당신과 올드 진의 숙식은 제공합니다. 이 집이나, 어, 지하실에요."

"지하실이라면 손을 좀 봐야겠지요." 벨 부인이 덧붙인다. 모든 단어가 내 문 앞에 모여서, 문이 열리기를 기다리고 있다.

"신문사에서 제게 일자리를 주겠다고요?"

네이선은 완고하게 팔짱을 끼고 있다. "네. 스위티 양 칼럼 외에도 조판이나 취재를 도울 수 있을 거예요."

"하지만 그건 법을 어기는 일 아닌가요? 사람들은 제가 백인이라고 생각할 거예요."

벨 씨가 손가락을 세운다. "내가 알기로는, 고민 상담을 하는 이모들 대부분이 사실은 삼촌들이에요. 조언이 유익하면, 사람들은 누가 말하는지 신경 쓰지 않아요."

"언젠가는……." 네이선이 자기 아버지를 힐끗 본다. "당신 이름으로 칼럼을 쓸 수 있을 거예요." 벨 씨가 뭐라고 말하려 하자, 네이선이 재빨리 덧붙인다. "신문사 일이 어떻게 돌아가는지 조금은 알고 있는 데다, 조는 훌륭한 필자잖아요."

"너무 앞서가지는 말자. 음, 아가씨, 어떻게 생각해요?"

"제 생각에 그건……." 목이 메어 말이 띄엄띄엄 나온다. "너무 너그러우신 제안이세요." 언젠가 사람들이 인쇄된 신문에서 조 콴의 생각과 관점을 읽을지도 모른다는 생각이 머릿속을 맴돈다. 나 같은 사람이 이름을 내걸고 글을 쓸 수 있을 거라곤 상상하지 못했다. 하지만 지하실에 살면 낮은 천장에 익숙해진다. 벨 씨 가족이 나를 위해 기꺼이 위험을 감수하려는데, 왜 망설이는 거지?

우편함 투입구가 다시 열리고, 장갑 낀 손이 또 다른 편지를 채운다. 벨 부인은 두 손을 포갠다. "조는 집안 살림에도 도움이 될거예요. 해마다 내 관절이 녹슬어 가는 것 같아요."

희망에 찬 세 쌍의 눈이 나를 향한다. 여기에 내가 항상 원하던 가족이 있다. 내가 돌아오기를 기다리는 가족. 나는 얼굴에 감정이 드러나지 않도록 억누른다. "올드 진과 의논해 보고요."

벨 씨는 고개를 끄덕인다. "당연히 그래야죠."

"경마에 관해서는, 유감스럽지만 제가 해야 할 일입니다." 네이선의 눈이 시비를 거는 듯 나를 바라본다. 하지만 나는 촘촘하게 짠 벨 부인의 숄을 들여다본다. 공동체는 그 숄과 같아서, 일단 그것의 일원이 되면 자신과 가장 가까운 실에 묶이게 된다. 내가 경주에 나가면 벨 씨 가족이 곤란해질까? 만약 내게 무슨 일이 생긴다면, 그들은 나를 돌봐야 할 의무가 있다고 느낄 것이다. 지금 올드 진에게 하고 있는 것처럼.

네이선은 팔짱을 풀지 않는다. 벨 씨는 입가가 굳어 있는데, 마치 하고 싶은 말을 억누르고 있는 것 같다. 벨 부인만이 목소리를 높인다.

"투표권을 얻기 위한 행진이든, 8펄롱의 긴 트랙을 달리는 것이든, 진보를 향한 길에는 반드시 위험이 있어요. 조, 당신이 할 수 있다고 느끼면, 우리는 지지해요."

벨 씨는 긴 한숨을 내쉰다. "여보, 나는 모르겠어. 만약 조가 내 딸이었다면……."

"당신의 딸이었다면, 당신이 직접 조의 안장깔개에 숫자를 수놓아야 했을 거예요."

"나는 바느질도 할 줄 몰라." 그는 투덜거리지만, 부인의 말에 이의를 제기하지 않는다. "어쨌든 당신 덕분에 우리는 인터뷰할 기수 한 사람을 얻었어요. 네이선, 그림도 그릴 수 있을 거야……. 그런데 너 어디 가는 거니?"

네이선은 벽걸이에서 코트와 홈부르크 모자를 잡아채더니, 뒤돌아보지 않고 인쇄소 문을 나선다. 그가 어디로 가는지 알 것 같다. 올드 진이 몸을 움직이기 시작했으므로, 나는 고깃국물을 먹인다. 그리고 베어를 방에서 데리고 나온다. 빈 그릇을 부엌으로 가져가니 벨 부인이 식탁에서 차를 마시고 있다. "저, 베어를 산책시켜도 될까요?"

"베어가 좋아서 날뛸 거예요. 목줄은 문 옆에 있어요."

땋은 머리채를 올드 진의 모자 속에 집어넣는다. 그 모자는 이제 내가 쓰고 다닌다. 그리고 베어의 목걸이에 목줄을 연결한다. 오후의 태양이 벨 씨 가족의 집 앞 잔디를 데우고 있다. 풀 내음이 코를 톡 쏜다. 나는 베어의 머리털을 뒤로 넘겨 눈이 보이게 한다.

"좋아, 베어. 나를 아발론으로 데려가 줘."

왈. 개는 짖고 나서 내 코를 핥는다. 그러더니 자, 가자, 라고 말하는 듯 고개를 획 돌리며 움직이기 시작한다.

제40장

베어는 나를 이끌고 북쪽으로 올라가 산탄총 주택들이 있는 거리로 간다. 출입구가 나란히 붙어 있는 작은 집들이 늘어서 있는 곳이다. 산탄총을 쏘면 앞벽을 통과해 아무 방해 없이 뒷벽까지 갈 수 있는 구조라서 그런 이름이 붙었다. 물론 사람들이 왜 산탄총을 쏘려고 하는지 나는 모르지만, 애틀랜타의 모든 것을 설명할 수 있는 것은 아니다.

몇백 미터쯤 걷자 집들이 드문드문해지고 경치도 황량해진다. 무리 지어 자란 나무들이 하늘의 경계를 가르고, 흐르는 개울 물소리가 거위 울음소리와 어우러진다. 나는 베어가 목적지를 향해 가고 있는 것인지 그냥 돌아다니는 것인지 궁금해지기 시작한다. "베어, 네이선은 어딨지? 우리가 아발론으로 가는 거였으면 좋겠어. 엄지발가락에 생긴 혹에 또 혹이 생기려고 해."

내가 네이선 찾기를 포기하려 할 때, 베어는 덤불숲으로 뛰어든다. 덤불을 옆으로 밀쳐 내자 보기보다 험하지 않은 길이 나온다. 나는 베어를 따라 조금 비탈진 내리막길로 들어선다.

아래에는 폭이 약 10미터쯤 되는 개울이 있고, 중간에는 신문 배달부의 모자 모양처럼 납작한 바위가 있다. 네이선은 가장자리에 앉아 발을 늘어뜨린 채, 무릎 위에 책을 펼쳐 놓고 있다.

왈!

네이선이 고개를 든다. 홈부르크 모자가 좌우로 움직인다. 그는 책을 덮고 일어난다. 베어가 바위를 피해 지그재그로 움직이며 개울을 향해 내려간다.

"안녕." 나는 소리친다. "그러니까 여기가 아발론이군요." 나무들이 도로를 가리고, 언덕 너머에 있어서, 이곳은 애틀랜타라는 도시 같지 않다. 레이스 같은 양치류가 내 얼굴을 스치고, 신선한 공기에서는 달콤한 풀 내음이 난다.

네이선이 개를 껴안고 목을 비빈다. "잘 모르겠어요. 감명받아야 할지 아니면……."

"우울해야 할지."

모자 그늘에서 망설이는 듯한 미소가 살짝 비친다. 나는 치맛자락을 가볍게 들고, 첫 번째 바위로 뛰어오른다.

"아니, 거기 있어요. 내가 갈게요."

두 번째 바위는 주먹 크기의 돌덩이에 불과하다. 그래서 세 번째, 네 번째 그리고…….

"아니, 그거 말고요!"

마지막 바위가 흔들려 부츠가 미끄러지지만, 난 네이선이 서 있는 바위로 뛰어오른다. 그가 욕을 뱉으며 내 팔을 잡는다.

"나는 쉽게 넘어지지 않아요." 나는 그에게 말한다.

그는 내 팔을 놓아주지 않고, 내 심장은 마치 육지에 올라온 물고기처럼 팔딱거린다. "나도 쉽게 넘어지지 않아요." 그가 조용히 말한다.

갑자기 발이 허공에 떠 있는 거 같다. 그는 팔을 놓아주지만, 그 온기는 여전히 내 팔에 짜릿하게 남아 있다.

"대단한 곳은 아니에요." 그가 바위 끝까지 팔을 뻗어 보인다. "보시다시피, 마법의 사과나무는 아직 제철이 아니라서요. 소파에 앉으시겠습니까?"

나는 조심스레 신문 배달부 모자의 테두리에 앉는다.

"멋진 솜씨로 만든 유니콘 태피스트리네요."

"고마워요. 장식은 제가 직접 하거든요." 그는 우리가 앉아 있는 곳에서 몇 미터 떨어진 움푹 팬 곳을 가리킨다. "엑스칼리버를 주조한 곳이에요. 아, 그건 칼을 말하는 겁니다."

"알고 있어요. 당신의 아버지가 엑스칼리버로 당신의 침대 밑에 있는 목 없는 기수를 죽였죠. 당신은 매일 밤 인쇄소에 들어오곤 했고요." 나는 그 기억을 떠올리며 미소 짓다가, 네이선의 놀란 얼굴을 보자 웃음기가 걷힌다. "미안해요."

"아뇨, 미안해하지 말아요. 당신이 이미 나를 알고 있다는 생각에 익숙해지고 있는 거 같아요."

우리의 발은 물 위에서 달랑거리고 있다. 개울물은 바위 주위에서 거품을 일으키며 부서진다. 베어는 목을 축이러 갔다 와서 네이선의 반대쪽에 앉는다. 네이선은 개의 몸에 팔을 두른 채, 차분한 태도로 물을 바라본다. 많은 것을 흡수하고, 빠져나가는 것은 거의 없는 태도다.

그가 긴 손가락으로 바위 모서리를 잡더니 등을 쭉 편다. 개울물이 콸콸 소리를 내며 흐른다. "당신은 내 비밀을 너무 많이 알고 있으니, 이제 당신의 비밀을 몇 가지 말해 줘요."

"내 삶은 전부가 비밀이에요."

"이제는 그러지 않아도 돼요."

햇빛이 비치자 네이선의 얼굴이 선명하게 드러난다. 오랜 세월 그의 얼굴은 흐릿한 이미지에 가까웠다. 그의 가족이 나에게 제의한 삶을 사는 게 가능할까? 단지 함께 일하는 게 아니라, 보이는 공간에서 그들과 함께 사는 것이? 인종 간 결혼은 불법이지만, 그 누구도 가족, 우정 혹은 사랑을 법으로 제정할 수 없다.

내가 대답하지 않자, 그는 반쯤 미소를 지어 보인다. "당신이 실력 있는 모자 제작자라니, 나의 홈부르크에 대해 어떻게 생각하는지 알고 싶은데요?" 그는 모자를 벗어 앞뒤로 뒤집어 보인다.

"당신의 홈부르크 모자요? 정수리 부분이 잔뜩 찡그리고 있는 것 같아요."

"그렇다면 자부심을 갖고 내 모자를 계속 쓸 거예요."

"그 안에 깃털이라도 채워 넣어요. 리지가 좋아할 거예요."

그는 모자를 다시 쓴다. 그리고 챙을 끌어 내려 찌그러뜨린다. "나는 리지 양에게 좋은 인상을 주고 싶은 생각이 없어요."

갑자기 내 손이 안절부절못하며 그의 책을 집어 든다. 가죽 커버에 빛바랜 은빛 글자로 '현대의 승마'라고 적혀 있다. "이 책은 어디서 났어요?"

"길가의 중고 서점에서요."

"그녀를 위해 이걸 읽고 있나요?"

"네, 이걸 읽는 건…… 그녀를 위해서죠. 리지가 아니라." 불만에 잠겨 있던 그의 표정이 부드러워진다. 그리고 말문을 연다. "조, 당신은 평생 날 알고 있었죠. 당신 생각에……." 그는 침을 꿀꺽 삼킨다. "나 같은 사람을 좋아할 수 있을 것 같아요?"

피부가 짜릿짜릿하고 귓속에서 맥박 뛰는 소리가 쿵쿵 들린다. 그가 속눈썹을 내리까는 것을 보면서, 불안하던 감정이 중심을 잡으면서 다정한 마음을 되찾는다. 내가 숨죽이고 있음을 깨닫는다. "넋을 잃는다."

"넋을 잃는다고요?"

"내가 가장 좋아하는 단어예요. 전에는 거짓말했어요."

평생 들어 온 목소리가 내 귀에 대고 속삭인다. "조."

이제 나는 그와 키스했을 때의 기분이 어떨지 궁금하지 않다.

제41장

빌리의 소굴로 통하는 문이 열린다. 이번에는 마담 딜라일라가 아무 질문도 하지 않고 들여보내 준다. 노에미와 함께 있기 때문일 것이다. "안녕하세요, 부인." 형식적인 인사말을 건넨 뒤, 노에미는 나에게 팔짱을 낀다. 우리는 문에 새겨진 제시 제임스의 주사위가 네모난 눈으로 감시하는 곳을 지나 안으로 성큼성큼 들어간다.

"저 여자도 알고 있어?" 복도에서 우리를 뒤따라오는 부츠 소리를 들으며 내가 속삭인다.

"아마 교회에서 날 보낸다고 생각할 거야." 노에미가 내 귀에 속삭인다. "내가 빌리에게 이야기할게."

복도에서는 농익은 과일 같은 짙은 향기가 난다. 배가 뒤틀린다. 두근거리는 심장이 내 발목을 잡는다.

9번 방으로 들어가니 빌리 리그스가 책상에 앉아 담배를 입에

문 채 장부를 쓰고 있다. 책상 주위에 서 있던 백인 남자 넷이 당황과 놀라움의 중간쯤 되는 표정을 짓는다. 빌리는 노에미에게 눈을 깜박인다. "벌써 일요일인가?"

노에미가 말을 꺼내기도 전에 빌리가 장부를 닫는다. "여러분, 실례하겠습니다. 마담 딜라일라가 화장실로 안내해 드릴 거예요."

남자들이 짜증스러운 표정으로 우리를 보면서 나가고 마담 딜라일라가 문을 닫는다. 빌리는 뒤로 돌더니 책상에 등을 기댄다. "내가 맞혀 볼게. 너희들 불법 도박을 하러 온 건 아니지?"

노에미가 끼어든다. "나는 오빠의 타락한 생활 방식을 찬성한 적이 없어. 정직하게 말하자면, 나는 구역질 나는 오빠의 영혼을 외면하려고 최선을 다했어. 심판에 넘기는 건 내가 아니라는 걸 알지만 말이야. 하지만 선량한 사람들에게 주먹을 휘두르다니, 너무 멀리 갔어. 오빠의 부하가 올드 진 아저씨를 죽일 뻔했잖아." 그녀가 주먹을 날릴 준비를 하듯 소매를 걷어붙인다.

빌리는 손을 들어 올려 막는 동작을 한다. "올드 진 아저씨를 죽일 뻔했다'니, 무슨 소리야? 나는 넉스에게 겁을 좀 주라고 했을 뿐이야. 그런데 넉스가 피투성이가 되어 돌아와 자기 방에 틀어박혔어. 나는 새로운 사람을 고용해야 할지도 모른다고. 알아?"

입 안에 침이 가득 고인다. 올드 진이 넉스를 때려눕혔다고?

"오빠와 그놈 모두 소름 끼치는 벌레 밥이 되어야 마땅해." 노에미가 쏘아붙인다. 그리고 내 등을 두드린다.

"저 계집애는 나를 두 번이나 속였어. 가짜 만병통치약을 줬지."

그가 불붙은 담배를 재떨이에서 집어 든다. "나는 여기서 공정하게 돈벌이를 해. 어떤 남자가 자기 자산을 공짜로 나눠 줄 거라고 기대하는 사람은 세상에 없지."

"자산이라니……." 나는 담배 연기를 쫓아내며 분노에 차서 말한다. "당신이 올드 진을 협박하지 않았다면, 당신을 찾아오지 않았을 거야."

그의 구릿빛 눈이 매서워진다. "난 올드 진을 협박하지 않았어. 그가 나를 만나러 왔지."

나는 다시 숨이 막힐 것 같다. 올드 진은 빌리 리그스 같은 범죄자와 절대 거래하지 않을 사람이다. "믿을 수 없어."

빌리가 길쭉한 담배 한 개비를 뽑아 들자, 노에미가 가로챘다. "설명해 봐."

빌리 리그스 같은 인간이 노에미에게 쩔쩔매는 장면을 보게 될 줄이야. 그러나 그는 놀라울 정도로 노에미에게 관대하다. "그는 가보家寶를 다시 사고 싶어 했어."

나의 눈길이 협탁 위의 빈자리에 고정된다. 부처가 그려진 꽃병이 놓여 있던 곳이다. 내가 집어 던지기 전에. 빌리가 공포에 질린 나의 표정을 보고 웃는다. "자신을 칭찬해도 좋아. 그건 명나라 때 도자기였어. 네가 깨뜨리지 않았다면 600달러의 가치가 있는 거지." 빌리가 기이한 물건들이 모여 있는 선반 쪽으로 움직인다. 그리고 가늘게 떨리는 그의 손가락이 모아 둔 병들 앞에서 맴돈다. 그는 옥으로 만든 코담배 병을 고른 뒤, 나에게 허리를 굽혀 인사하는 흉내를 낸다. "샹이 이걸 전당포에 맡기면서 25달러를 받아 갔어. 물론 몇 년 동안 이자가 늘어났지."

복숭아 모양의 병이다. 내가 리본 상자로 쓰려고 하던 상자와 모양이 같다. 색깔은 숟가락이 달린 뚜껑과 똑같은 녹색이다. 그 병은 올드 진의 아내 것이었다. 나의 할머니.

올드 진이 들려준 농부의 아들과 물의 정령 이야기가 떠오른다. 아들은 정령의 사랑을 얻기 위해 복숭아를 포기했다. 복숭아는 행운을 불러들이는 것이다. 농부인 올드 진은 우리의 미래를 보장하려는 조치로 그것을 다시 사들이려 한 듯싶다.

노에미는 빌리의 책상 모서리에 기댄다. "늙은 마부가 그 돈을 갚을 수 있다고 생각했어?"

"그가 나를 자꾸 찾아왔어." 빌리는 이를 악물고 말한다. "아무도 노인네의 머리에 총을 겨누지 않았다고."

노에미가 팔짱을 낀다. "애한테 그 병을 돌려줘. 아니면 내가 무슨 짓을 할지 잘 알 거야."

빌리의 입이 삐죽거리며 꾹 닫힌다. "내가 병을 돌려준다고 해도, 저 계집애는 명나라 꽃병에 대해 여전히 나에게 빚이 있어. 게다가 너는 나를 밀고하지 않을 거야. 방금 내가 너의 블루버드 협회에 익명으로 기부금을 냈거든."

"블루버드가 아니라 블루벨스야. 기부금 도로 가져가. 오빠의 돈은 하프보다 더 많은 줄이 따라붙어서 골치 아파."

두 사람 사이에 말다툼이 벌어진다. 빌리는 가장 좋아하는 보석을 빼앗기지 않으려 저항하고, 노에미는 이제껏 그녀에게서 결코 본 적이 없는 협박을 한다. 명나라 꽃병이 깨진 것은 빌리의 잘못이다. 코담배 병을 잡히고 돈을 빌린 것은 상이다. 그런데 빌리에게 그것을 돌려 달라고 설득하는 대가로 노에미에게 가족이 보낸 기부금을 포기하라고 요구하는 것은 공정하지 못하다.

내가 목청을 가다듬자, 말다툼이 멈춘다. "당신은 정보를 중요하게 여기는 사람이지. 그것도 비밀 정보를. 그렇지?"

"당연하지." 빌리의 치아가 날카로워 보인다.

"경마 대회에 관한 정보가 있어. 그 병과 교환할 만한 가치가 있는 거야."

그가 열린 창문 쪽으로 간다. 그리고 창틀에 기댄다. 저물어 가는 햇빛이 그의 창백한 피부를 황동빛으로 물들인다. "내가 아직 알지 못하는 정보를 네가 가지고 있을지 매우 의심스럽군."

"인생은 위험으로 가득 차 있다." 나는 그의 말을 되뇐다. "그래서 재밌는 거고."

빌리가 내 얼굴에 담배 연기를 내뿜는다. "유감스럽게도 항상 그렇지는 않아. 네가 아는 걸 말해 줘. 그러면 내가 가치를 결정하겠어. 그게 싫다면 협상은 난관에 봉착하는 거지."

잉글리시 부인이라면 어떻게 거래를 성사시킬까? 그녀는 비스킷에 버터를 발라서 보여 줄 것이고, 그것을 한 입도 먹지 않는다는 건 불가능하다.

"지난 여덟 시간 동안 정보를 받지 않았다면, 당신은 나의 비밀을 알지 못할걸. 이 비밀이 공개되면 시끄러울 거야. 물론 그때가 되면 아주 수익성 좋은 사업 기회를 잃는 거고." 공식적으로 돈을 거는 곳에서는 스위트 포테이토에 대해 배당을 제시하지 않을 수도 있지만 불법 도박이라면 배당을 제시할 것이다. 빌리 리그스가 시내에서 유일하게 도박장을 운영하는 사람은 아니다.

노에미는 웃음을 참고 있다. 그녀는 뇌를 닮은 해면 스펀지를 집어 들더니 그것을 쥐어짠다. 나에 대한 그녀의 독특한 칭찬이라고 믿지 않을 수 없다.

빌리가 말문을 연다. "계약 조건을 말할게. 올드 진의 보석에서 100달러를 갚는 것으로 네 정보를 사지."

"그걸로는 부족해. 200달러를 모으는 데 10년이 걸릴 테니." 나는 주사위를 던지듯 말한다. 그는 제안을 철회할 수도 있다. 그러면 나는 운이 없는 거다.

노에미가 스펀지를 더 세게 쥐어짠다. 이번에는 칭찬이 아닌 것 같다. 벅스바움 상점에서 본 그날처럼 빌리가 다리를 떨기 시작한다.

"일단 네 정보가 만족할 만하면, 나머지 금액에 대해 다른 제안을 제시하지."

노에미는 보일락 말락 하게 나를 향해 고개를 끄덕인다.

"좋아."

"도대체 그 정보가 뭐야?" 그가 노에미에게 짜증 섞인 눈길을 던진다. "들어 봐야 알지."

"오늘 오전에 내가 경마 대회 참가 기수 명단에 추가되었어."

"네가?" 그 뉴스가 빌리의 불쾌감을 창문 밖으로 날려 버리는 것 같다. "음, 너는 온갖 물건들로 가득한 도둑놈의 가방 같군. 하지만 그 정보가 나에게 어떻게 도움이 되는지 모르겠는데."

"나의 출전에 배당은 없을 거야, 공식적으로는 말이야."

그의 얼굴에 웃음꽃이 핀다. "전에도 경주에 참가한 적 있어?"

"아니. 하지만 말을 탈 줄은 알아."

"네가 타는 말은 어때? 참가 경험이 있나?"

"그 암말도 경주를 해 본 적이 없어."

"암말이라." 그가 뾰족한 혀를 내밀더니 킬킬거린다.

"그래, 좋아." 그는 손가락으로 총을 몇 발 쏘는 흉내를 낸다. "사람들은 장타를 좋아하지. 자, 이제 실례해야겠어. 배당률을 좀 더 세밀하게 계산해야 할 거 같아."

"나머지 금액에 대한 제안은 어떻게 되는 거지?"

빌리는 내 말을 거의 듣지 않는 것처럼 거울을 보며 눈썹을 매만진다. 빌리의 거울에 노에미의 모습이 비친다. 나란히 있으니 닮은 점이 눈에 들어온다. 뾰족한 광대뼈와 이마에 머리털 난 부분이 각진 것이 닮았다. 눈은 보고 싶은 것을 본다. "이 사기꾼아, 나머지 금액에 대한 제의를 하라고." 그녀가 말한다.

"알았어." 그는 다시 내게로 눈을 돌리면서, 조끼를 펴서 줄무늬가 들쭉날쭉하지 않게 만든다. 생각에 잠겨 있는 동안 그의 눈동자가 잠시 한쪽으로 몰리더니, 심하게 눈살을 찌푸린다.

"내가 알고 있는 남자 하나가 경주에 조랑말을 내보냈어. 나는 하느님이 그에게 모든 것을 주셨다는 단순한 사실 때문에 그를 증오하지. 반면에 하느님은 내가 허리 굽혀 절하게 만들고 내가 가진 모든 돈을 긁어 간단 말이지." 빠른 동작으로 그는 흘러내린 소매를 다시 올린다.

"그럼에도 그는 요즘 돈 한 푼이 걸려 있어도 움직이지. 나는 그의 말과 기수가 여성에게 추월당하는 걸 보는 것 말고는 아무것도 바라지 않아. 그의 기수는 이곳에서 일했었지. 여자들에게 너무 거칠게 굴어서 내가 그를 쫓아내기 전까지는 말이야. 네가 그들보다 먼저 결승선을 넘으면, 병을 되찾을 수 있어."

내 어깨가 움츠러들면서 망토를 잡아당긴다. "말했잖아, 난 초보라고. 만약 내가 트랙을 모두 돈다면, 그게 기적일걸."

그는 씩 웃는다. "하느님과 나는 어쩌면 눈을 마주치지 않을지도 모르지만." 한 번의 부드러운 동작으로 그는 소총의 개머리판 빛깔인 갈색 프록코트를 입는다. "그러나 나는 기적을 믿어."

나는 무기력하게 숨을 내쉰다. 그러니까 나는 타오르는 모닥불에서 밤송이를 끄집어내야 한다. 적어도 그 말은 아미르가 아니다. 하느님이 메릿에게 모든 걸 넘겨줬을까? 페인 가문의 상속자는 죄가 많다고 해도 그만큼 부유하다. "말 이름이 뭐야?"

"그 말 이름은 시프야."

제42장

팅크제를 마시면 올드 진은 정신이 혼미하지만 고통은 못 느끼는 상태가 되었다. 그러나 금요일 아침 해가 뜨기 전에 올드 진은 "사오유에!"라고 소리친다.

"올드 진?" 나는 임시로 꾸민 잠자리에서 재빨리 그의 곁으로 간다. 눈에 초점이 없고 젖어 있다.

"사오유에?"

"아뇨, 저예요, 조."

나의 대답에 실망한 듯 그는 얼굴을 숙인다. 나는 물 마시는 것을 돕는다. "사오유에가 누구죠?" '우아한 달'이라는 의미의 그 말은 내 혀끝에 달콤함을 선사한다.

"네 할머니야. 사오유에가 나에게 코담배 병을 주었어." 올드 진은 숨을 헐떡인다. "결혼 선물이었지. 샹이 그걸 거북이 알의 아버지가 운영하는 전당포에 맡겼어. 페인 부인을 감동하게 할 무언가를 사려고 했겠지. 머리빗 같은 거. 녀석은 어리석게도 그 여자와 함께할 기회가 있을 거라고 믿었어. 녀석이 한 짓을 알았을 때, 나는." 올드 진이 얼굴을 찡그린다. "녀석에게 손을 댔지. 나는 녀석이 우리 가족을 부끄럽게 했다고 말했고, 다시는 보고 싶지 않다고 말했어." 고백이 내면에 있던 무언가를 부순 듯, 그의 가슴이 무너지면서 기침이 터져 이어진다.

"쉿, 됐어요."

"복숭아를 되찾으면 행운의 박쥐들이 돌아올 거야. 어쩌면 내 아들도 함께 데려올지 몰라." 눈물 한 방울이 뺨을 타고 흘러내린다. 그것을 감추려는 듯 올드 진은 얼굴을 돌린다.

"제가 할머니의 병을 되찾아 드릴게요."

식스 페이스 메도에서 오후의 혹독한 훈련이 끝난 뒤, 나는 스위트 포테이토를 페인 씨 저택으로 데려간다. 이제 그곳은 파티를 위해 한껏 꾸며져 있다.

스위트 포테이토의 마구를 정리하고 있는데 누군가가 내 뒤에 서 있는 게 느껴진다.

캐럴라인은 비섬 크림 사건 이후 더 날씬해진 것처럼 보인다. 젖살이 빠지고 뺨에 지혜의 흔적이 남았다. 묶지 않은 머리카락이 어깨 언저리로 곱슬곱슬하게 흘러내린다. 가슴에 레이스가 달린 회색 원피스는 나이 들어 보이지 않으면서도 성숙해 보인다.

그녀는 손잡이가 달린 골판지 상자를 들고 있다.

"오늘은 제지소에 나가지 않나 봐요?" 나는 할 말이 없어 묻는다. 그녀는 고개를 젓는다. "엄마가 집에 있자고 했어."

나는 고개를 끄덕인다. 설명을 더 듣고 싶지 않다. 이유도 모른채 우리가 전쟁을 치르며 지낸 세월을 기억하니 조금 슬프다. 그녀에 대해 품고 있던 노여움이 시든 나뭇잎처럼 떨어진다.

"네 모습은—." 그녀의 시선이 땀에 젖은 비단 승마복에서 발가락이 튀어나온 염소 가죽 부츠로 옮겨 간다. 나는 위축되면서 초조해진다. 하지만 그녀는 말을 끝맺는다. "승리자처럼 보여."

"저는 기차 신호등 같다고 할 줄 알았어요."

그녀가 미소를 짓는다. "그렇게도 보여." 그녀의 얼굴 위로 미묘한 감정이 떠오르다가 사라진다. 어둑어둑한 헛간 안에서는 읽기 힘든 표정이다. 그녀는 심호흡을 한다.

"괜찮으세요, 아가씨?"

그녀가 주춤하며 상자의 손잡이를 꽉 쥔다. 그리고 다시 숨을 고른다. 서릿발처럼 차가운 푸른 눈동자에 물기가 고이면서 커다래진다. "나는 어떻게 해야 할지 모르겠어."

내 눈에 눈물이 맺혀서 나도 놀란다. "위를 올려다보세요. 괴로움은 영원히 지속되지 않는다는 것을 하늘이 우리에게 일깨워 준대요. 지금 여기엔 거미줄뿐이지만요."

그녀는 손등으로 눈물을 닦으며 상자를 내민다. "널 주려고 가져왔어. 내 승마용 부츠야. 내일 필요할 거야."

"아가씨의 바이올린 부츠요? 난…… 난 받을 수 없어요."

"그냥 부츠일 뿐이야." 그녀는 부츠를 꺼내 내 발 옆에 내려놓는다. "그리고 또 하나, 네가 내 머리를 땋아 줬으면 좋겠어." 그녀는 주머니에서 빗과 핀을 꺼낸다. "네가 괜찮다면."

내일은 사교계에 처음 나가는 날이고, 캐럴라인은 무도회의 미인이 될 것이다. 나는 걸상을 단단히 고정시킨다. "여기 앉아요."

나는 머리를 땋기 시작한다. 기이하고 명상적인 평화가 깃든다. 마지막으로 핀을 꽂고 얼굴 주위 머리카락을 다듬을 때까지 우리는 아무 말도 하지 않는다.

"생각해 봤는데……." 캐럴라인이 말문을 연다. "내 자전거를 하나 사려고 해." 복잡한 감정이 그녀의 얼굴을 스치고 지나간다. "노에미가 나에게 자전거 타는 법을 가르쳐 줄 거라고 생각해?"

"아니요." 나는 대답한다. 물론 캐럴라인이 요구하면 노에미는 승낙할 수밖에 없다는 사실을 우리 둘 다 알고 있지만. 그녀의 뺨이 붉어지고, 치맛자락을 펄럭이며 일어난다. 한숨이 나온다. 난 결코 캐럴라인 페인과 친구가 될 수 없을 것 같다. 하지만 자유의 기계가 우리 모두를 한 걸음 더 나아가게 해 줄지도 모르지.

"같이 노에미에게 물어보러 가요, 아가씨."

젖은 어깨에 구름 숄을 걸치고 토요일이 온다. 나는 올드 진의 방으로 들어간다. 올드 진은 어젯밤 팅크제를 거부했다. 혼미한 상태보다는 고통이 낫다고 했다. 그의 얼굴은 날마다 멍이 더 퍼져서 해 질 녘의 파랑, 빨강, 보라, 회색으로 물들어 있다. 깊은 상처는 표면으로 올라오는 데 시간이 더 걸린다.

나는 팅크제를 흔들어 보인다. "정해진 양의 반만 드시는 건 어때요? 감염될까 봐 걱정이에요."

그가 고개를 흔든다. "고통이 느껴지지 않으면, 내가 살아 있는지 아닌지 알 수가 없어."

"약을 먹지 않으면 살아 있는 걸 한껏 느끼게 되실걸요."

올드 진은 이마에 주름을 만든다. "살아가면서 많은 경주를 만날 거야. 모든 경주에서 뛰어야 하는 건 아니지. 스위트 포테이토는 이번 경주에 나가지 못해도 실망하지 않을 거래."

페인 씨 저택의 전화를 사용한 것도 아닌데, 나는 우리 말이 어떻게 그것을 올드 진에게 전달했는지 상상할 수 없다. "빌리는 스위트 포테이토가 시프보다 앞서서 결승선을 넘으면, 코담배 병을 돌려주기로 약속했어요."

그는 투덜거림 같기도 하고 한숨 같기도 한 소리를 낸다. "시프는 다리가 좋지." 그는 마른 입술을 핥는다. "하지만 경주에서 이기려면 심장이 좋아야 해."

올드 진의 심장처럼. 나는 활짝 웃어 보인다. "정말 스위트 포테이토가 아미르를 이길 수 있다고 생각하셨어요?"

"그럴 수도 있고 아닐 수도 있지. 하지만 스위트 포테이토는 노력할 거라고 했어." 그는 선량한 눈으로 윙크한다. 나는 그를 껴안고 싶은 충동을 억누른다. 그는 다시 심각한 표정을 짓는다. "벨

씨 가족은 좋은 사람들이야. 하지만 우리가 머무르면 바람의 방
향이 바뀔 거야. 바람은…… 추잡한 소문을 실어 나를 수 있어."

"『포커스』가 걱정되세요? 저는 가명을 계속 사용할 거예요. 아
무도 알려고 하지 않을걸요."

"가명 얘기가 아니야." 그의 눈길이 네이선의 가벼운 휘파람 소
리가 흘러드는 문 쪽으로 향한다. 그의 말이 옳다.

네이선과 내가 어렵게 애틀랜타에 자리를 마련한다 해도 아발
론처럼 비밀의 섬이 될 것이다. 만약 누군가에게 발각된다면 신
문사는 망할 수도 있다.

올드 진은 발 때문에 담요 위에 만들어진 두 개의 산을 유심히
바라보다가 어깨를 으쓱한다. "강물은 바위 주위에서 가장 물살이
빨라지지. 하지만 바위는 때때로 강물에 정면으로 맞서야 해. 누
가 알겠니? 맞서는 기세가 크면, 길이 열릴지도 몰라, 응?"

"벨 씨 가족의 제안을 받아들여야 한다고 생각하세요?"

"나는 네가 자신만의 규칙을 잘 세울 거라고 믿는다."

네이선은 베어와 벨 부인 그리고 나까지 서 있는 응접실 부근
의 좁은 공간에서 『현대의 승마』를 펼쳐 들고 서성이고 있다.

"이 책에서는 기수들이 행운의 물건에 대해 까다롭다고 하네요.
내게 수집품이 있다면, 행운을 가져오는 동전이나 돌멩이를 줄
수 있을 텐데. 안타깝게도, 난 수집품 같은 건 없어요."

"잘 알고 있어요."

그가 멋쩍은 미소를 지어 보인다. 리넨 재킷, 튼튼한 능직물 바지, 날개 모양의 장식이 달린 구두로 차려입은 그는 사교계의 첫 등장이라는 전투를 준비 중인 청년임을 쉽게 알 수 있다. 무심하게 눌러쓴 홈부르크 모자만이 외부자로 보이게 한다. 그가 리지를 위해 레이스로 포장한 데이지 꽃들은 습기를 빨아들였음에도 여전히 생생하다. 내 얼굴이 찡그려지는 것을 느끼면서 나는 억지로 생각의 방향을 돌리려 한다.

나의 눈길은 올드 진이 누워 있는 방으로 향한다. 그곳에서 그는 졸고 있다. 내가 방에서 나올 때 열이 오르는 듯 피부가 따끈따끈했다. 그리고 눈에서 다시 피가 흐르기 시작했다. 만약 내가 없는 동안 병세가 나빠지면? 나는 자신을 용서하지 못할 것이다.

벨 부인이 올드 진의 모자를 건네준다. 그녀가 깨끗이 빨아서 잘 손질했다. "걱정 말아요. 올드 진을 잘 돌볼게요."

"고맙습니다." 나는 올드 진의 모자를 쓰고 네이선에게 고개를 끄덕여 보인다. "대회에서 봐요." 그리고 밖으로 빠져나온다. 또 다른 전투가 나를 기다린다.

스위트 포테이토를 데리고 피드몬트 파크로 향하는 나의 걸음에 바이올린 부츠는 낯선 우아함을 선사한다. 신을 험하게 신는 캐럴라인의 습관 덕분에 오히려 부츠는 편안하게 맞는다.

무개 마차와 떠들썩한 사륜마차를 타고 지나가는, 잘 차려입은 커플들을 바라본다. 모자만 봐도 현란하다. 벨벳 리본이 잔뜩 달린 높은 새틴 모자, 리본을 겹겹이 쌓은 케이크 모자 그리고 딸기와 레몬 같은 상큼한 빛깔의 '스위티 양' 모자들.

군중 속에는 검은 얼굴도 여럿 있다. 오늘 규칙은 드라이빙 클럽이 아닌 페인 씨 부부가 정했다. 유색인들도 요금을 내면 입장할 수 있다.

사람들이 '마권'이라는 글자가 적힌 차양 막 앞에 줄을 선다. 근처에서는 금송화 빛 어깨띠를 두른 여성들이 군중의 주목을 받고 있다. "여성에게 투표권을!" 불리스 부인이 한 손으로 현수막을 흔들며 한마디 한마디에 주먹을 내지른다. 말의 뒷부분 반쪽이 앞부분보다 더 전문가의 솜씨인 것을 나는 알아차린다.

"저쪽이 우리를 응원하는 관람석이야." 내 머리 위의 모자를 씌고 있는 스위트 포테이토에게 말해 준다. 군중은 이리저리 흩어지고, 또 다른 사람들이 행진하면서 나의 오른쪽으로 들어오는 모습이 보인다. 보라색 띠를 두르고 노래를 부르고 있다. 자전거를 탄 여성이 선두에서 이끈다. 노에미다. 그녀의 뒤에는 로즈와 메리가 '애틀랜타 블루벨스: 모든 여성에게 투표권을'이라는 글자가 적힌 흰색 현수막을 들고 있다. 현수막 둘레에 블루벨 꽃뿐 아니라 온갖 다채로운 꽃들을 수놓았다.

애틀랜타 여성 참정권 협회의 구호가 수그러들면서, 불리스 부인의 찻주전자 얼굴에서 김이 모락모락 오르는 것 같다. 페달을 밟으며 다가오던 노에미가 멈춰 선다. 노에미의 밀짚모자에는 매 형상의 매듭인 파니가 블루벨 묶음과 함께 꽂혀 있다.

"여기 참가하게 된 건 네 덕분이야, 조." 그녀는 씩 웃는다. "트랙을 한 바퀴 돌 계획은 세운 거야?"

경마에 관한 책을 읽으면서 네이선과 나는 전략을 논의했지만, 하나도 쓸 만하지 않았다.

"출발 신호가 울리면 최대한 빨리 달리는 수밖에 없어." 오늘 나는 시프만 이기면 된다. 나는 그 점박이 말이 전속력으로 달리는 것을 본 적이 없다. 물론 그 매끄럽고 홀쭉한 몸의 모든 근육을 움직이면 트랙을 태워 버릴 수도 있겠지만.

노에미는 웃으면서 눈으로는 내 어깨 너머를 둘러본다. "벅스바움 사장님이 로비를 점원으로 고용했어."

나는 환호성을 지른다. 그리고 「커스터-머리」 칼럼이 그 결정과 관련이 있는지 궁금해한다. "로비에게 축하한다고 전해 줘."

"네가 직접 해."

로비가 나타난다. 일요일에만 입는 정장을 입고 있다. "안녕, 조!"

"안녕. 이제 구강 세정제를 늘 얻어 쓸 수 있게 되었네?"

"네가 결승선을 넘으면 그걸로 건배나 할까? 우리는 네가 정말 자랑스러워."

노에미는 고개를 끄덕인다. "그냥 그 길을 가는 게 곧 승리야."

로비가 눈을 반짝이면서 웃는다. "하지만 큰 물고기를 잡아야 해, 알았지?" 그는 나에게 마권을 흔들어 보인다. "나는 선데이 서프라이즈에게 걸었어. 하지만 너에게도 걸었지." 그는 윙크한다.

애틀랜타 여성 참정권자들이 다시 전투적인 함성을 지르면서 블루벨스의 노랫소리를 지운다. 불리스 부인은 찌푸린 얼굴로 우리를 보다가 현수막을 다른 여자에게 건네고 다가온다. "너." 그녀는 새끼손가락으로 노에미를 가리킨다. "너희들 무리가 우리를 구경거리로 만들고 있어. 그리고 너는……." 새끼손가락이 나에게로 향한다. "너는 나를 모욕하려고 이런 짓을 꾸몄어."

"제가 그 정도로 영향력이 있으면 좋겠군요, 부인." 나는 스위트 포테이토의 목을 끌어안는다. "안심하세요, 제 암말과 저는 최선을 다할 거예요."

"암말이라고?" 그녀의 눈길이 스위트 포테이토의 하체로 향한다. "오, 엎친 데 덮친 격이로군. 우리는 웃음거리가 될 거야!" 그녀의 얼굴이 구겨진다.

"여성이 남성과 동등하다고 생각한다면, 믿음을 가져 보세요, 부인."

놀란 듯 얼굴에서 주름이 사라지더니, 그녀는 갑자기 분노를 터뜨린다. "나 참!"

그러고는 여성 참정권자들에게로 씩씩거리며 돌아간다. 블루벨스 앞을 지나갈 때는 짜증을 낸다. "부탁인데, 입 좀 다무시지?"

블루벨스는 노래를 멈춘다. 노에미가 한숨을 쉰다. "해고 통지서를 갖고 오기 전에 병력을 이동시켜야겠어. 그전에 먼저 시프를 따돌리는 데 도움이 될 만한 것을 줄게." 그녀는 주머니에서 파라핀 종이로 싼 것을 꺼낸다.

"쿠키야?" 내가 손을 뻗자, 노에미가 잡아당긴다.

"네 것이 아니야." 그녀는 스위트 포테이토에게 쿠키를 내민다. 말은 잽싸게 파라핀 종이까지 잡아챈다. "나의 비밀 재료로 만든 거야. 뭐든 해 보는 거야 나쁠 게 없지." 그녀가 웃자 모자에 꽂혀 있는 블루벨들이 따라 웃는다.

"노에미, 어깨띠 하나 더 있어?"

"아니. 하지만 내 것을 줄게." 그녀가 벗어 준 어깨띠를 나는 허리에 묶는다. 노에미의 얼굴 주위에 밝고 희망에 찬 날개 같은 게 돋아 있는 듯하다. "행운을 빌어, 자매님."

단거리 경주가 본경기를 보러 온 관중을 이미 달구기 시작했다. '대회 참가자'라는 글자가 적힌 표지판이 관중석 맨 끝에 자리한 마구간을 가리키고 있다. 그 단어를 보니 등에 소름이 돋는다.

평생 해 왔던 것처럼 나를 바라보는 시선을 무시한다. 관중석의 소음이 모두 내 귀로 모여든다. 양탄자를 두드리는 에타 레이의 손놀림처럼 심장이 쿵쾅거린다.

회색 말 한 마리가 모루처럼 생긴 머리를 쳐들고 턱을 까딱이면서 쏜살같이 지나간다. 4라는 숫자가 새겨진 보라색 안장 덮개가 말의 허리를 감싸고 있다. 번호가 새겨진 덮개는 어디서 얻는 걸까? 아마도 여기서는 팀으로 움직이는 게 도움이 될 것이다. 관중석이 차기 시작한다. 적어도 500명쯤 되는 사람들이 단거리 경주를 보았을 것이다. 그 외에도 500명을 수용할 수 있는 공간이 더 있다. 관중석 옆 목련 아래에는 더 많은 사람이 모여 있고, '유색인'이라는 표지판이 걸려 있다. 의자는 없지만, 어떤 사람들은 소풍용 담요를 가져와 바닥에 깔고 앉아 있다. 나는 올드 진이 맞아서 아픈 모습이 아니라 예전처럼 온전한 모습으로 나무 아래 서 있는 장면을 상상한다. 초라한 옷차림이지만 여전히 단정하고, 있어야 할 그 자리에 있는 듯 평온한 눈길로 세상을 바라보고 있다. 그가 나를 향해 앞으로 나아가라는 깃발을 흔든다.

일렬로 늘어선 나무 뒤편으로 마구간이 길게 두 줄로 있다. 그 속에서 말 근처에 모여 시끄럽게 투덜거리는 남자들 무리가 보인다. 아까 우리 옆을 지나친 모루 머리의 회색 말이 앞다리를 들고 일어서 있고, 지친 얼굴의 기수가 욕을 퍼붓고 있다. 올드 진은 말에게 욕을 한 적이 없다. 말들은 오직 주기만 하고 받는 일은 결코 없으니, 존경심을 가지고 대해야 한다. 또 다른 말이 비명을 지른다. 나는 그 말의 소리를 알아듣는다. 아미르다. 조니 포천이 아미르를 타고 경기장으로 들어간다. 겨드랑이에는 채찍을 낀 채, 금색 비단 승마복을 입은 멋진 모습이다. 시프는 보이지 않는다.

스위트 포테이토와 나는 행사 요원처럼 보이는 사람을 향해 성큼성큼 다가간다. 전등알 같은 남자의 코와 빨간 모자가 어울린다. "안녕하세요. 저는 조 콴이고, 이 말은 스위트 포테이토입니다. 우리는 경주에 참가하려고 왔습니다."

"네가? 경주에는 열두 마리 말만 참가해. 게다가 여성 참가자는 없어." 그는 마지막 말을 마치 치아에 박힌 씨앗처럼 뱉어 낸다.

"다시 한번 확인해 주시겠어요?" 나는 그가 외투로 감싸 안고 있는 장부를 바라본다. "페인 여사가 우리를 명단에 추가했습니다." 적어도, 그러겠다고 말했다. 다시는 나를 실망시키지 않기를.

"나는 선수 명단을 외우고 있어. 열두 마리 말을 이미 확인했고. 자, 비켜라, 그렇지 않으면 경비원을 부를 거야."

"하지만 저는…… 하지만 우리는……."

솜씨 있게 지은 정장에 반짝이는 세이블 부츠가 나타난다.

"여기 있었군요, 콴 양. 당신을 기다리고 있었어요. 우리의 마지막 기수를 힘들게 했나요, 손 씨?"

메릿 페인은 3시 45분 형태의 콧수염 한쪽을 비틀면서 귀족적인 코 아래로 관리자를 내려다본다. 그는 장부를 뒤적이다가 당황해서 떨어뜨릴 뻔한다. "아, 죄송합니다, 페인 씨. 저는 모든 참가자를 안다고 생각했는데요, 열두 명이요. 제 생각에는……."

"부탁합니다." 메릿은 손가락을 꼼지락거린다. "지금 당신이 우리의 시간을 낭비하고 있어요. 갑시다, 콴 양, 그리고 스위트 포테이토, 당신의 마부가 기다리고 있어요. 곧 출발선에서 호출할 겁니다."

제43장

스위티 양에게

　제게는 세 명의 어린 자녀가 있어요. 제 생활은 오직 아이들을 돌보는 일뿐입니다. 그런데 아이들이 싸움을 그치지 않아 정신 병원에 가야 할 지경이에요. 제가 어떻게 해야 하죠?

미쳐 가는 부인

미쳐 가는 부인에게

　정원 가꾸기 같은 걸 시켜 보세요. 나무에 열매를 맺게 하려면 여러 일을 한꺼번에 해야 하니까요. 길들이지 않은 황소들은 밭을 엉망으로 만들지만, 함께 멍에를 씌우면 밭을 갈 수 있답니다.

진심을 담아,
스위티 양

메릿은 사람, 동물, 땀, 공포가 시끄럽게 북적이는 공간을 지나갈 수 있게 우리를 이끈다. "손은 멍청이야."

"고맙습니다. 어떻게 해야 할지 잘 모르겠어요."

그는 입을 꾹 다문 채 나에게 미소를 지어 보인다. "그냥 하던 대로 하면 돼, 조."

그의 표정에서 우리의 관계에 대해 알고 있다는 신호를 읽어 보려고 노력한다. 하지만 저녁놀 같은 미소, 어머니에게 물려받은 유리 같은 청회색 눈동자, 그리고 너무 많은 생각에 사로잡힌 듯 살짝 미간을 찌푸린 모습만 보일 뿐이다. 오빠일 수도 있었음을 생각하면 서글프다. 그가 한 번도 나의 오빠인 적이 없었음에도 상실감을 느낀다.

메릿과 마구간 안으로 들어갔을 때 나는 어린 조지프 포터가 군인 같은 자세로 서 있는 걸 보고 놀란다. "시간이 되면 조지프가 네 말을 이끌고 출발선으로 갈 거야. 행운을 빌어, 조. 속도가 아니라 진취성으로 순위를 매긴다면, 나는 이번 경주에서 너에게 돈을 걸 거야." 메릿은 몸을 굽혀 절을 한 뒤 사라진다.

"좋은 아침이야, 조지프. 너를 다시 만날 줄은 몰랐어."

"저도 마찬가지예요. 올드 진 아저씨가 저에게 마부로 일하면 10센트를 주신다고 했어요."

"아저씨는 아프셔. 그래서 내가 대신 나왔어."

조지프는 몸을 재바르게 움직여 스위트 포테이토를 물통으로 데려간다. 말이 물을 마시자, 조지프는 안장을 푼다. 그는 새틴으로 만든 안장 덮개를 흔들어 펼친다. 여성 참정권자들의 금송화 빛 현수막과 똑같은 빛깔에 숫자 13이 새겨져 있다. "미안한 말씀을 드릴게요. 엄마가 13이라는 숫자는 재수가 없어서 그 위에 침을 뱉어야 한다고 했어요. 그래서 제가 대신 침을 뱉었어요." 그러고는 나에게 1과 3 사이에 얼룩져 있는 부분을 보여 준다.

"그거, 고맙네."

"하지만 큰 기대는 하지 마세요. 왜냐하면 바깥 레인이라 따라가야 할 거리가 가장 멀거든요."

승산은 뚝 떨어지고, 내 척추도 쥐어짠 아코디언처럼 줄어든다. 시프가 12번이었으면 좋겠다. "또 알아야 할 것은?"

"4번과 6번에서 멀리 떨어지세요. 기수들이 말을 잘 다루지 못해요. 눈이 건초 씨앗 같아요. 그러니까 막돼먹은 사람들이라, 남의 길을 가로막으면 안 된다는 생각을 아예 못 하는 거죠."

나는 혼란스러운 가운데 경쟁자들을 가늠해 보고 있다. 내가 찾고 있는 것은 독특한 흰색 몸통에 검은색 갈기와 꼬리가 달린 점박이 말이다.

낯익은 조각 같은 옆모습이 마구간에서 나온다. 젠체하는 모자를 쓰고 잿빛 정장 재킷을 입고 있다. 나는 그가 끌고 나오는 말에 집중해야 하지만, 미스터 큐의 외모는 눈길을 사로잡는다. 빌리 리그스가 결코 따라갈 수 없는 모습이다. 현란한 옷차림이나 태도까지도. 미스터 큐는 마치 훈련받은 듯한 멋진 걸음걸이로 걷는다. 어깨는 뒤로 젖히고, 머리는 높이 쳐들고 있다. 올리브색 얼굴은 비누로 조각한 것 같고, 구레나룻은 자를 대고 깎은 듯하다. 유일한 결함은 두툼한 입술이 약간 비틀린 것이다.

신물이 올라온다. 우리 둘 다 사적인 인연으로 이 자리에 오게 되었지만, 나는 캐럴라인의 상심을 대가로 치르지는 않았다. 그는 경마 대회에 참가하기 위해 그녀를 이용했을 뿐이다.

시프의 안장 덮개에는 9번이 새겨져 있다. 내가 바라던 12번은 아니지만, 적어도 1번 말은 아니다. 녹색의 비단 승마복을 입은 남자가 말의 굴레를 넘겨받는 순간 나의 안도감은 사라진다. 빌리 소굴의 계단에서 나를 힐끔거리던 레프러콘이다. 그도 나를 알아보고 파렴치한 눈길로 더듬듯이 훑어본다. 그러니까 여자들에게 너무 거칠게 굴어서 빌리가 쫓아낸 남자다.

나는 조지프와 스위트 포테이토를 데리고 서둘러 돌아간다. 옷깃이 땀에 젖는다. 올드 진을 두고 나올 때 느낀 자신감은 바이올린 부츠를 타고 마른땅으로 흘러가 버린다.

누군가가 외친다. "출발선으로!" 그러자 동물과 사람이 뒤섞인 혼돈이 정리되기 시작한다. 기수는 말을 타고, 마부는 굴레를 넘겨받아 자리를 잡는다. 반려 조랑말*들 덕분에 경주마들은 트랙

＊ 훈련 기간과 경기일에 경주마를 진정시키는 데 도움을 주는 조랑말.

으로 걸어가면서 긴장을 가라앉힌다. 나는 스위트 포테이토의 든든한 온기와 고요함을 느끼며 요동치는 마음을 달랜다.

유색인 기수가 편안한 미소를 지으며 밤색과 회색이 섞인 근육질의 말을 타고 우리에게 다가온다. "벤 애브너예요, 애는 선데이 서프라이즈." 그는 마치 기차를 타러 가는 것처럼 말한다. "벅스바움 사장님이 인사를 전하라고 했어요. 오늘은 급행열차로 달려야하지만, 두어 명 질척거리는 친구들이 있더군요. 말을 계속 움직이게 해요. 그래야 그들이 당신을 가두지 못해요."

"만나서 반가워요, 애브너 씨. 그리고 고마워요, 그럴게요." 나는 그가 무슨 말을 하는지 알아들은 것처럼 대답한다. 그는 모자의 챙을 끌어당기며 혀를 찬다. 조지프는 그들이 떠나는 것을 지켜본다. 입이 벌어져 있다. "선데이가 제가 걸고 싶은 말이에요. 2번이죠. 좋은 자리예요. 2번 레인에서 우승한 적이 가장 많아요." 고삐를 잡고 조지프는 우리를 줄의 뒤쪽으로 안내한다. 역겨운 레프러콘은 시프의 안장 위에서 몸을 돌려 아랫니보다 심하게 튀어나온 윗니를 나에게 보여 준다. 나는 그를 못 본 척한다.

시프처럼 몸집이 큰 말은 비탈길에서는 바위처럼 구를 것이다. 일단 그가 움직이기 시작하면 기세를 멈출 수 없을 것이다. 우리는 최대한 빨리 출발선에서 벗어나야 한다. 물론 말로는 쉽지만, 스위트 포테이토를 훈련시킬 시간이 없었다. 다시 생각해 보니, 올드 진이 훈련하고 있었다. 어쩌면 스위트 포테이토는 출발선을 넘는 방법을 이미 알고 있을지도 모른다.

우리는 늘어선 나무들 사이를 빠져나온다. 화려한 비단옷들과 찰랑거리는 마구들이 행진한다. 숨 막히는 습도에도 불구하고 모든 사람이 깃발과 모자를 흔들며 환호한다. 관중석이 들썩인다.

누군가가 외친다. "조!"

노에미가 손을 흔든다. 로비는 그녀 바로 옆에 있다.

스위트 포테이토는 머리를 높이 든 채 걷고 있고, 말발굽 소리에는 기쁨의 설렘이 있다. 자기가 타는 말을 이해하는 것은 자기 자신을 이해하는 것이다. 올해 가장 큰 이야깃거리이자 최대의 관중이 모인 경주에 참가한 것은 작은 기적이라고 새삼 상기한다. 코담배 병을 되찾을 수 없다고 해도, 시야를 가리던 무언가가 말끔히 사라졌다. 모자 가게에서 일하면서 나는 보여주는 방법을 알게 되었다. 스위티 양은 나에게 목소리를 찾아 주었다. 하지만 나에게 가장 필요했던 건 모자의 그늘 밑에서 벗어나 밖으로 걸어 나갈 자유였는지도 모른다. 올드 진과 나는, 신문지처럼 흑과 백 이외의 색은 거의 드러나지 않는 사회에서 간신히 적응해 왔다. 거리를 두는 사람들은 늘 있다. 하지만 나의 레인에서 자전거 타는 것을 꺼리지 않는 사람들도 있다. 내 목소리가 나를 드러나게 할까 봐 평생 걱정하며 살았지만, 그것은 틀렸다. 만약 내 목소리를 내지 않았다면, 오늘 여기에 오지도 못했을 것이다.

페인 씨 부부가 특별석에서 애틀랜타의 상류층들과 함께 행렬을 지켜본다. 페인 씨는 난간에 기댄 채, 마치 배의 선장처럼 오페라글라스를 눈에 대고 있다. 언제나 현재보다 미래에 초점을 맞추는 사람이다. 페인 씨 옆에는 메릿이 서 있다. 많은 초대를 받았음에도 누구도 받아들이지 않은 것 같다. 그의 눈길은 아미르에서 나에게로 옮겨 오고, 손가락 두 개로 나에게 경례한다.

페인 부인은 유쾌한 태도를 과시하듯 부채질을 하고 있다. 그녀는 나를 모르는 체한다. 하지만 내가 지나갈 때, 입김에 흔들리는 촛불처럼 미소가 잦아든다. 페인 부인 옆에 있는 캐럴라인은 매의 눈으로 나를 지켜본다. 내가 땋아 준 춤추는 사자 머리는 크림색 접시 모자 아래서도 여전히 활기차 보인다. 그녀는 노에미의 자전거를 타다가 여섯 번이나 넘어졌다. 그래서 노에미의 걸음걸이는 더 씩씩해졌지만, 캐럴라인은 아직 패배하지 않았다고 선언했다. 그게 자전거를 말하는 것인지 노에미를 말하는 것인지는 분명치 않았지만, 변화의 바람은 예전에 내가 모시던 아가씨에게로 옮겨 갔다. 새로운 날개를 펼치게 되길.

"올해의 경마 대회에 오신 것을 환영합니다, 우레와 같은 8펄롱의 질주!" 아나운서가 외친다.

트랙과 관중 사이를 가르는 출입문 근처에서 기자들이 수첩을 펼친 채 열심히 글을 쓰고 있다. 게시판에는 후원자와 그들의 말 번호 그리고 색깔을 나열한 목록이 걸려 있다. 나는 네이선을 찾으려 군중을 훑어보지만, 한편으로는 리지와 팔짱을 끼고 있는 모습을 볼까 봐 두렵다.

상자 위로 올라가 홈부르크 모자를 위로 던지는 인물이 눈에 띈다. 나는 등을 펴고 더 높게 앉는다. 흑조를 타고 떠다니는 우아한 숙녀처럼 보이기를 바란다. 네이선이 모자를 흔든다. 미스터 큐의 환상적인 용모나 메릿 페인의 조각상 같은 체격은 아니지만, 그는 늘 북쪽을 가리키는 나침반 바늘처럼 기품 있는 자세다.

상자 위로 들어 올려 달라는 듯 분홍색 팔 한 쌍이 불쑥 나타난다. 곧 리지가 그의 곁에 선다. 그들은 잘 어울리는 커플이다. 그녀 같은 사람과 함께라면 네이선은 더 편안한 삶을 살 수 있을 것이다. 인종 간 결혼 금지 같은 법에 해당되지 않는 사람이니까. 그녀가 쓴 스위티 양 모자가 네이선과 나 사이에서 빙빙 돈다. 아마 리지도 같은 생각을 하고 있을 것이다.

조지프가 우리를 트랙의 가장 바깥쪽 선으로 데려간다. 긴장해서 뻣뻣해진 팔다리를 풀려고 몸을 살짝 흔든다. 그리고 편안하게 호흡한다. "고마워, 조지프."

그는 차려 자세를 취한다. 그러고 나서 마부들을 따라 장외로 나간다. 우리의 왼쪽에 있는 열두 마리 말이 끙끙거리며 땅을 긁는다. 신호만 울리면 튀어 나갈 준비를 하고 있다. 트랙은 골판지처럼 좁고 엉성해 보인다. 발 한번 잘못 내디디면, 나는 종이 펄프처럼 뭉개질 수도 있다.

몇 마리의 말이 주저앉는다. 시프의 몸이 액체로 만들어진 것처럼 꿈틀댄다. 레프러콘은 양서류처럼 말 등에 매달려 있다. 그는 이제 내가 아니라 구름을 쳐다보며 혼자 중얼거리고 있다. 아마 기도하고 있을 것이다. 종교를 가지기에 좋은 기회다.

경기장을 훑어보다가 나는 관중석 가운데에서 빌리 리그스를 발견한다. 양복에 어울리는 화려한 자두색 모자가 그의 뒤쪽 시야를 가리고 있다. 눈이 마주치자, 그는 일어나 모자 정수리를 쓸어내리더니, 늘 그렇듯이 나를 향해 조롱하듯 머리를 조아린다. 문득 올드 진과 내가 사회에 적응하기 위해 최선을 다한 것처럼 빌리는 적응하지 않으려 혼자만의 길을 가고 있다는 생각이 든다. 어쩌면 그의 뻔뻔한 태도는 자신의 죄에 쏟아지는 관심을 다른 데로 돌리기 위한 것일 수도 있다. 적어도 증조부모가 유색인이라는 것은 죄가 아니다. 빌리 주변에서 수다를 떨고 있는 사람들의 얼굴은 활기차다. 그들의 지하실에는 어떤 비밀이 숨겨져 있는지 궁금하다. 우리 모두 마찬가지다. 내 눈은 다시 페인 부인을 돌아본다. 키스하려는 손님에게 장갑 낀 손을 내밀고 있다.

빨간 모자를 쓴 남자가 총을 들어 올린다. "제 위치?"

나는 고삐를 잡고 몸을 앞으로 숙인다.

"준비?"

나는 바람이다. 가볍고 강하고 눈에 보이지 않는다.

빵!

제44장

발뒤꿈치로 세게 걷어찬다. "이랴!" 내가 낼 수 있는 가장 큰 목소리로 외친다. 스위트 포테이토가 튀어 나간다!

단 2초 사이에 몇 가지 일이 일어난다. 무언가가 1번 말을 놀라게 해서, 잘못된 방향으로 출발한다. 건초 씨앗 같은 눈을 가진 기수 4번과 6번은 말을 옆으로 홱 잡아당겨 3번과 5번을 멈추게 했고, 그 말들은 거의 무릎이 꺾일 뻔한다.

조지프가 의심하던 대로 4번과 6번은 기량이 형편없어서, 다음에 무슨 계획을 세울지 예측하기 어렵다.

우리는 큰 소리를 지르며 펄쩍펄쩍 뛰는 노에미와 블루벨스를 지나친다. 관중석을 지날 때, 여성 참정권자들이 모두 일어서서 함성을 지른다. 불리스 부인은 얼굴을 감싸 쥔 채 눈을 휘둥그레 뜨고 있다.

첫 번째 커브로 진입하면서, 나와 스위트 포테이토는 선두와 멀리 떨어져 있다. 그러나 시프는 뒤에 있다. 아미르와 11번이 선두에서 달린다. 4번이 울타리가 있는 안쪽으로 바짝 붙어 뒤쫓고, 선데이 서프라이즈가 그 뒤를 잇는다. 나는 스위트 포테이토를 선데이 서프라이즈 뒤에서 달리게 한다. 벅스바움의 챔피언이 길을 열어 주길 바라면서, 시프를 앞서고 있는 작은 차이를 굳힌다. 4번이 오른쪽으로 이동하면서 선데이 서프라이즈가 돌진할 틈이 생긴다. 하지만 4번은 갑자기 울타리 쪽으로 방향을 바꿔 선데이 서프라이즈를 오른쪽으로 밀어붙인다. 6번이 다가오면서 선데이 서프라이즈를 꼼짝 못 하게 가둔다. 우리는 모두 그 뒤에 몰려 있다. 벤 애브너가 말한 게 바로 이것이구나!

선데이 서프라이즈의 뒤에서 보면, 4번과 6번이 함께 공략하고 있는 게 분명하지만, 도대체 누구에게 이익이 되는가? 승자는 오직 한 명일 텐데.

뭉쳐서 달리는 말들을 피해 넓게 커브를 도는 녹색이 번쩍이며 시야의 한 귀퉁이에 나타난다. 레프러콘이 타고 있는 시프다! 미스터 큐는 시프가 승리하도록 하려고 승부를 조작했다. 하지만 어떻게 한 명이 아니라 두 명의 경쟁자를 매수할 수 있었을까? 확실히 거래는 거기까지다.

벅스바움 상점에 갔던 날을 돌이켜 본다. 로비의 말에 의하면, 빌리가 벅스바움 씨의 말인 선데이 서프라이즈에게 유리하도록 경주에 '영향'을 주겠다고 제안했다고 한다. 빌리는 경주에 영향을 끼칠 만큼 돈이 있다. 그는 벅스바움 씨와의 거래는 성공하지 못했지만, 모든 길이 직진하지는 않는 것이라서, 몇몇 길은 비뚤어지기 마련이다. 특히 자신의 훌륭한 말에 하찮은 범죄의 이름을 붙인 길이 있지. 시프*의 9번은 빌리의 행운의 주사위 4와 5를 더한 것으로, 그의 '사무실' 문에 붙어 있는 숫자와 같다는 데 생각이 미친다. 나는 속았다. 가장 좋아하는 보석을 빌리가 그렇게 쉽게 넘길 리 없다.

예상대로 4번과 6번 기수는 말의 기력을 소진한 뒤로 처지기 시작한다. 그러나 이미 악영향을 미쳤다. 선데이 서프라이즈가 따라잡기 위해 최선을 다하고 있지만, 이리저리 피하느라 다리의 힘이 빠졌다. 선두에서는 11번이 교착 상태에 빠져 있다. 그동안 시프가 그들 사이의 거리를 충분히 좁힐 것이다. 그 뒤를 따르는 다른 말들은 대부분 시프와 2마신**쯤 뒤처져 있다.

번개가 하늘을 가르고 뒤이어 천둥이 구름을 산산조각 낸다. 앞쪽에 있던 누런 털 빛의 거세마가 소리에 놀라 몸을 일으켜 앞발을 들더니 엉뚱한 방향으로 달아난다. 순식간에 비가 쏟아져 모두 젖는다. 많은 말들이 멈칫거리지만 스위트 포테이토는 의연하다. 올드 진이 직접 손으로 주물러 회복시키고 훈련한 스위트 포테이토의 안정적인 다리에 은총이 깃들기를. 올드 진은 말을 포기하지

---

* thief(도둑).
** 경마에서 말과 말 사이의 거리를 나타내는 단위.

않았으니, 말도 나를 쉽게 포기하지 않을 것임을 나는 믿는다.

시야를 가리는 빗줄기를 헤치고 달린다. 안장에서 미끄러질 때마다 심장이 요동친다. 흙탕물이 사방으로 튄다. 곤두박질칠 것처럼 땅이 가까워지고, 시간이 흐를수록 더 미끄럽고 질척해진다. 우리 옆에서 말 한 마리가 비틀거린다. 그 바람에 뒤에 있던 말이 울타리 쪽으로 기우는가 싶더니 갈기와 근육이 흐릿한 형체로 사라진다. 스위트 포테이토가 오른쪽으로 펄쩍 뛰어 나는 다시 균형을 잃는다.

나는 안장에서 떨어지지 않으려고 안간힘을 쓴다. 방금 내 적들을 쓰러뜨린 엄청난 비구름이 나도 끝장낼 수 있다는 생각이 든다. 시프는 우리가 속한 무리보다 간신히 앞서 나가고 있고, 아미르와 11번이 여전히 그를 능가하며 선두를 지킨다.

직선 트랙의 장점을 이용하여, 나는 꼬리뼈를 들고 스위트 포테이토의 목에 최대한 기대며 앞으로 달려 나가도록 힘을 실어 준다. 앞으로 내디딜 때마다 말 다리가 내 뼈에 부딪히지만, 나는 매달려 버틴다. 기수가 아니라 안장에 매달린 주머니라고 여긴다. 아미르는 흠뻑 젖은 조니 포천을 태우고 바로 앞에 있는 반환점을 눈을 잠시 깜빡하는 것처럼 쉽게 돈다.

어찌 된 일인지 스위트 포테이토가 반환점으로 다가가면서 시프와의 거리를 좁힌다. 그러다가 이제 두 마리 말은 울타리 쪽 자리를 차지하려고 다툰다. 앞지를 수 있는 기회다! 레프러콘은 시프를 안쪽 길로 몰아붙인다. 울타리는 그의 왼쪽으로 겨우 1미터

정도 떨어져 있다. 1미터는 마구간의 폭이다. 용감한 말이라면 충분히 지나갈 수 있는 넓이다. 그러나 질주할 때는 엄두도 낼 수 없다. 하지만 내 말은 작고, 대담하다.

"준비됐나, 아가씨? 가자!" 발뒤꿈치로 두드리자, 스위트 포테이토가 시프와 울타리 사이의 공간으로 미끄러지듯 돌진한다. 윤기 나는 부드러운 검은 리본이 목에 감기는 것처럼. 시프의 곁으로 들어서자 그 말의 시큼한 땀 냄새가 콧구멍을 찌른다.

"갈보!" 우리가 시프를 따라잡을 때 레프러콘이 침을 뱉는다. 그가 팔을 올리더니 내 다리를 채찍으로 휘갈긴다. 날카로운 아픔에 다리가 잘려 나가는 것 같다. 난생처음 느끼는 지독한 아픔이다. 너무 세게 이를 악물어 이가 부러지는 줄 알았다. 내 자세가 무너지면서, 우리가 이제 막 얻은 유리한 위치가 모두 물거품이 되려 한다.

스위트 포테이토가 몸서리를 치고, 나는 모든 게 끝났다고 생각한다.

하지만 우리가 반환점을 돌아 나오면서, 스위트 포테이토는 내 안에서 들끓는 분노를 괴성으로 내지른다. 레프러콘이 우리 옆으로 다가오자, 내가 사랑하는 말이 이를 딱딱 부딪치며 그를 물려고 한다. 스위트 포테이토는 갈색 눈을 부라리며 뱀의 독 같은 거품을 입에서 내뿜는다. 그 말이 원하는 것은 모자가 아니라 그의 피다.

레프러콘이 고함을 지르며 피한다. 비틀거리던 시프의 유리 같은 눈동자가 겁에 질린다. 나는 다시 스위트 포테이토의 목에 매달린다. 우리는 진로를 바로잡고, 이제 나는 뒤돌아보지 않는다. 달리자, 스위트 포테이토!

선두에 늘어선 무리 중에 11번은 진흙에 빠지면서 뒤로 밀렸다. 잠깐 사이에 우리는 그를 따라잡는다. 4마신 앞에 있는 아미르는 더 이상 쫓기고 있다고 느끼지 않을 때 늘 그렇듯이 속도가 느려진다. 선두에서 게으름을 부린다고 조니 포천은 말했었다.

결승선을 넘으면 올드 진의 코담배 병을 되찾을 수 있어. 아니, 우리는 더 많은 것을 해낼지도 몰라. 선명한 피가 주홍빛 바지를 적시고, 나는 진흙투성이가 되었다. G로 시작하는 단어는 오직 하나만 말할 수 있다. 열세 살의 나를 떨게 했지만 이제 내 길을 가리키는 단어는 단 하나만 남았다.

가자[Go].

관중석이 시야에 들어오지만, 열광하는 군중의 외침은 귀에 들어오지 않는다. 마지막 질주의 순간에 내 눈에 보이는 것은 군중이 아니라, 나를 키워 준 가족이다. 그들이 깃발을 흔들고 있다. 나는 모두에게 감사하는 마음으로 잔을 든다.

노에미와 로비에게, 우정에 대해.

벨 씨 가족에게, 언어를 가르쳐 준 것에 대해.

러키 입에게, 매듭 짓는 법을 가르쳐 준 것에 대해.

해머 풋에게, 자신을 보호할 수 있게 해 준 것에 대해.

그리고 무엇보다도 올드 진, 당신을 필요로 하는 누군가의 희미한 울음소리를 듣고 고개를 돌리지 않은 당신에게 감사해요.

페인 부인은 눈물이 글썽이는 눈을 들어 나를 바라본다. 어머니의 배신이라는 가시가 내 마음을 자유롭게 풀어 줬다. 중국인의 아기, 혼외자, 무엇 하나 그녀에게 쉬운 해답은 없었다. 하지만 어머니와 달리 나는 금빛 새장에서 살지 않고, 어미에게 거부당한 스위트 포테이토처럼 어떻게든 살아갈 방법을 찾을 것이다.

식스 페이스 메도에서 했던 것처럼 우리는 뒤에서 아미르가 속도를 더 떨어뜨리기를 기다린다. 그리고 아미르의 속도가 느려지자, 우리는 직선 트랙을 힘껏 질주한다. 사랑과 비밀 재료인 약간의 후추로 충전한 힘이다. 아미르의 의기양양한 꼬리가 우리를 조롱한다. 3마신이 2마신으로, 그리고 1마신으로 줄어들면서, 진흙 속에서 보일락 말락 하는 흰 모래 한 줄이 된다.

스위트 포테이토는 하늘로 날아오른다. 우리는 흐느끼며 아미르를 제치고 결승선을 넘는다.

제45장

"무승부!" 빨간 모자를 쓴 남자가 소리친다.

먹구름은 순식간에 비를 쏟을 때처럼 빠르게 사라진다. 그리고 땅에서는 김이 모락모락 난다. 아미르는 우리 곁에서 터벅터벅 맴돈다. 숨을 헐떡이고 있지만 처음 보는 온순한 모습이다. 조니 포천이 검은 눈으로 흘겨보며 침을 뱉는다. 그는 패배했다는 것을 안다. 그럼에도 승리했다는 듯 주먹을 치켜든다. 우리 주위에서 환호성이 터진다. 눈은 보고 싶은 것을 본다. 어쨌든 그들은 우리가 승리하도록 놔두지 않았을 것이다.

빌리 리그스 역시 자신이 패배했음을 안다. 그의 옷은 젖어서 그 순간의 기분에 어울리는 어두운 색으로 변했다. 그는 손바닥으로 얼굴을 감싼 채 앉아 있다. 그의 모습을 보니 허벅지의 찌르는 듯한 아픔이 줄어들고, 말편자처럼 둥근 웃음이 내 얼굴을 뒤

덮는다. 우리는 비겼어, 이 악당아. 안장 위에 떠 있는 것 같은 나를 보면서 그는 웅크리고 있던 몸을 펴고 일어선다. 나는 그가 조롱하듯 허리를 굽혀 절할 것이라고 예상한다. 하지만 얼굴에서 원망스러운 미소가 사라지고 그는 박수를 치기 시작한다. 다음에 제시 제임스 주사위가 새겨진 문을 통과할 때 나는 빈손이 아닐 것이다.

팡파르가 울려 퍼진다. 아미르를 탄 조니 포천과 나란히 정신없이 트랙을 돌며 승리를 축하한다. 이어지는 악수와 등 뒤에서 쏟아지는 박수 소리, 불리스 부인의 눈물 어린 포옹 그리고 아코디언 형태의 카메라를 든 사람이 찍는 내 사진, 애틀랜타 여성 참정권자들과 노에미를 비롯한 블루벨스의 사진. 스위트 포테이토가 목에 걸린 카네이션 화환을 먹는 동안, 네이선은 사람들의 눈을 의식하지 않고 오래 나를 포옹한다. "리지는 어딨어요?" 내가 묻는다.

"우리가 잘되지 않을 것 같다고 말하고는 마차를 타고 집으로 갔어요."

리지는 내 정체를 밝히려 한 자기 어머니의 시도를 몰랐다고 생각하고 싶다. 그녀는 그럴 만큼 나쁜 사람은 아니다. 다시는 그녀를 볼 수 없으리라 예상하지만, 마음 한구석에서는 우리 사이의 상황이 달랐으면 좋았으리라고 아쉬워한다. 경기장을 벗어날 기회가 오자 나는 재빨리 스위트 포테이토를 타고 인쇄소로 향한다. 내가 보고 싶은 얼굴은 오직 하나뿐이다.

벨 씨 집 옆에 세워진 스위프트 박사의 마차를 보는 순간, 발이 차가워진다. 스위트 포테이토를 묶지도 않은 채, 나는 집 안으로 들이닥친다. 벨 씨 부부의 놀란 얼굴을 지나쳐 올드 진의 방으로 간다. 제발, 안 돼!

베어가 짖으며 나를 맞이한다! 놀랍게도 스위프트 박사가 올드 진 가까이에 의자를 놓고 앉아 있다. 두 사람 사이에는 서양식 체스 판이 놓여 있다.

"올드 진." 나는 무릎을 덜덜 떨면서 운다. "나는…… 나는……."

스위프트 박사의 두 눈이 짙은 눈썹 아래서 장난스럽게 반짝인다. "올드 진이 체스를 졌을 거라고 생각했어요? 걱정 말아요, 나는 10분 전에 여기 도착했는데, 올드 진이 이미 세 번이나 나의 킹을 공격했어요."

올드 진이 고개를 들어 나를 본다. 새 주황색 줄무늬 모자를 쓰고, 눈에 붕대를 감고, 턱 밑에 고드름처럼 수염이 자라기 시작했다. 암초가 가득한 바다를 몇 번 건넜음에도 불구하고 여전히 항해를 몇 번 더 해야 할 힘센 늙은 해적처럼 보인다.

"경주는 잘 끝냈어, 응?" 언제나처럼 담담한 태도로 묻는다.

나는 흐느끼다가 웃다가 한다. "행운의 박쥐들이 돌아왔어요. 우리가 우승했어요."

그가 말을 하려고 턱을 움찔하지만, 아무 말도 나오지 않는다. 그는 내 뺨에서 흘러내리는 눈물을 붕대 감은 손으로 닦아 준다.

"나는 박쥐들이 내내 우리와 함께 있었다고 생각해." 엉망으로

다친 그의 얼굴이 미소를 짓는다. 햇빛이 가득한 초원에서 올드
진이 처음으로 말 등 위에 나를 부드럽게 앉혀 주던 기억이 떠오
른다.

에필로그

석 달 뒤.

말들을 수놓은 커튼이 지하실 벽을 장식하고 있다. 커튼을 열면 예전에 우리가 부엌으로 사용하던 공간이다. 내 공간에 있던 침대 자리에 낡은 책상 하나가 놓여 있다. 벨 부인의 발랄한 양탄자가 방 뒤쪽 절반을 포근하게 덮고 있다. 나는 스풀 테이블 앞에 앉아 말 모양의 매듭을 만들고 있다. 벅스바움 씨는 선반에 진열할 새도 없이 매듭이 팔려 나간다고 했다. 경마 대회 이후 말과 관련된 것은 무엇이든 잘 팔리고 있다.

올드 진의 걸상을 보면 마음이 따뜻해진다. 그는 스위트 포테이토와 함께 나가 있다. 매일 승마하는 것이 그의 건강에 많은 도움이 된다.

'우아한 달'의 코담배 병은 우리의 새 선반 맨 꼭대기의 가장 좋은 자리를 차지하고 있다. 조니 포천의 메달과 똑같이 생긴 나의 메달 옆이다. 절반의 우승 상금으로, 우리는 이제 길 아래 마구간에 스위트 포테이토를 맡길 수 있다. 그리고 언젠가 이곳에 오게 될 미래를 위해 저축할 수 있다.

끈을 세 번 내 손가락에 감고 그 끝을 고리 속으로 집어넣어 엮는다. 비단 끈은 원래 가치 있는 것이지만, 인내심 있는 손으로 노력하면 더 훌륭하게 만들 수 있다. 부모의 일은 자식을 잘 가르쳐 자신이 원하는 모습으로 변모할 가치를 갖게 하는 것이다. 올드 진은 나에게 어머니이자 아버지였고, 선생님이자 친구였다. 언젠가 먼 미래에, 그와 우아한 달은 천국에서 함께 말을 탈 것이다. 하늘을 바라보는 게 아니라 하늘의 일부가 되어.

상을 생각할 때면, 은이든 자신의 가치든, 그가 찾고 있던 것을 찾았기를 바란다. 그가 지금 어디에서 여행하고 있거나 간에, 지구가 둥근 한, 언젠가 그는 집에 이르게 될 것이다.

"어이, 거기 있나요?" 네이선의 목소리가 엿듣는 배관을 통해 들려온다. 그것은 이제 말하는 배관이기도 하다.

베어가 짖는다.

나는 책상으로 다가간다. "여기 있어요."

"차나 초콜릿 먹을래요? 베어는 뼈다귀도 제공할 수 있대요."

"아뇨, 괜찮아요. 벅스바움 상점에 갈 건데, 필요한 거 사다 줄까요? 깃털 펜? 양초? 기운 나게 하는 땅콩들?"

"상점에 같이 갈 사람은 필요 없어요?"

"네. 어머니께 한 시간 안에 댁으로 가서 닭고기구이 만드는 것을 돕겠다고 전해 주세요."

"그럼 기다리고 있을게요."

"닭고기구이요?"

"아뇨. 당신을요."

스위티 양에게

동양인 소녀가 경마 대회에서 승리한 뒤, 내 딸도 말 경주에 나가고 싶어 해요. 저는 단지 일시적 현상이라고 생각했지만, 딸과 친구들은 '오직 암망아지끼리'라는 승마 클럽을 시작했습니다. 심지어 딸이 승마용 바지를 만들고 있는 것을 보았어요. 동양인 소녀는 그저 운이 좋았을 뿐이라고, 어떻게 제가 딸을 설득할 수 있을까요?

진심을 담아,
속수무책 부인

속수무책 부인에게

어떤 훌륭한 분이 저에게 말씀하신 적이 있어요. 행운은 일하는 기쁨이라는 말을 타고 온다고요. 따님이 말 타는 것을 그냥 두고 보시길 바랍니다.

진심을 담아,
스위티

감사의 말

감사하는 마음을 전하는 것은 전 세계를 빛나게 할 수 있는 선물이다. 나는 이 자리를 촛불로 밝히고자 한다.

지치지 않고 나를 지지해 준 에이전트 크리스틴 넬슨Kristin Nelson과 넬슨 문학 에이전시Nelson Literary Agency 직원분들에게 감사한다. 여러분이 내 편이 되어 준 것은 행운이다! 앤지 호댑Angie Hodapp의 놀라운 통찰력과 피드백에 감사한다. 퍼트넘스선스 앤드 펭귄 랜덤 하우스G. P. Putnam's Sons and Penguin Random House에서 나의 팀에게, 특히 편집자인 스테퍼니 피츠Stephanie Pitts가 내 책에 깊이 있고 숙고할 만한 의견을 제시하며 헌신해 준 것에 감사한다(그리고 제목을 생각해 준 것도!). 홍보 담당자 릴리 옝글Lily Yengle, 교열 담당자 앤 호슬러Anne Heausler, 그리고 멋진 표지를 디자인한 사미라 이라바니Samira Iravani와 테리사 에반젤리스타Theresa Evangelista에게 감사한다.

나는 항상 미국의 남부에 호기심이 많았는데, 이 책 덕분에 그곳을 방문할 수 있었다. 또한 지역의 역사와 그것이 우리 나라의 발전에 미치는 영향을 직접 체험할 수 있었다. 남부를 이해하기 위해 돌아다니면서 만난 모든 기관의 전문가, 안내자, 자원봉사자에게 감사한다. 애틀랜타 역사 센터, 특히 그의 매혹적인 가족사를 공유해 준 데이비드 론David Roane, 피드몬트 파크 관리소, 특히 개인적으로 안내해 준 뒤 팁을 거절한 지니Ginny, 스펠먼 신학교, 에이펙스 박물관, 애틀랜타 보존 센터, 시민 및 인권 박물관, 그리고 아프리카계 미국인 문화와 역사에 관한 오번 애비뷰 연구 도서관에 감사한다. JKL 텔레포니 박물관의 웨인 메릿Wayne Merritt에게 감사한다. 스탠퍼드 대학과 샌타클래라 시립 도서관 사서들에게 감사한다. 이 책을 위해 자료 조사를 할 때 불명확한 문서들을 찾아내는 데 도움을 주었다. 허브 보이드Herb Boyd의 아프리카계 미국인 역사 연구에 대한 기여와 현명한 조언에 대해 많은 감사를 표한다.

또한 지지를 아끼지 않은 작가 커뮤니티, 이름을 열거하자면, 애비게일 힝 웬Abigail Hing Wen, 진 슈리엘Jeanne Schriel, 모니카 부스터먼 와그너Mónica Bustamante Wagner, 파커 피비하우스Parker Peevyhouse, 켈리 로이 길버트Kelly Loy Gilbert, 사바 타히르Sabaa Tahir, 일렌 W. 그레고리오Ilene W. Gregorio, 에벌린 스카이Evelyn Skye, 앤 시노더Anna Shinoda, 에이미 코프먼Amie Kaufman, 에릭 엘프먼Eric Elfman, 아이다 올슨Ida Olson, 그리고 특별히 나의 동료 스테퍼니 가버Stephanie Garber에게 영원한 감사를 드린다.

애리엘 와일드윈드Ariele Wildwind, 수전 리포Susan Repo, 앤절라 험Angela Hum,

캐런 응Karen Ng, 비잘 바킬Bijal Vakil, 애나 잉글리스Ana Englis, 크리스틴 굿Kristen Good, 아들라이 코로넬Adlai Coronel, 유키 로메로Yuki Romero의 사랑과 성원에 감사한다. 아름다운 이름을 빌려준 멀리사 리Melissa Lee에게 감사한다.

마지막으로 내 인생의 선반 제일 꼭대기에 올려놓은 모자, 활기차고 호기심이 많은 부모님 에벌린Evelyn과 칼 렁Carl Leong, 그리고 시부모님 덜로리스Dolores와 웨이 리Wai Lee, 따뜻하고 너그러운 자매들, 로라 리Laura Ly와 얼리사 쳉Alyssa Cheng, 언제나 나의 지원자인 남편 조너선Jonathan, 나의 채찍 역할을 하는 똑똑한 딸 아발론Avalon 그리고 늘 따뜻하게 포옹해 주는 베넷Bennett에게 감사한다.

여러분 모두에게, 나는 여러분의 가장 큰 팬임을 밝힌다.

한 걸음 내딛지 않으면 결코 앞으로 나아갈 수 없어.

아래층 소녀의 비밀 직업

초판 1쇄 펴낸날   2023년 3월 8일

지은이   스테이시 리
옮긴이   부희령
펴낸이   홍지연

편집   홍소연 고영완 이태화 전희선 조어진 서경민
디자인   권수아 박태연 박해연
마케팅   강점원 최은 신종연
경영지원   정상희 곽해림

펴낸곳   (주)우리학교
출판등록   제313-2009-26호(2009년 1월 5일)
주소   04029 서울시 마포구 동교로12안길 8
전화   02-6012-6094
팩스   02-6012-6092
홈페이지   www.woorischool.co.kr
이메일   woorischool@naver.com

ISBN 979-11-6755-201-3 03840